Purer Neid

Purer Neid

Jürgen Reitemeier
Wolfram Tewes

Verlag topp+möller
Detmold 2009

Im Kampf gegen den Fehlerteufel und bei der Überprüfung der logischen Zusammenhänge unterstützten uns:

Corinna Müther, Barbara Kohlhagen, Anke Kohlhagen, Christiane Fischer, Petra Wirtz-Kaltenberg und Karlheinz Seiler.

Mit dem Titelbild gab Alfons Holtgreve auch diesem Krimi wieder eine unverwechselbare Note.

Herzlichen Dank für eure Hilfe.

Bibliografische Information Der Deutschen Bibliothek
Die Deutsche Bibliothek verzeichnet diese Publikation in der Deutschen Nationalbibliografie; detaillierte bibliografische Daten sind im Internet über http://dnb.ddb.de abrufbar.

ISBN 978-3-936867-11-4

Dritte Auflage 2009

Verlag und Gesamtherstellung: topp+möller, Detmold

„Wir schlagen Schaum,
wir seifen ein,
wir waschen unsere Hände wieder rein!“

Kurt Tucholsky

Wieder mal: Wer sich den Schuh anzieht, dem passt er. Doch wir sind keine Schuster!

Mit anderen Worten, auch diesmal sind alle Ähnlichkeiten nicht das Resultat des puren Neides, sondern des puren Zufalls. Es ist alles reine Phantasie!

Prolog

Von Greifswald nach Ostwestfalen war es ein ganz schöner Ritt. Seit er um kurz vor drei heute morgen in Berlin auf die A2 gefahren war, kümmerte ihn keine Geschwindigkeitsbegrenzung. Er trat aufs Gaspedal und hatte nicht die Absicht den Fuß vor dem Hinweisschild Bielefeld-Sennestadt von demselben zu nehmen. Seit zwei Wochen war er nicht mehr an seiner alten Wirkungsstätte in Paderborn gewesen. Er hatte sie nicht vermisst. Endlich nicht mehr unter der Fuchtel des Alten. Zwar hatte man ihm auch hier im Osten wieder einen Chef vor die Nase gesetzt, doch der war weit weg und machte nicht den Eindruck, viel auf der Pfanne zu haben.

Ursprünglich hatte er die Absicht gehabt, noch zwei weitere Wochen im Wilden Osten zu verweilen. Doch gestern kam von der Chefsekretärin die Order, so schnell wie möglich zurückzukommen. So ein Quatsch, dachte er, man konnte doch alles telefonisch regeln. Der Alte war eben ein Patriarch wie er im Buche stand. Vor nicht einmal zwei Monaten hatte ihn sein Chef von heute auf morgen in die gerade befreite DDR geschickt. Er sollte Bildungsprogramme konzipieren und vor allen Dingen verkaufen. Diese sollten den befreiten Bürgern der Ostzone dazu verhelfen, westlichen Standard zu erreichen. Er hatte sich die Nächte um die Ohren gehauen und Konzepte entwickelt. Super Konzepte! Nur der Preis stimmte nicht. Zwei vom Land ausgeschriebene Lehrgänge waren schon an die Konkurrenz gegangen, weil er es nicht geschafft hatte, den Eigenanteil von zwanzig Prozent aufzubringen, die der jeweilige Bildungsträger in das Geschäft selbst einlegen musste. Zwanzig Prozent, wo sollte er das Geld hernehmen, wenn nicht stehlen? Er musste dieses Thema unbedingt mit dem Chef im Westen und den Kollegen besprechen, die in den anderen Teilen der ehemaligen SBZ die Geschäfte betrieben.

In Zeitz war er ja ganz erfolgreich gewesen, doch das passte wohl dem Pädagogischen Leiter Ost nicht. Der faselte immer etwas von anderen Absprachen, die er getroffen habe. Die würde er, Dirk Liebermann, stören. Der Leiter hier im Osten hatte trotz aller Inkompetenz Einfluss. Jetzt, nach mehreren Auseinandersetzungen, war er, Liebermann, nach Greifswald versetzt worden.

Gerade war er an der Abfahrt Bielefeld-Sennestadt vorbeigerast. Na gut, dann eben die Abfahrt Gütersloh. Auf die halbe Stunde kam es jetzt auch nicht mehr an. Es wurde schon hell. Warum sollte er noch zu seiner alten Wohnung fahren? Sich jetzt noch schlafen legen, das lohnte nicht mehr. Er würde irgendwo einen Kaffee trinken und anschließend zur Geschäftsstelle gehen, dachte er, lenkte seinen BMW auf die Autobahnabfahrt und war wenige Momente später auf der Straße, die von Gütersloh nach Verl führte.

Wieder holten ihn seine Gedanken ein. Seine Konzepte waren das Beste, was der deutsche Bildungsmarkt je gesehen hatte. An sich müsste der Alte mit ihm zufrieden sein. Die zwanzig Prozent Eigenanteil würde er ihm schon aus dem Kreuz leiern. Schließlich wollte sein Chef in den nächsten Bundestag. Da kamen ihm so ein paar Vorzeigeprojekte, wie er sie entwickelt hatte, für seinen Laden sicher gerade recht. Qualität hatte eben ihren Preis. Klar, nicht einmal Kohle war schwärzer als sein Chef. Doch das sollte ihn nicht weiter stören. Wenn er sich in anderer Weise als dankbar erwies, hatte er nichts dagegen, dass sein Boss sich mit seinen Ideen schmückte.

Da konnte seine Kollegin noch so blond sein und noch so lange Beine haben. In diesem Geschäft würde sich immer Qualität durchsetzen, jedoch nicht die, die nötig war, um gut im Bett zu sein.

Er grinste vor sich hin. Ein Gefühl von Zufriedenheit machte sich in ihm breit. Er war ein Arbeitstier. Das würde sich jetzt auszahlen.

Eine Stunde später betrat er das Büro der Chefsekretärin. An sich war sie immer zu einem kleinen Flirt, mindestens jedoch für einen lockeren Spruch aufgelegt. Heute begegnete sie ihm seltsam kühl.

„Dirk, du bist aber früh dran! Warte doch bitte auf dem Flur! Sobald der Chef da ist, sage ich ihm, dass du da bist."

Hier saß er nun schon über eine Stunde. Nichts war passiert. Langsam wurde er ungeduldig. Also ging er wieder in das Büro der Sekretärin.

„Was ist denn nun, Sabine? Wie lange soll ich noch da draußen Däumchen drehen?"

Dirk Liebermann war verärgert. Wortlos erhob sich die angesprochene Frau und klopfte gegen eine Tür, die sich an der Stirnseite des Zimmers befand und ging dann in den dahinter liegenden Raum. Es dauerte keine zwei Minuten, da trat ein weißblonder, blutleerer Mann ins Zimmer. Kalte, stählerne Augen sahen Dirk Liebermann an.

„Herr Dolee, sie wollten mich sprechen?", war die erwartungsvolle Frage.

„An sich nicht", kam die Antwort. „Geben Sie den Schlüssel Ihres Dienstwagens ab, dann können Sie gehen!"

Liebermann trat der Schweiß auf die Stirn. Ihm wurde gleichzeitig heiß und kalt. Er bekam Ohrensausen und der Boden schwankte unter seinen Füßen. Alle Symptome, die einen Schock kennzeichneten, stellten sich ein. Er musste sich setzen. Umständlich wischte er sich mit einem Papiertaschentuch über das Gesicht. Es verging geraume Zeit bis Dirk Liebermann dazu in der Lage war, das Zimmer zu verlassen. Er war fassungslos. Die Niederlassung des Bildungswerkes beschäftigte sechzehn pädagogische Mitarbeiter. Bis vor einigen Minuten war er einer dieser Personen gewesen. Für den Bereich Ostwestfalen waren Edgar Wolf und bis vor kurzem die Kollegin Elvira Nolte zuständig.

Ede und die Lange Blonde, wie Elvira Nolte in der Einrichtung genannt wurde, mussten Bescheid wissen, warum man ihm gerade den Stuhl vor die Tür gesetzt hatte. Mit zitternden Knien schleppte sich Dirk Liebermann die Treppe hinauf in den zweiten Stock. Hier befand sich das Büro von Ede Wolf. Als er die Tür zu dessen Zimmer öffnete, sah ihn dieser entgeistert an. Offensichtlich wusste er wirklich etwas über das Schicksal Liebermanns, denn er wurde sogleich verlegen. „Na, was macht der wilde Osten?“, stellte er die obligatorische Frage und fuhr dann fort: „Tut mir leid, aber ich habe im Moment wirklich keine Zeit für ein Schwätzchen, ich müsste eigentlich schon seit einer halben Stunde in der Übungswerkstatt sein. Es gibt mal wieder Ärger. Seit nur noch Beschäftigte mit befristeten Verträgen für uns arbeiten und Honorarkräfte, geht es bei uns zu wie in einem Taubenschlag, keine Kontinuität und dadurch ständig Stress im Laden. Jetzt haben wir auch noch diesen bekloppten Betriebsrat. Ich möchte mal wissen, wie die anderen Träger das alles geregelt kriegen.“

Er schob Liebermann beiseite, um an einen Schrank zu kommen, in dem seine Jacke hing. „Wo ist denn die Lange Blonde?“, fragte Liebermann schon ziemlich verzweifelt.

„In Zeitz! Elvira ist erst in einer Woche wieder im Hause.“

„Ede“, presste der Gefeuerte heraus, der jetzt endgültig am Ende seiner nervlichen Belastbarkeit war. „Der Alte hat mich gerade rausgeschmissen!“

Ede Wolf grinste ihn süffisant an, klopfte ihm auf die Schulter und sagte: „Pech, Dirk, ausgesprochenes Pech“, dann hielt er Liebermann die Tür auf und deutete ihm mit einer Handbewegung an, sein Büro zu verlassen.

1

Eigentlich war der Tag bis dahin gar nicht schlecht gelaufen.

Ein sonniger Donnerstag im Mai. Nicht so warm, dass einem das Hemd am Rücken klebt. Aber immerhin so, dass Hermann Rodehutskors kurz vor dem Feierabend seine Krawatte lockerte. Es hatte die ganze Zeit über keine Probleme gegeben. Ein nicht eben spektakulärer, aber ein angenehmer Tag. Bis um 21.15 Uhr!

Nachdem Rodehutskors um ca. 19.30 Uhr die Redaktionsräume der *Heimatzeitung* in der Detmolder Ohmstraße verlassen hatte, fuhr er noch nicht sofort nach Hause. Einer alten, aber lieb gewordenen Gewohnheit folgend, kehrte er noch für eine Stunde im *Detmolder Hof* ein, trank ein Glas Wein und plauderte mit seinen zahlreichen Bekannten. Hermann Rodehutskors hatte ein Problem, welches dringend ertränkt werden musste. In zehn Tagen begann seine Kur! Aber keine herrliche Zeit mit morgens Fango und abends Tango. Nein, ihm war eine Fastenkur verschrieben worden. Ein Alptraum!

Aber noch hatte er alle Zeit der Welt. Seine Frau war nicht zu Hause. Sie besuchte gerade ihre gemeinsame Tochter in Bremen. Als er kurz nach 21 Uhr vor seinem Haus in Berlebeck anhielt, verzauberte die untergehende Sonne das enge Tal am Eingang zur Gauseköte mit einem warmen und freundlichen Licht.

Er schaute in seinen Briefkasten, eine amerikanische Mailbox, und fand darin neben zwei Briefen ein kleines braunes Päckchen. Beim flüchtigen Draufschauen erkannte er eine Rechnung seiner Versicherung und einen anscheinend privaten Brief. Drinnen legte er das Päckchen und den Privatbrief auf seinen Küchentisch. Die Rechnung öffnete er und brachte sie anschließend mit leichtem Unmut in sein Arbeitszimmer. Nach einem ausgiebigen Toilettenbesuch nahm er sich dann die restliche Post vor. Er nahm das Päckchen in die Hände, drehte und wendete es, um den Absender zu finden. Es gab keinen. Es gab nur die Adresse, mit einem PC auf ein weißes Blatt geschrieben und auf den weichen, dick gefütterten DIN A 4-Umschlag geklebt. Unter seinem Vor- und Nachnamen stand ein fettes *Nur persönlich zu öffnen!*. In der linken unteren Ecke standen handgeschrieben sechs Zahlen. Einen Sinn machten sie nicht. Briefmarken gab es keine, offenbar war das Päckchen nicht per Post zugestellt worden. Erstaunlich war das Gewicht des Päckchens im Verhältnis zur Größe. Der eigentliche Schwerpunkt war nicht in der Päckchenmitte, wie es doch eigentlich zu erwarten gewesen wäre, sondern am linken Rand. Verschlossen war das Päckchen mit einer Unmenge an Klebeband. War der Inhalt so wertvoll oder fürchtete man dessen Beschädigung? Als Rodehutskors das Päckchen unschlüssig hin und her drehte, wunderte er sich über seinen plötzlichen Appetit auf Marzipan. Er schnupperte nun intensiver und war sicher, den Duft von Mandeln wahrzunehmen. Merkwürdige Post! Aber was sollte das Grübeln. Er brauchte das Päckchen nur aufzureißen und nachschauen. Aber irgendwas hielt ihn zurück. Irgendwas brachte ihn dazu, das Päckchen erst mal wieder auf den Küchentisch zu legen, es noch mal in Ruhe anzuschauen, die Stirn zu runzeln... und sich dann erst mal dem Brief zu widmen.

Auch hier gab es keinen Absender. Auch hier die gleiche Form der Adresse. Auch hier keine Briefmarke.

Aber der Brief hatte ein ganz normales Gewicht und roch auch nicht komisch. Hermann Rodehutskors riss ihn kurz entschlossen auf, entnahm ein bedrucktes DIN A-4-Blatt und las.

Nach den ersten Worten spürte er, wie ihm die Knie weich wurden, sich der Magen zusammenballte und ihm schwindelig wurde. Er ließ sich plump auf einen Küchenstuhl fallen und las weiter.

Sehr geehrter Herr Rodehutskors,

Sie haben heute mit einem Sonderkurier diesen Brief und ein Päckchen erhalten. In dem Päckchen befindet sich eine Briefbombe! Wenn Sie es unsachgemäß öffnen, wird die Bombe gezündet. Der Sprengsatz reicht aus, um jedes Leben in einem geschlossenen Wohnraum zu töten. Wir haben Sie sehr sorgfältig als Empfänger ausgewählt. Nicht, weil wir etwas gegen Sie persönlich haben. Im Gegenteil! Wir wollen mit Ihnen zusammenarbeiten! Wir würden uns freuen, wenn diese, zugegeben etwas unkonventionelle Form der Kontaktaufnahme Ihr Interesse findet und Ihnen Motiv genug ist, sich mit uns in Verbindung zu setzen.

Die Bombe wird in Kürze ferngesteuert gezündet. Die Explosion lässt sich nur vermeiden, wenn Sie umgehend die Handy-Nummer 0171-26169479 anwählen und laut und deutlich die Zahlenreihe auf dem Umschlag vorlesen. Tun Sie das bitte sofort, denn uns ist mehr an der Arbeit mit Ihnen, als an Ihrem Tod gelegen.

Verein zur Datenvermeidung n.e.V. (nicht eingetragener Verein) OWL

Kalter Schweiß stand dem alten Journalisten auf der Stirn. Waren das nun völlig Verrückte? Was war zu tun? Er schaute wie gelähmt auf die Handynummer. Dort anzurufen erschien ihm als die richtigste Handlungsweise. Damit würde er Kontakt zu den Bombenbauern bekommen und die bedrohliche Anonymität dieser Leute durchbrechen. Gleichzeitig, und das war ihm natürlich erst einmal am wichtigsten, würde dadurch die Bombe entschärft. Er sprang hektisch auf, lief in sein Arbeitszimmer und kam mit dem schnurlosen Telefon wieder zurück. Mit zittrigen Fingern begann er die Handynummer einzutippen. Nach den ersten vier Zahlen stoppte er. Er konnte sich nicht erklären warum, aber irgendetwas in ihm hatte Alarm geschlagen. War es Lebenserfahrung? War es Instinkt? Auf jeden Fall war er plötzlich nicht mehr in der Lage, weiterhin die Ziffern einzugeben. Ihm wurde schwindelig. Leicht wankend schlurfte er ins Wohnzimmer, öffnete den Schrank und entnahm ihm eine Flasche Cognac und ein Glas. Er füllte das Glas bis zur Hälfte und trank es im Stehen aus. Danach setzte er sich benommen hin und versuchte, seine Gedanken zu ordnen. Nach einigen Minuten gelang ihm das auch. Hermann Rodehutskors griff wieder zum Telefon und wählte. Aber diesmal die Nummer der Detmolder Kriminalpolizei. Spätschicht hatte Kommissar Bernhard Lohmann, den Rodehutskors gut kannte. Nicht mit der ihm sonst eigenen Ruhe, sondern hektisch und etwas durcheinander erklärte er dem Polizisten die Lage. Es dauerte eine Weile, bis Rodehutskors seinem Gegenüber klar machen konnte, dass er ihn nicht „veräppeln“ wolle. Als Lohmann dies endlich verstanden hatte, reagierte er schnell und professionell. Er wies Rodehutskors an, alles liegen und stehen zu lassen, so schnell wie möglich aus dem Haus zu gehen und es hinter sich abzuschließen. Die Spezialisten vom LKA wären in spätestens einer Stunde bei ihm. Er solle sich solange auf der Straße aufhalten, es sei ja noch schön warm draußen.

Es dauerte anderthalb Stunden, bis der Sprengstoff-Experte in Begleitung von zwei Polizisten eintraf und allein ins Haus ging, nachdem Rodehutskors ihn über alles informiert hatte. Und eine weitere Stunde, bis er wieder vor die Tür trat und den alten Journalisten hereinrief. Rodehutskors wusste nicht, was ihn mehr erleichterte. Die Tatsache, endlich wieder ins Haus zu dürfen, nachdem es draußen doch mittlerweile recht kühl geworden war. Oder die Erlösung, dass in seiner Küche doch keine Bombe explodiert war.

Der Spezialist, ein dürrer, aber drahtiger Mann um die Fünfzig mit kurzen, schneeweißen Haaren, setzte sich auf einen Küchenstuhl, wischte sich den Schweiß von der Stirn und schaute Rodehutskors sehr ernst an.

„Da haben Sie aber ein ganz verdammtes Glück gehabt!" begann er. „Wenn Sie diese Handynummer angerufen hätten, wären Sie jetzt nicht mehr am Leben!"

Nun war es an Rodehutskors, sich den Schweiß von der Stirn zu wischen.

„Wieso?", stammelte er, „was hätte das bewirkt?"

Der Experte lachte kurz und trocken, blieb dabei aber sehr ernst.

„Das Handy, welches zu dieser Nummer gehört, war in dem Paket. Hätten Sie die Nummer wirklich angewählt, hätte das einen schwachen, aber ausreichenden elektrischen Impuls im Handy gegeben. Dieser Impuls hätte die Bombe zur Explosion gebracht. Wenn ich den Trick mit der Handynummer auch ziemlich hinterfotzig finde, muss ich rein fachlich vor dem Bombenbastler den Hut ziehen. Saubere Arbeit, da gibt's nichts!"

Es klingelte. Die Kripo Detmold in Person von Kommissar Lohmann stand bereit, die bedrohte Welt zu retten. Rodehutskors musste ihm alles noch einmal haarklein erzählen, während sich Lohmann in seiner peniblen Handschrift Notizen machte.

Es war fast Mitternacht, als Rodehutskors endlich wieder allein war. Er wollte gerade zu Bett gehen, als das Telefon schrillte. Eine ihm unbekannte Stimme sagte:

„Herzlichen Glückwunsch! Sie haben sich bewährt. Wir haben es doch gewusst. Rodehutskors ist der richtige Mann für uns. Es hätte uns wirklich leid getan, wenn Ihnen was passiert wäre, das sollten Sie wissen. Aber wir mussten Ihnen doch irgendwie klarmachen, dass Sie es bei uns mit ebenso entschlossenen wie kompetenten Leuten zu tun haben. Und dass es sich lohnt, uns zuzuhören."

Rodehutskors war sprachlos.

2

Josef Schulte trottete noch im Halbschlaf seinem Hund hinterher, der ihn durch die Heidentaler Feldflur führte. Es war kurz nach Sechs. Immer, wenn er zu so unchristlicher Zeit mit seinem vierbeinigen Freund Gassi ging, war er völlig verwundert, wieder zu Hause angekommen zu sein. Hätte ihn zu diesem Zeitpunkt jemand gefragt, welchen Weg er gegangen sei, er hätte ihm keine Antwort geben können. Wenn ihm dies bewusst wurde, überlegte er immer, ob er seinen Rottweiler-Staffordterrier-Mischling nicht doch zum Blindenhund ausbilden sollte. Diesen Gedanken verfolgte er jedoch nie sehr lange, da er die dreißigminütigen morgendlichen Gewaltmärsche nur sehr selten absolvieren musste, denn im Allgemeinen kümmerte sich sein Nachbar und Vermieter, der Bauer Anton Fritzmeier, um das Tier. Doch im Moment hatte dieser die Handwerker im Haus und morgens musste er sich, wie er sagte, erst darum kümmern, dass alle an die Arbeit kamen. Schließlich kostete jede Minute, die die Männer herumstanden, sein sauer verdientes Geld. An solchen Aussagen merkte Schulte, dass dem an sich großzügigen Fritzmeier der Lipper aus jedem Knopfloch guckte.

Gedankenverloren kramte der Polizist in seinem Brotkasten. Er fand ein Brötchen, das er auf den Toaster legte. Es würde Zeit, dass die Bauerei bei Fritzmeier auf dem Hof endlich ein Ende hatte und der Bauer wieder seinen alltäglichen Pflichten nachgehen konnte, die unter anderem darin bestanden, die Einkäufe für Schulte zu erledigen. Als er dann im nächsten Moment in die gähnende Leere seiner Kaffeedose starrte, warf er das inzwischen angekokelte Brötchen seinem Hund zum Fraß hin, fluchte und entschloss sich, seinen morgendlichen Kaffee im Büro zu trinken. Lohmann, sein Kollege, hatte bestimmt schon eine Kanne gekocht.

Schulte ging noch kurz zu Fritzmeier, besprach das Nötigste und übergab ihm seinen Hund zu treuen Händen. Dann startete er seinen VOLVO, einen ehemaligen Leichenwagen, den er liebevoll „Black Beauty“ nannte und nahm Kurs auf Detmold.

Eine Viertelstunde später hielt er die ersehnte Tasse Kaffee in der Hand, hatte die Füße in die unterste Schublade seines Schreibtisches gelegt und las die *Lippische Heimatzeitung,* als Maren Köster sein Büro betrat. Sie hatte noch etwas blaue Farbe in den Haaren, auch die Finger waren nicht verschont geblieben.

Seine Kollegin hatte vor einiger Zeit eine unerwartete Erbschaft gemacht. Ein Haus in Lemgo, das sie seitdem in mühevoller Eigenleistung nach ihren Vorstellungen renovierte. Mit ihr gemeinsam wollte Axel Braunert, ein Kollege von Schulte und Maren Köster, eine Hausgemeinschaft eingehen.

„Na, was macht das Pinselquälen?“

„Endlich fertig! Ich hatte ja gehofft, du würdest dich mal zum Helfen bei uns einfinden, aber wenn man sich auf dich verlässt, ist man verlassen.“

„Das tut mir jetzt aber auch weh. Hättest ja mal was sagen können“, versuchte sich Schulte rauszureden.

Maren Köster machte eine Handbewegung, also wolle sie Schultes Argumente wie einen Schwarm Fliegen verscheuchen. „Ist ja auch egal, wir sind gestern Abend fertig geworden. Jetzt brauche ich ein paar starke Männer, die mir beim Umziehen helfen.“

„Ich soll Detmolder Möbel über den Apenberg schleppen?“ Schulte suchte nach einer überzeugenden Ausrede.

„Nun stell dich mal nicht so an, Jupp! Wenn alle Freunde mithelfen, ist der Umzug Samstagmittag erledigt. Im Übrigen habe ich längst nicht so viele Möbel wie Braunert.“

„Ach du Scheiße, der ist ja auch noch dran! Steht der etwa schon hinter der Tür und kommt kurz nach dir mit ähnlichen unsittlichen Anträgen um die Ecke?“

„Keine Panik, bei Axel dauert es noch ein paar Wochen,

so penibel wie der ist. Eine besondere Farbe fehlt noch. Der Gardinenstoff lässt auch auf sich warten, den bekommt er erst in zwei Wochen. Du kennst ja unseren Kollegen, wenn bei dem nicht alles fertig ist, stellt er kein einziges Möbel in die neue Wohnung. Bis der seinen Umzug vorbereitet hat, hast du den Muskelkater, den dir das Schleppen meiner Möbel höchstwahrscheinlich bereiten wird, längst vergessen. Also, Samstag um acht Uhr an meiner alten Wohnung! Ich zähle auf dich."

Die Polizistin klopfte dem Hauptkommissar aufmunternd auf die Schulter. Im nächsten Moment hatte sie sein Büro verlassen.

3

Wie jeden Morgen ging der Bankangestellte Wilhelm Wieburg zu Fuß zu seiner Arbeitsstelle. Mit seinen Gedanken war er noch bei seiner von ihm über alles geschätzten *Lippischen Heimatzeitung,* deren Lektüre für ihn jeden Morgen ein Muss war. Vor dem Gebäude der ehemaligen Hiddeser Gemeindeverwaltung stoppte er. Hatte ihm seine Frau sein Frühstücksbrot eingepackt? Umständlich kontrollierte er seine Aktentasche. Außer einigen Vorgängen, die er gestern Abend noch bearbeitet hatte, war sie leer. Ärgerlich überlegte er: Zurückgehen? Auf das Frühstück verzichten? Dann wurden seine Gesichtszüge wieder versöhnlicher. Ein Mettbrötchen von der Metzgerei Grundmann, lautete die getroffene Entscheidung. Freudig dachte er an den bevorstehenden Genuss. Das entgangene Frühstück, das ihm seine Frau eingepackt hätte, wäre, wie immer, ein Vollkornbrot mit Margarine und Rübenkraut gewesen. Wieder gut gelaunt wechselte er die Richtung. Hielt sich rechts, wollte eiligen Schrittes den kleinen Park neben der Hiddeser Sparkasse durchqueren, da sah er das Malheur. Jemand hatte den Inhalt der Papierkörbe über die gesamte Fläche verteilt. Die überdimensionalen Schachfiguren, mit denen die Kurgäste, wenn sie sich denn noch in den Ort am Fuße des Hermannsdenkmals verirrten, das Brettspiel der Könige spielen konnten, lagen kreuz und quer zwischen diversem Unrat herum. Auf den für das Spiel vorgesehenen vierundsechzig quadratischen Feldern lag noch der wahrscheinlich betrunkene Penner, der, so dachte Wieburg, mit absoluter Sicherheit für dieses Chaos verantwortlich war und schlief. Der Banker war empört. Er hasste alles, was mit Unordnung zu tun hatte. Seien es zerknüddelte Geldscheine, Falschparker oder irgendwelche Menschen, die betrunken in an sich aufgeräumten Parks herumlagen. Energisch näherte er sich dem auf der schwarz-weiß karierten Fläche Liegenden. Blieb dann wie angewurzelt stehen. Leichenblass! Vor ihm lag ein Mann in einer Blutlache. Der Kopf war von der schwarzen Dame des königlichen Spiels zertrümmert worden. Wieburg trat kalter Schweiß auf die Stirn. Er musste sich übergeben. Anschließend setzte er sich auf die nächste Parkbank. In diesem Moment hielt vor der Drogerie Asendorf ein Streifenwagen. Nahrungskonkurrenten des Bankangestellten. Wie er wollten sich die Gesetzeshüter in den Besitz frisch belegter Brötchen bringen.

Wieburg drückte seine Körpermasse von über zwei Zentnern in die Höhe. Mit watschelndem Gang und mit den Armen winkend näherte er sich dem Polizisten, der ihn an Körperfülle noch übertraf. Der Mann in Uniform versuchte den Heranstürmenden zu übersehen, denn wenn er die Gesten dessen richtig deutete, sah die ganze Zeremonie nach Arbeit für die Polizei aus. Der Wachtmeister hat jedoch nur ein Interesse: In Ruhe ein paar frische, mit Mett bestrichene Brötchen zu verzehren.

Doch Volle, so hieß der Uniformierte, hatte Pech. Schon erfasste eine Hand seine Schulter. Die vierzig Meter Wegstrecke, die Wieburg rennend, wenn man das überhaupt so bezeichnen konnte, zurückgelegt hatte, machten den

Bankangestellten atemlos. Er holte immer wieder tief Luft und presste nach jedem Schnaufer: „Ein Toter“ hervor.

Widerwillig drehte sich Volle dem am Rande eines Infarktes Stehenden zu. Er sah seine Brötchen in Gefahr.

„Nun beruhigen Sie sich doch, wenn er tot ist, läuft er uns doch nicht mehr weg.“

Der Bankangestellte starrte in das Panzerknackergesicht des Polizisten. Dieser wandte sich an den Fahrer des Streifenwagens, der uninteressiert in die Welt stierte.

„Büschemann, hier faselt einer was von einem Toten, kümmere dich mal um ihn! Ich sorge inzwischen dafür, dass wir was zwischen die Zähne kriegen.“

Ein hagerer, circa fünfundzwanzig Jahre alter Mann, mit einem von Akne übersäten Gesicht, schälte sich hinter dem Steuer des Streifenwagens hervor. „Na, dann zeigen Sie mir mal, wo es brennt!“, sagte er gelangweilt.

4

Schulte nahm sich die Akte vor, die ihm Maren Köster auf den Schreibtisch gelegt hatte. Sie enthielt den Bericht über den versuchten Briefbombenanschlag auf Rodehutskors.

Seltsame Geschichte, dachte Schulte. Er hatte zwar selbst schon mit dem Zeitungsmann gesprochen, konnte sich jedoch keinen Reim auf das Ereignis machen. Dennoch schob er jetzt die *Heimatzeitung* beiseite, öffnete die Akte und begann zu lesen. Der Anschlag fiel zwar in den Aufgabenbereich von Köster und Lohmann, doch Schulte verspürte ein ernsthaftes Interesse an dem Fall. Gerade hatte er sich die Kopien des Berichtes zurechtgelegt, da störte ihn sein Telefon. „Hallo Jupp, hier Nübel, leg deine Zeitung beiseite, in Hiddesen ist ein Toter gefunden worden. Sieht ganz nach einer Gewalttat mit Todesfolge aus. Die Spurensicherung ist schon raus.“

„Dann sei doch so freundlich und sag mir, wo der Tatort ist. Das stand nämlich heute nicht in der Zeitung“, entgegnete Schulte süffisant.

„In dem kleinen Park neben der Sparkasse.“

„Bin schon unterwegs! Weiß Braunert Bescheid?“

„Der hat eigentlich überstundenfrei. Ich habe ihn aber schon angerufen. Wusstest du, dass er sich in Baumärkten herumtreibt? Ich traue unserm Axel ja vieles zu, aber ich dachte immer, wenn der einen Hammer in die Hand nimmt, dann bringt er sich damit um.“

„Tja, stille Wasser …“.

Schulte legte den Hörer auf, griff nach seiner speckigen Lederjacke, die er an solchen Frühsommertagen eher aus Traditions- als aus Trachtengründen dabei hatte und war zehn Minuten später am Tatort.

Ein kreidebleicher Mann in Anzug und Krawatte und ein ebenso bleicher Polizist standen abgewandt von dem Geschehen. Sie wirkten apathisch. Was um sie herum geschah, schienen sie nicht wahrzunehmen.

Ein weiterer Mann, ebenfalls mit einer Polizeiuniform bekleidet, sah zu, wie die Spurensicherung das Umfeld der Leiche untersuchte. Dabei aß er offensichtlich genüsslich ein Mettbrötchen.

Als Heinz Krause Schulte kommen sah, richtete er sich auf und ging ihm entgegen.

Noch bevor der Kommissar ihn begrüßen konnte, gab der mit Gummihandschuhen bekleidete Mann, ganz gegen seine sonstige Gewohnheit, Auskunft über den Toten. Fast amüsiert sagte er:

„Hallo Jupp, wir haben es mit einem Toten zu tun, der erschossen und erschlagen wurde.“

Schulte glotzte den Kollegen an.

„Wie, erschossen und erschlagen?“

„Na ja, er hat einen Einschuss in der Brust, ein riesiges Loch, und den Schädel zertrümmert.“

„An welcher der beiden Verletzungen ist er denn gestorben?“

„Ich bin mir ziemlich sicher, dass er erschossen wurde. Jedoch nicht hier. Wir haben keinen Kugelriss gefunden, weder im Boden noch in einer der Hauswände. Er wurde mit einem großen Kaliber erschossen, wahrscheinlich mit einem Zerlegungsgeschoss. Der Ausschuss ist weitaus größer als der Einschuss. Ich vermute, dass die Kugel auf eine Rippe getroffen ist, dann aufpilzte, so dass diese verheerende Wunde zustande kam. Im Moment, nimm meine Aussage mal als Vermutung an. Der Gerichtsmediziner und der Pathologe kommen noch. Ich denke, sie werden uns bis morgen sagen können, wie der genaue Tötungshergang verlaufen ist. Ich glaube jedoch, ich liege nicht falsch.“

„Gibt es zum jetzigen Zeitpunkt sonst irgendwelche nennenswerten Spuren?“

„Keine, außer die von Volle, diesem Idioten, verstreuten Brötchenkrümel. Wenn ich was habe, lasse ich es dich wissen.“

Schulte zückte sein Handy, rief Braunert an und signalisierte ihm, dass er seinen Streifzug durch Detmolds und Lemgos Baumärkte beruhigt fortsetzen könne. Dann sah er sich den Tatort in aller Ruhe an und versuchte ein erstes Gespräch mit dem Bankangestellten zu führen, der die Leiche gefunden hatte. Dieser war jedoch noch so geschockt, dass keine einigermaßen ergebnisorientierte Unterhaltung mit ihm möglich war. Also bestellte Schulte den Mann für den nächsten Tag in die Kreispolizeibehörde.

5

Heute fühlte er sich das erste Mal seit langem befreit. Er hatte sich rasiert und gewaschen. Nun wollte er den Tag in angemessener Weise verbringen. Jahrelang hatte er das Gefühl nicht mehr gekannt.

Er hatte sich eingeigelt. Seinen Freundeskreis verloren. Seine langjährige Lebensgefährtin hatte sich von ihm getrennt.

Die langen Zeiten der Arbeitslosigkeit zwischen den Zeitverträgen und den ABM-Maßnahmen waren jedes Mal, als würde er sterben und jedes Mal starb wirklich ein Stück von ihm.

Jedes Mal fühlte er sich leerer, geradezu hohl. Seine Ideale, die er nach dem Studium hatte verwirklichen wollen, waren zusammengestürzt wie ein Kartenhaus.

Doch heute war alles anders. Jetzt wusste er, wie er der Lethargie entkommen konnte. Er hatte die Quelle gefunden, aus der er seine Kraft schöpfen konnte.

6

Nachdem Schulte seine Aufgaben am Tatort erledigt hatte, sah er auf die Uhr. Zeit, etwas zu Mittag zu essen. Er überlegte nicht lange, setzte sich in seinen VOLVO Leichenwagen und fuhr Richtung Innenstadt.

Sein Lieblingsimbiss, Rudolfs Rostbratwurststand, hatte seit kurzem sein Angebot erweitert. Es gab nun an bestimmten Tagen neben der obligatorischen Brat- und Currywurst auch Nackensteaks mit Krautsalat. Zur Zeit Schultes favorisiertes Mittagessen. Nachdem er sich dieses einverleibt hatte, ging er zum Marktplatz, um sich in der Eisdiele noch einen Espresso und ein Wasser zu genehmigen. Er sah noch einige Zeit dem Treiben auf der Detmolder Langen Straße zu, grüßte einige Bekannte, die vorbeikamen und machte sich dann auf den Weg in sein Büro. Gerade als er die Tür zu diesem öffnete, begann sein Telefon zu läuten. Am Apparat war Heinz Krause mit den Daten des Toten.

„Hallo Jupp, ich habe schon einiges für dich. Bei dem Toten handelt es sich um Wilhelm Leipholt. Er ist sechsundsechzig Jahre alt und Pensionär. Er ist alter Detmolder, also hier geboren. Früher hat er beim Landesarbeitsamt gearbeitet und ist jetzt, wo er im Ruhestand ist, wieder nach Detmold zurückgezogen. Er wohnte seit einiger Zeit wieder in einer Wohnung seines Hauses in der Hermannstraße. Ist geschieden und lebt anscheinend allein."

„Prompte Bedienung, Heinz, da kann man nichts sagen. Hat er Angehörige?"

„Jedenfalls nicht in Detmold."

„Kann ich in seine Wohnung?"

„Den Originalschlüssel kann ich dir nicht geben, an dem ist die Spurensuche noch nicht abgeschlossen. Ist aber ein Allerweltsfabrikat, ich kann dir die Tür in einer Sekunde aufmachen lassen."

„Wäre nicht schlecht, dann kann dein Kollege gleich dabeibleiben. Ich habe Braunert nämlich wieder in seinen Baumarkt entlassen."

„Lass mal, Jupp, ich komme am Besten selber mit, bevor du wie ein Elefant im Porzellanladen durch die Wohnung tobst und mir alle Spuren verwischst. Bin lieber dabei und sage dir, wo du hinzutreten hast."

„Danke für dein Vertrauen. Wir treffen uns in fünf Minuten auf dem Parkplatz. Du kannst bei mir mitfahren."

„In deinem Leichenwagen? Nee danke, Jupp, ich fahre selber, sonst mache ich mich noch zum Gespött der Leute. Außerdem, in Detmold kennen mich zu viele. Wenn ich aus deiner Karre aussteige, weiß das in einer halben Stunde meine Frau, die kriegt womöglich noch einen Herzinfarkt, weil sie denkt, dass jemand aus der Familie gestorben ist."

Schulte sah auf die Uhr. Gleich halb drei. Diesmal ließ er seine Lederjacke auf der Stuhllehne hängen. Er schwitzte.

Als Schulte einen Parkplatz in der Hermannstraße suchte, sah er Krause schon vor einem Schaukasten der LBS stehen, die dort angebotenen Immobilienangebote studierend. Schulte fuhr rechts in eine Parklücke und stand zwei Minuten später neben seinem Kollegen.

„Na, Heinz, willst du ein Haus kaufen?“

„Nee, aber wenn ich an so einem Schaukasten vorbeikomme, muss ich immer mal gucken. Mache ich, glaube ich, aus alter Gewohnheit.“

Während sie sich unterhielten, hatten sie die Elisabethstraße überquert und standen kurze Zeit später vor der Wohnungstür von Leipholt.

Wie versprochen hatte Krause die Tür innerhalb einer Sekunde auf, doch dann erschraken die beiden Polizisten durch den ohrenbetäubenden Lärm, den die ausgelöste Alarmanlage machte.

„Scheiße!“, sagte Krause und zückte sein Handy, um bei seinen Kollegen auf der Wache Entwarnung zu geben. Dann suchte er den Türrahmen ab und knipste mit einem kleinen Seitenschneider, den er aus irgendeiner Tasche gezaubert hatte, einen fast nicht zu sehenden Draht durch. Es trat Stille ein.

Die beiden Polizisten betraten eine geräumige, helle Wohnung mit hohen Räumen. Sie war nicht voll gestopft mit Möbeln. Doch die, welche die Räume schmückten, waren erlesene Antiquitäten. Auch die Bilder, die an den Wänden hingen, hatten ihren Wert. Sogar ein echter Reitemeier war dabei. Krause pfiff durch die Zähne.

„Nicht schlecht für einen kleinen Beamten. Unser Toter muss noch andere Einnahmequellen gehabt haben. Na, wir werden ja sehen.“

Krause zog zwei Paar Gummihandschuhe aus der Tasche und drückte ein Paar davon dem Kommissar in die Hand.

Doch bevor der Spurensicherer begann die Wohnung zu durchsuchen, fasste ihn Schulte auf den Arm.

„Lass mir einen Augenblick. Ich möchte mir die Wohnung einprägen und die Atmosphäre auf mich wirken lassen."

Krause war sprachlos. Ein solches Verhalten hätte er von seinem Kollegen nicht erwartet. Um Schulte nicht weiter zu stören, ging er noch einmal in den Hausflur, um den Briefkasten zu kontrollieren.

Schulte stand mitten in dem großen Wohnzimmer und sah sich um. Einen solchen Zustand würden Räume, in denen er wohnen würde, niemals erreichen. Nirgendwo lag etwas herum. Nirgendwo war Staub zu sehen. Er ging ins Schlafzimmer, auch hier eine Ordnung, wie sie der Kommissar nie zuvor gesehen hatte.

Er konnte sich nicht vorstellen, dass diese Räume jemals ein lebendes Wesen betreten hatte, außer zum Putzen. Gerade hatte er diesen Gedanken zu Ende gedacht, da kam Krause wieder herein.

„Was fällt dir an der Wohnung auf, Heinz?"

Krause zuckte mit den Schultern.

„Zu feudal eingerichtet für einen ehemaligen Beamten des Arbeitsamtes."

„Und, was noch?"

„Leipholt war ziemlich ordentlich."

„Ziemlich ordentlich? Ich sehe hier nicht das kleinste Zeichen von Unordnung. Das ist ja schon fast gespenstisch."

„Dass eine aufgeräumte Wohnung solche Gefühle in dir auslöst, kann ich mir denken. Ich war zwar erst einmal bei dir zu Hause, aber da hätte mich beinah der Schlag getroffen. Ich habe mich damals gefragt, wie man nur so leben kann?"

Schulte machte keine Anzeichen, das Thema weiter zu vertiefen. Also fingen die beiden Polizisten an, die Schränke systematisch zu durchsuchen. In allen Fächern und Schubladen herrschte ähnliche Ordnung wie in den Räumen. Daher konnten sich die beiden Männer schon nach zwei Stunden ein ungefähres Bild vom Verlauf des Lebens Leipholts machen.

Leipholt hatte 1954 die Realschule abgeschlossen und war dann zum Arbeitsamt gegangen, wo er die Beamtenlaufbahn des mittleren Dienstes eingeschlagen hatte. Sein Leben verlief auf den ersten Blick unspektakulär. 1966 hatte er eine Marita Konze geheiratet. In diesem Jahr war das Paar dann auch nach Düsseldorf gezogen und Leipholt hatte beim Landesarbeitsamt angefangen, seinen Dienst zu verrichten.

Die Ehe blieb kinderlos. 1991 wurde sie geschieden. Der Grund war auf den ersten Blick nicht ersichtlich.

Waren ziemlich lange verheiratet, die beiden. Wieso man sich nach einer solch langen Zeit noch scheiden lässt?, dachte Schulte. Andere feiern dann Silberne Hochzeit.

Leipholt war 1990 gleich in die ehemalige DDR gegangen und hatte mitgeholfen, dort ein Arbeitsamt aufzubauen. Er kam 1994 zurück nach Düsseldorf.

„Irgendetwas stimmt da nicht, Heinz. Wir haben noch nicht alles gefunden. In dieser Wohnung ist noch etwas versteckt, das ganz wichtig für uns ist."

„Jupp, ich entdecke ja immer neue Züge an dir. Erst willst du die Wohnung auf dich wirken lassen und dann kommst du mit so etwas wie Intuition. Dass du ein ziemlich spontaner Mensch bist, ist ja hinreichend bekannt. Das wissen ja sogar die Handballer des TBV Lemgo. Doch dies sind ganz neue Verhaltensweisen."

Schulte winkte ab.

„Das hat mit Intuition überhaupt nichts zu tun. Wer so ordentlich ist wie dieser Leipholt, der hat auch Belege darüber, wo er seine teueren Möbel gekauft hat. Der hat Aufzeichnungen über seine Geldgeschäfte und der hat Unterlagen über Bankkonten. Hast du irgendetwas dergleichen gefunden."

Krause kratzte sich am Kopf. Schulte hatte recht.

„Vielleicht hat er die Unterlagen ja in einem Bankschließfach?"

„Dann hätten wir so etwas wie einen Schlüssel finden müssen. Außerdem finde ich die Wohnungssicherung durch eine Alarmanlage trotz der nicht ganz billigen Möbel schon etwas übertrieben. Nee, nee, Heinz, da gibt es noch was, was wir übersehen haben."

Krause fand Schultes Argumente durchaus einleuchtend.

„Wenn es in dieser Wohnung noch ein Geheimnis gibt, dann finden wir das auch, darauf kannst du dich verlassen. Nur jetzt will ich die Suche nicht intensivieren. Ich beginne gleich erst mal mit der Spurensicherung. In diesem Zusammenhang drehe ich hier jeden Quadratzentimeter um, das verspreche ich dir. Ich rufe gleich meine Mannschaft an und dann legen wir los. Sobald ich etwas entdeckt habe, rufe ich dich sofort an.

Krause griff zum Handy. Für Schulte war dies das Zeichen, dass Krause jetzt allein gelassen werden wollte. Es war jetzt siebzehn Uhr fünfzig. An sich hatte er keine Lust mehr, noch einmal ins Büro zu fahren. Doch es blieb ihm nichts anderes übrig. Spätestens morgen früh um neun stand Erpentrup, sein Chef, bei ihm auf der Matte und wollte einen ersten Bericht haben. Es wunderte ihn sowieso, dass er bis jetzt weder von jemandem von der Presse noch vom Polizeidirektor angerufen worden war. Als er einen Blick auf sein Handy warf, stellte er fest, dass er es ausgestellt hatte.

Eigentlich gar kein schlechter Trick, dachte Schulte. Steckte das Telefon wieder in die Tasche und machte sich auf den Weg zu seinem Auto.

7

Schlecht gelaunt kam Schulte an diesem Morgen ins Büro. Als er seinen ersten Bericht über den Schachbrettmord gestern Abend beendet hatte, war es fast einundzwanzig Uhr gewesen. Er hatte Lust auf ein Bier bekommen, wollte es jedoch nicht alleine trinken, also war er zu seinem Freund Detlev Dirkes gefahren. Dieser war Tierarzt und wohnte mit seiner Frau Lisa und den beiden Kindern auf einem Bauernhof in der Nähe von Brüntrup.

Bier und Schnaps gab es bei Dirkes immer reichlich. Die beiden Männer waren ins Reden gekommen und hatten so mehr als eine Flasche geleert. Schulte war, wie so oft, nicht mehr nach Hause gefahren, sondern hatte bei seinem Freund auf dem Sofa übernachtet. Jetzt taten ihm, zusätzlich zu den Kopfschmerzen, die ihn plagten, auch noch sämtliche Knochen weh. Kaum hatte er sich auf seinen Schreibtischstuhl gesetzt, da klingelte das Telefon. Erpentrup war am Apparat, der, wie erwartet, den Bericht verlangte.

„Habe ich Ihnen doch gestern Abend schon gemailt", sagte Schulte mit vorwurfsvollem Unterton.

„Wie, gemailt? Entschuldigen Sie bitte, Herr Hauptkommissar, ich habe heute Morgen meine Mails noch gar nicht abgerufen", entgegnete Erpentrup. Seine Verlegenheit und seinen Ärger über sich selbst waren nicht zu überhören.

„Ich sehe gleich mal nach, ob die Nachricht schon da ist. Falls ich noch Fragen habe, melde ich mich wieder", beendete der Polizeidirektor das Gespräch.

Eigentlich wollte er Schulte noch einen Vorwurf dafür machen, dass er gestern den ganzen Nachmittag sein Diensthandy abgeschaltet hatte. Doch er war von Schultes prompter Berichterstellung so überrascht worden, dass er diesen Vorwurf plötzlich für völlig unangebracht hielt.

Vielleicht ist der Tag doch gar nicht so schlecht, dachte Schulte, drückte sich ächzend aus seinem Stuhl, hielt sich mit der rechten Hand seinen Rücken und machte sich auf den Weg zu Braunerts Büro. Dieser saß mit einer Tasse Kaffee an seinem Schreibtisch und studierte ein Einrichtungsmagazin.

Schulte hätte nicht einmal im Sprechzimmer seines Hausarztes in eine solche Zeitung gesehen, selbst wenn es die einzige gewesen wäre, die er hätte lesen können. Wenn bei ihm ein Umzug anstand, hatte er seine Möbel in der alten Wohnung zusammengepackt und in der neuen wieder hingestellt, wie es gerade passte. Sollte das eine oder andere gute Stück den Umzug nicht überlebt haben, wurde es kurzerhand entsorgt. Aber noch eine Zeitung darüber lesen, wie was zusammenpasst und wie man ein Zimmer farblich auf die Möbel abstimmt, das wäre ihm nicht in den Sinn gekommen.

Braunert kannte Schultes Sichtweise in punkto Einrichtungsfragen und so ließ er seine Zeitung kommentarlos in seinem Schreibtisch verschwinden.

„Ich habe deinen Bericht schon gelesen, Jupp. Wie machen wir denn weiter?“

Schulte zuckte mit den Schultern und nahm sich auch einen Kaffee. Er setzte sich auf einen Besucherstuhl, legte die Beine übereinander und zog die Stirn in Falten.

„Dieser Mord ist schon eine komische Sache. Krause geht davon aus, dass die Tötung nicht in dem Hiddeser Park stattgefunden hat. Die Leiche ist später dort abgeladen worden, dann hat man ihr noch einmal was mit der Schachfigur über den Schädel gezogen. Entweder ist der Mörder ein Verrückter oder er will irgendjemandem etwas mitteilen. Jedenfalls muss diese Schachbrettnummer irgendeinen Sinn oder eine Bedeutung haben. Hast du eine Vorstellung, warum Schach?“

„Na ja, Schach ist ein Spiel, das logisches Denken voraussetzt. Das Spiel als solches besteht aus mehreren Zügen. Der Schäferzug ist die Eröffnung, die den Gegner am schnellsten schachmatt setzt. Leider kennen diese Eröffnung alle, die öfter Schach spielen. So dass man mit dieser Variante fast nie ein Spiel gewinnen kann. Also ziehen sich die meisten Spiele hin.

Wenn das Handeln des Täters wirklich etwas mit Schach zu tun hat, dann ist jetzt der Gegner am Zug. Es könnte natürlich auch sein, dass mit dem Mord das Spiel zu Ende gegangen ist. Es war die Dame, mit der auf den Toten eingedroschen wurde. Aber erst wenn der König fällt, ist das Spiel zu Ende. Schwer zu sagen, welche Botschaft sich hinter der Tatsache verbirgt, dass ein Schachspiel in den Tötungsvorgang einbezogen wurde."

„Mit anderen Worten, der König steht noch, das Spiel ist noch nicht zu Ende. Also können wir davon ausgehen, dieser Mord war nicht das letzte Glied einer Ereigniskette, bei der es jetzt gilt, nur noch den Mörder zu finden, der sich ab sofort gut versteckt. Vielmehr ist die Wahrscheinlichkeit groß, dass der Täter wieder in irgendeiner Form in Erscheinung tritt. Wir können sogar noch weiter gehen. Was immer passiert ist, er hat sich keine Mühe gemacht, seine Tat zu verheimlichen. Es ist sogar denkbar, dass er sie an die große Glocke hängen wird. Das Ergebnis könnte durchaus wieder ein Mord sein."

„Stellt sich die Frage, warum unser Täter die Leiche auf diese Weise präsentiert. Wem will er etwas damit sagen?"

Schulte und Braunert schwiegen. Plötzlich stand Schulte auf und griff sich Braunerts Telefon.

„Ich rufe den Chef an. In dieser Angelegenheit soll der selbst entscheiden. Ich darf gar nicht dran denken was passiert, wenn wir morgen wieder eine Leiche da liegen haben, die eindeutig von dem Täter umgebracht wurde, der auch Leipholt auf dem Gewissen hat."

Axel Braunert nickte zustimmend und so hämmerte Schulte die Nummer des Polizeidirektors in die Tastatur.

Schon nach dem zweiten Signalton meldete sich Erpentrup. Schulte redete nicht lange um den heißen Brei herum.

„Hier Schulte, Herr Erpentrup, ich sitze gerade mit dem Kollegen Braunert zusammen. Wir sind noch einmal den

Mordfall durchgegangen und würden uns in einigen Fragen ganz gerne mit Ihnen abstimmen."

Wieder wunderte sich der Polizeidirektor: Ständig hatte er mit Schulte Auseinandersetzungen wegen dessen anarchischer Arbeitsweise und plötzlich fing er an, in jeder Hinsicht kooperativ zu werden. Erpentrup schwor sich, misstrauisch zu bleiben.

Zu Schulte sagte er:

„Gut, Herr Hauptkommissar, kommen Sie und der Kollege Braunert doch kurz in mein Büro. Dann können wir auch gleich über die Pressekonferenz sprechen. Die Journalisten lassen sich nicht mehr lange vertrösten."

Nachdem Schulte und Braunert dem Polizeidirektor den Fall mit allen Facetten geschildert hatten, saßen die drei Männer schweigend da. Dann ergriff Erpentrup das Wort: „Wir werden die Öffentlichkeit auf keinen Fall so informieren, dass irgendjemand zum jetzigen Zeitpunkt auf die Idee kommen könnte, es handele sich bei dem Fall um einen Ritualmord oder Ähnliches.

Die Sprachregelung muss lauten, dass der Leipholt vermutlich bei einer Auseinandersetzung zu Tode gekommen ist. Wir müssen Zeit gewinnen. Die Pressekonferenz werde ich selber abhalten. Es reicht, wenn einer von Ihnen als ermittelnder Beamter dabei ist."

Schulte und Braunert waren erleichtert.

„Gibt es seit der Erstellung Ihres Berichtes schon neue Erkenntnisse?"

Schulte schüttelte den Kopf.

„Von der Pathologie haben wir noch nichts gehört. Krause arbeitet auf Hochtouren. Der wollte mir gegen Mittag die aktuellen Ergebnisse reinreichen."

Erpentrup erhob sich. Dies war für die beiden anderen Polizisten der Hinweis, dass die Besprechung beendet war. Sie verabschiedeten sich und verließen den Raum.

8

Er hatte schlecht geschlafen. Depressive Gedanken begannen seinen Kopf wieder zu erobern. Die erste Befreiungstat hatte ihm zwar die Richtung gewiesen, doch das freie Gefühl hatte nicht lange angehalten. Ihm wurde klar, dass er bald handeln musste, um das Jammertal endgültig zu verlassen. Der Plan fehlte noch, doch das Finden der richtigen Strategie war nur eine Frage der Zeit.

9

Wieder zurück in seinem Büro ging Schulte seine Aufzeichnungen noch einmal durch. Gegen ein Uhr meldete sich ein Hungergefühl. Also griff er nach seiner Jacke, um eine Kleinigkeit essen zu gehen. Doch in diesem Moment klopften Krause und Jakobskrüger, der Pathologe, an seine Tür.

„Pünktlich wie die Maurer", sagte Schulte. „Gibt es was Neues?"

„Einiges!"

Schulte sah zu seiner Besprechungsecke, doch sowohl auf den Stühlen als auch auf dem Tisch türmten sich Berge von Akten.

„Lasst uns zu Braunert gehen, da ist mehr Platz", sagte Schulte, wohl wissend, dass alle Zimmer die gleiche Größe hatten. Noch dazu teilte Axel sich das Büro mit Maren Köster.

Also machten sich die drei Männer auf den Weg zur gegenüberliegenden Flurseite und traten ohne zu klopfen ein. Wieder beförderte Braunert seine Einrichtungszeitschrift in den Schreibtisch.

„Wenn ich gestört werden will, brauche ich nur Mittagspause zu machen", sagte er und packte das mitgebrachte Brot wieder in die dafür vorgesehene Tüte.

Schulte machte sich an Kösters Schreibtisch breit, die anderen setzten sich an den Besprechungstisch.

„Na, dann legt mal los!“, eröffnete er das Gespräch.

Jakobskrüger und Krause sahen sich an. Dann begann der Pathologe „Ich habe die ersten Befunde ausgewertet und kann mit ziemlicher Sicherheit sagen, dass Leipholt am Dienstag, dem elften Mai gegen achtzehn Uhr erschossen wurde. Dann ist er wahrscheinlich in einen ziemlich engen Kofferraum gepackt worden. Dies kann ich auf Grund der Körperhaltung sagen, die er einnahm, als allmählich die Leichenstarre eintrat. In dem, bleiben wir einmal bei Kofferraum, muss er bis zirka fünf Uhr morgens am zwölften Mai gelegen haben, denn um diese Zeit wurde ihm der Schädel mit der Schachfigur zertrümmert. Diesen Zeitpunkt konnten wir anhand der Blutgerinnung in der Schädelwunde feststellen.“

Wieder sahen sich der Pathologe und der Mann von der Spurensicherung an.

„Okay, dann mache ich mal weiter“, sagte Krause. „Das mit dem Kofferraum kann ich zu neunzig Prozent bestätigen. Wir haben Ölspuren an der Kleidung gefunden. Weiter mehrere Erdproben unterschiedlicher Herkunft, ein Stückchen Plastik, wahrscheinlich von der Reflektorfläche eines Warndreiecks und Faserspuren von einer Autofußmatte oder einer Kofferraumbodenabdeckung. Die Spuren haben wir noch nicht abschließend ausgewertet. Wenn wir damit durch sind, können wir vielleicht sogar den Autotyp bestimmen, in dem der Tote gelegen hat.

Weiter haben wir noch ein paar Haare verschiedener Herkunft gefunden. Auch die sind zur DNA-Analyse eingeschickt worden. Anfang nächster Woche wissen wir mehr.

„Gibt es sonst noch was Berichtenswertes?“, fragte Schulte eher routinemäßig.

„Ja“, meldete sich Axel Braunert, „Ich habe den Namen der Frau herausbekommen, von der Leipholt geschieden ist. Ich habe sie schon angerufen und mit ihr gesprochen.“

Axel Braunert machte eine Kunstpause und dachte: Ja, Schulte, da staunst du was, ich lese nicht nur Einrichtungsmagazine. Schulte schien das Gleiche zu denken.

Nach ungefähr zehn Sekunden fuhr Braunert fort:

„Seine damalige Ehefrau, Marita Konze, hat sich 1991 von Wilhelm Leipholt scheiden lassen. Grund war eine Affäre, die er wohl in Zeitz mit einer blonden Frau hatte. Frau Konze kannte nicht einmal ihren Namen. Sie nannte sie während des Telefongespräches immer nur die Lange Blonde. Ihr könnt euch gar nicht vorstellen, welchen Hass sie immer noch in der Stimme hatte, wenn sie von ihr sprach. Leipholt war in dem sich gründenden Arbeitsamt in Zeitz für die gesamte Weiterbildung zuständig. Frau Konze sprach immer von F- und U-Maßnahmen. Wie ich mittlerweile herausbekommen habe, heißt das wohl Fortbildung und Umschulung. Diese so genannte Lange Blonde arbeitete damals wohl bei einem der Träger, die aus dem Westen kamen und es als ihre Aufgabe ansahen, den damaligen DDR-Bürgern die Grundstrukturen des Kapitalismus beizubringen. An dieser Tätigkeit muss man wohl damals gut verdient haben. Wie auch immer, jedenfalls muss es zwischen Leipholt und dieser Langen Blonden eine kurze, aber heftige Romanze gegeben haben. Danach war nichts mehr so wie vorher. Das hat Leipholts Ehe nicht ausgehalten. Wie gesagt, die Exehefrau war immer noch voller Hass, als sie über die damalige Zeit berichtete. Es war ab einem bestimmten Zeitpunkt nicht mehr möglich, das Telefongespräch fortzuführen. Ich habe es dann abgebrochen. Danach habe ich überlegt, ob ich die Düsseldorfer Kollegen um Amtshilfe bitten sollte. Aber wenn Erpentrup den Reisekostenantrag unterschreibt, mache ich nächste Woche einen Termin mit der Frau und rede selbst mit ihr."

„Vielleicht kommt sie ja auch nach Detmold", überlegte Schulte laut. „Na, jedenfalls müssen wir diese Lange Blonde auftreiben. Ich kann mir vorstellen, dass diese Frau eine nicht unerhebliche Rolle in diesem Mordfall spielt."

An Krause gerichtet fragte er: „Hast du in seiner Wohnung Hinweise auf diese Frau gefunden? Wenn es wirklich so eine zwar kurze, aber heftige Liebe war, dann wird Leipholt Erinnerungen an diese Affäre haben."

Krause schüttelte den Kopf. „Meine Leute und ich haben fast die ganze Nacht durchgemacht. Wir haben mittlerweile fast die gesamte Wohnung umgedreht. Aber wir haben nicht wesentlich mehr gefunden, als wir beide gestern Abend schon hatten."

Schulte wurde ganz unruhig.

„Ich schwöre euch, diese Wohnung birgt ein Geheimnis und die Lange Blonde ist ein Teil davon. Heinz, dreh jedes Staubkorn um. In der Wohnung von Leipholt gibt es einen Hinweis, den wir übersehen haben. Das weiß ich."

Mein Gott, Schulte ist ja richtig verbissen, dachte Krause. Laut sagte er:

„Wie ich dir gestern schon sagte, wenn es da eine Spur gibt, die mit dem Mord zusammenhängt, dann finden wir sie."

Schulte nickte. „Gibt es sonst noch Neuigkeiten?"

Die Männer schüttelten den Kopf. Sie saßen noch einige Minuten schweigend zusammen. Schließlich klopfte sich Jakobskrüger auf die Schenkel. „Wenn nichts mehr ist, mache ich mich auf den Weg. Ich habe noch einiges zu tun."

Die Männer verabschiedeten sich murmelnd und verließen den Raum. Axel Braunert zog wieder sein Pausenbrot aus der Tüte. Er griff nach seiner Zeitung.

10

Angewidert blickte Hermann Rodehutskors auf das, was einmal eine Briefbombe war. Der Experte vom LKA hatte ihn angerufen. Er wollte noch einmal mit ihm sprechen. Ganz in Ruhe, wie er sagte. Am Mittwoch habe Rodehutskors ja wohl unter Schock gestanden. So war der alte Zeitungsmann nach Bielefeld ins Polizeipräsidium gefahren, um sich dort mit dem Bomben-Spezi zu treffen.

Nun lagen etliche Fotos der fatalen Postsendung vor ihm auf dem Tisch. Jedes Teil war einzeln fotografiert. Ein brauner wattierter C5-Briefumschlag, ein Handy, aus dem ein kurzes Stück ganz dünner Draht herausschaute und ein u-förmig geknickter Plastikstrohhalm, dessen beide Enden mit einem feinen Garn umwickelt waren. Rodehutskors spürte einen starken Widerwillen, auch nur eines der Fotos anzufassen.

„Das ist völlig normal“, meinte der Experte, als hätte er die Gedanken des anderen erraten.

„Wer Adressat einer Briefbombe ist, sieht darin nur das Werkzeug, das ihn verstümmeln oder verbrennen sollte.“

Rodehutskors fragte sich erstaunt, was man denn sonst darin sehen könnte.

Der Beamte setzte sich eine rahmenlose Brille auf und blickte Rodehutskors freundlich an.

„Wir Kriminaltechniker dagegen sind Menschen, deren Interesse an Waffen detektivisch ist. Wir beurteilen eine Waffe vor allem danach, was sie uns über den Täter verraten kann. Denn jede Waffe ist auch ein Spurenträger. Vor allem eine Briefbombe lässt sich völlig spurenfrei wohl nur unter Laborbedingungen herstellen. Aber auch das wäre ja schon wieder eine Art Spur.“

Liebevoll schaute er auf die ausgebreiteten Utensilien.

„Was ist denn das alles?“ fragte Rodehutskors matt, ohne die Antwort wirklich hören zu wollen.

„Tja, einen wattierten Umschlag nimmt man natürlich, damit der Inhalt nicht beim Transport beschädigt wird, und damit man ihn nicht leicht ertasten kann. Der Strohhalm enthält den Sprengstoff. Er ist an den beiden Enden mit Stopfgarn umwickelt, damit der Sprengstoff drin bleibt und um den Zünddraht zu fixieren. Sehen Sie: Dort, wo die beiden winzigen Drähte aus dem Strohhalm ragen, da enthält dieser Stopfgarnhut ein Spezialpulver zum Explodieren. Das Handy hatte die Funktion, den Stromimpuls zu geben. Normalerweise macht man das mit einer Knopfbatterie, aber in Ihrem Falle hatte der Absender wohl besonderen Spaß an der Vorstellung, dass Sie sich selbst mit einem Anruf in die Luft sprengen würden. Hat es gut mit Ihnen gemeint."

Rodehutskors fröstelte.

„Durch den Vibrationsalarm des Handys wäre ein Unterbrecher, der bisher zwei winzige Kontakte, die können Sie hier sehen, voneinander getrennt hatte, herausgerissen worden, der Zünddraht hätte vom Handy-Akku Saft bekommen, sich erhitzt... und peng!"

Bei diesen Worten klatschte er so laut beide Hände zusammen, dass Hermann Rodehutskors nur knapp an einer Ohnmacht vorbeirauschte. Kreidebleich setzte er sich. Der Experte merkte nun auch, dass er seine Information nicht eben sensibel rübergebracht hatte und bemühte sich jetzt um den älteren Herrn aus Detmold. Er brachte ihm ein Glas Wasser, wartete bis Rodehutskors dies ausgetrunken hatte und dozierte dann weiter.

„Verlassen Sie sich drauf, wir finden Spuren! Die Originalteile sind zur Zeit im Labor in Düsseldorf zur Untersuchung. Dort wird Ihre schöne kleine Bombe in einer ganz bestimmten Reihenfolge untersucht. Um Fingerabdrücke festzustellen, wird der Umschlag in ein Tauchbad gelegt. Vorher muss natürlich die Klebelasche auf DNA-Spuren untersucht werden. Speichel, Sie verstehen? Wenn die Lasche selbstklebend ist, versuchen wir, den Klebstoff zu ermitteln.

Manchmal bekommen wir dadurch Hinweise darauf, welche Geschäfte solche Umschläge im Sortiment haben. Den Sprengstoff werden wir auch analysieren. So was kann man ja nicht mal eben so im Supermarkt kaufen. Wir können aus der Art des Sprengstoffs schon Schlüsse ziehen, über welche Kanäle der an den Bombenbauer gekommen ist. Ganz wichtig ist natürlich auch das, was auf dem Umschlag steht. Also Adresse und so weiter. Egal, ob handschriftlich, mit geklebten Einzelbuchstaben oder mit Computerschrift, irgendwas fällt dabei auf."

Müde schaute Rodehutskors zu dem gut gelaunten Mann hoch, der offensichtlich viel Freude an seinem Beruf hatte.

„Wir hatten übrigens das Glück, dass wir bei Ihrer Bombe Zünder und Sprengmittel voneinander trennen konnten. Obwohl das ein verdammtes Stück Arbeit war, das kann ich Ihnen sagen. Und ich hätte vorher nicht darauf gewettet, dass mir das gelingt. Aber, na ja. Man hat ja seine Erfahrung mit den Jahren. Wenn das nicht möglich gewesen wäre, hätten wir die Bombe mit einer Wasserkanone sprengen müssen. Dann wäre nicht viel mit Spuren gewesen. Aber wie gesagt, in Ihrem Falle werden wir Spuren finden, da können Sie einen drauf lassen!"

Danach wollte er von dem völlig erschöpften Rodehutskors noch wissen, wie und wann er den Umschlag aus dem Briefkasten geholt habe, wie und wo er ihn berührt hatte und vieles mehr. Es war bereits später Abend, als Hermann Rodehutskors wieder in Detmold ankam Der *Detmolder Hof* war wie immer am Freitag Abend rappelvoll, aber an seinem Stammtisch in einem Spezialraum links vom Empfangstresen winkte man ihm beim Eintreten bereits zu. Selten hatten ihm ein Schnaps und gute Freunde so gut getan.

11

Heute würde es endlich einmal heiß werden, dachte Schulte, als er sich seine alte abgegriffene Lederjacke nahm und sein Haus verließ. Immer diese Wetterschwankungen, tagelang regnete es und war grottenkalt und dann wieder diese unnatürliche Hitze mit anschließendem Unwetter.

Schulte wechselte gedanklich das Thema. Warum hatte er sich nur darauf eingelassen, Maren Köster beim Umzug zu helfen. Er hatte in der letzten Zeit viele Überstunden gemacht. Jetzt hatte er auch noch den Mordfall im Hiddeser Park zu bearbeiten.

In der *Heimatzeitung*, die er gerade noch durchgeblättert hatte, nannte der Redakteur den Täter den *Schachbrettmörder*. Das ist nicht Rodehutskors Handschrift, hatte Schulte gleich bemerkt und sich das Kürzel des Schreibers angesehen. „KO" stand da. Nie gelesen, dachte der Polizist. War das wohl der Nachfolger von Rodehutskors?, sinnierte er weiter. In letzter Zeit sprach der alte Redakteur immer öfter von seinem wohlverdienten Ruhestand.

Wäre ein großer Verlust, wenn der alte Zeitungsmann die Segel streichen würde, dachte Schulte und öffnete die Tür seines Autos. Die Milchglasscheiben mit den Palmenwedeln störten ihn ebenso wenig wie die fast zwanzig leeren Cola-Dosen, die in jeder Kurve ständig schepperten.

Schulte ließ den Motor an und schob eine CD in das Autoradio. *Made in Japan* von Deep Purple hatte er letzte Woche neu gekauft. Seitdem hörte er nur diese Musik auf seinen Autofahrten. Er erinnerte sich noch gut an damals, es muss 1972 gewesen sein. Da hatte sein Kumpel Bruno ihm die Doppel LP aus England mitgebracht. Als Jupp die Platten zum ersten Mal gehört hatte, war ihm klar: Das war das Beste, was je auf seinem Plattenteller gelegen hatte. Und jetzt, über dreißig Jahre später, hatte sich seine Meinung nur unwesentlich geändert. Er drehte die Musikanlage in seinem

Auto noch einen Tucken lauter. Dann setzte er sein Schlachtschiff in Bewegung.

Keine zehn Minuten später stand der Polizist vor dem Haus von Maren Köster. Seine Kollegin war schon voll in Aktion. Gerade hatte sie eine Kiste auf den geliehenen Pritschenwagen gewuchtet. Sie hatte eine Jeans und ein altes verwaschenes Holzfällerhemd an.

Die Frau kann sich auch einen Kartoffelsack überziehen, dann sieht sie immer noch scharf aus, dachte Jupp. Seit er sie vor mehr als zehn Jahren kennen gelernt hatte, war sie der Inhalt seiner feuchten Träume. Zu gerne wäre er bei ihr gelandet. Manchmal hatte er gemeint, er habe eine Chance, bei ihr zu landen. Doch jedes Mal hatte er es versaut.

Maren Köster war jedoch auch nicht einfach. Es gab Tage, da konnte man sie nicht mit der Kneifzange anfassen, so launisch war sie dann. Wenn sie wütend wurde, war es ratsam zwei Meter Sicherheitsabstand zu halten. Es war schon öfter einmal vorgekommen, dass sie bei Tätern, die ihr gegenüber handgreiflich geworden waren, ihren schwarzen Gürtel in Judo und Karate unter Beweis gestellt hatte. Die Folge war dann meist ein längerer Krankenhausaufenthalt ihrer Kontrahenten oder besser gesagt ihrer Opfer.

Schulte war sich durchaus im Klaren, dass, wenn Maren ausrastete, es auch ihn treffen konnte. Aber vielleicht war das ja auch ein Grund mit, der diese Frau für Schulte, ja, für die meisten Männer so atemberaubend attraktiv machte.

„Hallo Jupp, du bist ja richtig früh aus dem Bett gefallen!“, begrüßte Maren den Kollegen, als er aus seinem Auto ausstieg.

„An sich hatte ich den festen Vorsatz, mich vor der Knochenmaloche heute zu drücken, doch als ich heute Morgen die Augen aufschlug und wieder schloss, da sah ich dein Bildnis. Ich brauchte nicht mehr mit mir zu kämpfen, mir wurde auf den Schlag klar, dieser schönen Frau musst du beim Umzug helfen. Plötzlich spürte ich eine unbändige Kraft. Die Last der letzten sechsundvierzig Jahre fiel von meinen Schultern. Ich traute mir alles zu. Wo sind die zusammengebundenen Klaviere?"

Maren Köster stieß Schulte mit dem Ellenbogen in die Rippen.

„Alter Schwerenöter! Willst du einen Kaffee?"

„Wäre eine echte Alternative zu den Klavieren."

„Okay, erst Kaffee, dann Klaviere und wenn die Arbeit getan ist, lade ich euch erst zum Essen ein. Anschließend gehen wir zum TBV."

Schulte sackte in sich zusammen.

„Du hast eine Begabung mir den Tag zu verderben. Ich wollte mit dir durchs Feuer gehen und du willst mit mir zum TBV. Wenn ich mich in der Lipperlandhalle blicken lasse, schlagen mich die Fans tot, weil ich sie, wie ihr wisst, mal um die Meisterschaft gebracht habe."

„Quatsch, der TBV hat die besten Fans der Handballbundesliga, die haben immer Einsicht in die Notwendigkeit gehabt. Ich wette, wenn sie dich erkennen, dann werden sie nicht nur den TBV als beste Mannschaft der Welt feiern, sondern auch dir als dem besten Verbrechensbekämpfer der Welt huldigen."

„Dein Wort in Gottes Gehörgang. Wenn du Unrecht hast, legt mir einen Blechkranz auf das Grab."

„Wieso Blechkranz?"

„Immer, wenn ich dann höre, wie der Regen auf ihn prasselt, weiß ich, dass ich unter Lippes Radieschen begraben wurde."

„Lippes Radieschen?", schnappte Lohmann die letzten Worte von Schulte auf, als er mit Brötchentüten bepackt auf der Bildfläche erschien.

„Redet ihr über meinen Garten?"

„Nee, Bernhard, über Schultes Tod", entgegnete Maren trocken, nestelte an den Tüten, die Lohmann in den Armen trug und sagte:

„Frische Brötchen, jetzt kann nichts mehr schief gehen."

„Und Puddingschnecken von Hartmann!", versuchte Lohmann das Ganze noch zu toppen.

„Na, dann ran an den Küchentisch, der steht nämlich mit den nötigen Stühlen noch an seinem alten Platz. Essen und Trinken hält Leib und Seele zusammen."

Stunden später war sich Schulte nicht mehr sicher, ob diese Aussage noch Bestand hatte. Ihm taten alle Knochen weh. Vor Marens Haus in Lemgo standen noch drei Stühle. Er stützte seinen Rücken, indem er seine Hände in die Hüften stemmte und war sich sicher, die konnte ins Haus tragen wer wollte, er nicht. Wieso hatte er sich das angetan? Je älter ich werde, umso unvernünftiger komme ich mir vor, warum habe ich nur vergessen, dass ich ein bequemer Mensch und kein Möbelpacker bin, dachte er.

Wo war nur Axel Braunert, der wollte doch auch hier einziehen und hatte sich den ganzen Tag noch nicht blicken lassen. Die halbe Kreispolizeibehörde hatte zeitweise Hand angelegt, nur unser Dandy ist noch nicht aufgetaucht.

„Wo ist eigentlich Axel, Maren?"

„Der hat bei der ganzen Renovierung ständig unter Beweis gestellt, dass er zwei linke Hände hat. Ich hätte mich schwarz geärgert, wenn der den ganzen Tag das umgeworfen hätte, was wir gerade aufgestellt haben. Daher kümmert er sich ums Essen. Er müsste jeden Moment auftauchen."

Zwei linke Hände, die habe ich ab sofort auch, dachte Schulte und drückte wieder seinen Rücken durch, um seine Schmerzen zu lindern.

12

Hermann Rodehutskors wich nicht von der Stelle. Er stand in seiner Küche. Schon am frühen Morgen hatte er die Jalousie heruntergelassen, aber nicht völlig blickdicht gemacht. Nun verbrachte er fast den ganzen Samstagmorgen damit, durch die schmalen Lücken der Jalousie in den Vorgarten zu schauen. Die Fotokamera immer gefechtsbereit in der Nähe. Dahin, wo sein Briefkasten stand. Es war, wie gesagt, so ein amerikanischer Briefkasten. Eine weiße Röhre mit einer roten Metallfahne dran, die der Postbote hochstellte, wenn er etwas hineingelegt hatte. Aber in der Mittagszeit ging der Berlebecker Postbote achtlos an seinem Haus vorbei.

Was hatte der rätselhafte Mann am Telefon gesagt, nachdem die Briefbombe entschärft worden war?

Rodehutskors hatte den Wortlaut noch im Ohr. Nach einer reichlich selbstgefälligen Rechtfertigung der Bombe hatte er angekündigt:

„Wir möchten, dass Sie in unserem Sinne ihre Möglichkeiten als Journalist nutzen. Sie werden am Samstagnachmittag noch einmal Post von uns bekommen. Mit wichtigen Informationen. Es wird ein brauner DIN A4-Umschlag sein. Keine Angst! Diesmal ohne Bombe, aber trotzdem ist der Inhalt hochexplosiv!"

Rodehutskors setzte Kaffee auf, ohne dabei den Vorgarten aus den Augen zu lassen. Irgendeiner musste diesen verdammten Brief doch vorbeibringen! Und er wollte unbedingt wissen, wer das ist. Wer weiß, wozu diese Leute noch in der Lage sind? Am Freitag hatte die Polizei versucht, den Besitzer des Handys zu ermitteln, um damit eventuell dem Bombenbauer auf die Spur zu kommen. Wie sich Rodehutskors bereits gedacht hatte, verlief die Spur im Sand. Das Handy war natürlich gestohlen. Die Besitzerin, eine ältere Dame, war entsprechend verzweifelt und stand natürlich außerhalb jedes Verdachts. Mittlerweile war es später Nachmittag geworden. War doch alles nur ein übler Scherz? Vielleicht war das ja alles nur Blödsinn, mit Zusammenarbeit und so weiter. Wollte ihm da jemand nur einen kräftigen Schreck einjagen? Jemand, dem er im Laufe seiner vierzig Jahre als Lokaljournalist mal auf die Füße getreten war? Rodehutskors war fast geneigt, diese Variante als die wahrscheinlichste anzunehmen, als er hörte, wie sich sein Gartentor öffnete. Rasch blinzelte er wieder durch die Jalousie und sah, wie der zwölfjährige Sohn seines Nachbarn eintrat und zur Haustür kam. Als Rodehutskors öffnete, drückte ihm der Bengel einen braunen DIN A4-Umschlag in die Hand.

„Den hat mir ein Mann unten an der Kreuzung gegeben. Soll ich Ihnen bringen. Fünf Euro hat er mir dafür gegeben." Stolz zeigte der Junge den Schein vor.

„Du hast den Mann gesehen? Wie sah er denn aus?", fragte Rodehutskors fast atemlos.

Der Junge überlegte.

„Von dem war nicht viel zu sehen. Er kam mit einem Motorrad und hatte so eine schwarze Lederkombi an und einen schwarzen Helm auf. Den Helm hat er beim Sprechen nur einen kleinen Spalt aufgemacht. Sehen konnte ich da nichts."

Reingelegt!, dachte Rodehutskors.

„Hast du denn das Nummernschild des Motorrads gesehen?"

„Nee, nur, dass es ein Lipper Kennzeichen war. Aber das Motorrad habe ich erkannt. Es war eine Moto Guzzi! 'ne California oder so. Ganz schwarz! Da kenne ich mich aus!" rief der Junge stolz.

Na, immerhin etwas.

„Was ist denn mit dem Mann? Ist was nicht in Ordnung mit dem?" Das Kind war durchaus aufgeweckt, aber alles wissen musste der Knabe auch nicht.

„Nein! Ist schon gut. Hast du prima gemacht!"

Als er wieder allein war, öffnete Rodehutskors mit zittrigen Fingern den Umschlag. Nicht, ohne vorher dicke Wollhandschuhe übergezogen zu haben, den Brief einige Male hin und her zu drehen, ihn abzutasten und auf verdächtige Geräusche und Gerüche zu prüfen. Es schien sich wirklich nur um Papier zu handeln. Er zog mit Todesverachtung drei bedruckte Textseiten aus dem Umschlag. Eine der Textseiten war ein Brief an ihn.

... möchten wir Ihnen danken, dass Sie zu einer Zusammenarbeit mit uns bereit sind.

„Drecksack!", dachte Rodehutskors. „Freiwillig mache ich das nicht!"

Es besteht dringender Handlungsbedarf! Die Überwachung der Bevölkerung wird immer lückenloser. (Siehe auch Zeitungsartikel in der Anlage) Die Orwellschen Visionen sind bereits Wirklichkeit. Die technischen Voraussetzungen für eine Totalüberwachung des Einzelnen sind gegeben. Es fehlt nur noch ein Big Brother, bei dem alle Fäden bzw. Informationen zusammenlaufen. Lange wird der nicht mehr auf sich warten lassen. Um dieser verheerenden Entwicklung entgegenzutreten, haben wir (ehemals Leute aus der IT-Branche. Wir wissen also, wovon wir reden) uns zum ***Verein für Datenvermeidung OWL*** *zusammengeschlossen. Natürlich ein nicht eingetragener Verein, versteht sich. Analog zu radikalen Tierschützern, die gefangene Tiere aus Versuchslaboren befreien, befreien wir Daten aus den Händen derer, die mit ihrem Besitz an Informationen eine Gefahr für die Freiheit des Einzelnen darstellen. Bereits am kommenden Montag wird ein großer Bielefelder Betrieb mit leeren Händen dastehen. Auch das wird Sie hoffentlich davon überzeugen, dass wir ein ernst zu nehmender Partner sind. Von Ihnen erwarten wir, dass Sie das machen, was Ihrem Beruf entspricht. Wir liefern Informationen – Sie stellen Öffentlichkeit her! Dazu ...*

Es folgte noch eine ganze Reihe an Selbstbeweihräucherung und an dubiosen Andeutungen. Das Ganze endete mit der unmissverständlichen Drohung:

Wir gehen davon aus, dass Sie sich kooperativ zeigen. Andernfalls... eine ernsthafte Bedrohung unserer Freiheit erfordert eine ebenso ernsthafte Gegenwehr. Nehmen Sie es nicht persönlich. Aber, wer in diesem Kampf nicht für uns ist, der ist gegen uns. Dass wir ein unangenehmer und kompetenter Gegner sein können, haben wir Ihnen gegenüber bereits unter Beweis gestellt.

Rodehutskors legte den Brief auf den Küchentisch. Mit was für Spinnern war er da aneinander geraten? Warum gerade er? Seufzend nahm der den nächsten Bogen zur Hand. Es war ein Artikel aus der *Süddeutschen Zeitung* mit dem Titel *Digitale Schatten* von einem Hubert Filser. Untertitel: *Payback-Karte, Bankautomat, Handy: Wo wir an einem ganz normalen Tag überall Spuren hinterlassen*. Er überflog den Text, in dem der Autor am Beispiel eines ganz normalen berufstätigen Mitbürgers nachwies, wann und wo dieser im Laufe eines Arbeits- und Einkaufstages digitale Spuren hinterließ. Rodehutskors hatte sich mit dieser Thematik noch nie befasst. Er hatte sich noch nie etwas dabei gedacht, mit seiner EC-Karte zu bezahlen, an seinem Firmen-PC einen privaten Brief zu schreiben. Gut, bei der *Heimatzeitung* musste niemand seine Arbeitszeit-Karte in einer Zeituhr abstempeln lassen. Eigentlich hatte er bisher auch die Videoüberwachung an öffentlichen Plätzen nicht kritisch gefunden. Diente sie doch dem guten Zweck der Kriminalitätseindämmung. Und ein Navigationssystem im Auto würde er sich beim nächsten Neuwagen auch zulegen. Sollte das alles etwa falsch sein? Der Autor zeigte jedenfalls auf, dass nicht die einzelne Maßnahme, sondern deren Vernetzung eine beinah lückenlose Überwachung des Einzelnen auch heute schon technisch möglich machte. Wenn er dem Autor Glauben schenkte, wäre es also möglich, seinen Fahrweg nachzuvollziehen, wenn er längere Zeit im Auto mit dem Handy telefonierte. Anhand der Übergabe von einem Sendemasten zum nächsten.

„Schon ein komisches Gefühl", dachte er. „Aber was geht mich das an? Ich habe nichts zu verbergen!"

13

Jetzt hatte sie es wirklich wahr gemacht! Seit Wochen hatte seine Frau Sandra ihm mit Rauswurf gedroht. Heute Morgen hatte sie, es war immer sie, mal wieder die Beherrschung verloren. Angeschrieen hatte sie ihn! Völlig außer Kontrolle war sie. Er selbst hatte natürlich besonnen reagiert. Wie immer. Aber seine Bemühungen, den Streit sachlich und freundschaftlich beizulegen, waren nicht von Erfolg gekrönt. Wie eine Furie tobte sie durchs Zimmer. Wies ihn auf dieses und jenes angebliche Versagen hin. Angeblich standen überall Dinge im Weg. Angeblich war seit Wochen nicht mehr richtig geputzt worden. Ja, war das denn seine Schuld? Sicher, sie hatte als Juristin in einer Kanzlei einen aufreibenden Job. Hatte oft Termine bist in die Nacht hinein, war ständig am Wochenende weg. Und einen normalen Acht-Stunden-Arbeitstag hatte sie auch nicht. Zugegeben. Aber war er selbst denn nicht auch ständig unter Druck? Klar, einen normalen Spießerarbeitsplatz hatte er nicht. So einer, bei dem man morgens um halb acht das Haus verlässt und um fünf Uhr nachmittags wiederkommt. Natürlich hatte er manchmal Schwierigkeiten, den Leuten klarzumachen, dass er keine Langeweile habe. Dass er ganz im Gegenteil, den ganzen Tag über zu tun habe. Wie borniert manche Leute aber auch waren! Wie stellten die sich das eigentlich vor? Schließlich schrieb er an seiner Diplomarbeit. Okay, die hätte eigentlich schon vor drei Jahren fertig sein sollen. Aber wie heißt es? Gut Ding will Weile haben. Es würde nicht irgendeine Diplomarbeit werden. Er würde **die** Diplomarbeit an sich abliefern. Eine Revolution für die Juristerei würde sie werden. Das dauert eben! Außerdem erfordert so ein hoher Anspruch äußerste Konzentration und Hingabe an das Werk. Wenn er ständig durch so banale Dinge wie Putzen, Kochen, Einkaufen unterbrochen würde, das konnte doch nichts werden. Nein, er musste sich keine Vorwürfe machen. Er war völlig im Recht. Sie hatte einfach schlechte Nerven. Nun wollte sie sich also scheiden lassen.

Immerhin war er wieder frei! Frei! Frei und restlos pleite. Blank! Pleite! Nix in der Tasche! Sicher, über kurz oder lang würde seine Frau für ihn aufkommen müssen. Aber bis das alles gerichtlich geklärt wäre, das würde dauern. Ab morgen würde er sich nach einer billigen Wohnung umsehen müssen. Für den Rest dieser Woche konnte er bei einem Freund unterkriechen. Wenn er seine finanziellen Möglichkeiten richtig einschätzte, dürfte die neue Wohnung gerade mal fünf Quadratmeter groß sein. Das hinderte ihn aber nicht daran, sich beim Weinhändler in der Krummen Straße eine Flasche Riesling-Sekt, vom Winzer handgerüttelt, zu besorgen. Er hatte noch einen Rest „Taschengeld". Gespart werden sollte erst ab morgen. Mit der Flasche fuhr er dann zu seinem Arbeitsplatz, um mit einigen Kollegen die Flasche zu köpfen. Sicher, ein richtiger Arbeitsplatz war es eigentlich nicht. Alexander Kogge arbeitete seit einigen Wochen als freier Mitarbeiter in der Redaktion der *Heimatzeitung*. Reich konnte er damit nicht werden. Und sicher war diese Einkommensquelle auch nicht. Aber die Arbeit war überschaubar, machte ihm Spaß und in Hermann Rodehutskors hatte er einen väterlichen Kollegen gefunden, der ihn bereitwillig unter die kompetenten Fittiche nahm und ihm das 1x1 des Lokaljournalismus nahe brachte.

Der ältere Kollege brütete bereits seit Stunden an seinem Schreibtisch. Dieser Montagmorgen war für die Jahreszeit sehr warm. Zu warm. Am Nachmittag sollte es schwül werden, für den Abend waren Gewitter angesagt. Rodehutskors hatte schlechte Laune. Und zum Feiern war ihm überhaupt nicht zumute. Auch als ihm Kogge die Ursache für den Sekt nannte, taute er nicht wesentlich auf. Erst als er das Etikett auf der Flasche gelesen hatte, wurde er neugierig und ließ sich ein Gläschen einschenken. Rodehutskors war zwar nicht immer ruhig und ausgeglichen, nicht immer freundlich und höflich, auch nicht immer fleißig. Aber immer und zu jeder Zeit rettungslos der Völlerei ergeben. Er konnte allem widerstehen... nur nicht der Versuchung! Der Sekt schmeckte ihm und in einer Viertelstunde hatten die beiden aus einer teuren Flasche mit deutschem Winzersekt ein fast wertloses Stück Altglas gemacht.

„Übrigens, ich brauche dringend eine neue Wohnung!“, plauderte Kogge zwischen zwei Gläsern.

Er berichtete seinem Mentor ausführlich von seiner bevorstehenden Scheidung und den damit verbundenen finanziellen Problemen. Auch davon, dass die neue Wohnung vor allem eines sein müsste: Billig!

Rodehutskors schaute sich seinen jungen Kollegen an. Irgendwie sieht der nicht aus, als sei er in Geldnot, dachte er. Wie aus dem Ei gepellt! Ein leichter, aber eleganter Anzug mit exakter Bügelfalte, darunter ein blütenweißes, sorgfältig gebügeltes Hemd. Ja, Kogge trug sogar goldene Manschettenknöpfe. Trotz allem wirkte er keineswegs dandyhaft. Bei ihm sah das alles völlig selbstverständlich aus. Die ganze Erscheinung dieses gut aussehenden Mannes strahlte Weltläufigkeit und Stilsicherheit aus. Dabei war Kogge gerade mal achtunddreißig Jahre alt. Für Rodehutskors eigentlich ein Alter, in dem man eben aus der Pubertät heraus war.

Aber Hermann Rodehutskors war nun locker. Außerdem war ihm beim Bericht des jungen Mannes eine Idee gekommen. Und so entschloss er sich, ihn ins Vertrauen zu ziehen. Er berichtete von der Briefbombe, dem Anruf und dem zweiten Brief. Auch davon, dass die Polizei den Fall bereits zu den Akten legen wollte, was ihn furchtbar wütend machte.

Er griff in seine speckige Aktentasche und zog die Papierbögen heraus, die er am Samstag mit der zweiten Sendung erhalten hatte. Der Polizei konnte er das nicht zeigen. Das war ausdrücklich verlangt worden und Rodehutskors hatte keine Lust, sich zur Zielscheibe von Bombenbastlern zu machen. Kogge hörte sich alles konzentriert an, stellte hin und wieder eine Frage und meinte dann:

„Üble Sache! Aber wollen Sie nicht nächste Woche zur Kur? Wie soll das denn zusammenpassen?“

Rodehutskors brummte.

„Von Wollen sollten wir hier nicht sprechen. Zu dieser Kur bin ich verdonnert worden. Sonst gibt es Schwierigkeiten mit der Rente. Ich mache das nicht, weil ich Freude am Hungern habe. Im Gegenteil…“, wehmütig betastete er seinen Bauch, „aber genau deshalb brauche ich hier an Ort und Stelle jemanden, der mir dann mal einen kleinen oder größeren Gefallen tut. Eine Art Stellvertreter. Von den alten Kollegen möchte ich keinen damit belästigen. Aber du bist jung und…!“

„…brauchst das Geld!“, fiel ihm Kogge ins Wort.

„Ich dachte mehr an die Wohnung!“, meinte Rodehutskors triumphierend.

Bereits bei Kogges Bericht war ihm eine Idee durch den Kopf geschossen. Aber würde das funktionieren? Würden diese ungleichen Typen zusammenpassen? Kaum vorstellbar. Aber einen Versuch war es immerhin wert.

14

Die Sonne hatte das Thermometer in Willi Potthasts Büro auf achtundzwanzig Grad ansteigen lassen.

Der Polizist hatte sich seines dünnen Wollpullovers entledigt. Er hatte ihn achtlos auf einen freien Stuhl gehängt. Die Ärmel seines Hemdes waren aufgekrempelt. So den sommerlichen Temperaturen angepasst, saß er über seine Akten gebeugt. Bis Pfingsten, so hatte er sich vorgenommen, wollte er „klar Schiff" auf seinem Schreibtisch machen.

Die Menschen in der Paderborner Gegend richteten sich, wie es in katholischen Gegenden üblich war, in vielen Dingen nach dem Kirchenjahr und dessen Feiertagen.

Schon in Potthasts Jugend war das so. An bestimmten Sonntagen im Jahr blieb die Musikbox in seiner Stammkneipe aus. In der Fastenzeit aßen die Kinder keine Süßigkeiten und manche Erwachsene tranken keinen Alkohol oder ließen das Stück Torte weg. Bevor nicht die „Kalte Sophie" durch war, wurden keine Tomaten gepflanzt und nur, wenn der Pfarrer es ausdrücklich erlaubte, durfte sonntags gemäht und gedroschen werden.

Auch Willi Potthast orientierte sich an diesen Ritualen. So hatte er sich wie jedes Jahr zwei Wochen Zeit gegeben, bis Pfingsten eben, um seinen Schreibtisch leer zu arbeiten und die alten Fälle abzuschließen. Doch er arbeitete nicht sehr konzentriert. Seine Gedanken zwangen ihn immer wieder an den kommenden Donnerstag zu denken. Christi Himmelfahrt! Der Feiertag selber beunruhigte ihn nicht weiter, eher das unchristliche Ritual, das irgendjemand für diesen Tag bestimmt hatte. Vatertag! Das von Dorf zu Dorf seine eigenen Facetten hatte. Der Verlauf war, wie gesagt, in jeder Männerclique unterschiedlich. Das Ergebnis aber war nahezu gleich. Keiner der Beteiligten konnte sich später an Einzelheiten erinnern. Trotz des allgemeinen Filmrisses passierte jedoch von Jahr zu Jahr mit untrüglicher Sicherheit der gleiche Prozess. An diesen dachte Willi Potthast immer wieder und gestand sich ein: Willi, du wirst alt.

Immer wieder kam ihm ein Ereignis in den Sinn, das er vor ungefähr zehn Jahren erlebt hatte. Damals konnte er es kaum erwarten sich nach dem Frühstück schon früh am Morgen mit seinen Freunden vom Schützenverein Wewer zu treffen. Den Bollerwagen voller Bierkisten und einigen Flaschen warmen Korns ging es in Richtung Haxtergrund. Es wurde mehr getrunken als gewandert. Dort angekommen, gab man sich bei Weyher die Kante bis zum Stillstand der Augen. Damals war er sich sicher, auf dieses Ereignis wollte er niemals verzichten. Vatertag, da wurde so richtig über die Stränge geschlagen, das musste sein. Damals war er mit froher Erwartung über den Gartenzaun zu seinem Nachbarn gestiegen, um ihn zu dem Vatertagsgelage abzuholen. Als er durch die nur angelehnte Haustür in den Flur trat, fand er dort einen sehr nachdenklichen Mann vor, seinen Nachbarn Franz Lütkemeyer.

Damals konnte Willi Potthast nicht verstehen, wieso dieser nicht schon froher Erwartung auf den Tag unter Männern war.

Sie gingen gemeinsam zu dem verabredeten Vatertagstreffpunkt. Plötzlich sagte Franz Lütkemeyer gedankenverloren:

„Früher haben wir eine Woche gesoffen und waren anschließend einen Tag krank. Heute saufen wir einen Tag und sind eine Woche krank."

Damals hatte Willi Potthast darüber gelacht und ihm auf die Schulter geklopft.

„Wird schon nicht so schlimm werden, Franz", hatte er aufmunternd gesagt.

Aber natürlich wurde es schlimm. Den Gruppendruck in einer solchen Männergruppe sollte man nicht unterschätzen. Der, gepaart mit dem Trinkverhalten, auf vielen Schützenfesten antrainiert, da blieb kein Auge trocken. Am nächsten Tag wussten die wenigsten Schützenbrüder wie sie den Heimweg geschafft hatten.

Darüber hinaus sorgte die Stimmung, die in den meisten Haushalten der Beteiligten am Tag danach herrschte, dafür, dass die letzten Erinnerungen an den Spaß, den sie am Vortag gehabt hatten und an den sie sich womöglich noch schwach erinnern konnten, in die hintersten Hirnzellen verdrängt wurde. Verärgerte Ehefrauen, Kopfschmerzen und Übelkeit von den Überdosen Aspirin taten neben den Filmrissen, die die meisten zu beklagen hatten, ihr übriges.

So würden sich auch in diesem Jahr die Ereignisse der Vergangenheit wiederholen.

Potthast empfand schon einmal prophylaktisch die schlechte Laune, die seine Frau Mechthild haben würde, erinnerte sich an die Übelkeit bis zum „Zentralnervösen", so nannte er den Zeitpunkt, an dem er ein letztes Mal die Schüssel umarmte, die letzte Magensäure in die selbige zu spucken, um sich danach in einen abgedunkelten Raum zu schleppen, wo er die nächsten Stunden auf Erleichterung hoffte. Allein die Erinnerung an die Qualen, die er im letzten Jahr auszustehen hatte, führte dazu, dass sich seine Haare an den Armen aufstellten und diese von einer Gänsehaut überzogen wurden.

Wie konnte er dem gesellschaftlichen Ereignis Vatertag entgehen, ohne bei seinen Schützenbrüdern an Ansehen zu verlieren? Dies war die Frage, die ihn schon seit zwei Stunden beschäftigte und auf die er keine Antwort fand.

Das fiepende Telefon beendete seine Grübeleien. Am anderen Ende des Telefons meldete sich sein Chef Heiner Schmitz:

„Hallo Willi, hier Heiner, hast du vielleicht eine halbe Stunde Zeit für ein Gespräch?"

„Ja, natürlich! Worum geht's denn?"

„Das kann ich dir so in zwei Sätzen am Telefon schwer erklären, komm doch bitte kurz in mein Büro."

„Geheimniskrämer! Okay, ich bin gleich da.“

Potthast legte den Telefonhörer in die dafür vorgesehene Halterung und machte sich hemdsärmlig auf den Weg. Wenn so kleine Geheimnisse in der Luft liegen, ist man immer etwas schneller am Ziel als gewöhnlich. Was der wohl hat, ist doch sonst nicht so formal. Potthast zuckte unbewusst mit den Schultern.

Noch um die nächste Ecke, dann hatte er das Büro des Polizeidirektors erreicht. Er klopfte kurz an die Tür und trat ein.

Heiner Schmitz war nicht allein. Auf einem der Besprechungsstühle saß eine sehr elegant wirkende Frau. Sie hatte dicke, blond gelockte Haare, die sie durch einen Mittelscheitel geteilt schulterlang trug. Ihr Gesicht war dezent geschminkt. Die Haut hatte einen sonnengebräunten Teint. Sie trug ein Leinenkostüm, das nur für sie genäht sein konnte. An der rechten Hand, die elegante lange Finger zierten, steckte ein auffälliger Ring aus Gold. Das einzige Schmuckstück, das sie trug.

In dem Augenblick, in dem Potthast das Zimmer betreten hatte, wandte sie den Kopf in seine Richtung. Ihr Blick richtete sich jedoch ins Leere.

Heiner Schmitz ging einige Schritte auf seinen Kollegen zu und gab ihm die Hand. Die andere legte er auf die Schulter des Polizisten. Er drückte ihn sanft in Richtung Besprechungstisch.

„Darf ich vorstellen, Frau Dr. Bülow, Polizeioberdirektorin.“

Die Frau erhob sich und streckte ihre Hand in Potthasts Richtung. Als er sie nahm, spürte er einen kräftigen Druck, den er der schlanken, langfingerigen Hand nicht zugetraut hätte.

„Guten Tag, Herr Potthast.“

„Setz dich doch, Willi!“, forderte Schmitz den Polizisten auf.

Etwas verunsichert ließ der sich auf einem der Stühle nieder. Auch der Polizeidirektor setzte sich und rang mit den Händen.

„Kaffee? Wasser?“

„Beides“, sagte Potthast.

„Nehme ich auch!“, meldete sich Frau Bülow.

Heiner Schmitz erhob sich nochmals von seinem Stuhl und kam kurze Zeit später mit den Getränken zurück. Nachdem der erste Schluck getrunken war, begann Frau Dr. Bülow zur sichtbaren Erleichterung von Heiner Schmitz das Gespräch.

„Wie Sie sicher schon gemerkt haben, bin ich blind. Vor mehr als zwei Jahren hatte ich einen schweren Autounfall, bei dem ich mein Augenlicht verloren habe. Anschließend verbrachte ich fast ein halbes Jahr in verschiedensten Augenkliniken und weitere eineinhalb Jahre in entsprechenden Reha-Maßnahmen.

Ich bin Polizistin und möchte auch nichts anderes sein. Jetzt will ich wieder arbeiten. Ich habe mir viele Gedanken gemacht, wo ich am besten einsetzbar bin. Nach vielen schlaflosen Nächten habe ich mich dazu entschlossen, einen Arbeitsversuch im Ermittlungsbereich zu unternehmen. Sie werden jetzt vielleicht fragen, warum eine Blinde ausgerechnet in die Ermittlung gehen will. Ich möchte versuchen, es Ihnen zu erklären. Durch den Unfall habe ich mein Augenlicht verloren. In der anschließenden Rehabilitation hat man mir jedoch beigebracht, die Welt mit meinen anderen Sinnesorganen wahrzunehmen. Ich bin also zu dem Schluss gekommen, dass ich einen Fall durch meine Behinderung immer aus, gestatten Sie mir den Vergleich, einem anderen Blickwinkel wahrnehmen kann, als die sehenden Kollegen. Ich bin daher zu der Überzeugung gekommen, dass ich eine Bereicherung für das Team bin, in dem ich zukünftig arbeiten werde.

Reine Theorie, meine Herren, ich weiß. Doch eins versichere ich Ihnen, es steckt viel gedankliche Arbeit hinter dieser Idee. Darum war und bin ich bereit für sie zu kämpfen. Ich habe lange mit dem Innenministerium gestritten und verhandelt. Konnte mich durchsetzen, unter folgenden Bedingungen: Weder den Ort konnte ich mir aussuchen, an dem ich zukünftig arbeite, noch würde ich auf Grund meines Dienstgrades die Leitung einer Ermittlergruppe übernehmen. Darüber hinaus muss das Team, in dem ich arbeiten werde, damit einverstanden sein und zwar alle Teammitglieder. Ich habe jedoch auch die Möglichkeit, nein zu sagen.

Jetzt werden Sie die Frage stellen, wieso ich ausgerechnet in Paderborn anfrage. Ich kann es Ihnen nicht erklären. Vielleicht dachte man im Innenministerium, dass dies die Stadt sei, in die ich als eingefleischte Düsseldorferin am wenigsten möchte. Ich weiß also nicht genau, warum. Es ist mir auch egal. Ich arbeite überall, wo man mich lässt! Also, meine Herren, wie sieht es aus? Sind sie bereit, mit einer blinden Frau zusammenzuarbeiten?“

„Bist du bereit?“, fragte der Polizeidirektor Potthast.

Der Hauptkommissar hatte nicht damit gerechnet, dass nach seiner Meinung gefragt wurde. Er zuckte mit den Schultern und sagte: „Warum nicht.“

Damit wiederum hatte Heiner Schmitz nicht gerechnet.

„Na, dann müssen wir ja nur noch den Kollegen von Grothenburg fragen. Sollte der auch noch zustimmen, dann ist die Sache perfekt.“

„Ich höre bei Ihnen beiden eine gewisse Unsicherheit in der Stimme. Sollte sich einer von Ihnen überrumpelt fühlen oder nicht den Mut haben, mir zu sagen, dass er mit einer Blinden nicht zusammenarbeiten will, kann er es mir auch in den nächsten Tagen noch mitteilen. Ich möchte keinem zur Last fallen.“

Die Verlegenheit der beiden Männer war zum Greifen. Frau Bülow ging darüber hinweg.

„Bleibt nur noch eins! Würde mir jemand die Stadt zeigen? Leider habe ich nur Christi Himmelfahrt Zeit, da ich an den anderen Tagen in Düsseldorf noch einige Dinge zu regeln habe."

Vatertag, schoss es Potthast durch den Kopf, das ist die Chance. „Das würde ich wohl machen", erklärte er sich sofort bereit.

Schmitz sah ihn an, als käme er von einem anderen Stern. Dann erkannte er, dass Potthast gerade eine Möglichkeit entdeckt hatte, sich aus dienstlichen Gründen um das Besäufnis am Vatertag herum zu drücken, dem er ebenfalls mit Schrecken entgegensah. Dieser alte Fuchs!

„In Ordnung, Herr Potthast, es wäre nett, wenn Sie mir Ihre Telefonnummer geben würden. Ich habe noch einiges abzustimmen, dann rufe ich Sie an. Ich lasse Sie jetzt allein. Würden Sie so freundlich sein und mir ein Taxi bestellen, Herr Schmitz?"

Frau Bülow erhob sich, griff nach ihrem weißen Stock und bewegte sich mit großer Zielsicherheit zur Tür. Potthast sprang auf und wollte ihren Arm fassen, um sie zu führen. Doch sie sagte abwehrend: „Bemühen Sie sich nicht, ich bin zwar blind, komme aber sonst gut zurecht."

Sie griff nach der Türklinke und hatte im nächsten Moment das Zimmer verlassen.

Kaum war die Polizeioberdirektorin aus dem Zimmer, da machte Potthast seinem Unmut Luft.

„Diesen Überfall hättest du mir auch ersparen können. Wie soll ich mit einer blinden Frau zusammenarbeiten? Erst bekomme ich diesen Schönling, dieses blaublütige Muttersöhnchen zugewiesen und nun auch noch eine Frau Dr. Bülow in mein Team. Polizeioberdirektorin noch dazu. Das kann doch nur in die Hose gehen."

„Willst du etwa sagen, dass von Grothenburg schlecht ist?"

„Nein, aber so ein handfester Delbrücker wäre mir lieber gewesen als seine Lordschaft und jetzt habe ich auch noch diese Tante am Hacken."

„Hättest ja nein sagen können."

„Sag da mal nein, hast du auch nicht gemacht. Aber mich vorwarnen können hättest du wenigstens."

„Okay, Willi, das nächste Mal. Aber nein hättest du trotzdem nicht gesagt."

„Ich bin eben zu gut für diese Welt", brummelte Potthast vor sich hin und verließ ebenfalls das Büro.

15

Martina Lippert biss herzhaft in ihr Käsebrötchen, während sie den Bürocomputer startete. Als das Gerät die Betriebssystemebene erreicht hatte, leckte sie sich gründlich die Finger ab. Nicht aus Gier, sondern um die Tastatur nicht mit Fett zu verschmutzen. Sorgfältig tippte sie ihr Passwort ein, um in die riesige Kundendatenbank ihres Arbeitgebers, den Stadtwerken Bielefeld, zu gelangen. An diesem Morgen schien das besonders lange zu dauern. Sie trommelte nervös mit den Fingern auf ihrem Keyboard herum, während die „Eieruhr" vor ihren Augen tanzte. Endlich bewegte sich etwas. Als das neue Bild aufflackerte, traute Martina Lippert ihren Augen nicht. Anstelle der bekannten, unendlich großen Tabelle war heute nichts... jedenfalls fast nichts!

Wo sonst Kundennamen, Kundennummern, Adressen und Verbrauchsdaten standen, prangte diesmal in großen roten Buchstaben: „GELÖSCHT"

Darunter, in etwas kleinerer schwarzer Schrift:

„Diese Daten wurden befreit! Verein zur Datenvermeidung n.e.V. OWL."

Martina Lippert wischte sich mit dem Handrücken über die Augen, aber der merkwürdige Text blieb. Zitternd sprang sie auf, verließ ihren Arbeitsplatz und wollte eine Kollegin rufen. Da sie aber an diesem Morgen besonders früh die Arbeit aufgenommen hatte, um am Nachmittag endlich die neuen Sommerschuhe kaufen zu können, war sie mutterseelenallein im Großraumbüro der Abteilung Kundenservice der Bielefelder Stadtwerke. Sie musste noch fast eine Viertelstunde warten, ehe sie ihre Aufregung mit einer Kollegin teilen konnte.

16

Immer wieder hatten in den letzten Tagen tiefe Depressionen nach ihm gefasst. Doch heute hatte er mit den Freunden gesprochen. Auch sie waren endlich aktiv geworden im Kampf gegen die Ungerechtigkeiten in dieser Welt. Sie hatten begonnen zu handeln.

Das endlose Diskutieren hatte Gott sei Dank ein Ende. Es hatte Jahre gedauert, doch jetzt war es so weit. Er würde sich rächen, nicht nur an denen, die versucht hatten ihn zu kriminalisieren. Dieser Staat brauchte wachsame Bürger, die bereit waren für ihre Interessen zu kämpfen. Jetzt, wo er fühlte, dass er nicht allein war, nahm er alle Kraft zusammen, sich zu befreien. Morgen würde er zum nächsten Schlag ausholen.

17

Schwer atmend ließ sich Hermann Rodehutskors in einen von Josef Schultes abgenutzten Polstersesseln fallen. Der schwer übergewichtige alte Journalist hatte den weiten Weg von der Hofeinfahrt bis zu Schultes Eingangstür zu Fuß zurücklegen müssen. Immerhin fast hundert Meter durch die Frühsommer-Sonne. Die letzten Meter sogar in leichter Panik, da ein großer schwarzer Hund um ihn herumsprang. Nicht unfreundlich, aber Rodehutskors mochte Tiere ebenso wenig wie Fußmärsche.

In seiner Begleitung sah Schulte einen jüngeren Mann. Mittelgroß, schlaksig, um die Vierzig, etwas ausgezehrtes, aber ebenmäßiges Gesicht. Typ Marathonläufer. Kurzes, schwer zu kontrollierendes dunkles Haar. Auffällig, vor allem in dieser Umgebung, war seine tadellose, etwas konservative Kleidung. Schulte staunte, als der Mann ihm die gepflegte Hand gab und ihn an den blütenweißen, gestärkten Manschetten goldene Knöpfe anblitzten. So was trug hier auf dem Fritzmeierschen Hof sonst niemand. Schultes Sympathie-Sensor meldete: Den mag ich nicht!

„Schön haben Sie es hier", schmunzelte Rodehutskors, nachdem er wieder zu Atem gekommen war, mit unüberhörbarer Ironie. Da Josef Schulte sich darüber im Klaren war, dass seine Behausung niemals als Musterwohnung in *Schöner Wohnen* vorgestellt werden würde, ließ ihn so etwas kalt. Mochten andere davon denken, was sie wollten, ihn interessierten solche bürgerlichen Werte herzlich wenig. Für ihn war diese Wohnung ideal. Seit fünf Jahren wohnte er nun auf dem Bauernhof. In einem Nebenhaus, der so genannten Leibzucht. Der mittlerweile fast achtzigjährige Bauer Anton Fritzmeier war froh, nicht völlig allein auf diesem großen Gelände wohnen zu müssen. Nachdem seine Frau gestorben und sein Sohn weggezogen war, blieben ihm nur noch ein paar Nachbarn und eben Josef Schulte als Gesprächspartner. Schulte mochte den schrulligen alten Mann und half ihm dabei, den Hof einigermaßen in Schuss zu halten. Fritzmeier mochte Schulte und wenn er einmal pro Woche mit seinem Traktor nach Detmold zum Einkaufen fuhr, bekam er von Schulte eine Einkaufsliste mit. Seit zwei Jahren kümmerte sich der Bauer tagsüber auch um Schultes Hund. Für einen viel beschäftigten Kommissar war das eine feine Regelung.

Rodehutskors stellte seinen Begleiter vor.

„Unser neuer freier Mitarbeiter! Alexander Kogge. Ich dachte mir, ich mach ihn mal mit Lippes bestem Polizisten bekannt. Kann nicht schaden, oder?"

Schulte sah das anders, sagte aber nichts. Er bot seinen Besuchern ein *Detmolder Landbier* an. Während er und Rodehutskors aus der Flasche tranken, bat Kogge um ein Glas. Er schenkte sich das Bier sehr behutsam ein und führte das Glas dann sehr ruhig an die Lippen. Schulte war fast enttäuscht, dass sein Besucher dabei nicht den kleinen Finger geziert abspreizte.

„Schließlich gehe ich ja bald in Rente! Ende des Jahres. Und dann muss sich ja wenigsten einer hier auskennen", brummte Rodehutskors. „Die meisten Kollegen wollen heute ihren Job vom Schreibtisch aus machen. Da verplempern gut bezahlte und gut ausgebildete Journalisten ihren Arbeitstag damit, Zeitungsseiten zu layouten, während die eigentliche inhaltliche Arbeit, also Recherche und Schreiben, von häufig überhaupt nicht ausgebildeten, freien Mitarbeitern gemacht wird. Ich bin wahrscheinlich etwas altmodisch. Aber ich meine, ein Journalist einer Lokalzeitung muss auch mal unters Volk kommen! Muss Leute kennen! Ach ja..."

Er winkte müde und etwas resigniert ab.

Schulte konnte sich die ohnehin bescheidene Medienlandschaft Detmolds ohne Hermann Rodehutskors nicht gut vorstellen. Dieser Mann war so was wie das gleichnamige Denkmal, er gehörte unverrückbar dazu.

„Was werden Sie denn dann den ganzen lieben langen Tag machen? So als Rentner? Sie sind doch ein aktiver Mann!"

Sofort belebte sich das runde Gesicht des älteren Herrn.

„Ich? Forschen werde ich! Wenn ich etwas in den fast fünfundvierzig Berufsjahren gelernt habe, dann recherchieren. Und ich werde es nicht zulassen, dass man uns Lippern den Hermann weg nimmt! Ich werde so lange forschen und kämpfen bis der Beweis erbracht ist, dass die Römerschlacht doch im Teutoburger Wald, und zwar in unserem Gebiet, stattgefunden hat. Wenn ich mal den Arsch zukneife, dann wird die Welt wissen: Der Hermann steht in Detmold und da gehört er auch hin. Basta!"

Schulte war beeindruckt. Das war doch mal eine sinnvolle Aufgabe!

Kogge hatte bisher geschwiegen. Er saß einfach ruhig und freundlich an Schultes Küchentisch und schien sich pudelwohl zu fühlen. Jedenfalls keiner, der sich immer in den Mittelpunkt drängt, musste Schulte gegen seinen Willen feststellen. Wichtigtuer mochte er nämlich noch weniger als Leute mit goldenen Manschettenknöpfen. Obwohl das für ihn eigentlich identisch war.

Als Rodehutskors der Meinung war, dass die erste Schnupperphase abgeschlossen sei, machte er Schulte mit Kogges Wohnungsproblem bekannt.

„Dann fiel mir ein, dass Sie auf diesem großen Hof leben. Und vielleicht können Sie ja hier noch einen weiteren Mieter gebrauchen. Platz haben Sie hier doch reichlich!"

Schulte staunte. Hatte dieser sonst so kluge und lebenserfahrene Mann alle Menschenkenntnis über Bord geworfen? War das schon die einsetzende Senilität? Wie konnte Rodehutskors auch nur eine Sekunde annehmen, dass dieser feine Pinkel und Jupp Schulte unter einem Dach leben könnten? Mal ganz davon abgesehen, dass dieser Hof nicht ihm, sondern Anton Fritzmeier gehörte. Der müsste ja auch gefragt werden. Schulte konnte sich überhaupt nicht vorstellen, dass Fritzmeier Interesse an einem weiteren Mieter haben könnte. Und dann noch an so einem. Er stammelte vorsichtig:

„Sicher! Platz haben wir mehr als genug. Aber...," er berichtete von der Notwendigkeit, Fritzmeier hinzuzuziehen und von den Schwierigkeiten für einen Städter, auf einem solchen Bauernhof zu leben.

„Der Hof ist nicht edel renoviert! Der ist noch so, wie er vor fünfzig Jahren auch war. Hier gibt es nicht nur viel Ruhe, sondern auch Dreck und üble Gerüche. Und mein Vermieter ist ein Halsabschneider, ein echter Lipper. Der würde die Miete so hoch setzen, dass die Sache für Ihren Kollegen völlig uninteressant wäre. Schade, aber so ist es nun mal!"

„Aber fragen könnten wir ihn doch mal!“ Rodehutskors gab so schnell nicht auf.

Widerwillig trat Schulte vor die Haustür und rief laut nach seinem Vermieter. Kurz darauf zitterte Anton Fritzmeier in Schultes Küche und ließ sich von ihm die beiden Besucher vorstellen. Rodehutskors mochte ja noch seinem Weltbild entsprechen, aber Kogges Outfit passte auf den Bauernhof wie der Papst in eine Peep-Show. Schulte klärte Fritzmeier über den Grund des Besuches auf. In einem Tonfall, der, wie Schulte hoffte, dem alten Bauern das „Nein!“ förmlich in den Mund legte.

Fritzmeier hörte sich das alles geduldig an.

18

Es war zehn nach sechs, als Gerda Lehmann den Marienplatz überquerte. Im Herbst und im Frühjahr, wenn es um diese Zeit noch dunkel war, fühlte sie sich an dieser Stelle der Paderborner Fußgängerzone nie so richtig wohl. Hinten links an der Passage, neben dem *Gesellschaftshaus Residenz*, war der Treffpunkt der Junkies und auf den Bänken um die Mariensäule herum lagen die Penner und schliefen. Doch an einem solchen Frühsommermorgen störte sie die Gesellschaft dieser Menschen nicht. Sollten sie doch den Sommer auf den Parkbänken genießen. Der nächste Winter kam bestimmt. Mit Bedauern dachte sie an die harte Zeit, die denen ohne feste Bleibe dann bevorstand.

Heute Morgen lag nur ein Mann auf einer Parkbank. Für einen Obdachlosen auffällig gut gekleidet. Vielleicht war es auch eine Bierleiche des gestrigen Vatertages, die es nicht mehr bis zu sich nach Hause geschafft hatte. Na, wenn der nachher mit seinem Kater erwachte, das würde ein Katzenjammer werden. Sie sah zum Himmel. Heute würde es wieder ungewöhnlich heiß für diese Jahreszeit werden. Dieses

Wetter, die Sonne hatte jetzt schon eine gewisse Kraft. Wenn das Thermometer weiter stiege, wie sie es erwartete, dann würde es heute um zehn Uhr bereits fünfundzwanzig Grad anzeigen. Das gäbe für den Schläfer auf der Bank ein böses Erwachen, wenn er gestern wirklich dem Alkohol über die Maßen zugesprochen hatte.

So in Gedanken hatte Gerda Lehmann das Gebäude des Fremdenverkehrsvereines Paderborn links liegen gelassen und steuerte die Rathauspassage an. Sie hatte eine Putz- und Spülstelle in dem italienischen Restaurant. Meist fing sie kurz nach sechs an, die letzten Spuren des gestrigen Abends zu beseitigen, spülte und polierte Gläser, deckte die Tische neu ein. Um elf Uhr hatte sie ihre Arbeit dann meist geschafft. Sie gönnte sich im Allgemeinen noch einen Cappuccino, redete ein bisschen mit den eintreffenden Kellnern und machte sich dann auf den Weg, um ihre Enkelin aus dem Kindergarten abzuholen. So hielt sie es auch heute. Es war kurz vor zwölf, als sie wieder den Marienplatz überqueren wollte. Der Schlafende, der ihr heute Morgen aufgefallen war, lag immer noch friedlich auf seiner Parkbank.

Der muss sich aber wirklich abgeschossen haben, dachte Gerda Lehmann und ging weiter ihres Weges. Als sie gerade in die Rosenstraße einbiegen wollte, drehte sie sich plötzlich entschlosssen um. Da war was faul. Das hatte sie im Gefühl. Sie ging zurück. Fest entschlossen, den Schlafenden zu wecken. Als sie ihn an der Schulter fasste und schüttelte, fühlte sich der Körper merkwürdig kalt und steif an. Gerda Lehmann schnürte es die Kehle zusammen. Dann plötzlich bekam sie die nötige Luft, um einen Schrei auszustoßen. Der Mann auf der Bank war tot.

Andere Passanten sahen die erschrockene Frau an.

„Na, haben Sie Ihren Männe endlich wiedergefunden?“, fragte einer der Vorbeigehenden. „War wohl gestern ein harter Schlag, den Ihr Mann da gemacht hat.“

Gerda Lehmann wurde hysterisch.

„Rufen sie die Polizei, hier liegt ein Toter!“

Der eben noch Spottende kam näher. Betrachtete sich den auf der Bank Liegenden, fühltc seinen Puls. Dann zückte er sein Handy und wählte die eins eins null. Nachdem er dem Polizisten am anderen Ende der Leitung alle nötigen Daten durchgegeben hatte, wischte er sich den Schweiß von der Stirn und sagte, mehr zu sich selber:

„Jetzt brauche ich einen Schnaps!“

„Ich auch!“, sagte Gerda Lehmann und wunderte sich über sich selbst.

19

Die Tür flog auf. Willi Potthast betrat hastig das Büro, in dem die Polizeioberdirektorin Frau Dr. Bülow gerade dabei war, sich häuslich einzurichten. Sie teilte dabei ihren Schreibtisch akribisch genau auf. Der geradezu überfallähnliche Eintritt des Polizisten hinderte sie daran, weiter zu räumen. Frau Bülow hob den Kopf und blickt in Richtung Lärmquelle.

„Was ist los, Herr Potthast?“, kam die Frage noch bevor der Hauptkommissar auch nur ein Wort gesagt hatte.

Statt zu antworten gab Willi Potthast seine Verwunderung preis.

„Woher wissen Sie, dass ich es bin? Sie können mich doch nicht sehen und ich habe auch noch kein Wort gesagt.“

„Ich habe Sie gerochen. Außerdem haben Sie eine bestimmte Art zu gehen. Die Frequenz ihrer Schritte kenne ich bereits.“

Potthast war verblüfft. Eher affektartig hob er seinen Arm und versuchte seinen Körpergeruch, der seiner Meinung nach unter den Achseln am intensivsten war, in die Nase zu bekommen.

Die blinde Polizistin schmunzelte.

„Machen Sie sich keine Gedanken, Herr Potthast, Sie riechen nicht ausgeprägter als andere Menschen, nur weil ich Sie am Geruch erkenne.“

„Woher wissen Sie das nun wieder?“

„Ich habe gehört, wie Sie stärker als sonst Luft in die Nase gesogen haben.“

Logisch, dachte Potthast und kam zum Grund seines Besuches.

„Auf dem Marienplatz ist ein Toter gefunden worden.“

Die Polizistin griff zu ihre Tasche und sagte in Richtung Schreibtisch: „Komm, Kalle!“

Im nächsten Moment erschien ein schwarzer Labrador, der in einem Geschirr steckte.

„Darf ich vorstellen, meine Gehhilfe. Ich hoffe, Sie haben nichts gegen Hunde.“

Schon wieder war es an Potthast sich zu wundern.

„N… n… nein“, sagte er und machte Frau und Hund Platz, damit das Gespann das Büro verlassen konnte.

Der Hund bewegte sich so zielsicher, als sei er schon seit Jahren im Paderborner Polizeigebäude zu Hause. Als er an der Treppe ankam, blieb er kurz stehen.

„Nach unten, Kalle“, sagte die Polizistin. Der Hund bewegte sich in die entsprechende Richtung.

Potthast trottete hinter dem Paar her, als würden nur sie den Weg kennen.

Genau zwölf Uhr fünfundvierzig kamen die beiden Polizisten am Marienplatz an. Der Hauptkommissar wollte gleich in seine routinierte Arbeitsweise verfallen, als Frau Bülow ihm auf den Arm fasste.

„Herr Potthast, Sie müssen für mich mit sehen, bitte, Sie müssen mir alles, was Sie sehen, schildern.“

Willi schnaubte genervt. Er hasste es, seine Arbeitsweise zu verändern.

„Sie können jederzeit sagen, dass Sie nicht mehr mit mir zusammenarbeiten wollen. Bis zu dem Zeitpunkt jedoch bleibt Ihnen nichts anderes übrig, als mich durch Ihre Hilfe sehend zu machen."

„Ist ja schon gut, ich muss mich auch erst an die neue Situation gewöhnen", lenkte Potthast ein und begann, der blinden Polizistin zu schildern, was er sah. Immer wenn er etwas ungenau formulierte, fragte sie hartnäckig nach und machte ihn auf oberflächliche Sichtweisen aufmerksam. Nach einer halben Stunde hatte er Frau Bülow einen Eindruck verschafft. Er selber hatte das Gefühl, als hätte er schon Stunden über das Gesehene nachgedacht. Noch nie, so kam es ihm vor, hatte er sich in so kurzer Zeit ein so umfassendes Bild von einem Tatort verschafft. Gleichzeitig fühlte er sich total erschöpft. Er merkte, dass er für zwei gearbeitet hatte. Gerade wollte er sich abwenden, um noch einmal mit dem Spurensicherer Gockeln zu reden, da fiel ihm auf, dass er etwas übersehen hatte.

„Der Mann hat etwas im Mund!", rief er. „Hubert, sei so gut und sieh mal nach!"

Der Mann von der Spurensicherung beugte sich zu dem Toten herab und zog ihm eine Schachfigur aus dem Mund. Es handelte sich um einen schwarzen Turm.

„Komische Geschichte", sagte Frau Bülow mehr zu sich selbst, dann an Potthast gerichtet:

„Können Sie das in einen Zusammenhang zu dem bis jetzt Gesehenen setzen?"

Der Hauptkommissar schüttelte den Kopf und entgegnete:

„In keiner Weise. Was meinen Sie, sollen wir uns jetzt mal um die Zeugen kümmern?"

„Ich denke, wir sollten Sie zu uns in die Riemekestraße einladen. Ich kann mir gut vorstellen, dass der Leichenfund ihnen auch nahe gegangen ist. Im Übrigen habe ich Hunger."

Im nächsten Moment knurrte auch Potthast der Magen. Doch bevor er diesem Gefühl nachgab, winkte er einen jungen Polizisten zu sich und beauftragte ihn, die Zeugen um sechzehn Uhr in die Kreispolizeibehörde zu bestellen. Dann fragte er seine Kollegin:

„Was möchten sie essen?"

„Irgendeine Kleinigkeit."

„Wie wäre es mit Sushi? Hier ganz in der Nähe an der alten Synagoge gibt es seit einiger Zeit so eine Sushi-Bar. Ich war zwar noch nie dort, habe aber seit längerer Zeit die Absicht, sie mal zu testen."

„Sushi, warum nicht", entgegnete Frau Dr. Bülow, hakte sich bei Potthast unter, als wären sie alte Freunde und rief nach ihrem Hund. „Komm, Kalle!" Dieser erkannte, dass er frei hatte. Er wedelte mit dem Schwanz und pinkelte erst einmal an die nächste Parkbank.

Potthast fühlte sich gar nicht wohl in seiner Haut, so von einer fremden Frau untergehakt durch die Paderborner Innenstadt spazierend. Wenn das mal nicht ins Auge ginge. Er hatte den Gedanken noch nicht zu Ende gedacht, da begegnete ihm Blömekes Gertrud, das größte Schandmaul von ganz Wewer.

„Tach Willi, wie war denn der Fattertach?"

Potthast bekam einen Schweißausbruch.

„Ich war diesmal nicht dabei Gertrud. Ich habe meiner neuen Kollegin die Stadt gezeigt."

„Muss ja chanz amüsant chewesen sein", grinste Gertrud Blömeke und ging ihres Weges. Potthast wusste, selbst wenn er jetzt zum Handy greifen würde, wäre es zu spät, um seiner Frau Mechthild noch das Nötigste zu erklären.

„Ich habe den Eindruck, Herr Potthast, dass ich Sie gerade in eine etwas unangenehme Situation gebracht habe", bemerkte Frau Bülow.

„Wie kommen Sie denn auf das schmale Brett?"

„Ich habe Ihre Aufregung bemerkt. Ihre Atmung änderte sich, sie wurde flacher und Ihre Stimme bekam einen anderen Ton."

„Neben Ihnen komme ich mir vor wie der gläserne Mensch."

„Sie werden sich dran gewöhnen. Wenn ich sehen könnte, wäre es mir auch aufgefallen. Lediglich die Art der Kommunikation wäre eine andere. Wir hätten uns angesehen und hätten beide Bescheid gewusst. Für Sie eine völlig normale Angelegenheit. Da ich blind bin, steht mir diese Variante nicht mehr zur Verfügung. Ich muss darüber reden. Dadurch bekommt die ganze Angelegenheit einen anderen Charakter. Indem ich Ihnen sage, was ich empfinde, fühlen Sie sich auf eine Art und Weise durchschaut, der sie nicht entgehen können. Bei einer Sehenden hätten Sie antrainierte Mechanismen zur Verfügung, die es Ihnen ermöglicht hätten, dass die unangenehme Situation nicht in dem Maße in den Mittelpunkt gerückt wäre."

Die beiden Polizisten waren am Eingang der Sushi-Bar angekommen.

Potthast zuckte mit den Schultern. „Wird wohl so sein", sagte er lakonisch. Dann hielt er seiner Begleiterin die Tür auf.

Sie setzten sich an einen Tisch. Unaufgefordert las Willi seiner Kollegin die Speisekarte vor.

„Sie lernen schnell", sagte Frau Dr. Bülow und wählte ihre Speisen aus.

Als sie später aßen, sagte die Polizeioberdirektorin:

„Na, jedenfalls ist das Opfer nicht auf der Bank umgebracht worden. Außerdem hat man ihm den Mantel erst übergezogen, nachdem er getötet worden war."

„Wie kommen Sie jetzt wieder darauf?"

„Na ja, wenn Sie mir den Tatort und die Leiche genau beschrieben haben, dann hatte der Mantel keinen Ausschuss auf dem Rücken. Der Mann ist aber von vorne erschossen worden, wie Sie sagten und es war keine Blutlache auf dem Boden. Das heißt, das Opfer war schon länger tot als es auf den Marienplatz gebracht wurde."

Potthast dachte nach. Seine Kollegin hatte recht. Der Mantel hatte wirklich kein Ausschussloch.

Er war verblüfft, wie viel ihm entgangen war, obwohl er seiner blinden Kollegin die Situation geschildert hatte.

Laut sagte er:

„Jetzt wo Sie es sagen, Frau Bülow, Sie haben recht. Doch was halten Sie von der Schachfigur, die er im Munde hatte?“

„Da spekuliere ich erst einmal nicht. Kann sein, dass es etwas mit der Art des Spieles zu tun hat, kann auch sein, dass der Täter jemandem eine Botschaft übermitteln will. Ich will mich da noch nicht festlegen. Wir sollten vielleicht gleich im Büro mal unsere Datenbank befragen, ob es schon Mordfälle gegeben hat, in denen auch eine Schachfigur auftaucht.

Potthast sah auf die Uhr.

„Ich glaube, heute schaffen wir das nicht mehr. Das muss bis morgen warten. In einer Stunde sind die Zeugen in der Riemekestraße. Vorher muss ich mir die ganze Geschichte noch einmal durch den Kopf gehen lassen.“

Frau Bülow nickte.

„Läuft uns ja nicht weg.“

Sie winkte der Kellnerin und sagte bestimmt:

„Ich lade Sie ein, Herr Potthast.“

So war der Protest des Hauptkommissars auch mehr eine Formsache als ein echter Widerspruch.

20

Frau Dr. Bülow und ihr Hund Kalle betraten an diesem Samstagmorgen das Paderborner Polizeirevier, als hätten beide die ganze Nacht kein Auge zugetan. Verschlafen bewegte sich das Gespann über die Flure, als ihnen ein hellwacher, dynamischer Potthast entgegen kam.

Er ballte die Faust, als wäre der SC Paderborn gerade in die zweite Bundesliga aufgestiegen und schmetterte seiner Kollegin „Ja!“, entgegen.

Die Polizeioberdirektorin nuschelte:

„Bevor Sie mir nicht eine Tasse Kaffee gebracht haben, brauchen Sie mir gar nichts zu erzählen. Im Moment bin ich noch gar nicht wach und ungenießbar.“

„Kein Problem“, Potthast öffnete seine Bürotür. In dem Raum zischte und fauchte eine Kaffeemaschine, die dringend eine Entkalkung nötig hatte.

Sie gab einen himmlischen Duft ab.

Der Labrador stand wie angewurzelt und sah in Richtung Chefin.

„Okay, Kalle, wir trinken den Kaffee des Kollegen.“

Der Hund trollte sich.

Potthast goss seiner Kollegin und sich eine Tasse ein und fragte:

„Milch, Zucker?“

„Zucker, ruhig drei Löffel“, sagte die Polizistin, die die Tassengröße, die ihr Kollege bevorzugte, bereits kannte.

Dann saßen die beiden Kripoleute zusammen und nippten immer wieder schweigend an ihrem heißen Getränk. In Frau Dr. Bülow zog die Wachheit ein, während Potthast immer unruhiger wurde.

„Ihrer Hibbeligkeit zur Folge müssen Sie in unserem Fall einen Schritt weitergekommen sein.“

Woher weiß sie schon wieder, dass ich im Moment nicht gerade die Ruhe selbst bin, dachte Potthast. Doch langsam fing er an sich daran zu gewöhnen, dass man die Welt offensichtlich auch noch anders wahrnehmen konnte als durch Sehen.

„Ich konnte aus irgendwelchen Gründen nicht schlafen. Als mir dann meine Arbeit auf die Bettdecke kroch, habe ich mich angezogen und bin hierher gefahren. Ich habe mich an den PC gesetzt und mich um die Schachfigur gekümmert."

Er ließ eine Kunstpause einfließen.

„Und, sind fündig geworden?", reagierte seine Kollegin ordnungsgemäß.

„Jau! In Detmold ist in der letzten Woche ebenfalls ein Mann ermordet aufgefunden worden. Er hatte zwar keine Schachfigur im Mund, sondern die Leiche lag auf einem überdimensionalen Schachbrett. Der Schädel des Toten wurde von einer eben so überdimensionierten Schachfigur zertrümmert, obwohl er einige Zeit vorher schon mit einer großkalibrigen Waffe erschossen wurde."

„Na prima, haben Sie sich schon mit dem Dienst habenden Beamten in Verbindung gesetzt?"

„Nein, das noch nicht. Den Fall leitet aber einer meiner besten Freunde, Josef Schulte. Wir haben sozusagen unsere gesamte Polizeiausbildung zusammen gemacht. Den werde ich nachher mal anrufen."

„Wieso nachher?"

„Sehen Sie mal auf die Uhr, es ist halb sieben und noch dazu Samstag. In dieser Herrgottsfrühe muss man den Kollegen doch nicht aus dem Bett schmeißen."

„Scheint wirklich ein Freund von Ihnen zu sein. Dann werde ich mich jetzt auch an meinen Arbeitsplatz begeben und meine Aufzeichnungen ordnen. Um acht Uhr hat sich Herr Gockeln von der Spurensicherung angesagt. Dann wollen wir mal weiter sehen", sagte Frau Bülow und erhob sich aus ihrem Stuhl. „In mein Büro, Kalle!", sagte sie zu ihrem Hund und zu Potthast: „Danke für den Kaffee. Sie haben mir den Tag gerettet."

21

Schweißgebadet schreckte Jupp Schulte hoch. Hatte er geträumt? Oder waren da wirklich merkwürdige Geräusche? In der Küche rumorte sein Hund. Nachdem sich der Kreislauf an die Sitzhaltung gewöhnt hatte, wurde das Rauschen im Kopf übertönt vom Motorengeräusch. Wer zum Teufel fährt denn hier mitten in der Nacht über seinen einsam gelegenen Hof? Schulte griff sich den Wecker und starrte auf das Ziffernblatt. Der Wecker behauptete, es sei 09.15 Uhr. Schulte konnte und wollte das nicht glauben und blickte auf seine Armbanduhr. Das selbe Ergebnis! Okay, das musste er also hinnehmen. Aber das war noch lange kein Grund, samstagmorgens so einen Lärm zu machen. Schulte stieg langsam aus dem Bett, kratzte sich, zog die Gardinen zurück und versuchte, durch die schmutzigen Fensterscheiben etwas zu erkennen. Wahrhaftig! Unten auf dem Fritzmeierschen Hof rangierte ein Kleintransporter. Ein alter Mann dirigierte ihn äußerst lautstark in Richtung des bislang unbewohnten Anbaus. Der alte Mann war Anton Fritzmeier höchstpersönlich. Schulte rieb sich die Augen, aber es blieb dabei. Er hatte völlig vergessen, dass der neue Mieter, dieser eitle Geck, heute in den Anbau einziehen wollte. Abgesehen von seinem persönlichen Widerwillen gegen diesen Gentleman-Darsteller war sich Jupp Schulte als lebenserfahrener Mann sofort der Gefahr bewusst, die von einer solchen Aktion für ihn selbst ausging. Man würde von ihm tätige Mithilfe erwarten. Körperliche Arbeit zu dieser nachtschlafenden Zeit? Undenkbar! Unzumutbar! Unsittlich! Aber noch bevor er sich einen Fluchtplan zurechtlegen konnte, bollerte es an seiner Haustür und Fritzmeiers Stimme trompetete:

„Jupp! Raus ausse Federn! Pack ma eben mit an!"

Mal eben! Das kannte er. Da packst du „mal eben" mit an und schon ist der ganze Tag im Eimer. Schulte schlurfte zur Haustür, öffnete sie und stand nun mit schmerzverzerrter

Miene, die linke Hand auf den Lendenwirbel gestützt, vor seinem Vermieter. Der staunte.

„Wat iss denn mit dir los? Bisse krank?"

„Ja, Anton!", stöhnte Schulte kraftlos. „Mich hat's erwischt. Hexenschuss! Gestern Abend schon. Hab noch' n bisschen aufgeräumt und da... peng hat es gemacht!"

Fritzmeier war baff.

„Ja, un jezz? Kansse ga nix machen?"

Schulte schüttelte resigniert den Kopf.

„Nee! Bin eben auch nicht mehr der Jüngste!"

Fritzmeier verfluchte leidenschaftlich die heutige Jugend und ging zurück zum Kleintransporter. Aus dem Führerhaus des Mercedes stieg Alexander Kogge aus. Gekleidet in einen noch blitzsauberen Overall, auf dem der gleiche Name prangte wie auf dem Transporter. Offenbar hatte er mit dem kleinen Laster auch den Overall ausgeliehen. Er wirkte darin so authentisch wie so ein männliches Modell mit manikürten Fingernägeln in einem Katalog für Arbeitskleidung oder ein Politiker in Anzug und Krawatte, aber mit Sturzhelm, auf einer Baustelle. Schulte unterdrückte den Impuls, jetzt zu gehen und dem feinen Herrn zu sagen: „Komm, Junge! Lass das mal 'nen richtigen Kerl machen!" Stattdessen ging er zurück in seine Wohnung, setzte sich einen Kaffee auf, fütterte seinen Hund und ging ins Bad, um sich frisch zu machen. Dann lugte er wieder durchs Fenster.

Eigentlich waren ja auch genug Leute da. Außer Fritzmeier und Kogge fassten noch zwei jüngere Männer mit an und die machten einen durchaus kompetenten Eindruck. Schultes schlechtes Gewissen hielt sich in Grenzen. Und als er sah, dass Kogge die Männer tatsächlich ein Klavier ins Haus wuchten ließ, beglückwünschte er sich zu seiner Raffinesse. So ganz falsch war seine Ausrede ja gar nicht gewesen. Er hatte zwar bis jetzt noch keine Rückenschmerzen, aber spätestens nach dem Klavier wäre ein echter Hexenschuss unvermeidlich gewesen. Sollten das doch die Jungen machen! Fritzmeier war auch nicht schlecht. Er machte bei der ganzen Sache zwar den großen Zeremonienmeister, beschränkte sich aber dabei ganz aufs lautstarke Dirigieren und Anweisen. Das war eben die Weisheit des Alters.

Um zehn Uhr hinkte Schulte betont schmerzgebeugt aus dem Haus. Er winkte dem arbeitenden Teil der Bevölkerung zu, quälte sich ins Auto und fuhr los.

„Tut mir leid, aber ich muss zum Dienst!", rief er Kogge bedauernd zu. Kogge lächelte freundlich und verständnisvoll. Dass sein zukünftiger Nachbar gar nicht Richtung Detmold fuhr, bekam er nicht mit, weil er in diesem Augenblick gerade einen großen Bücherkarton vor sich her trug, der ihm die Sicht auf die Straße nahm.

In dem Moment, als Schulte klar war, dass er sich vor der körperlichen Arbeit, die so ein Umzug mit sich bringt, drücken wollte, hatte er sich blitzschnell überlegt, dass er eigentlich einmal wieder seine alte Mutter in Warburg besuchen könnte. Um Pfingsten herum, so wusste er noch von früher, war in einigen Orten der Börde Schützenfest. Unter anderem auch in Hohenwepel. Wenn ihm gar nichts anderes einfiel, würde er heute Abend dort einfach einmal vorbeischauen. Da war mit Sicherheit was los. Vielleicht traf er ja sogar den einen oder anderen Kumpel von früher.

Er hatte an die Schützenfeste der Warburger Börde gar nicht so gute Erinnerungen. Denn vor über fünfundzwanzig Jahren zeugte er auf einem dieser Feste, es war in Calenberg, zwei seiner drei Kinder. Dieser „Verkehrsunfall" brachte ihn dazu, seine Überlegungen, Sport und Soziologie zu studieren, aufzugeben und zur Polizei zu gehen, um so seinen Kindersegen zu finanzieren.

Gleichzeitig zwang ihn seine Mutter, damals Vorsitzende des Müttervereins der Warburger Altstadt, eine der beiden „Glücklichen" zu ehelichen. Trotz aller ehrenwerten Absichten, die Schulte damals hatte, hielt der Bund fürs Leben jedoch nicht einmal fünf Jahre.

Er hing noch seinen Gedanken über die besagte Nacht nach, als sein Handy ihn aus der Vergangenheit in die Gegenwart zurückholte.

Willi Potthast meldete sich, als er die Taste mit dem grünen Hörer drückte.

„Hallo Jupp, tut mir leid, wenn ich dich so früh störe, aber ich muss dringend mit dir sprechen. Wir haben seit gestern einen Todesfall zu untersuchen. Aller Wahrscheinlichkeit nach einen Mord. Neben einigen Ungereimtheiten haben wir bei dem Toten eine Schachfigur im Mund gefunden. Das gab mir natürlich zu denken. Ich habe heute Morgen also meinen PC gefüttert und welchen Namen spuckt er aus? Deinen!"

Schulte pfiff durch die Zähne. Doch bevor er dienstlich wurde, musste er noch etwas lästern. „Heute morgen ist jetzt. Ich glaube, du gibst deinem Computer das Futter früher als die Bauern in Wewer ihre Kühe versorgen. Kommst du jetzt in die Jahre, in denen man Schlafstörungen hat oder hast du dich mit deiner Mechtild gestritten?"

„In diesem Fall eher Schlafstörungen", versuchte Potthast sein frühes Aufstehen herunterzuspielen.

„Geht mir heute Morgen ähnlich, Willi, bei mir zieht gerade so ein blasierter Affe ein. Den hat mir Rodehutskors, unser Zeitungsfritze, angeschleppt. Der wird, glaube ich, auch langsam senil.

Ich hatte die Wahl zwischen helfen oder flüchten. Da habe ich mich für das Letztere entschieden. An sich wollte ich nach Warburg zu meiner Mutter. Sozusagen einen Überraschungsbesuch machen. Aber den kann ich auch verschieben. Ich kaufe noch ein paar Brötchen. In einer halben Stunde bin ich bei dir. Dann können wir gleich ne Runde frühstücken. Ich habe den Eindruck, als wenn wir in nächster Zeit wieder öfter miteinander zu tun hätten."

„Dann bring zwei mehr mit!"

„Wie, du hast mir doch vor drei Wochen noch erzählt, dass seine Durchlaucht von Grotenburg sich erst mal für vier

Wochen von seiner Mutter in der Toskana erholt. Haste den etwa schon zurückbeordert."

„Nein, der gibt sich wahrscheinlich gerade den Impressionen hin, die die Uffizien auf ihn ausüben. Nee, du wirst es nicht glauben, ich habe eine neue Kollegin. Na, du wirst sie ja kennen lernen."

Schulte wendete seinen Wagen und hielt drei Minuten später vor der Metzgerei Grundmann in Hiddesen. Weitere fünf Minuten später legte er eine Tüte mit frisch belegten Brötchen auf seinen Rücksitz, um anschließend Kurs auf Paderborn zu nehmen.

Pünktlich um halb zehn betrat er das Büro von Willi Potthast. Er begrüßte seinen Freund. Der war etwas reservierter als sonst. Grund war wohl die blonde Frau, die an seinem Besprechungstisch saß.

„Darf ich vorstellen: Frau Dr. Bülow." Potthast wirkte hölzern.

Die Frau stand auf und reichte Schulte die Hand. „Josef Schulte", stellte sich der Detmolder Hauptkommissar selber vor und entgegnete den Händedruck. Dann fiel sein Blick auf den Hund, der unter dem Tisch lag.

„Na, Kleiner, was machst du denn hier? Er beugte sich zu dem Hund herunter, bot ihm den Handrücken zur Kontaktaufnahme und als der Hund ausgiebig daran geschnuppert hatte, tätschelte er ihm den Kopf.

„Das ist Kalle", antwortete die blonde Frau.

„Kalle, bist ein Feiner", sprach er wieder auf den Hund ein und tätschelte ihm die Schnauze. Dann setzte er sich zu der blonden Frau an den Tisch. Riss die Brötchentüte auf und sagt: „Bedient euch", in Richtung Potthast: „Gibt es Kaffee?"

„Schon fertig, warte, ich hole dir nur eben noch Tassen."

Der Polizist verließ den Raum. Schulte räkelte sich auf seinem Stuhl und wandte sich an Frau Bülow: „Was verschlägt dich nach Paderborn?", fragte er sie ungeniert.

„Das kann ich dir in zwei Sätzen nicht erklären", antwortete die Frau mit der gleichen Lockerheit.

„Wir werden schon Zeit dazu finden. Wenn ich es richtig einschätze, werden wir in den nächsten Wochen öfter miteinander zu tun haben. Wie heißt du denn jetzt richtig? Dr. Bülow ist doch kein Name."

„Doch, ein Nachname, mit Vornamen heiße ich Margarete."

„Margarete, hm, schöner Name." Schulte grinste.

„Ja, mir gefällt er auch, schon immer."

„Also, Margarete, was willst du für ein Brötchen. Es gibt Käse, Mett mit Zwiebeln, Leberkäse, Schinken und Salami."

„Käse!"

„Dachte ich mir."

Schulte kramte in der Tüte und reichte ihr eins.

Bevor sich die Frau bedanken konnte, kam Potthast zur Tür herein. „So, hier sind Tassen." Er stellte sie auf den Tisch und schenkte Kaffee ein.

Das letzte Brötchen war noch nicht verzehrt, da meldete sich Hubert Gockeln, der Mann von der Spurensicherung.

„Hallo Willi, hast du einen Moment Zeit für mich? Ich habe die ganze Nacht durchgearbeitet, nicht ohne Erfolg. Jetzt wird es aber Zeit, dass ich ins Bett komme."

„Passt mir gut, Hubert. Komm doch in mein Büro. Es gibt auch noch ein Brötchen und Kaffee."

„Brötchen ist gut, aber Kaffee nicht, wenn ich davon jetzt ne Tasse trinke kann ich nachher nicht schlafen. Ich kann so ne Tasse kurz vorm Schlafengehen nicht mehr so richtig wegstecken. Also, bis gleich. Ich bin in zwei Minuten da."

Nachdem auch Gockeln noch ein Brötchen verdrückt hatte, berichtete er, dass es sich bei dem Toten um einen Angestellten des Ordnungsamtes Paderborn handele. Weiter berichtete er, dass die Todesursache mit ziemlicher Wahrscheinlichkeit die Folge eines Schusses mit einer großkaübrigen Waffe gewesen sei. Er sei aus ca. eineinhalb Meter Entfernung abgegeben worden. Der Mann sei achtundfünfzig Jahre alt gewesen, verwitwet und habe in Dahl wohnt. Sein Name sei Johannes Brechmann und er sei Angestellter bei der Stadtverwaltung Paderborn gewesen. Er habe einen Sohn, der sich zurzeit in Neuseeland aufhalte. Der Tod sei schon am Donnerstag eingetreten und zwar gegen fünfzehn Uhr. Dann habe man dem Toten wohl diesen Mantel übergezogen, der ihm mit ziemlicher Sicherheit nicht gehöre. Das Kleidungsstück sei ihm mindestens vier Nummern zu groß und verschlissen. Alles andere, Anzug, Hemd und Schuhe, sei relativ neu, gepflegt und von sehr hochwertiger Qualität. Somit sei natürlich klar, dass der Tote erst erschossen und dann zum Marienplatz gebracht worden sei. Dies ließe sich auch aus der Haltung des Toten schließen. Wahrscheinlich habe man ihn, nachdem er gestorben sei, in den Kofferraum eines Autos gebracht, in dem er mindestens zehn bis zwölf Stunden gelegen habe.

Gockelns Kollegen würden in zwei Stunden in Dahl eintreffen, um sich das Haus des Toten anzusehen.

Zur Person könne Gockeln im Moment keine weiteren Angaben machen. Bei der Stadt sei gestern Nachmittag niemand mehr anzutreffen gewesen. Die Nachbarn würden noch befragt. Die Schachfigur, die man im Munde des Toten gefunden habe, gäbe nichts her. Sie sei von einem Schachspiel, das in großer Serie gefertigt worden sei.

Auf das Stichwort Schachfigur meldete sich Schulte:

„Dieser Bericht weist auch neben der Schachfigur einige Parallelen zu unserem Mordfall in Detmold auf. Auch unser Mann wurde nicht an dem Ort erschossen, an dem er aufgefunden wurde. Auch unser Mann ist erheblich später an den Fundort gebracht worden. Ich denke, wir stimmen überein, dass der Täter absichtlich einen spektakulären Ort gewählt hat, damit die Leiche auch gefunden wird und Aufsehen erregt."

Nun berichtete Schulte von den Überlegungen hinsichtlich der Schachfiguren, die er vor einigen Tagen mit Braunert angestellt und mit seinem Chef Erpentrup vertieft hatte. Die Tatsache, dass es sich bei dem Paderborner Fall um eine andere Figur handele, als bei dem Detmolder, deutete, so Schulte, darauf hin, dass es sich in der Tat um eine Mordserie handeln könne, der der Mörder einen Spielcharakter geben wolle. Wenn dies so stimme, dann müsse man mit Sicherheit mit weiteren Toten rechnen.

Nachdem die beiden Fälle durchgesprochen waren, gähnte Gockeln herzhaft hinter vorgehaltener Hand.

„Nehmt es mir nicht übel, meine Akkus sind leer, ich muss ins Bett."

„Kein Problem, Hubert, du bist in Ehren entlassen", sagte Potthast und an die Anderen gewandt: „Wie machen wir weiter?"

„Ich würde mir gerne mal die Wohnung des Toten ansehen", sagte Frau von Bülow.

„Da wäre ich gerne dabei, Margarete", entgegnete Schulte.

„Margarete?", Potthast sprach den Vornamen aus, als handele es sich um ein Wort, das er noch nie gehört hatte und starrte Schulte an wie das siebte Weltwunder.

Schulte zuckte mit den Schultern. „Wir sind alte Bekannte."

Margarete Bülow kicherte hinter vorgehaltener Hand und Willi Potthast verstand die Welt nicht mehr.

„Wir können mein Auto nehmen", bot Schulte an, als gäbe es keinen Grund sich in irgendeiner Weise zu wundern. Auf dem Weg zum Parkplatz, als Potthast sich einen Moment mit dem Detmolder Polizisten allein wähnte, raunzte er leise:

„Wie ihr kennt euch?"

Schulte raunzte zurück:

„Erzähle ich dir später mal."

22

Die Staatsanwaltschaft war bereits am Freitagabend von Hubert Gockeln verständigt worden und so stand einer Hausdurchsuchung nichts mehr im Wege. Den Schlosser, der das Haus des Toten öffnen sollte, verständigte Potthast mit Hilfe seines Handys. Schultes schwarzer VOLVO rollte inzwischen über die Warburger Straße Richtung Dahl, einem ehemals eigenständigen Dorf, jetzt Vorort von Paderborn. Im alten Dorfkern wohnten die Ur-Dahler. Die Neubaugebiete wurden von Hochschulprofessoren, Managern und anderen gut betuchten, meist zugezogenen Paderborner Bürgern besiedelt. Genau in ein solches Neubaugebiet lenkte Schulte seinen Wagen.

„Eine ganz schön noble Gegend“, stellte Potthast fest, als Schulte das Auto vor dem über tausend Quadratmeter großen Grundstück zum Stehen brachte. Sie sahen auf ein villenähnliches Haus, das noch keine zehn Jahre alt war.

Die Polizisten warteten, denn der Schlosser war noch nicht da.

„Wir können uns ja schon einmal auf dem Grundstück umsehen“, schlug Potthast vor.

„Beschreibt mir das Haus!“, forderte die Polizeidirektorin ihre Kollegen auf.

„Wenn man sich den Bewuchs des Gartens ansieht, handelt es sich um ein Haus, das ca. zehn Jahre hier steht. Lediglich ein alter Apfelbaum hat schon vorher auf dem Anwesen gestanden. Der hat wohl die Bauphase überlebt. Das Haus selbst hat einen Grundriss von mindestens zehn mal zehn Metern. Der Architekt hat seine Ideen hinsichtlich der Bauweise wohl aus dem Mittelmeerraum geholt. Er hat die von dort gelieferte Vorlage mit viel Glas und Holz veredelt. Die Farbtöne des Baukörpers sind in Terrakotta und in den nahe kommenden Varianten gehalten. Das passt selbst hier nach Dahl. “

„Obwohl das Haus sehr groß ist, wirkt es nicht klobig“, schaltete sich jetzt Schulte ein. „Ich finde alles harmonisch und geschmackvoll aufeinander abgestimmt. Man kann sagen, es ist kein Haus von der Stange. Es wird in dieser Lage auf dem Grundstück bestimmt einen Wert von 500.000 Euro haben.“

„Dann muss unser Toter entweder reich sein, was er mit Sicherheit nicht als Verwaltungsangestellter geworden ist. Oder er hat geerbt, oder im Lotto gewonnen. Letzteres halte ich für unwahrscheinlich. Na, wir werden schon heraus bekommen, wodurch der Reichtum begründet ist“, sagte Frau Dr. Bülow mehr zu sich selbst.

In diesem Moment bog der Lieferwagen einer Schlosserei in die Straße ein.

Wenige Minuten später war die Haustür geöffnet. Die Polizisten traten ein. Doch hier drängte sich ihnen ein ganz anderes Bild auf. Von der eben beschriebenen Harmonie war nichts mehr vorzufinden. Das Haus war vollgestellt mit Möbeln. Obwohl auch die von hoher Qualität waren, so wirkte doch alles eher zufällig zusammengetragen und ganz ohne jeden Geschmack zusammengestellt. Das Ganze wirkte lieblos, als sei es den Bewohnern egal, ob eine gemütliche Atmosphäre herrschte oder nicht.

„Passt so gar nicht zu dem ersten Eindruck“, bemerkte Potthast und schilderte der Polizistin jetzt schon unaufgefordert wie es in dem Haus aussah. Was diese mit einem fast unmerklichen Schmunzeln zur Kenntnis nahm.

Danach meldete sich Schulte zu Wort.

„Das Detmolder Opfer, Wilhelm Leipholt, war auch nur ein Arbeitsamtsmitarbeiter im mittleren Dienst und hatte eine ebenfalls wertvoll eingerichtete Wohnung. Zwar nicht mit dieser zu vergleichen, aber eben teuer. Was interessant war, dass wir überhaupt keine Unterlagen über seine Vermögenssituation gefunden haben. Keinen Kontoauszug, keine Überweisungsbelege, kein Sparbuch, nichts. Die Wohnung war pedantisch ordentlich. Ich gehe davon aus, dass Leipholt seine Vermögensunterlagen ganz bewusst ausgelagert hat. Wir sind noch dabei seine Hausbank ausfindig zu machen."

„Dass es zwischen diesen beiden Morden einen Zusammenhang gibt, merkt doch ein Blinder mit Holschen!", brummelte Potthast. „Allerdings", sagte die Kollegin. Um seinen Fauxpas zu vertuschen, kramte er umständlich Gummihandschuhe aus seiner Jackentasche und reichte ein Paar Schulten Jupp.

„Es sollte so wenig wie möglich durcheinander gebracht werden. Gockelns Leute kommen auch gleich. Wir sind nur fürs Grobe zuständig. Mal durchgehen, mal in Schubladen gucken, aber nichts ausräumen."

„Dann lasst uns mal sehen, ob wir hier Unterlagen über die Vermögensverhältnisse finden, Sparbücher, Kontoauszüge etc. Ich habe das Gefühl, wenn wir wissen, wo die Toten ihr Geld her haben, dann sind wir der Spur, die zu dem Mörder führt, ein ganzes Stück näher gekommen", schlug wieder die Polizistin vor.

Es hatte den Anschein, dass sie ohne Widersprüche ins Team aufgenommen worden war. Ihre Kombinations- und schnelle Auffassungsgabe wurden von Potthast und Schulte sofort als bemerkenswert akzeptiert. Sie fühlten sich in keiner Weise bevormundet und so machten die beiden Polizisten ihr den Platz zur informellen Teamleiterin intuitiv frei.

Während Gockelns Leute von der Spurensicherung das Haus penibel untersuchten, machte sich das Polizistentrio nach einer Stunde auf den Weg zurück zum Polizeipräsidium. Hier angekommen setzten sie sich umgehend zu einer Besprechung zusammen.

„Ich fresse einen Besen, wenn die beiden Mordfälle nichts miteinander zu tun haben!", verkündete Potthast lautstark. „Neben der Auffälligkeit, dass man bei beiden Toten eine Schachfigur vorfand, handelt es sich um Personen, die ähnlich alt sind und bei beiden existieren auf den ersten Blick keinerlei Unterlagen und Hinweise über Vermögensverhältnisse oder Sparbücher und so weiter."

„Wir sollten eine Sonderkommission gründen und die Fälle gemeinsam bearbeiten", dachte Frau Bülow laut.

„Da müssen aber unsere Chefs ihr Okay geben. Bei uns in Paderborn wird auch der Landrat noch versuchen, seinen Senf dazu zu geben. Aber wir können es Montag ja mal versuchen", überlegte Potthast.

Schulte fand den Gedanken auch nicht schlecht. So könnte er endlich einmal wieder mit seinem alten Kumpel Potthast zusammenarbeiten. Wenn dann noch der Sitz der Kommission Paderborn wäre, wäre er auch für einige Zeit aus dem Einflussbereich seines Vorgesetzten Erpentrup heraus, was auch nicht schlecht wäre. Sonderkommissionen waren zwar oft sehr arbeitsintensiv, boten aber meist eine freizügigere Arbeitsweise, was Schulte sehr zu schätzen wusste. Kurze Zeit hing jeder seinen Gedanken nach, als das Fiepen eines Handys die Polizisten wieder in die Arbeitswelt zurückholte.

Potthast bediente das kleine Gerät, meldete sich und hörte dann eine Zeit schweigend zu, beendete das Gespräch mit: „Danke" und ließ es anschließend wieder in seiner Tasche verschwinden.

„Es gibt Neuigkeiten!", gab Potthast zum Besten. Im Haus des Toten haben die Kollegen einen eingemauerten Safe gefunden. Leider noch nicht den Schlüssel dazu. Die Nachbarn sind auch befragt worden. Johannes Brechmann war beim Ordnungsamt beschäftigt. Davor hat er wohl beim Einwohnermeldeamt gearbeitet. Das Haus hat er 1993 bauen lassen. Das Grundstück hat er von seiner Familie geerbt. Ganz Dahl hat damals mit dem Kopf geschüttelt, als er sich den riesigen Kasten da hingesetzt hat. Auf ein Grundstück, das drei Bauplätze hergegeben hätte. Wo er doch vorher schon unten im Dorf ein Haus hatte. Das hat er vermietet.

Mit den anderen Anwohnern hatte er wenig Kontakt. Es hat auch kleinere Streitereien gegeben. Wenn man den Kollegen glauben darf, weint ihm aus der Straße keiner eine Träne nach. Mal sehen, was in diesen vagen Angaben Konkretes steckt."

Jetzt meldete sich Frau Bülow zu Wort:

„Ich schlage vor, für heute machen wir Schluss. Ich bereite die Gründung der Sonderkommission vor. Alles Weitere erledigen wir Montag."

23

Wie jedes Jahr eine Woche vor Pfingsten traf man sich. Die alte Seilschaft. Die Zusammenkünfte erfreuten sich bei allen Beteiligten großer Beliebtheit. Man konnte sich nach wie vor den einen oder anderen Tipp geben, wo ein Geschäft zu machen war oder wo man ein paar Subventionen abziehen konnte. Zukünftige Zusammenarbeit war ebenfalls oft das Ergebnis solcher Treffen gewesen.

Doch den größten Gesprächsanteil nahm die Unterhaltung über die gute alte Zeit in Anspruch. Wie hatte man damals die Ossis abgezockt. Man klopfte sich gegenseitig auf die Schultern und die Schenkel. Alle lachten Tränen, wenn sie sich an die pfiffigen Ideen erinnerten, die man entwickelt hatte, um dem Staat und anderen beim Aufbau des Ostens das Geld aus der Tasche zu ziehen. Das Beste jedoch war die geniale Vernetzung gewesen. Die Politiker hatte man schnell in den Griff bekommen und auch die Verantwortlichen auf den Ämtern.

Hartmut Tucher huschte ein linkisches Grinsen über sein Hamstergesicht, wenn er an die Pionierzeit damals dachte. Gleich 1989 hatte ihn der Apparat nach Irrwitzleben geschickt, der Retorten- und Musterstadt der damaligen DDR. Er sollte die berufliche Bildung in der gesamten Region organisieren. Fünf weitere pädagogische Mitarbeiter waren ihm zur Seite gestellt, die unter seiner Regie quasi selbstständig arbeiten sollten.

„Fünf kleine Franchiseunternehmen in Sachen Subventionsbetrug“, hatte ihm sein damaliger Vorsitzender und Chef Hasenherz augenzwinkernd gesagt.

Die Pädagogen sollten unter Tuchers Regie quasi selbstständig arbeiten. Wenn sie das Risiko selbst trügen. Dass sie nicht zuviel verdienten, dafür sorgten Tucher und der Apparat, und wenn sie nicht nach deren Pfeife tanzten, so hatten sie ganz schnell ein kleines Problem. Weder Tucher noch Hasenherz fackelten da lange. Einer von denen wollte nach oben. Wollte sich nicht an Absprachen, die der Apparat getroffen hatte, halten. Faselte ständig etwas von Qualität und Markt. Die Kunden sollten selbst bestimmen, wo sie die angebotenen Leistungen in Anspruch nahmen.

Na, dem habe er in den Arsch getreten, berichtete Tucher jedes Mal zu vorgerückter Stunde selbstgefällig und dann schon reichlich betrunken auf den Jahrestreffen der Seilschaft.

„Mit solchen Typen mache ich kurzen Prozess!“, pflegte er zu schwadronieren. „Da lehne ich mich doch ganz entspannt zurück.“

An dieser Stelle verdrehte der Rest der Truppe jedes Mal die Augen, denn dieser Spruch war Tuchers Markenzeichen und Wunschtraum zugleich. Denn er war im Allgemeinen eher verkniffen als entspannt.

„Den habe ich schneller in die Ecke eines Betrügers gerückt, als er gucken konnte. Den Apparat soll man nicht unterschätzen, auch wenn die meisten seiner Funktionäre sich zwischen Rente und scheintot bewegen“, pflegte er dann zu lallen und hob dabei jedes Mal warnend den Zeigefinger. Zu Zeiten, als Hasenherz noch zu den Treffen kam, bekam er für die Missachtung des Alters von ihm einen Einlauf, an dem er bis zum nächsten Vollrausch zu knabbern hatte.

Doch heute dachte Tucher nicht mit der ihm eigenen Überheblichkeit an die Goldgräberjahre im Wilden Osten zurück, die sich nach dem Mauerfall einstellten. Düstere Schatten warfen Finsternis auf sein Gemüt. Er hatte in der letzten Woche gleich zweimal die Nachricht über einen Todesfall bekommen. Beide Dahingeschiedenen hatten zur Seilschaft gehört. Wenn sie auch nur Randfiguren waren, kleine Lichter! Doch Tucher hatte manchmal die Fähigkeit, das Gras wachsen zu hören. Das gehörte zum Überleben im Apparat, wenn man was geworden war.

Sicher, die Geschäfte von damals waren abgeschlossen und verjährt. Jeder ging heute einen anderen Weg. Man traf sich nur noch zu Pfingsten, ansonsten ging jeder seinen neuen Geschäften nach. Aber nun waren zwei von den alten Pionieren tot, in einer Woche, das hatte ihm zu denken gegeben. Tucher hatte seine Kontakte nach Ostwestfalen aktiviert. Detmold war schließlich die Partnerstadt von Zeitz. Die Ergebnisse hatten ihm die Sprache verschlagen. Beide waren ermordet worden. Was da wohl dahinter steckte?

24

Alle hatten schon reichlich getrunken, da entschloss er sich mit ihr zu reden. Er versuchte unauffällig in ihre Nähe zu kommen. Als sich ein günstiger Augenblick ergab, raunte er ihr zu:

„Ich muss mit dir sprechen, lass uns kurz ins Haus gehen!"

Ihr schien es gar nicht zu gefallen, die Party jetzt zu verlassen.

„Was gibt es denn so Wichtiges, dass es du es ausgerechnet jetzt mit mir besprechen musst?"

„Komm ins Haus!", sagte er ihr noch einmal mit Nachdruck.

Sie machte einen genervten Gesichtsausdruck, kam aber dennoch seiner Aufforderung nach und ging hinter ihm her in das nur spärlich beleuchtete Wohnzimmer. Hier angekommen sprudelte es aus ihm heraus.

„Wir haben das Problem, dass zwei von unseren alten Freunden aus Ostwestfalen in den letzten Tagen umgebracht wurden."

„Woher weißt du das und von wem sprichst du?", unterbrach sie ihn.

Er ging nicht darauf ein.

„Seit Tagen zermartere ich mir das Hirn, wer für die Morde verantwortlich ist. Ich kann mir nicht helfen, aber ich lande immer wieder bei dir. Außer mir hast nur du ein Motiv. Du willst ja auf deine alten Tage noch einmal Karriere machen. Da gibt es vielleicht ein paar Mitwisser zuviel, die jetzt das Zeitliche segnen müssen."

„Du bist doch verrückt! Es hängen doch alle mit drin, ich mache mir doch nicht so ohne weiteres die Finger schmutzig!", fauchte sie ihn an.

„Wenn du also auch nichts damit zu tun hast, dann überleg doch einmal, wer dahinter stecken könnte und wer als nächstes auf der Liste des Mörders stehen wird.

Sie zuckte mit den Schultern.

„Den zweiten Teil der Frage kann ich dir jedenfalls schon mal beantworten. Die Wahrscheinlichkeit, dass du und ich es sein könnten, ist relativ hoch. Ich überlege nur, wer als Mörder in Frage kommt."

Sie war blass geworden. Aufgeregt fischte sie eine Zigarette aus einer Schachtel, die auf dem Couchtisch lag und zündete sie umständlich an. Als sie den Rauch in ihre Lungenflügel sog, musste sie husten. Für eine Nichtraucherin war selbst die Marke Light zu stark. Dennoch machte sie den nächsten Zug. Das Nikotin begann zu wirken. Ihre Gefäße zogen sich zusammen. Ein Schwindelgefühl machte sich bemerkbar.

„Ich schwöre dir, ich habe nichts damit zu tun. Im Übrigen bin ich diejenige, die ausgerechnet jetzt keinen Skandal gebrauchen kann."

Sie wurde nachdenklich.

„Sag mal, ich erinnere mich da an so eine Sache, die du immer wieder gerne zum Besten gibst. Damals hast du doch jemanden auf übelste Art und Weise an die Luft gesetzt, der nicht nach deiner Pfeife tanzen wollte."

„Komm schon! Da waren du und deine bessere Hälfte ja wohl ebenso maßgeblich beteiligt."

„Wer in welchem Umfang damals die Strippen gezogen hat, spielt hier jetzt keine Rolle! Wenn es wirklich so ist, wie du vermutest, dann ist Schadensbegrenzung angesagt. Schuldzuweisungen können wir machen, wenn wir alt sind."

Sie war gewohnt den Ton anzugeben. Rücksicht und Höflichkeit waren nicht ihre starke Seite. In ihrer Stadtverwaltung hatte sie den Spitznamen Margot. Irgendjemand war nach einem Gespräch mit ihr der Meinung, sie hätte einen ähnlichen Charme wie Margot Honecker. Dieser einmal gemachte Vergleich hing ihr seit dem an und wurde immer wieder bestätigt.

„Wie hieß dieser Idiot noch?"

„Liebermann!"

„ Richtig, was ist eigentlich aus dem geworden?"

Er zuckte mit den Achseln.

„Keine Ahnung, aber das ist ja wohl rauszukriegen."

Sie stieß ihm den rechten Zeigefinger auf den Brustkorb, dass es ihn schmerzte.

„Dann bring es in Erfahrung und zwar schleunigst. Danach sehen wir weiter. Mach es aber bloß nicht selbst! Er darf dich nicht erkennen! Besorge dir einen Privatschnüffler. Jetzt lass uns wieder zu den anderen gehen. Bevor sich jemand Gedanken macht."

„Meinst du, dein Männe würde eifersüchtig, wenn du mit mir für ein paar Minuten im Wohnzimmer verschwindest?"

„Arschloch!“

Sie ließ ihn stehen und gesellte sich wieder zu den anderen.

25

Der Montag war wieder ein heißer Tag. Schulten Jupp hatte nach dem Aufstehen kurz überlegt, eine kurze Hose anzuziehen. Doch er verwarf den Gedanken, so gekleidet zum Dienst zu erscheinen. Heute wurde über die Einrichtung der Sonderkommission Schachbrettmorde entschieden. Da war es klar, dass er mit Sicherheit seinem Chef unter die Augen treten musste. Dieser zog sowieso schon immer die Mundwinkel hoch, wenn er Schultes Kleidung begutachtete. Wenn es nach Erpentrup ginge, dann würde er seinen Kommissar nur in Uniform antreten lassen und er selbst würde jeden Morgen die Kleiderordnung überprüfen. Darüber hinaus war mit Sicherheit der Paderborner Chef anwesend und vermutlich auch der Paderborner Landrat. Den kannte er noch aus früheren Zeiten. Napoleon, so wurde er von den Paderborner Polizisten hinter vorgehaltener Hand genannt, ließ es sich nicht nehmen, bei den meisten Entscheidungen, die in der Kreispolizeibehörde getroffen wurden, ein Wörtchen mitzureden. Jetzt, wo die Entscheidung ‚Zusammenarbeit mit dem feindlichen Ausland Lippe‘ anstand, würde er mit absoluter Sicherheit seinen ganzen Terminkalender auf den Kopf stellen, um hier dabei zu sein. Na ja, und wenn der Paderborner Landrat mitreden würde, wäre sicher auch sein schwarzer Bruder aus Lippe mit von der Partie. Man kannte sich ja und gegen ein anschließendes gemeinsames Tête-a-tête mit der Presse hatten beide nichts einzuwenden.

Also erschien Schulte wie üblich in Hemd und Jeans gekleidet im Büro. Er war früh dran, um Braunert noch in die neuesten Entwicklungen des Wochenendes einzuweihen.

Dieser saß bereits wieder hinter seinem Schreibtisch und studierte die Baumarktprospekte des vergangenen Wochenendes. Schulte zog die Stirn kraus und dachte: Wenn Hundertprozentige umziehen.

Braunert hob den Kopf, legte seine Prospektsammlung in die oberste Schublade seines Schreibtisches und signalisierte Gesprächsbereitschaft.

„Haste mal einen Kaffee?", fragte Schulte und gähnte herzhaft.

Ohne Worte holte Braunert eine Tasse und schenkte ein.

„Was verschafft mir dir Ehre deines frühen Besuches? Gibt es was Neues in dem Schachbrettmord?"

„Jau, es gibt einen zweiten, in Paderborn." Braunert blieb der Mund offen stehen und Schulte berichtete. Nachdem er seinen Kollegen auf den neuesten Stand gebracht hatte, sagte er:

„Wir haben uns am Samstag überlegt, ob wir nicht eine Sonderkommission einrichten. Potthast will heute Morgen mit seinem Chef reden und wir sollten auch schnellstens versuchen Erpentrup zu erreichen, damit er von den Paderbornern nicht auf dem falschen Fuß erwischt wird. Darf ich mal dein Telefon benutzen?" Schulte wählte die Nummer und bat um Audienz beim Polizeioberrat. Wenige Minuten später saß er gemeinsam mit Braunert am Konferenztisch seines Vorgesetzten und berichtete ihm die neuesten Ereignisse. Er schloss mit den Worten:

„Hauptkommissar Potthast hat vorgeschlagen eine Sonderkommission einzurichten. Ich dachte, ich sage es Ihnen gleich, damit Sie nicht auf dem falschen Fuß erwischt werden."

„Darum machen Sie sich mal keine Sorgen, Herr Hauptkommissar, das passiert so schnell nicht. Sonderkommission, keine schlechte Idee! Was meinen Sie, wer aus Detmold darin mitarbeiten sollte?"

„Braunert und ich, dachte ich. Und Lohmann macht den Koordinator im Hause, der hat da die meiste Erfahrung. Darüber hinaus kann er, wenn bei der Kollegin Köster Not am Mann ist, noch den Ausputzer spielen."

„An sich brauchen wir hier in Detmold mindestens noch eine Person mehr pro Abteilung", sagte Erpentrup mehr zu sich selbst. „Aber daran wird auch die anstehende Verwaltungsreform nichts ändern."

„Übrigens, Herr Erpentrup", meldete sich Schulte noch mal zu Wort, „ich bin sicher, der Paderborner Landrat wird auch hier auftauchen, vielleicht sollten Sie …"

„Danke für den Hinweis Schulte, keine schlechte Idee." Der Polizeioberrat griff zum Telefon und an die Polizisten gewandt sagte er: „Ich melde mich, sobald ich etwas von den Paderbornern gehört habe."

Die Besprechung mit Erpentrup war ja ganz gut gelaufen, dachte Schulte. Jetzt wollen wir mal sehen, was die Großkopferten so zustande bringen. Ganz sicher, dass die Sonderkommission wirklich zustande kommen würde, war er sich immer noch nicht.

Zu oft hatte er erlebt, dass persönliche Befindlichkeiten vor polizeiliche Ermittlungsnotwendigkeit gingen. Wenn die persönliche Eitelkeit regierte, blieb schon mal ein Mord unaufgeklärt. Dieses Phänomen wurde noch einmal potenziert, wenn sich Politiker in ein laufendes Verfahren einmischen. Dann ging es oft nicht mehr um die Inhalte oder um formales Recht, sondern nur noch um die notwendigen Mehrheitsverhältnisse.

Die Schachbrettmorde schienen jedoch nicht in irgendeinen politischen Kontext zu gehören. Das machte zumindest die Politikerentscheidungen vorhersehbar. Die Rolle des Saubermanns, der das härteste Vorgehen gegen jede Art von Gewaltverbrechen forderte, wurde, so schien es Schulte, sowieso mehr und mehr Bestandteil eines modernen Politikerimages. Der Wunsch nach einer harten Hand, die alles regelt, schien in der breiten Bevölkerung mehr und mehr gefragt zu sein.

Schulte öffnete die Tür zu seinem Büro. Er starrte zum hundertsten Mal auf das Chaos, das sich auf seinem Schreibtisch und auch sonst in seinem Zimmer ausbreitete. Wieder einmal ärgerte der Kommissar sich über sich selbst. Wieso war er nicht dazu in der Lage, auch nur einigermaßen Ordnung zu halten. Er pfefferte seine Tasche in die Ecke. Okay, sagte er sich, heute habe ich zwei Stunden Zeit. Jetzt räume ich mein Büro auf. Der Polizist griff sich die erste Akte, blätterte sie durch, wohin damit? Er fluchte über sich selbst. Nicht einmal über ein einigermaßen vernünftiges Ablagesystem verfügte er.

„Hat doch alles keinen Zweck“, schimpfte er mit sich selbst und legte den Ordner dahin zurück, wo er schon Monate gelegen hatte. Schulte fläzte sich in seinen Stuhl. Wie sollte er vorgehen um dieses Chaos’ Herr zu werden? Doch schon wurde er durch Klopfen an seiner Tür unterbrochen und Krause von der Spurensicherung stand in seinem Zimmer. Schulte sah schlecht gelaunt zu ihm hin.

„Was willst du?“, fragte er missmutig.

„Es gibt was Neues im Schachbrettmord.“ Während Krause noch sprach, sah er sich nach einem freien Stuhl um.

„Mensch Jupp, du bist wirklich total verpeilt!“

Schulte sah ihn an, als redete er in einer für ihn unbekannten Sprache.

„Kennst du nicht das Wort verpeilt? Ich gebe dir einen Tipp. Geh mal ins Internet. Unter http://www.nibbler.de/texts/antiverpeilhowto.html“, ratterte Krause ihm die Adresse vor.

„Kannst du mal nachsehen. Jetzt würde ich sagen, gehen wir mal wieder zu Braunert, da gibt es wenigstens ein paar Stühle, auf die man sich setzen kann.“

Ohne ein Wort zu sagen, schnappte sich Schulte seine speckige Aktentasche und folgte seinem Kollegen die kurze Strecke über den Flur zu dem Büro, das sich Axel Braunert mit Maren Köster teilte. Als sie die Tür öffneten, wurden sie von selbiger gleich daraufhin gewiesen:

„Bei uns gibt es keinen Kaffee zu schnorren."

„Nur die Ruhe, Mädchen", entgegnete Krause „wir ..."

„Das Mädchen kannst du dir sonst wohin stecken!", fiel ihm Maren Köster ins Wort.

„... wir wollten nur eine kurze Besprechung mit Axel abhalten."

„Wieso geht ihr dann nicht zu Jupp, ich muss schließlich auch arbeiten!"

„Weil Axel alle Akten hat", antwortete Schulte schnell, um nicht gleich wieder über die Ordnung seines Büros diskutieren zu müssen.

Maren Köster schnaubte und verließ mit lautem Türenknallen das Büro.

„Sie ist schlecht gelaunt, weil sie in der Briefbombengeschichte nicht weiter kommt", versuchte Braunert Marens Stimmungslage zu erklären.

Die drei Polizisten machten es sich an dem kleinen Besprechungstisch bequem und dann berichtete Krause von seinen Erfolgen. Er hatte einen Zettel vor sich auf dem Tisch liegen, den er Punkt für Punkt abarbeitete.

„Die Ergebnisse der DNA-Analysen, die wir auf Grund der Haarfunde Leipholts an Kleidern gemacht haben, sind da. Leider negativ, keine der Analysen befindet sich in unserer Datenbank. Na ja, sind ja nicht weg. Auch die anderen Spuren, die sich an seiner Kleidung befanden, waren wenig ergiebig."

„Nur um uns das mitzuteilen, machst du doch nicht so einen Aufstand", bemerkte Schulte.

Krause legte eine Kunstpause ein.

„Stimmt, es gibt noch mehr zu berichten. Wir haben den Schlüssel eines Bankschließfaches in Leipholts Wohnung gefunden und einen Safe, gut versteckt hinter seinem Garderobenspiegel.

Der Safe ist noch verschlossen und der Schließfachschlüssel konnte nicht zugeordnet werden. Ist jedoch alles nur eine Frage der Zeit. Auf dem Dachboden des Hauses haben wir einen Schrank entdeckt, in dem Akten standen. Die werden gerade gesichtet. Eins jedoch haben wir schon herausgefunden: Leipholt hatte sich noch nicht gänzlich auf sein Altenteil zurückgezogen. Er betrieb noch eine Unternehmensberatung. Sein Büro ist in der Gilde. Ich habe die Staatsanwaltschaft schon benachrichtigt. Wir sehen uns sein Domizil morgen früh einmal von innen an. Es wäre schön, wenn einer von euch dabei sein könnte.“

Schulte sah Braunert an. Der nickte.

„Dann hätten wir das auch geklärt“, meinte Krause.

„Wenn wir schon dabei sind, Neuigkeiten auszutauschen“, sagte Schulte und berichtete über sein Wochenende und die anstehende Gründung der Sonderkommission.

„Zusammenarbeiten mit den Paderbornern“, meinte Krause, „ist doch mal was anderes. Na, dann kommt jetzt so langsam Bewegung in den Fall.“

Er stand vom Stuhl auf, tippte sich als Zeichen der Verabschiedung an seine Stirn und sagte zu Braunert: „Morgen um zehn Uhr in der Gilde“ und ging.

26

An diesem späten sonnigen Montagnachmittag tauchte Maren Köster in einem Outfit bei Hermann Rodehutskors auf, welches durchaus geeignet war, auch einem Mann im Fast-Rentenalter noch gehörig das alte Herz zu erwärmen.

Sie trug über den dünnen Sandaletten eine luftige olivefarbene Cargo-Hose und dazu einen Hauch von einer Bluse, die ganz wunderbar mit ihren langen roten Haaren korrespondierte.

Wie sie mit durchs Treppensteigen leicht geröteten Wangen ohne groß zu klopfen in sein Büro eindrang, war sie für Rodehutskors die Verkörperung von jugendlichem Schwung, Schönheit und Energie.

Auch wenn Hermann Rodehutskors seine sinnlichen Ansprüche in den letzten Jahren weniger erotisch, als vielmehr durch die Abteilung Speis und Trank befriedigt hatte, wusste er eine Frau vom Format Maren Kösters durchaus zu würdigen.

Ganz die alte Schule bot er ihr einen Platz an, nicht ohne ihr vorher ausgiebige Komplimente gemacht zu haben.

„Unglaublich, wie unterschiedlich Männer doch sein können", dachte sie, als ihr in diesem Moment Josef Schulte und dessen Umgangsformen einfielen. Sie hätte es ja niemals zugegeben, aber solche Nettigkeiten taten einfach immer wieder gut.

„So", begann Rodehutskors. „Wer hat mir denn jetzt die Bombe geschickt?"

„Auf jeden Fall jemand vom Fach! Nach Aussage der Kollegen, welche die technische Untersuchung gemacht haben, dauert es noch ein oder zwei Tage, bis sie ihre Analyse abgeschlossen haben. Nicht, weil der Fall so kompliziert ist, sondern wegen der Arbeitsüberlastung.

„Mmmh...", brummte Rodehutskors unzufrieden. „Ich wüsste schon gern, wer das gemacht hat."

Maren Köster lächelte.

„Das glaube ich Ihnen! Viel mehr versprechen wir uns von dem Bekennerschreiben. Es geht hier angeblich um Datenvermeidung. Das klingt mehr nach Industrie- und Handelskammer als nach Briefbombe. Man sollte diese Vereinsbezeichnung besser nicht zu wörtlich nehmen. Wir tasten uns also erst mal vorsichtig in der Hacker-Szene Lippes vor, aber auch in politischen Kreisen, die sich mit so einer Thematik befassen. Irgendwann und irgendwo werden wir auf eine Spur stoßen."

„Irgendwann ist gut! Was machen wir denn, wenn diese Leute mir noch mal so eine Bombe schicken? Ich kann doch nicht bei jedem Brief vorher die Polizei rufen. So was könnte ja auch in meiner beruflichen Post sein. Wer soll das denn alles vorher kontrollieren?"

Maren Köster zuckte die zarten Schultern.

„Die Bombe war doch als Aufforderung zu einer wie auch immer gearteten Zusammenarbeit gedacht. Haben Sie denn schon darauf reagiert? Beziehungsweise, wie gedenken Sie sich denn zu verhalten, falls dieser Forderung noch einmal Nachdruck verliehen wird?"

„Gute Frage!", brummte Rodehutskors. „Wenn ich nur 'ne Ahnung hätte, was die von mir erwarten. Das war doch bisher nichts Konkretes. Oder haben Sie daraus etwas erkennen können?"

„Hundertprozentig nicht! Aber lassen Sie uns doch mal überlegen. Warum hat man gerade Sie ausgesucht? Was macht Sie so nützlich?"

Rodehutskors wartete.

„Sie sind Journalist, haben also einen Zugang zur Öffentlichkeit. Falls eine Gruppe Öffentlichkeit herstellen will, ist das schon mal eine gute Voraussetzung. Aber Journalisten gibt es viele. Warum gerade dieser Eine? Vielleicht, weil er schon lange im Geschäft ist. Weil er eine ganz andere Reputation hat als so ein junger Hüpfer. Wenn ein junger Kollege seinem Chefredakteur den Vorschlag macht, etwas vielleicht sehr Unpopuläres oder sogar Gefährliches zu veröffentlichen, dann wird er damit vermutlich mehr Schwierigkeiten haben als so eine Instanz wie Sie es sind. Dazu kommen noch Ihre ausgesprochen guten Kontakte zur Polizei. Ihre Rolle bei der Aufklärung des Falles Rauscher vor zwei Jahren ist ja in der Öffentlichkeit nicht ohne Beachtung geblieben. Kurzum, Sie sind wirklich eine Art Idealbesetzung, wenn man einen Mittelsmann sucht, um Einfluss auf die Polizei und die öffentliche Meinung zu nehmen. Allererste Sahne, sozusagen!"

Rodehutskors hüstelte.

„Danke für die Blumen! Wenn Sie Recht haben, werden diese Leute also vermutlich in Kürze wieder an mich herantreten und von mir verlangen, für sie irgendetwas zu tun. Wie soll ich mich in einem solchen Fall verhalten?"

„Sprechen Sie sofort mit uns! Dann überlegen wir gemeinsam, was zu tun ist!"

„Aber diese Banditen können sich doch denken, dass ich mich mit der Polizei bespreche."

„Davon bekommen die doch nichts mit. Ich bin schließlich nicht mit Blaulicht und Martinshorn hier vorgefahren. Aber, Herr Rodehutskors, wenn Sie wollen, dass wir Sie schützen, dann müssen Sie dieses Risiko in Kauf nehmen. Auf jeden Fall sollten wir sowohl für Ihr Bürotelefon als auch für Ihren Privatanschluss eine Fangschaltung anlegen. Vielleicht haben wir ja damit Glück."

Der alte Mann kraulte sich den Nacken.

„Dass mir in meinem Alter noch mal soviel Aufmerksamkeit zuteil würde, hätte ich nicht gedacht! Eigentlich wollte ich dieses Jahr noch in aller Ruhe absitzen um dann als Rentner richtig aufzudrehen. Jetzt scheint es noch mal ordentlich spannend zu werden. Gut, dass meine Frau noch nicht wieder zurück ist. Mir wäre es ganz lieb, wenn Sie ihr nichts von der Briefbombe erzählen würden. Versprochen?"

Maren Köster schüttelte den Kopf.

„Das sollten Sie sich noch mal überlegen, Herr Rodehutskors! Aus Sicherheitsgründen. Oder wollen Sie Ihrer Frau verbieten, zum Briefkasten zu gehen? Wie wollen Sie das begründen? Nein, auch wenn das für Ihre Frau unnötige Aufregung bringt, Sie müssen ihr reinen Wein einschenken. Zu ihrem Schutz. Trauen Sie Ihrer Frau ruhig was zu. Frauen halten viel mehr aus als Männer glauben!"

27

Schulte war heute schon um fünf Uhr in seinem Büro. Schon seit fast zwei Stunden war er dabei, Schränke und Schubladen mit Akten und Papierstapeln voll zu packen. Sein Papierkorb und die drei weiterer Büros waren mittlerweile mehr als voll. Schulte war es leid jeden Tag in sein zugemülltes Büro zu kommen, sich über die Unordnung zu ärgern und dann auch noch den Spott der Kollegen ertragen zu müssen.

Mit Gewalt schob er den letzten Aktenordner in ein Regalfach und zog den Holzrolladen nach oben. Ordnung! Jubelte er in sich hinein. Jedenfalls formal. Durchsortieren konnte er das Alles immer noch mal. Sein Schreibtisch jedenfalls war eine freie Fläche und an seinem Besprechungstisch konnte man sitzen. Stolz machte sich in Schulte breit. Jetzt noch schnell seinen übervollen Mülleimer gegen Maren Kösters leeren austauschen, dann hatte er sich seine Tasse Kaffee verdient. Er griff sich den vollen Behälter und kam kurze Zeit später mit einem leeren zurück. Nun nahm er sich in aller Ruhe seine seit Wochen ungespülte Tasse, sah sie sich an und entschloss sich dazu, auch dieser mit Wasser und Seife zu Leibe zu rücken, da hörte er Lohmann, der im Allgemeinen immer der Erste im Kommissariat war, über den Flur toben:

„Welcher Idiot hat meinen Abfalleimer voll gepackt?"

Er riss eine Bürotür nach der nächsten auf und fand in jedem ebenfalls überfüllte Rundordner. Als nächstes flog Schultes Zimmertür auf. Der dicke Polizist warf einen Blick hinein, stutzte und ließ seinen Blick kreisen. Sein Mund war halb geöffnet und gab ihm ein etwas dämliches Aussehen.

„Mach den Mund zu, Lohmann, deine Milchzähne werden sauer!“, sagte Schulte, als sei sein aufgeräumtes Büro das Normalste von der Welt.

„Sag mal Bernhard, hast du schon Kaffee gekocht?“

Lohmann stotterte: „Nnnnnein“, dann fasste er sich. „Wie kannst du es wagen, deinen Müll in meinen Papierkorb zu packen?“, schnauzte er Schulte an.

„Würde ich mir nie erlauben, Bernhard. Aber einen Kaffee würde ich gerne nehmen. Hast du schon einen aufgesetzt?“

„Nein, koch dir selber welchen!“

Die Tür flog ins Schloss. Schulte hörte Lohmann über den Flur stapfen.

Die Tatsache, dass Schulte sein Büro auf Vordermann gebracht hatte, sprach sich herum wie ein Lauffeuer. Innerhalb der nächsten Stunde steckten mindesten zehn Kollegen ihren Kopf in die Tür um das achte Weltwunder zu bestaunen. Erst nahm es Schulte mit Gelassenheit hin, doch langsam aber sicher fing es an, ihn zu nerven. Als auch noch Volle, der dümmste Streifenpolizist Lippes, seinen Kopf durch den Türspalt schob und anerkennend pfiff, war Schulte kurz vorm Ausrasten.

Punkt neun Uhr betraten die Paderborner Polizisten Potthast, Gockeln und Frau Bülow sein Büro. Noch bevor Potthast etwas zur ungewohnten Ordnung sagen konnte, ergriff Schulte das Wort:

„Der Chef hat uns einen Konferenzraum geblockt, Raum 2.03. Wir können gleich hinein. Mal sehen, was die Großkopferten uns zu sagen haben.“

So machte sich die Polizistengruppe gleich wieder auf den Weg. Polizeidirektor Schmitz und Polizeioberrat Erpentrup hatten schon ihre Plätze eingenommen. Auch Lohmann, Braunert und Krause saßen schon. Nachdem die Tür geschlossen worden war, eröffnete der Polizeidirektor die Sitzung.

„Ich will es kurz machen“, begann er seine Rede. „Heute wollen mein Kollege Erpentrup und ich nur die Zusammensetzung der Kommission mit Ihnen erörtern und einen Überblick über den Stand der Dinge bekommen.

An sich hatte der Paderborner Landrat die Absicht, die SK in Paderborn anzusiedeln. Da wir aber noch knapper besetzt sind als die Detmolder, hat er letztendlich dem lippischen Standort zugestimmt. Er hat sich jedoch ausbedungen, jederzeit an jeder Sitzung teilzunehmen. Der Detmolder Landrat hat ihm darüber hinaus zugesichert, dass auch seine Polizisten ihm jede gewünschte Auskunft geben. Mindestens einer von uns, also Polizeioberrat Erpentrup und / oder ich werden versuchen, ebenfalls bei den Besprechungen dabei zu sein. Kommissar Lohmann übernimmt die Aktenführung. Hauptkommissar Schulte übernimmt die Leitung. Alles Weitere regeln Sie untereinander. Das daraus entstandene Organigramm lassen Sie uns bitte schnellstens zukommen. Weiterhin möchten wir, wenn nichts Außergewöhnliches passiert, alle zwei Tage einen Bericht. Leider herrscht auch in der Kreispolizeibehörde Detmold Raumknappheit, so dass neben diesem Konferenzraum keine weiteren Büros zur Verfügung stehen und Sie sich in irgendeiner Weise arrangieren müssen. Gib es weitere Fragen?“

Als sich niemand zu Wort meldete, fuhr Erpentrup fort:

„Nur zu Ihrer Information, Frau Köster wird Ihnen nicht zur Verfügung stehen. Sie arbeitet gemeinsam mit den Experten vom LKA an dem Briefbombenfall. Und jetzt, bitte, Herr Hauptkommissar Schulte, wenn Sie so freundlich wären, uns nun Ihrerseits einen Überblick über den Verlauf der Dinge zu geben, damit wir alle auf dem gleichen Stand sind. Das wäre sicher hilfreich für alle.“

Blasierter Affe, dachte Schulte und legte los. Um acht Uhr fünfundvierzig schloss Polizeidirektor Schmitz die Sitzung und die Polizisten arbeiteten in eigener Regie weiter.

28

Axel Braunert suchte schon seit geraumer Zeit einen Parkplatz vor dem Gildezentrum Detmold. Dieses Gebäude sollte Firmengründern durch das Angebot an Büroflächen den Einstieg in die Selbstständigkeit erleichtern. Er fluchte. So schlecht konnte es der deutschen Wirtschaft wohl doch nicht gehen, wenn es so viel wagemutige frisch gebackene Unternehmer gab. Schließlich stellte er seinen Z 3 hundert Meter weiter vor der IHK ab und machte sich zu Fuß auf den Weg.

Im Foyer der Einrichtung standen einige Gruppen rauchender Menschen. Braunert hielt Ausschau nach einer Übersichtstafel, der er entnehmen wollte, wo er Leipholts Büro finden konnte. Als er diese wenig später studierte, gab es wieder Grund zur Verwunderung. Das Gründungszentrum hatte jede Menge Leerstand. Warum war dann kein Parkplatz zu finden?

Schnell hatte er sein Ziel auf dem Schaubild entdeckt. Braunert wandte sich nach rechts. Er stieg die Treppe in den ersten Stock hinauf und sah, als er den Flur betrat, seinen Kollegen Krause von der Spurensicherung. Ein Vertreter der Staatsanwaltschaft wartete bereits vor der Bürotür auf ihn.

„Auch so ein Groschengrab, diese Gilde“, sagte Krause gerade. „Da wollten sich mal wieder ein paar Politiker und Stadtdirektoren ein Denkmal setzen, ohne an die zu denken, die nach ihnen den Laden schmeißen müssen.

Ließen sich damals feiern, als das Gebäude eröffnet wurde und heute muss die Kommune viel Geld aufbringen, um es zu erhalten.

Mein Nachbar hatte in diesem Laden auch ein Büro gemietet. Irgendwann war es ihm zu bunt. Er hat sich was anderes gesucht. Büroräume gibt es ja im Moment genug in Detmold und auch günstigere, als sie hier angeboten werden."

Braunert, der Krauses Ausführungen gehört hatte, konnte sich eine Frage zur Parkplatzknappheit nicht verkneifen.

„Wenn der halbe Laden hier leer steht, warum gibt es dann keine Parkplätze vor dem Gebäude?"

Auch darauf wusste Krause eine Antwort:

„Nachdem der Leerstand immer größer wurde, hat sich die Betreibergesellschaft nach anderen Belegungsmöglichkeiten umgesehen. Es haben sich zwei Bildungsunternehmen hier eingemietet, die Arbeitslose schulen. Die Seminarteilnehmer besetzen hier jetzt die ganzen Parkplätze. Wenn ich meinem Nachbarn glauben darf, stehen die restlichen Mieter kurz vor einer Palastrevolution. Die wollen sich jetzt an das Land NRW wenden und überprüfen lassen, ob die Vermietung der Schulungsräume an die Bildungseinrichtungen überhaupt der Zweckbindung entspricht.

Genug geplaudert! Lasst uns mal nachsehen, was das Büro hier für uns zu bieten hat."

Der Mann von der Spurensicherung zog einen Schlüssel aus der Hosentasche und öffnete die Tür zu Leipholts Domizil. Die Beamten betraten einen circa zwanzig Quadratmeter großen Raum. Er war spärlich eingerichtet. Ein Schreibtisch, einige Aktenschränke, aber nur mit wenigen Ordnern bestückt. Alles war ähnlich ordentlich wie in Leipholts Wohnung.

Die Durchsuchung selber dauerte nur wenige Minuten, dann hatte man sich einen Überblick verschafft.

Krause zauberte eine Klappkiste hervor und befüllte sie mit den Unterlagen.

„Wie wäre es, wenn Herr Braunert die Akten erst einmal sichtet. Vielleicht findet er ja darin Hinweise auf Leipholts Tod", schlug der Staatsanwalt vor.

Braunert war zwar nicht begeistert, wusste jedoch keine Gegenargumente ins Spiel zu bringen, um sich vor dem Aktenstudium zu drücken und so befand sich die Kiste mit den Unterlagen wenige Minuten später auf dem Rücksitz seines Autos wieder.

29

Die Dämmerung hatte bereits eingesetzt. Braunert stemmte sich von seinem Schreibtischstuhl hoch und schaltete das Licht an. Die Neonröhren an der Zimmerdecke flackerten einige Sekunden, dann durchflutete ein kaltes Licht das Büro. Der Polizist setzte sich wieder zurück an seinen Platz. Eigentlich hatte er längst Feierabend. Doch nachdem er begonnen hatte, die Akten aus Leipholts Büro zu sichten, setzte sich schnell der Fahnder in ihm durch. Jetzt wollte er wissen, womit Leipholt auch noch nach seiner Pensionierung eine ordentliche Stange Geld verdient hatte.

Er beriet, soviel war dem Polizisten mittlerweile klar, Einrichtungen der Region und wie sie in den Genuss von Europa-Fördergeldern kommen konnten.

Braunert hatte noch nicht ganz verstanden, was die Besonderheit seiner Beratung ausmachte. Denn es wandten sich jede Menge öffentliche und halböffentliche Institutionen an ihn. Auch einige Städte Lippes standen auf seiner Kundenliste, zumindest ein Fachbereich der hiesigen Kommune. Braunert ging den Schriftverkehr noch einmal durch. Leipholt empfahl einem Förderverein des Fachbereichs, er solle das Gehalt für einen Lehrer an den Förderverein der entsprechenden Schule überweisen.

Dieser solle es dann weiter an eine Kostenstelle beim Land NRW transferieren. Von hier sollte es dann über die Bezirksregierung und die Stadt wieder zurück an den Förderverein fließen.

Braunert kratzte sich am Kopf. Was wurde mit diesem Geldtransfer bezweckt? Er zog einen Block zu sich heran. Kaute auf seinem Bleistift. Dann schrieb er einige Fragen auf die noch leere Seite.

Um was für eine Kostenstelle handelte es sich beim Land NRW?

Wieso musste der Förderverein die Lehrerstelle eines Beamten finanzieren, der sein Gehalt schon vom Land NRW bezog?

Welche Förderkriterien lagen dem EU-Projekt zugrunde?

Wie viel Geld bekam man für welche Leistungen?

Wer war bei der Stadt und bei anderen Verwaltungen für diese Vorgänge verantwortlich?

All diese Fragen konnte Braunert heute Abend nicht mehr klären. Diese Arbeit musste bis morgen warten. Was ihm jedoch auffiel, waren die Beträge, die Leipholt kassiert hatte. Er bekam jeweils fünfundzwanzig Prozent der Gelder, die einmal die Schleife über das Land durchlaufen hatten.

In diesem Jahr hatte er schon über dreißigtausend Euro auf ein Konto überwiesen bekommen. Insgesamt befanden sich zweihundertsiebzigtausend Euro darauf. Es war bisher nur eingezahlt worden. Leipholt hatte jedoch noch nie einen Betrag abgehoben.

Braunert verglich die Daten. Leipholt hatte das Konto kurz vor seiner Pensionierung eingerichtet. Es war das Geschäftskonto der von ihm gegründeten Unternehmensberatung.

Braunert streckte sich. In diesem Moment wurde ihm bewusst, wie müde er war. „Heute komme ich sowieso nicht weiter", sagte er zu sich selbst, legte den Bleistift in eine kleine dafür vorgesehene Schale, räumte die Akten zusammen, griff nach seiner Jacke und machte sich auf den Heimweg. Ihm graute vor seiner Wohnung. All sein Besitz war bereits in Kisten verpackt. Seine Möbel, außer dem Bett, hatten ihre Funktion verloren. Übermorgen sollten die Möbelpacker kommen, um den Umzug nach Lemgo für ihn durchzuführen. Anders als Maren Köster wollte er sich mit dieser Aufgabe nicht auseinandersetzen. Dies überließ er den Profis von der Transportfirma: Die sanfte Hand.

30

Fluchend betrat Potthast das Besprechungszimmer. Der Weg vom Auto zum Gebäude der Kreispolizeibehörde, circa achtzig Meter, hatte gereicht um trotz Schirm nass bis auf die Knochen zu werden, so goss es.

In diesem Frühjahr war das Wetter wirklich nicht mehr verlässlich. Als er in Wewer, einem Vorort von Paderborn, in sein Auto gestiegen war, zeigte sich der Himmel noch in seinem strahlendsten Blau. Schon in der Stadt, als Frau Bülow zustieg, war es trübe geworden und als das Auto der Polizisten die Stadtgrenze von Detmold überquerte, fing es an, in Strömen zu regnen.

Dieser Guss war ausdauernd. Am Polizeigebäude angekommen, erklärte ihm Frau Bülow, er könne machen was er wolle, sie jedenfalls würde erst dann einen Fuß auf Detmolds Pflaster setzen, wenn kein einziger Regentropfen mehr auf das Autodach falle.

Also hatte sich Potthast alleine auf den Weg gemacht. Der Erfolg: Er hatte keinen einzigen trockenen Faden mehr am Leibe.

Wenn er eins hasste, dann waren es klamme Klamotten. Die Detmolder Polizisten konnten sich ein Grinsen nicht verkneifen, als der Paderborner Kollege wie ein begossener Pudel den Raum betrat.

Es wurde eine Weile über Gott und die Welt geredet. Die Sonne hatte sich mittlerweile wieder durch die Wolken gekämpft und Frau Bülow das Auto verlassen, da übernahm Erpentrup die Initiative.

„Meine Damen und Herren, ich begrüße Sie zu unserer ersten gemeinsamen Sitzung der Sonderkommission *Schachbrettmord*.

Weder die Landräte noch mein Kollege Schmitz aus Paderborn werden heute an der Sitzung teilnehmen. Was uns aber nicht davon abhalten sollte, damit anzufangen, die zusammengetragenen Ergebnisse auszuwerten. Lassen Sie uns kurz eine Tagesordnung machen, was wir heute besprechen wollen."

Lohmann meldete sich. Er habe die Lebensläufe der beiden Toten abgeglichen und sei zu ein paar interessanten Ergebnissen gekommen.

„Also erster Tagesordnungspunkt", murmelte Erpentrup und notierte ihn.

Als nächster meldete sich Braunert zu Wort. „Ich habe die so genannte Unternehmensberatung Leipholt gecheckt, auch da gibt es einiges Berichtenswertes."

Erpentrup nickte ihm als Zeichen des Einverständnisses zu und machte sich weitere Notizen.

„Weitere Punkte? Keine, also gut, dann werden wir als drittes die nächsten Schritte festlegen. Kommissar Lohmann, Sie haben das Wort."

„Ich will es kurz machen", sagte Lohmann. „Die beiden Toten, der Detmolder Leipholt und der Paderborner Brechmann kannten sich. Sie waren beide gleich Anfang des Jahres 1990 in Zeitz. Brechmann arbeitete in der Stadtverwaltung und Leipholt war beim Arbeitsamt die Treppe hoch gefallen. Er war Abteilungsleiter und hatte den gesamten Weiterbildungsbereich unter sich."

„Aber das muss doch nicht unbedingt heißen, dass die beiden sich auch gekannt haben", warf Erpentrup ein. „Da waren doch Hunderte aus dem Westen zu Hilfe geeilt."

„Wir haben in Leipholts Wohnung einen Safe gefunden, den wir mittlerweile geöffnet haben. Er enthielt neben einigen Sparbüchern, Wertpapieranlagen, Kopien von Grundbucheintragungen und Aktiendepots auch mindestens zweihundert Briefe, fein säuberlich nach Absendern sortiert.

Wenn man dem letzten Brief von Brechmann an Leipholt Glauben schenken darf, dann haben sich die beiden Männer noch im April zu einem obligatorischen Abendessen getroffen."

Schulte pfiff durch die Zähne. Erpentrup warf ihm einen missbilligenden Blick zu. Doch der Hauptkommissar tat so, als gäbe es Erpentrup gar nicht. Er blätterte in einem Wust von Zetteln. Plötzlich hellte sich seine Miene auf. „Wenn ich noch einmal auf die Besprechungsergebnisse vom vierzehnten Mai zurück kommen darf, da war auch schon die Stadt Zeitz Thema, damals berichtete die Exfrau von Leipholt, ich glaube, sie heißt heute Konze, von einer Affäre, die ihr damaliger Mann mit einer Langen Blonden eben in Zeitz hatte. Ich sage euch, da liegt der Schlüssel zu unseren Morden."

„Herr Hauptkommissar, das ist fast fünfzehn Jahre her", mischte sich Erpentrup wieder in das Gespräch ein. „Ich glaube, da geht mal wieder Ihre Phantasie mit Ihnen durch."

Wieder behandelte Schulte Erpentrup, als wäre er nicht anwesend.

„Axel, du wolltest diese Frau Konze besuchen und verhören. Was ist dabei herausgekommen? Ich habe die Akte überhaupt noch nicht gesehen!"

„Dienstreise wurde nicht genehmigt", erwiderte Braunert.

Erpentrups Gesicht wurde von einer leichten Röte überzogen.

„Wie, nicht genehmigt?"

„Herr Hauptkommissar, das Geld liegt nicht auf der Straße! Ich sah und sehe keinen Grund, diese Frau Konze zum jetzigen Zeitpunkt zu verhören, noch dazu in Düsseldorf."

Schulte wurde wütend, doch noch bevor er zu einer Erwiderung ansetzen konnte, schaltete sich Frau Bülow in das Gespräch ein.

„Meine Herrn, es hat keinen Zweck, dass Sie sich jetzt streiten. Im Übrigen muss ich morgen sowieso in die Landeshauptstadt. Ich habe da noch ein paar private Angelegenheiten zu regeln. Ich erkläre mich dazu bereit, dann das Gespräch mit Frau Konze zu führen. Das kostet dann den Steuerzahler keinen Pfennig."

Schulte zwang sich dazu, seine Wut zu beherrschen. Auch Erpentrup gab sich alle Mühe, den Streit nicht weiter eskalieren zu lassen.

„Vielen Dank für Ihre Großzügigkeit, Frau Bülow." Erpentrup versuchte die Anspannung aus der Sitzungsatmosphäre zu nehmen. „Belassen wir es jetzt erst mal bei dem Stand der Dinge, oder gibt es aus Ihrer Sicht noch etwas Kriegsentscheidendes, Herr Lohmann?"

Dieser schüttelte den Kopf.

„Nun gut, dann haben Sie jetzt das Wort, Herr Braunert."

Dieser räusperte sich, blickte in die Runde, dann begann sein Bericht:

„Ich habe mir in den letzten Tagen einmal die Geschäftsunterlagen von Herrn Leipholt zu Gemüte geführt. Wie der Kollege Lohmann schon bemerkte, war der Tote ein mehr als wohlhabender Mann. Er hat neben seiner Arbeitsamtstätigkeit Institutionen beraten. Diese Beratung beinhaltete Finanzierungskonzepte für Bildungsmaßnahmen mit öffentlich geförderten Geldern. Er lieferte jedoch auch inhaltliche Konzepte und beriet Einrichtungen und Kommunen, wie sie in den Genuss von Fördergeldern kommen konnten."

Braunert berichtete von dem Finanzierungsmodell, auf das er in Zusammenhang mit der Stadt gestoßen war.

„Dabei ist mir noch eine weitere Seltsamkeit aufgefallen. Bei der Kostenstelle des Landes handelt es sich um eine in der Abteilung Vermietung und Verpachtung. Ich bekomme überhaupt keinen Zusammenhang hin zwischen Vermietung und Verpachtung und dem Weiterbildungsprojekt, das der Förderverein der Stadt durchführt.

Warum der Förderverein das Projekt macht und nicht eine Einrichtung der Stadt selber, verstehe ich auch noch nicht. Ich glaube, dass über diesen Weg Geld an der Schatulle des Kämmerers vorbeigeleitet werden soll. Wenn also dieses Projekt Überschüsse bringen sollte, was ich nicht beurteilen kann, dann sieht dieser keinen *Roten Heller*."

Erpentrup ergriff wieder das Wort: „Ich verstehe nicht, was Ihre Recherchen mit unserer Mordserie zu tun haben? Glauben Sie, dass ein Angestellter der Stadt Detmold oder einer anderen öffentlichen Einrichtung an den Verbrechen beteiligt war?"

Braunert wunderte sich über den Einwand Erpentrups.

„Nicht unbedingt, Herr Polizeioberrat. Ich habe diese Ermittlungen lediglich geführt, um einen Überblick über das Leben des Toten Leipholt zu bekommen. Darüber hinaus haben wir ja auch noch kein Motiv für die Morde."

Erpentrup winkte beschwichtigend ab. „Ist schon in Ordnung, Herr Braunert. Ich bin nur etwas nervös geworden, weil ich den Eindruck habe, dass unsere örtliche Politik mit ins Spiel kommt.

Ich möchte, wenn es eben möglich ist, jeder Auseinandersetzung aus dem Weg gehen. Ich bitte Sie, beschränken Sie Ihre weiteren Nachforschungen auf die Aufklärung der Morde. Der Verbleib von Fördermitteln und Subventionen interessiert uns an dieser Stelle nicht. Dafür sind andere zuständig. Ich selber werde mich jedoch noch einmal erkundigen, welche Rolle dieser Herr Leipholt im politischen Raum spielte."

Wieder meldete sich Schulte.

„Soll das etwa heißen, dass wir bestimmte Bereiche bei der Aufklärung der Morde außer Acht lassen sollen?"

„Keinesfalls, Herr Hauptkommissar, ich möchte nur, dass Sie den Aufklärungsschwerpunkt auf die Tötungsdelikte legen und nicht noch weitere Baustellen aufmachen. Darüber hinaus möchte ich, dass Sie kurz vor der Kommunalwahl mit der entsprechenden Vorsicht agieren, wenn der politische Bereich berührt ist. Ich habe keine Lust, mir im Kreishaus, auf gut Deutsch gesagt, den Arsch aufreißen zu lassen, nur weil sich einer unserer Hobbypolitiker auf die Füße getreten fühlt. Meinetwegen kann sich die Schwerpunktstaatsanwaltschaft Wirtschaft in Bielefeld die Finger daran verbrennen.“

Niemand sagte etwas.

„Ich hab den Eindruck, wir sind durch“, stellte Erpentrup fest. „Was sind die nächsten Schritte?“

Potthast meldete sich.

„Meines Erachtens müssen wir die Verbindung, die die beiden Toten zueinander hatten, unter die Lupe zu nehmen und die letzten Tage ihres Lebens rekonstruieren. Wir sollten die Lebensläufe weiter vervollständigen. Darüber hinaus kann man nur hoffen, dass die Spurensicherung noch einiges an Erkenntnissen bringt.“

„Dann sind dies die Arbeitsschwerpunkte der nächsten Tage“, beschloss Erpentrup die Sitzung.

„Wer was macht, regeln Sie bitte untereinander!“

Der Polizeioberrat klaubte seine Unterlagen zusammen und verließ den Raum. Als die Tür hinter ihm zugefallen war, sagte Schulte:

„Ich kann ihn einfach nicht leiden!“

31

Jetzt hatten sie sich wieder gemeldet!

Hermann Rodehutskors hatte es gleich gespürt, als das Telefon in seinem Büro schrillte: Es gibt Ärger! Auf dem Telefondisplay war keine Nummer angezeigt. Nur die drei Sterne. Vorsichtig hatte er sich gemeldet. Am anderen Ende der Leitung war eine andere Stimme als beim ersten Mal. Eine arrogante schnarrende Stimme:

„Hier spricht der Verein für Datenvermeidung! Wir haben Ihnen ja bereits klar gemacht, dass es besser ist, mit uns als gegen uns zu arbeiten. Die Dinge haben sich zugespitzt und wir brauchen nun Ihre Mitarbeit. Hören Sie gut zu!"

Rodehutskors sagte nichts, kramte aber hektisch einen großen Zettel und einen Bleistift hervor und hielt sich bereit.

„Wir gehen davon aus, dass die Polizei bereits eine Fangschaltung eingerichtet hat. Machen Sie sich keine Hoffnungen. Ich rufe von einer Telefonzelle aus an und das Gespräch wird nicht lange dauern. Bis die Telefonzelle ermittelt ist, bin ich längst ganz woanders. Also aufgepasst: Wir erwarten von Ihnen, dass Sie eine Story bringen. Es geht um die totale Überwachung der Bürger. Ich will Ihnen das nicht alles am Telefon erklären, wegen der Fangschaltung. Sie geben mir jetzt eine Mail-Adresse und wir schicken Ihnen im Laufe der nächsten Stunde alle nötigen Informationen zu. So weit klar?"

Jetzt riss bei Rodehutskors der Geduldsnerv.

„Klar ist hier nur, dass ich es mit verdammt aufgeblasenen Rotzbengeln zu tun habe! Glaubt ihr wirklich, ich lasse mich von euch zu irgendetwas zwingen? Und wenn ihr drohen wollt, dann droht mir ruhig. Wisst Ihr eigentlich, wie stur ich sein kann? Ich habe doch nicht über vierzig Jahre saubere Arbeit abgeliefert um wegen solcher Kindsköpfe wie euch meinen guten Ruf aufs Spiel zu setzen! Ich bringe eine Story dann, wenn ich von ihr überzeugt bin. Sonst gibt es keine Zeile. Ebenfalls klar?"

Zu seiner Überraschung lachte sein Telefongegenüber.

„Sicher! Verstehe ich gut! Sie werden von der Story überzeugt sein, das verspreche ich Ihnen. Wir haben wirklich was zu bieten. Sie werden sich mit uns nicht blamieren, keine Angst! Die müssen Sie allerdings haben, wenn Sie die Polizei hinzuziehen. Ich wiederhole ausdrücklich: Keine Polizei! Ist das klar?"

Rodehutskors schluckte. Eigentlich hatte er gehofft, den ganzen Fall der Polizei überlassen zu können. Jetzt schien dies kompliziert zu werden.

„Und warum treffen wir uns dann nicht einfach irgendwo unter vier Augen? Wenn Sie was Vernünftiges zu bieten haben? Warum dann der ganze Budenzauber? Wozu diese idiotische Briefbombe?"

„Weil wir nicht erkannt werden wollen, ganz einfach! Wir haben in der letzten Zeit einige Aktionen gefahren, die außerhalb der so genannten Legalität waren. Und auf den so berühmten Informantenschutz durch die Presse verlassen wir uns lieber nicht. Selbst bei gutem Willen könnte so eine kleine Zeitung wie Ihre das kaum durchsetzen. Und die Bombe? Vielleicht war das auch keine gute Idee, mag sein. Aber wenn wir Ihnen einfach so Informationen zugeschickt hätten, wären die ungelesen im Papierkorb gelandet. Stimmt's? Also geben Sie mir jetzt bitte Ihre Mail-Adresse!"

Rodehutskors schluckte. Dann siegte seine Neugier. Er teilte dem Anrufer die Adresse mit, dann legte dieser wort- und grußlos auf. Er hatte es plötzlich eilig.

Eine Minute später rief Maren Köster an.

„Wir haben die Telefonzelle ermittelt! Unsere Leute sind schon unterwegs. Aber ich glaube nicht, dass sie den Mann noch zu sehen bekommen. Die Telefonzelle steht in Horn am Rathaus. Gut ausgewählt, denn in Horn gibt es keine Polizeistation. Bis eine Streife von Detmold oder Blomberg aus da angekommen ist, kann man in aller Ruhe verschwinden. Sobald wir was wissen, melden wir uns. Ach ja, und die Mail würden wir uns natürlich auch gern mal anschauen. Vielleicht können wir den Absender ermitteln."

32

Die Mail kam um 19.15 Uhr. Sie enthielt allerdings nicht die angekündigten Hinweise, sondern eine weitere Warnung:

Unser Anruf war ein Test! Nun wissen wir, dass Sie mit der Polizei zusammenarbeiten. Halten Sie uns nicht für Anfänger. Wir haben die Telefonzelle nach dem Anruf beobachtet und mussten sehen, dass eine Viertelstunde später zwei Polizisten in Zivil, ein Mann und eine Frau, die Zelle untersucht haben. Sie werden nichts gefunden haben. Aber noch einmal: Brechen Sie jeden Kontakt mit der Polizei ab! Lassen Sie sich was einfallen. Das ist unsere letzte Warnung. Kein weiterer Polizeieinsatz! Wir werden uns wieder melden.

33

Die Klosterpassage war jetzt um kurz vor Mitternacht bereits geschlossen. So musste Dirk Schwabe einen kleinen Umweg vom *Bielefelder Brauhaus* über den Klosterplatz zum Parkhaus Ritterstraße machen. Eigentlich mochte er dieses Parkhaus nicht, es war alt, düster, eng, roch schlecht im Treppenhaus und war zu allem Überfluss auch noch sensationell teuer. Aber es hatte durchgehend geöffnet. Ein wichtiger Aspekt, wenn man abends spät noch eine Besprechung in der Bielefelder Altstadt hat.

Es war, nach einem warmen Maientag, am Abend kühl geworden und er fröstelte, als er am Klosterplatz um die

Ecke bog. Der Platz war jetzt, kurz nach Mitternacht, menschenleer. Nur aus der mexikanischen Kneipe drangen noch Musikfetzen. Als Schwabe in die Ritterstraße kam, trat ihm ein älterer, recht elegant gekleideter Mann, der aber offenbar sternhagelvoll war, in den Weg. Der Mann fragte ihn nach dem Weg zum Hotel *Mercure*. Bevor Schwabe ihm den recht einfachen Weg beschreiben konnte, klärte der Angetrunkene ihn mit vielen wirren Worten darüber auf, dass er sich von ihm kein falsches Bild machen solle. Er sei zwar betrunken, aber das hätte nichts zu bedeuten. Das sei heute eben mal so. Schwabe, der dies alles gar nicht wissen wollte, zeigte in die entsprechende Richtung und erklärte kurz und knapp, wo es lang ging. Dann ließ er den noch immer schwadronierenden Trinker einfach stehen und ging weiter. Alles in allem hatte ihn dieser kleine Zwischenfall doch einige Minuten gekostet. Minuten, die für ihn folgenschwer werden sollten.

Sein Auto, ein alter Opel Astra, stand im zweiten Stock. Er hatte keine Lust, durch das finstere und übel riechende Treppenhaus zu gehen und stieg lieber die schräge Auffahrt zum nächst höheren Parkdeck hoch. Auf dieser Etage angekommen, kam ein Auto von oben herunter. Ein Nissan Patrol.

Als das Auto nur noch dreißig Meter von Schwabe entfernt waren, knallte der Fahrer das Fernlicht rein, so dass Schwabe geblendet beide Hände vor das Gesicht halten musste und sich nicht von der Stelle rühren konnte. Gleichzeitig gab der Fahrer Vollgas und raste mit heulendem Motor auf Schwabe zu. Dem gelang zwar noch beinahe in allerletzter Sekunde ein reflexhafter Schritt zur Seite, aber es war bereits zu spät.

Mit kreischenden Reifen bog der Wagen in die Kurve, die hinunter aufs Parkdeck eins führte. Dabei kollidierte er leicht mit der Wand und geriet ins Schleudern. Der Fahrer bekam den schweren Wagen aber schnell wieder unter Kontrolle und brauste davon.

34

Eigentlich war eine Menge Trubel um ihn herum. Ein Arzt im weißen Kittel versuchte einer Krankenschwester seinen Behandlungsansatz zu erklären, konnte sich aber nicht recht durchsetzen, weil die Frau da ihre eigene Vorstellung hatte. Ein Pfleger kümmerte sich um das Bett, ein Polizist mittleren Alters in Uniform wartete ungeduldig darauf, mit dem Patienten sprechen zu können. Aber Dirk Schwabe bekam von alledem nichts mit. Er lag nicht nur im Krankenbett, er lag auch im Koma!

Heute um zwei Uhr am Morgen hatte ihn ein ganz später Parkhausbesucher gefunden. Dieser Mann war zuerst fest davon überzeugt gewesen, einen Toten vor sich zu haben und gehorchte seinem Fluchtreflex. Aber schon nach wenigen Sekunden riss er sich zusammen, zückte sein Handy und rief die Polizei an. Die brachte gleich einen Notarzt im Schlepptau mit. Der stellte fest, dass die Leiche durchaus noch ein wenig Leben in sich hatte und ließ den bewusstlosen und schwer verletzten Dirk Schwabe sofort in das Bielefelder Städtische Krankenhaus transportieren. Dort hatte man ihn gründlich untersucht, seine Verletzungen versorgt und bereitete sich jetzt darauf vor, einen Patienten im Koma zu betreuen.

Der Polizist hatte die Anweisung bekommen, mit dem Unfallopfer zu sprechen, sobald dies möglich sei. Nun erklärte ihm der etwas ruppige Pfleger, dass der Zeitpunkt dafür noch lange nicht gekommen sei.

„Das kann dauern!“, meinte er. „Wenn Sie Pech haben, dauert das mehrere Tage! Aber fragen sie doch einfach den Oberarzt!“

Der Polizist wandte sich nun an den noch immer mit der Krankenschwester streitenden Mann im weißen Kittel. Der drehte sich zu ihm um und schaute ihn abschätzend von oben bis unten an. Eingeschüchtert nannte der Polizist seinen Namen und seine Funktion. Doch der Oberarzt, gerade noch durch eine ihm untergeordnete Krankenschwester schwerstens in seiner Autorität beschädigt, sah hier eine Gelegenheit, sein angekratztes Selbstbewusstsein wiederherzustellen.

„Was glauben Sie eigentlich, was wir hier machen? Meinen Sie, wir machen hier Urlaub? Oder 'ne Gesprächsgruppe? Mann, wir versuchen hier, einen Menschen am Leben zu halten. Dass der arme Kerl im Moment ganz andere Sorgen hat, als mit Ihnen zu reden, können Sie doch sehen. Und jetzt lassen Sie uns unsere Arbeit machen!"

Der arme Beamte spürte tief in sich ein starkes Verlangen, seine Dienstpistole zu zücken und Amok zu laufen, aber er ballte nur die Faust in der Tasche und sagte leise, aber trotzig:

„Im Urlaub bin ich auch nicht. Ich mache ebenfalls nur meine Arbeit!"

Mit diesen Worten drehte er sich um und ging.

Der Oberarzt hatte nun genug Dampf abgelassen und fühlte sich in der Pflicht, die Situation zu entschärfen. Er rief dem Polizisten hinterher:

„Lassen Sie doch bitte Ihren Namen und Ihre Telefonnummer hier. Wir rufen Sie an, sobald sich was Neues ergibt, einverstanden?"

Walter Schniedertüns, so der Name des Hauptwachtmeisters, schrieb wie gewünscht alles in sein Notizbuch, riss die Seite raus und gab sie wortlos dem Krankenpfleger.

„Die sind hier auch alle völlig überarbeitet! Liest man ja immer wieder", brummte er zu sich selbst, als er schon im Treppenhaus war. „Hoffentlich erwische ich einen ausgeschlafenen Arzt, wenn hier mal einer an mir rumschnippeln muss!"

35

Die Kaffeemaschine blubberte gleichmäßig und gemütlich vor sich hin. Sie war aber auch das einzig Gemütliche an diesem frühen Morgen. Das Erdgeschoss des „Alten Polizeipräsidiums“ in der August-Bebel-Straße in Bielefeld brummte wie ein Bienenstock. Vor einigen Wochen war Bielefeld als sicherste Großstadt Nordrhein-Westfalens ausgezeichnet worden. Da Erfolg bekanntlich viele Väter hat, versuchte sich sowohl die Landespolitik als auch die Bielefelder Politik und die hiesige Polizeiführun, mit den Lorbeeren zu schmücken. Vielleicht hatten alle ein bisschen Recht, vielleicht war alles auch nur Glückssache. Den Beamten der Hauptwache der Polizeiinspektion Ost war das völlig schnuppe. Sie hatten genug zu tun in der sichersten Stadt des Landes. In der vergangenen Nacht hatte es zwei größere Schlägereien im Bereich des Bahnhofs gegeben, drei Einbrüche und mehrere Unfälle. Von völlig hilflosen Personen mal abgesehen.

Am Empfangstresen lungerte ein eher kleiner Mann herum. Alles an ihm war rund. Kopf, Bauch, Hände, Beine und Füße. Selbst die Glatze blinkte kreisrund aus dem dunklen Haar heraus. Nur die große, scharf geschnittene Nase machte eine beeindruckende Ausnahme. Über dem Bauch spannte sich ein vermutlich recht teurer Trachtenjanker. Wolfgang Muffen war Hauptkommissar und hatte hier im „Alten Präsidium“ eigentlich gar nichts zu suchen. Heute jedoch war er als Vertreter der Abteilung *Zentrale Verbrechensbekämpfung,* die im neuen Polizeigebäude in der Kurt-Schumacher-Straße residierte, zu einer gemeinsamen Besprechung mit dem *Spezial-Einsatz-Kommando SEK* und der *Verhandlungsgruppe VG* zu einer der monatlich stattfindenden Projektgruppen-Besprechungen zusammengekommen. Ziel des von den Beteiligten wenig geliebten Projektes war die bessere Zusammenarbeit dieser Abteilungen und die Nutzung von

Synergien. In der Praxis war davon bisher wenig zu spüren, aber die Polizeiführung hatte hohe Erwartungen in diesen und zahlreiche andere Arbeitskreise gesetzt. Und so riss sich Muffen an jedem ersten Montag im Monat von seinen eigentlichen Aufgaben los und löste mit Hilfe dieser Arbeitsgruppe Probleme, die es ohne sie gar nicht geben würde.

Nun unterhielt er sich privat mit dem Dienst habenden Beamten am Empfang. Der berichtete gerade von den Aktivitäten in der Nacht und am frühen Morgen.

„Und dann mussten wir noch ins Parkhaus Ritterstraße. Da hat einer einen völlig hilfslosen Typen gefunden. Ist wohl von 'nem Auto angefahren worden. Meinhard und Wagemann haben die Sache geklärt. Der Mann ist jetzt im Städtischen Krankenhaus und liegt im Koma. Der muss da einige Stunden gelegen haben, bevor man ihn gefunden hat!"

„War er besoffen?", wollte Muffen wissen.

„Keine Ahnung! Der Alkoholtest wird noch ausgewertet. Wagemann meint aber, der sei nüchtern gewesen."

„Und habt ihr eine Ahnung, wer ihn umgefahren hat?"

„Nee! Ist wohl getürmt, die Sau! Auf jeden Fall wird die Sache als Unfall mit Fahrerflucht von uns hier weiter untersucht. Wir werden den schon erwischen. Aber erstmal müssen wir herausfinden, wer das Opfer eigentlich ist. Der Kerl hatte nämlich keine Papiere dabei."

Muffen winkte ab.

„Das schafft ihr schon! So, Herbert, ich muss jetzt wieder in meine eigene Firma. Ist ja immer nett bei euch in der City, aber der Dienst... du weißt ja!"

Muffen löste sich vom Tresen und lief in kurzen, schnellen, fast hektischen Schritten zum Ausgang. Diese schnellen Bewegungen waren der Grund, dass in Kollegenkreisen immer wieder von „Muffen-Sausen" gesprochen wurde.

Er überquerte mit dem Auto den Kesselbrink und schimpfte innerlich über die verlorene Zeit. Auf seinem Schreibtisch wartete eine Menge Arbeit auf ihn.

36

Der Regen prasselte gegen die Fenster des Paderborner Polizeigebäudes an der Riemekestraße. Das ständige Aprilwetter der letzten Tage schien den Menschen auf die Nerven zu gehen. Es herrschte allgemein eine schlechte Stimmung. Potthast drückte die Returntaste seines PCs. Sein Bericht über den Toten Brechmann war fertig.

Obwohl die Tätigkeit des Berichteschreibens auf seiner persönlichen Beliebtheitsskala einen der hintersten Plätze einnahm, erfüllte ihn die erledigte Arbeit weder mit Zufriedenheit noch mit dem Bewusstsein, die unliebsame Tätigkeit endlich abgeschlossen zu haben.

Sein Blick wurde von den Regentropfen an der Fensterscheibe angezogen und getrübt. Schlechtes Wetter und geringe Lebensfreude haben mit Sicherheit unmittelbar etwas miteinander zu tun, dachte Potthast und erinnerte sich an den heißen Sommer im letzten Jahr. Über viele Wochen war er mit leichter Sommerkleidung ins Büro gekommen, hatte viel geschafft und dennoch jeden Abend mit seiner Frau Mechthild und seinen Jungens etwas unternommen. Dieses Jahr jedoch, bei diesem Wetter, ging man sich eher aus dem Wege, als dass man etwas gemeinsam unternahm.

Mittlerweile hatte der Drucker die beschriebenen Seiten ausgespuckt. Potthast legte sie vor sich auf den Schreibtisch und las sie noch einmal konzentriert durch. Der Tod Brechmanns machte ihm deutlich, dass jeder Mensch doch so seine Geheimnisse hat. Man muss sich nur die Mühe machen, einmal hinter die Kulissen zu sehen, dachte sich der Polizist. Da wurde er durch ein Klopfen an seiner Zimmertür aus seinen Gedanken gerissen. Noch bevor er etwas sagen konnte, steckte seine Kollegin Frau Bülow den Kopf in die Tür.

„Störe ich?“

„Nein, keineswegs, kommen Sie herein und nehmen Sie Platz. Ich habe gerade meinen Bericht fertig gestellt. Wenn

Sie wollen, bringe ich Sie auf den neusten Stand. Danach maile ich ihn an den Detmolder Kollegen."

Frau Bülow setzte sich auf einen der Stühle am Besprechungstisch und sagte: „Ich habe auch ein paar Neuigkeiten zu berichten. Ich habe gestern nämlich diese Frau Konze besucht, die ehemalige Frau von dem Detmolder Mordopfer Leipholt. Viel ist es nicht, aber immerhin. Soll ich anfangen?"

Potthast nickte. In diesem Moment fiel ihm wieder ein, dass sein Gegenüber ja blind war. Also sagte er: „Okay"

„Frau Konze war viele Jahre mit Herrn Leipholt verheiratet. Sie beschrieb ihre Ehe als nicht unbedingt schlecht. Bis zu dem Zeitpunkt, als Leipholt in den Osten ging um dort, wie Frau Konze es nannte, Aufbauarbeit zu leisten.

Dort verliebte er sich in eine andere, fünfzehn Jahre jüngere Frau. Er begann eine kurze und heftige Affäre, die nach einigen Monaten von Seiten der Frau ebenso schnell beendet wurde, wie sie begonnen hatte.

Leipholt hatte sich gar nicht die Mühe gemacht, etwas geheim zu halten. Für ihn war es sein, wie er es nannte, Lebensglück. Auch als seine damalige Geliebte die Beziehung beendete, unternahm Leipholt keine Anstalten zu seiner Frau zurückzukehren.

Frau Konze war der Meinung, dass Leipholt die Andere, wie sie sie ständig nannte, bis zu seinem Tode liebte. Sie weiß übrigens bis heute nicht den Namen der Frau. Sie nennt die damalige Geliebte ihres Mannes entweder die Lange Blonde, oder die Andere. Immer, wenn sie von der Frau sprach, war sie von Hass erfüllt.

Hätten wir also den Mord an dieser blonden Frau aufzuklären, wüsste ich, wer sie umgebracht hat. Leider ist die Sachlage anders."

Potthast rieb sich mit beiden Händen das Gesicht.

„Mittlerweile bin ich mir sicher, dass Schulte Recht hat. Der Schlüssel zu den Mordfällen liegt in der Vergangenheit.

Ich möchte wetten, dass die Ursache in der Zeit zu suchen ist, als sowohl Leipholt als auch Brechmann gemeinsam in den fünf neuen Ländern gearbeitet haben. Ich habe mir noch einmal die Biografie von unserem Toten vorgenommen.

Der Mann war nie unvermögend. Er war Sohn eines großen Bauern aus der Warburger Börde. Seine Mutter kam aus Dahl. Brechmann wurde zwar nicht Hoferbe, sondern ging als zweiter Sohn, wie das damals so üblich war, aufs Amt.

Damit er mit seiner kargen Beamtenbesoldung des gehobenen Dienstes nicht am Hungertuch nagen musste, bekam er den damaligen Erbteil der Mutter. Der belief sich allerdings nur auf sechs Hektar Land am Südhang Dahls und war in den sechziger Jahren nicht viel wert, nur Berge und Steine.

Doch dann wurde der ganze Besitz auf einen Schlag Bauland. Ab da ging es Brechmann richtig gut. Der Reichtum stellte sich jedoch bei ihm erst ein, als er in Zeitz und Umgebung arbeitete.

Seit dieser Zeit bekam er immer wieder von verschiedenen Absendern größere Mengen Geld auf sein Konto überwiesen. Der Geldsegen strömte von 1990 bis 1995. Dann versiegte die Quelle, warum auch immer.

Der Überweisungsabsender, der Brechmann immer wieder mit größeren Beträgen begünstigte, war Leibholt."

„Wissen Sie auch, wofür Brechmann Geld bekommen hat?"

„Leider nein, die Überweisungsträger haben nur laufende numerische Auftragsverschlüsselungen. Ich habe schon versucht eine Logik zu erkennen, nach denen sie angelegt wurden. Leider ohne Erfolg!"

Die beiden Polizisten schwiegen eine Weile ratlos. Schließlich erhob sich Potthast, ging um seinen Schreibtisch herum und machte sich an seinem PC zu schaffen.

„Ich maile meinen Bericht jetzt den Detmoldern zu. Ich finde, jetzt sind die am Ball. Wofür haben wir eine Sonderkommission."

37

Auf den Fluren des Detmolder Polizeigebäudes herrschte fast keine Betriebsamkeit. Die Türen waren geschlossen. Die Atmosphäre erweckte den Eindruck, als hätte sich jeder der dort arbeitenden Polizisten an seinen Schreibtisch zurückgezogen, um ja das für den Tag Notwendige zu schaffen.

Doch plötzlich flog eine Tür auf. Ein dicker Mann Ende fünfzig stapfte mit hochrotem Kopf auf den Korridor und fing unvermittelt an zu brüllen.

„Jetzt ist mir schon die dritte Beilage zur Fußballeuropameisterschaft aus dem Schreibtisch stibitzt worden. Wenn ich den erwische, breche ich ihm seine Finger!"

Zielstrebig steuerte der Wütende auf eine bestimmte Bürotür zu, als plötzlich Erpentrup wie aus dem Boden gewachsen vor ihm stand.

„Kommissar Lohmann, sind Sie vom wilden Affen gebissen worden. Was schreien Sie hier herum?"

Lohmanns Gesichtsfarbe wechselte von hochrot zu kreideweiß. „Ach, äh', tut mir leid, Herr Polizeioberrat, ist ne reine Privatsache."

„Wenn das so ist, dann sollten Sie die Verrichtung auch dahin verlegen, wo sie hin gehört, nämlich in ihre Freizeit.

Übrigens, ich möchte mit Ihnen, Hauptkommissar Schulte, Kommissar Braunert und Herrn Krause von der Spurensicherung um elf Uhr eine kurze Besprechung abhalten. Wenn Sie so freundlich wären und das Nötige veranlassen würden. Ich erwarte das Team in einer halben Stunde."

„In Ordnung; Herr Polizeioberrat", nuschelte Lohmann und drehte Richtung Schultes Büro ab.

Kaum hatte er die Tür hinter sich geschlossen, fing er wieder an zu fluchen.

„Schulte, du Himmelhund, hast es ja gehört, in einer halben Stunde beim Chef und jetzt her mit meinem EM-Kalender, sonst passiert was."

„Bleib locker, Bernhard, ich habe mir deine Beilage aus der *Heimatzeitung* doch nur ausgeliehen, um unsere EM-Wetten vorzubereiten. In einer halben Stunde hätte sie wieder auf deinem Platz gelegen.“

„Mein Schreibtisch ist für dich tabu, Jupp, merk dir das ein für alle Male. Wenn du noch ein einziges Mal deine klebrigen Finger in Richtung dieses Möbels ausstreckst, dann, dann …“,

Schulte ignorierte die Drohung.

„Pass mal auf Bernhard, ich habe mir Folgendes gedacht. Jeder setzt pro Spiel zwei Euro. Wenn einer den richtigen Tipp abgibt, bekommt er den Einsatz, der für dieses Spiel eingezahlt wurde. Haben mehrere richtig getippt, wird geteilt. Wenn keiner Recht hat, kommt das Geld in den Pott.“

„Jupp, das interessiert mich im Moment überhaupt nicht. Elf Uhr beim Chef! Ich muss den anderen noch Bescheid sagen.“

„Was meinst du, Bernhard, sollen wir Erpentrup fragen, ob er auch mit tippt? Vielleicht solltest du das übernehmen. Ich denke, du hast den besten Draht zu ihm.“

„Arschloch!“, schnauzte Lohmann und knallte die Tür hinter sich ins Schloss.

Kurze Zeit später saßen die vier Polizisten und Erpentrup im Besprechungszimmer. Erpentrup wartete geduldig, bis alle Platz genommen hatten. Dann ergriff er das Wort.

„Ich war heute Morgen im Kreishaus. Freitagsrunde! Da habe ich die Gelegenheit genutzt und habe die Beratungsmodelle von Herrn Leipholt angesprochen.

Um es kurz zu machen, ich habe innerhalb von zwei Minuten die nächste Eiszeit heraufbeschworen. Nur die kleinste Unachtsamkeit von einem von uns in dieser Frage und wir gehen alle wieder Strafzettel schreiben. Mich eingeschlossen.

Also, meine Herrn, ich glaube, ich brauche die Angelegenheit nicht weiter auszuführen.“

Schulte hob seinen rechten Zeigefinger und meldete sich.

„Bitte, Herr Hauptkommissar, was gibt es denn da noch anzumerken, ich denke, ich habe mich deutlich ausgedrückt."

„Ja, Herr Erpentrup, keine Frage, ich habe Sie ja verstanden. Aber haben Sie schon die Berichte der Paderborner Kollegen gelesen? Die haben herausgefunden, dass der Tote Brechmann von diesem Herrn Leipholt in den Jahren 1990 bis 1995 immer wieder größere Geldbeträge überwiesen bekommen hat. Sie bitten uns jetzt, sie zu unterstützen und möchten, dass wir der Angelegenheit nachgehen."

„Herr Schulte, was 1990 in den fünf neuen Ländern war, interessiert hier überhaupt niemanden. Es ist einzig und allein wichtig, dass nicht unnötigerweise irgendwelche Kamellen ausgegraben werden, die im Kommunalwahlkampf von der Presse oder sonst wem zu gebrauchen sind.

Also, tun Sie sich bei ihren Nachforschungen in der Vergangenheit keinen Zwang an. Wenn es sein muss, genehmige ich Ihnen sogar einen Reisekostenantrag in dieses Zeitz. Ach ja, und eins noch, damit auf keinen Fall etwas anbrennt, alles was raus geht, auch zu den Paderborner Kollegen, geht über meinen Tisch."

38

„Schauen Sie doch! Hier auf dem EEG. Sehen Sie diese veränderten Kurven? Seit heute Morgen sind die Ausschläge stärker geworden. Da tut sich was. Glauben Sie mir!"

Schwester Karin hatte es von Anfang an gewusst: Den kriegen wir durch! Der wird wieder!

Schließlich war sie nicht erst seit gestern in diesem harten Job. Die jungen Ärzte... ja, schön reden können sie. Aber mal akzeptieren, dass eine erfahrene Krankenschwester einen ganz anderen Blick hat, das bringen diese verwöhnten Bengel nicht fertig. Seit vier Tagen schwätzten die bei jeder Visite davon, dass dieses Koma noch lange anhalten würde. Noch Wochen oder länger, falls der Patient überhaupt wieder aufwachen würde.

„Alles Quatsch!", hatte sie immer wieder dazwischen geschmettert. Dann hatten sich die Herren im weißen Kittel immer nur amüsiert angeblickt und sich ihren Teil gedacht. Ernst genommen hatte sie keiner. So... und nun das! Der Koma-Patient Dirk Schwabe, eingeliefert am 27. Mai frühmorgens, sendete erste Signale eines wiedererwachenden Geistes. Jetzt würde es nicht mehr lange dauern, dann würde sie mit dem Mann reden können. Die Lorbeeren dafür würde aber nicht sie ernten, sondern die Ärzte. Das war ihr schon klar. „So ist das nun mal!", dachte sie etwas frustriert.

Der noch junge Oberarzt Martin Sparbach zeigte genau die Reaktion, die Schwester Karin erwartet hatte. Er nahm die Signale nicht ernst.

„Das heißt noch gar nichts!", dozierte er wichtig und ließ die resolute Frau von Ende fünfzig einfach stehen.

Vier Stunden später, Schwester Karin war gerade dabei, einen neuen Tropf anzulegen, bewegte der Patient die rechte Hand. Nur ganz wenig, aber er bewegte sie. Sollte sie den Oberarzt hinzuziehen? Nur um wieder ausgelacht zu werden? Nein, sie würde abwarten.

Weitere drei Stunden später wackelte der Patient auch mit den Füßen und stöhnte. In den Mundwinkeln zuckte es. Schwester Karin lächelte still. Er würde es schaffen. Irgendwann, morgen oder übermorgen würde Schwabe aufwachen. Auch das EEG zeigte nun eine signifikant erhöhte Aktivität des Gehirns. Stolz ging sie mit der Kurve ins Oberarztzimmer und knallte sie Dr. Sparbach auf den überfüllten Schreibtisch. Dem blieb nun nichts anderes übrig, als ihrem Urteil beizupflichten. Kurz darauf konnte sich bei der Chef-Visite auch sein Vorgesetzter ein Bild vom langsamen Wiedererwachen Schwabes machen. Es gab keinen Zweifel mehr. Um 18.30 Uhr ging eine Meldung per Fax an das Verkehrskommissariat der Polizeiinspektion Ost in Bielefeld.

39

Es war noch immer angenehm warm, obwohl es kurz vor Mitternacht war. Die Bielefelder Altstadt war in dieser Nacht rappelvoll mit unternehmungslustigen Leuten. Überall saßen, standen oder liefen sie durch die Straßen, in denen die Hitze des Tages einfach nicht weichen wollte. Was den Bielefelder Gastronomen Freudentränen in die Augen trieb, war der hoch gewachsenen Frau völlig gleichgültig. Es war besser gelaufen, als sie gedacht hatte.

Die Person hielt sich seit über zwei Stunden in einer Duschkabine des Personalumkleideraumes der Intensivstation des Städtischen Krankenhauses in Bielefeld versteckt. Schwierig war eigentlich nur die Planung gewesen. Zuerst hatte sie überhaupt keine Vorstellung davon, wie sie ungesehen in die Intensivstation kommen könne. Aber dank bester Beziehungen war dann plötzlich alles kein Problem mehr. Sie hatte sich eine Weile in den Fluren des Krankenhauses herumgedrückt, bekleidet mit einem Jogginganzug und Badelatschen. Falls sie jemand bewusst wahrgenommen haben sollte, würde er sie für eine Patientin gehalten haben, die kurz vor der Genesung steht und es vor lauter neu gewonnener Energie nicht mehr in ihrem Krankenzimmer aushielt. Um 21.30 Uhr stand sie allein vor dem Eingang der Personalschleuse zur Intensivstation. Sie tippte eine vierstellige Zahlenkombination in den Kontrollcomputer, dann öffnete sich die Tür. Den Weg zum Personalumkleideraum hatte sie sich von ihrem Informanten bestens beschreiben lassen. Die Gefahr, dass während der Nachtschicht jemand in diesen Raum kam, war verhältnismäßig gering. Dennoch war es passiert. Um kurz vor 23 Uhr hatte sie sich nur noch durch einen schnellen Sprung in die Duschkabine vor einer Entdeckung retten können. Die Duschkabine hatte fast völlig undurchsichtige Milchglasscheiben. Da war sie sicher. Duschen würde jetzt mit Sicherheit niemand.

Und wenn... dann müsste sie eben handeln! Sie war sowieso im Begriff, über ihre Grenzen hinauszugehen. So weit wie heute war sie noch nie gegangen. Heute würde sie töten. Zum ersten Mal in ihrem Leben. Gern tat sie das nicht. Aber dieser Mann war ihr so nah auf die Pelle gerückt wie noch niemand zuvor. Er war zu einer ernsten Gefahr für sie geworden. Für ihre berufliche Existenz und für ihre persönliche Freiheit. Denn das alles würde sie verlieren, wenn der Mann, der jetzt noch in einem Einzelzimmer im Koma lag, wieder aufwachen und sie anklagen würde. Das wollte sie um jeden Preis verhindern. Der Patient wurde künstlich beatmet. Selbst einem Laien dürfte es nicht schwer fallen, ihn irgendwie vom Beatmungsgerät abzukoppeln. Wie, das würde sie an Ort und Stelle entscheiden. Hoffentlich hatte der Mann ein Einzelzimmer. Jetzt hieß es warten bis alle abendlichen Kontrollgänge abgeschlossen wären. Sie hätte jetzt gern eine Zigarette geraucht. Wenn sich die Nachtwachen in den Aufenthaltsraum zurückziehen, dann würde sie losschleichen. Jetzt, um 23.55 Uhr, öffnete sie die Tür des Umkleideraumes von innen und lugte vorsichtig auf den Flur. Niemand zu sehen. So leise wie möglich schlich sie in Richtung des Krankenzimmers von Dirk Schwabe. Die Zimmernummer hatte sie sich ebenfalls vorher besorgt. Auch das war nicht schwer, wenn man die richtigen Leute kannte. Vor dem Zimmer lehnte sie sich zunächst an die Tür und horchte. Als alles zu ihrer Zufriedenheit schien, drückte sie die Türklinke herunter und öffnete leise und langsam die Tür. Im Raum gab eine kleine Lampe bescheidenes, aber ausreichendes Licht. Zufrieden stellte sie fest, dass es wirklich ein Einzelzimmer war. Das Opfer lag auf dem Rücken. Völlig verkabelt. Schwabe zeigte keine Regung. Entweder schlief er oder er war noch immer bewusstlos.

Seiner Besucherin war das egal. In wenigen Sekunden würde das keine Rolle mehr spielen. Dann schaute sie sich in aller Ruhe den Schlauch an, der an Schwabes rechtem Arm befestigt war. Es war ein Versorgungsschlauch, der wohl nur gelegt worden war, um im Notfall schneller reagieren zu können. Eine aktuelle Funktion hatte er anscheinend nur dadurch, dass durch ihn zu dieser Stunde etwas Glukose oder Ähnliches zur allgemeinen Stärkung dem Patienten zugeführt wurde. Da durch den Schlauch offenbar keine lebenswichtigen Funktionen versorgt wurden, hätte es nichts gebracht, ihn einfach herauszureißen. Also musste sie sich war einfallen lassen.

Sie öffnete verschiedene Schubladen, bis sie gefunden hatte, was sie suchte. Eine Spritze! Vor ihrem Studium hatte sie mal eine Kurzausbildung als Krankenschwesternhelferin gemacht und besaß noch rudimentäre Kenntnisse. Wenn sie ein volle Ladung Luft in die Gummiverbindung des Versorgungsschlauches, den so genannten Frosch, spritzen würde, könnte das ohne weiteres zum Tod des Patienten führen, ohne dass auf den ersten Blick erkennbare Spuren zu sehen wären. Sie entschied sich wie immer sehr schnell und wollte gerade die Spritze ansetzen, als sie Schritte auf dem Krankenhausflur hörte.

Schnell brach sie ab, hechtete in die Waschkabine des Zimmers und drückte sich dort so flach wie möglich an die Wand. Die Zimmertür öffnete sich und eine Krankenschwester trat herein. Der Eindringling wagte kaum zu atmen. Die Schwester beugte sich zum Patienten herunter, fand alles in Ordnung und wollte schon wieder gehen. Aus irgendeinem Grund blieb sie aber mitten im Raum stehen und schnüffelte.

„Hier stimmt doch was nicht!", murmelte sie leise. „Hier hat doch einer geraucht!"

Die Person im Bad erschrak. An alles hatte sie gedacht. Aber nie wäre ihr in den Sinn gekommen, dass ihre Ausdünstungen sie verraten könnten. Sicher, immer wenn sie aufgeregt war, rauchte sie, aber sie hielt sich auch für eine gepflegte Frau. Ein Irrtum, dem fast alle Raucher unterliegen. Nichtraucher nehmen das ganz anders wahr.

Und Schwester Karin war Nichtraucherin. Eine von der offensiven Art. Wutschnaubend stürmte sie aus dem Krankenzimmer. Vermutlich hatte sie einen ihrer Kollegen im Verdacht. Auf jeden Fall würde sie jetzt Krach machen. Dem Eindringling blieb keine Zeit mehr, dies abzuwarten. Sie musste sich jetzt ganz schnell selbst aus der Gefahrenzone bringen. Mit einigen schnellen Schritten war sie aus dem Zimmer. Auf dem Flur lief sie so schnell ihr Schuhwerk dies zuließ und versteckte sich wieder im Umkleideraum. Sie konnte hören, dass nun mehrere Menschen über den Flur liefen und leise, aber aggressiv diskutierten. Die Stimmen entfernten sich Richtung Krankenzimmer. Die Einbrecherin wollte auf keinen Fall abwarten, was weiterhin passieren würde, verließ den Umkleideraum und sah zu, dass sie so schnell und so unauffällig wie möglich aus dem Krankenhauskomplex herauskam.

40

Die Wochenanfangsbesprechung des Kommissariats 11a der Zentralen Kriminalitätsbekämpfung der Polizei Bielefeld war an diesem Montagmorgen eine ausgesprochen müde Veranstaltung. Wolf Muffen hatte bis zum Beginn der Besprechung bereits drei Tassen Kaffee getrunken, aber auch das nützte nichts. Er hatte am Sonntag Dienst gehabt und musste nun Bericht erstatten. Die anderen Gesprächsteilnehmer waren auch nicht viel wacher. Ausgenommen vielleicht Füllbier, der als Frühaufsteher bekannt war. Füllbier, der auf seiner Uniform als Erster Polizeihauptkommissar immerhin fünf silberne Sternen hätte präsentieren können, wenn er diese mal getragen hätte, war ein unsportlich wirkender Bauchträger, mittelgroß, Ende Vierzig. Er trug eine dünne großrahmige Brille mit dicken Gläsern in einem fleischigen Gesicht und darüber sehr dünnes, leicht ergrautes Haar. Die blasse, etwas teigige Haut verriet den Stubenhocker. Auffällig war an ihm einmal die hässliche Krawatte, welche die doppelte Länge hätte haben müssen, um bis an die Gürtelschnalle zu reichen. Dem stand, oder besser hing, die andere Auffälligkeit im Wege, der enorme Bauch. Der Prototyp des gemütlichen Dicken.

Nun schaute er seinen Mitarbeiter Muffen aus leicht geschlitzten, immer etwas feuchten Augen, auffordernd an. Doch der hatte gelernt, dem jovialen Tonfall seines Chefs zu misstrauen. Für ihn war Füllbier eine Nervensäge erster Güte.

Neben ihm saß die Oberkommissarin Walburga Stolle. Typ evangelische Gemeindeschwester. Unterdrückte Weiblichkeit, aber ein warmes Herz. Das Gesicht etwas mopsig. Die Haare waren wie bei Angela Merkel einfach so da, ohne Funktion und ohne Form. Keine Sekunde hatte die Einundvierzigjährige bei der Auswahl ihrer Kleidung verschwendet. So was zählte bei ihr nicht. Sie hatte hier einen Job zu machen. Den machte sie nicht als Frau, sondern als Polizistin. Für Walburga Stolle waren solche Unterscheidungen wichtig. Wolf Muffen hatte zu ihr genauso wenig Zugang wie zu Füllbier.

Walburga Stolle hatte heute ihrer Frisur noch weniger Sorgfalt und Fantasie zukommen lassen als sonst und sich auch verbal bisher nur mit minimalem Einsatz an der Besprechung beteiligt. Muffen, Stolle und Füllbier waren starke Raucher, für Sauerstoff war kein Platz mehr in diesem engen Büro. Zum Glück erforderten die meisten aktuellen Fälle nicht viel Konzentrationsfähigkeit.

Schwerwiegender war ein Fall, der in der Nacht von Samstag auf Sonntag von den Städtischen Kliniken Bielefeld-Mitte gemeldet worden war. Offenbar hatte sich jemand in ein Krankenzimmer auf der Intensivstation geschlichen. Auf dem Fußboden hatte man eine mit Luft aufgezogene Spritze gefunden, die nichts Gutes ahnen ließ.

„Ein Verrückter!“, war sich Füllbier ganz sicher. „Was sonst? Wenn der dem Patienten ernsthaft Schaden hätte zufügen wollen, warum hat er es dann nicht einfach getan? Er hätte doch nur einen Schlauch rausreißen müssen. Einen wirklich Wichtigen!“

„Es gab aber anscheinend keinen lebenswichtigen Schlauch!“

„Wozu diente denn diese Infusion?“, fragte Walburga Stolle träge.

Muffen wusste auch da Bescheid.

„Es war ein Tropf mit Glukose und einem Stärkungszusatz. Nichts wirklich Lebenswichtiges. Damit war der Patient nicht gefährdet.“

„Sehen Sie?“, fasste Füllbier nach. „Sag ich doch!“

Muffen reichte das aber nicht.

„Die Spritze ist das eigentliche Problem! Vermutlich ist er gestört worden und hatte keine Zeit mehr, mit der Spritze was anzufangen. Die hätte nämlich durchaus Schaden anrichten können. Die darin enthaltene Menge Luft in die Vene und…“ er deutete mit der rechten Hand so etwas wie Halsabschneiden an. „Das ist zumindest die Ansicht der diensthabenden Krankenschwester. Eine...“, Wolf Muffen musste in seinen Notizen nachblättern, „eine Schwester Karin. Hört sich an wie in so einer dämlichen Krankenhausklamotte. Schwarzwaldklinik oder so. Aber für ihren Namen kann die gute Frau ja auch nichts. Sie scheint jedenfalls recht tüchtig zu sein. Tüchtig und resolut. Wenn die den Eindringling erwischt hätte... na, dann Mahlzeit. Dann hätte der wahrscheinlich einen Tropf gebraucht.“

Füllbier schnaubte.

„Jetzt bleiben Sie aber mal sachlich. Wir können froh sein, dass es nicht zu einer Konfrontation gekommen ist. Wer weiß, was dann passiert wäre!“

„Spuren haben wir keine gefunden. Allerdings“, hier blickte Muffen etwas belämmert auf seine brennende Zigarette, „scheint dieser Eindringling ein starker Raucher zu sein. Der Nikotingeruch war es ja, der die Schwester alarmiert hatte. Im Umkleideraum der Station haben unsere Leute noch zwei Stunden später diesen Geruch feststellen können. Wahrscheinlich hat er sich da aufgehalten. Völlig unklar ist noch, wie er überhaupt auf die Station gekommen ist. Die Daten der Schließanlage sind noch nicht ausgewertet. Wir haben uns aber schon mit der Sicherheitsfirma kurzgeschlossen. Sobald die sich entschieden haben, dass sie uns die Daten nennen dürfen, bekommen wir sie. Dann wissen wir zumindest, wer sich zur fraglichen Zeit offen und legal auf der Station aufgehalten hat. Wenn jemand auf anderem Wege eingedrungen ist, dann nützt uns das allerdings wenig. Komisch ist, dass die Videoüberwachung an diesem Abend abgeschaltet war. Warum, das prüfen wir auch noch.“

Eine Zeit lang rauchten alle schweigend.

„Was wissen wir denn über den Patienten?“ fragte dann Füllbier.

„Ein gewisser Dirk Schwabe aus Detmold, wurde am 29. Mai ganz früh morgens im Parkhaus Ritterstraße gefunden. Ist offenbar angefahren worden. Fahrerflucht. Seitdem liegt der Mann im Koma. Er soll aber angeblich auf dem Wege der Besserung sein. Zumindest rechnet das Krankenhaus jetzt damit, dass er bald wieder aufwacht. Der Mann ist für uns ein unbeschriebenes Blatt. Ich habe auch mit den Detmolder Kollegen gesprochen, die kennen ihn genauso wenig."

Wieder Schweigen.

„Okay!", rappelte sich Füllbier hoch. „Wir gehen also davon aus, dass wir diesen Fall ernst nehmen müssen. Obwohl ich da leise Zweifel habe. Ich schlage vor, wir kümmern uns erst mal um diesen Patienten. Was er beruflich macht, welchen Umgang er hat und so weiter. Sie wissen schon. Ich höre morgen von Ihnen!"

Noch in der Tür fing ihn eine Frage von Walburga Stolle ab.

„Wenn wir wirklich davon ausgehen, dass dieser Eindringling dem Patienten ans Leder wollte, müssen wir dann nicht davon ausgehen, dass er es wieder versucht? Braucht dieser Schwabe nicht so was wie Personenschutz?"

Füllbier lachte gereizt.

„Wo wollen Sie den denn herkriegen? Haben Sie Leute übrig? Die einzigen, die so was von ihrer Ausbildung her machen könnten, wären die Jungs vom SEK. Was glauben Sie, was ich zu hören bekomme, wenn ich die anfordere? Nein! Die Sicherheit auf einer Krankenstation ist Sache des Krankenhauses. Dafür werden mir keine Leute abgestellt!"

41

Niemand war glücklicher als Schwester Karin, als es endlich soweit war. Den ganzen Tag über zeigte der Patient Dirk Schwabe schon, dass sein Geist wieder zurück ins Leben wollte. Er war unruhig und bewegte sogar leicht Hände und Füße. Schwester Karin war mit einer Kollegin eine Wette eingegangen.

„Bis acht Uhr heute Abend haben wir ihn soweit. Dann ist er wieder putzmunter!"

Nun war es zwar schon eine Stunde später, aber auch wenn die Wette verloren war, schien Schwester Karin Recht zu behalten. Und tatsächlich, um kurz vor 22 Uhr war Dirk Schwabe nach genau vierzehn Tagen Koma wieder fast der Alte. Der junge Oberarzt Dr. Sparbach war platt. Mit einer so glatten Wiederherstellung des Patienten hatte er nicht gerechnet. Alle Messwerte waren ungewöhnlich gut. Im Prinzip zeigte Schwabe nur Symptome einer schweren Erschöpfung. Alle Verletzungen, die er sich durch den „Unfall" zugezogen hatte, waren entweder bereits verheilt oder auf dem besten Weg dahin. Er klagte aber noch über starken Schwindel, merkwürdige Geräusche im Kopf und heftige Müdigkeit.

Am nächsten Morgen saß kurz nach acht Uhr Wolf Muffen von der Detmolder Kripo vor seinem Bett.

„Höchstens zehn Minuten!", hatte ihn der Oberarzt beschworen.

Zuerst fragte Muffen den Patienten nach seiner Person. Unter Gedächtnisschwund litt er jedenfalls nicht, denn bei diesen Angaben hatte er keinerlei Probleme. Als Muffen ihn jedoch nach seinen Erinnerungen an die Unfallnacht fragte, wurde es schwieriger.

„Ich weiß noch, dass ich im *Brauhaus* war. Danach… ja, danach bin ich durch die Stadt gelaufen. Komisch, dann ist plötzlich alles weg. Was ist denn eigentlich genau passiert?

Die Ärzte sagten mir, ich sei in einem Parkhaus hier in Bielefeld von einem Auto angefahren worden. Wissen Sie was Näheres?"

Muffen zog seine Notizen hervor.

„Es muss so gegen Mitternacht gewesen sein. Im Parkhaus Ritterstraße. Der Unfallfahrer hat offensichtlich Fahrerflucht begangen. Dann haben sie bis zum frühen Morgen da gelegen, bis sie gefunden worden sind. Was möchten Sie noch wissen?"

Schwabe überlegte. Muffen konnte ihm die damit verbundenen Kopfschmerzen förmlich ansehen.

„Ja, warum kümmert sich die Kripo um meinen Fall? Ich meine, bei einem Unfall kommt doch nicht zwangsläufig die Kripo, oder?" Diese Frage schien ihn etwas zu beunruhigen, wie Muffen feststellte. Andererseits war das auch nicht erstaunlich in der Situation des Mannes. Die Präsenz der Kripo hat für den Normalbürger stets etwas Beunruhigendes. Nach vierzehn Tagen Koma hätte auch den Polisten alles beunruhigt. Muffen überlegte, ob er dem Kranken die volle Wahrheit zumuten dürfe.

„Nun ja", er räusperte sich laut. „Es ist kein ganz normaler Unfall. Immerhin geht es um Unfallflucht. Und dann…", nach einer halben Minute hatte Muffen sich durchgerungen. „…und dann hat während Ihres Komas jemand versucht, an Ihren Versorgungsschläuchen zu manipulieren. Es gibt jedenfalls gute Gründe für diese Annahme. Was immer dieser Eindringling bezweckt haben mag, wir sind nun vorsichtig geworden. Ich weiß, dass ich Ihnen jetzt viel zumute, aber haben Sie irgendeine Vorstellung, wer das gewesen sein könnte?"

Schwabe war noch bleicher geworden, als er sowieso schon war. Muffen bekam Nervensausen. Wenn der Patient nun einen Zusammenbruch erlitt und irgendwelche irreparablen Schäden davontragen würde… alles seine Schuld! Hätte er nur die Klappe gehalten! Ihm schoss die Frage durch den Kopf, wie viele Jahre er wohl den größten Teil seines Polizistengehaltes als Entschädigungszahlung abtreten müsste. War er eigentlich gegen so etwas versichert? Doch Schwabe fasste sich wieder. Er bat Muffen, ihm alles zu erzählen. Mit äußerster Vorsicht listete Muffen auf, was der Polizei über diesen Besuch bekannt war. Viel war es ja nicht. Als der Polizist seinen Bericht beendet hatte, atmete der Kranke tief durch.

„Meinen Sie, er könnte es noch mal versuchen?“

Muffen zögerte mit der Antwort.

„Ich kann Ihnen das nicht garantieren, aber ich glaube nicht. Ihm muss klar sein, dass sowohl das Krankenhaus als auch die Polizei nun gewarnt sind und die Augen aufhalten. Ernst nehmen werden wir die Angelegenheit trotzdem, und sei es nur zur Vorbeugung.“

Und bevor Schwabe fragen konnte, welche Sicherheitsmaßnahmen denn seitens der Polizei ergriffen würden und Muffen dann ratlos mit den Achseln hätte zucken müssen, stand der Polizist schnell auf und lenkte ab.

„Ich denke, für heute darf ich Ihnen nicht mehr zumuten. Wenn Ihnen irgendwas einfällt, vor allem auch zum Hergang des Unfalls, dann lassen Sie es mich ganz schnell wissen. Ja? Die Stationsleitung kennt meine Telefonnummer.“

Bevor ihn noch eine weitere Frage des Kranken einholen konnte, war Muffen aus dem Krankenzimmer gestürmt.

42

Die Hoffnung, durch die Herkunft der E-Mail an Rodehutskors etwas über dessen Absender zu erfahren, hatte sich als trügerisch erwiesen. Als Ausgangspunkt wurde ein Internet-Café in Horn identifiziert. Der Mann, der bei Rodehutskors angerufen hatte, musste unmittelbar nach dem Telefonat von der Telefonsäule am Rathaus aus in das Internet-Café gegangen sein. Maren Köster befragte den Inhaber des Cafés persönlich. Aber wie zu erwarten stand, konnte sich der Mann nicht mehr erinnern, wer am 3. Juni um ca. 18 Uhr die Mail bei ihm abgeschickt hatte.

„Da kommen und gehen so viele, wissen Sie", rechtfertigte er sein schlechtes Gedächtnis. Maren Köster zweifelte zwar am guten Willen des Mannes, bohrte aber vorerst nicht weiter nach. Dem konnte sie bei Bedarf immer noch Feuer unterm Hintern machen. Mit dem üblichen:

„Wenn Ihnen noch was einfällt, rufen Sie mich an!", verließ sie den Mann.

Zumindest bei der labortechnischen Untersuchung der Briefbombe waren Spuren gefunden worden. Speichelspuren gab es nicht, der Absender hatte einen Umschlag mit einer selbstklebenden Lasche verwendet. Das Labor hatte aber den Hersteller dieser Umschläge ausgemacht und war nun dabei, von dem eine Liste der Läden in Ostwestfalen zu bekommen, die diese Umschläge verkauften. Große Erwartungen hatte man da nicht, aber manchmal sind es ja die Kleinigkeiten, die einen Fall auflösen. Er war schon recht professionell vorgegangen, dieser Briefbombenbauer. Allerdings hatte er offenbar nicht unter Laborbedingungen arbeiten können. Denn die Techniker des LKA fanden etwas. Zwei sehr kurze Haare, der Länge und Struktur nach stammten die von einem etwa eine Woche alten Bart und etliche Hautschuppen. Wahrscheinlich hatte sich der Bombenbauer bei seiner fummeligen Arbeit nervös das Kinn gerieben und dabei sowohl die Barthaare als auch die Hautschuppen in die Bombe fallen lassen. Hier war zumindest etwas Hoffnung berechtigt, einen „genetischen Fingerabdruck“ zu bekommen. Allerdings würde der nur dann etwas nützen, wenn er bereits in einer Datenbank der Polizei hinterlegt war.

Hermann Rodehutskors hatte nicht viel mehr erwartet und war deshalb auch nicht enttäuscht. Er hatte im Augenblick andere Sorgen. Übermorgen war Anreisetag! Seine Fastenkur stand unmittelbar bevor. Um seinem Körper noch einmal was richtig Gutes zu tun, beschloss er, am Abend schick essen zu gehen. Seine Frau war seit zwei Tagen wieder aus Bremen zurück, da hatte er wenigstens einen Fahrer und musste sich nicht mit Alkohol zurückhalten. Und irgendwann würde er auch noch seine Koffer packen müssen, seine ärztlichen Bescheinigungen zusammensuchen und, und, und. Als er in vorauseilender Schwermut bereits finsteren Gedanken nachhing, schrillte das Telefon. Am Apparat war ein aufgeregter Anton Fritzmeier.

43

Der Baggerfahrer blickte müde auf seine Armbanduhr. Fast Feierabend! Noch eine Viertelstunde und er würde seinem brummenden, heulenden und dampfenden Arbeitsplatz einfach den Schlüssel aus dem Zündschloss ziehen, absteigen, eine Zigarette anzünden, seine Tasche packen, sich ins Auto setzen und nach Hause fahren. Auch der Bauherr, Anton Fritzmeier, hatte für heute die Nase voll. Zwei Tage schon dieser Krach. Die wenigen Kühe, die er noch hatte, zeigten erste Anzeichen von Rinderwahn. Schultes Hund hatte sich wimmernd hinter die schützende Scheune verkrochen und wagte sich nicht mehr auf den Hof. Und dann dieses Chaos überall! Der Erdaushub lag auf dem alten, gepflasterten Fußweg, den Fritzmeier jeden Morgen entlang schlurfte, um die

Heimatzeitung aus dem Briefkasten zu holen. Fast bereute er schon wieder seinen Entschluss, auf dem weitläufigen Hofgelände für seine nun zwei Mieter eine Doppelgarage bauen zu lassen. Erst hatte der Bautrupp ein völlig heruntergekommenes Stallgebäude abgerissen, was viel Staub und Lärm bedeutete. Dann der Bagger! Scheußlich! Hoffentlich war dieser Alptraum so schnell wie möglich über die Bühne gebracht. Erst hatte er ja daran gedacht, noch weitere Gebäudeteile abreißen zu lassen. Wenn er schon mal dabei war. Aber jetzt? Nee! Nur fertig werden! Widerwillig betrachtete der alte Mann, der auch nicht viel frischer aussah als seine Stallungen, das lärmende Monstrum. Was war denn da aus der Baggerschaufel gefallen? Fritzmeier verließ seinen Feldherrenhügel und hinkte zu dem aufgeworfenen Berg aus Sand, Muttererde und Steinen. Zwischen all dem fand Fritzmeier etliche rote gebogene Tonstücke. Als er sie näher betrachtete, erkannte er reliefartige Strukturen auf diesen Tonscherben. Was war denn das? Anton Fritzmeier war zu einer Zeit aufgewachsen, als der Troja-Ausgräber Heinrich Schliemann noch als nationaler Held gefeiert wurde. Hatte er nun etwas ähnlich Bedeutendes gefunden? Ihm brach der Schweiß aus. Hektisch bedeutete er dem Baggerführer, seine Arbeit abzubrechen. Mit einer Mischung aus Ärger und Neugier stieg dieser aus und ging steif und breitbeinig zu dem alten Bauern. Fritzmeier stammelte vor Aufregung völlig wirres Zeug und fuchtelte mit beiden Händen in der Luft herum. Der Baggerführer verstand kein Wort, drehte sich um, nahm seine Tasche und stieg in sein Auto. Weg war er! Zurück blieb ein verdatterter und erregter Anton Fritzmeier. Was sollte er nun tun? Wenn Jupp Schulte wenigstens da gewesen wäre! Aber der hatte Dienst. Sein neuer Mieter Kogge machte ja auch einen ganz gebildeten Eindruck. Doch der trieb sich auch sonst wo rum. Da fiel ihm Hermann Rodehutskors ein, der neulich davon erzählt hatte, dass er sich als Rentner um Archäologie kümmern würde. Das war der richtige Mann!

Er brauchte nur die Redaktion der *Heimatzeitung* anzurufen. Gesagt, getan! Eine Stunde später war Rodehutskors an Ort und Stelle und besichtigte den spektakulären Fundort. Lange schaute er auf die vielen Tonscherben. Dann gab er Fritzmeier sichtlich bewegt die Hand und sagte feierlich:

„Das haben Sie gut gemacht! Nicht auszudenken, wenn das alles einfach auf einer Mülldeponie gelandet wäre."

Er schaute sich nachdenklich auf dem Hof um.

„Ja, diese alten Höfe haben alle ihr Geheimnis. Keiner weiß, was die schon alles gesehen haben. Wenn diese alten Mauern erzählen könnten."

Dann drehte er sich wieder zu Fritzmeier um.

„Überlassen Sie das alles mir, ja? Ich regele das schon. Aber auf keinen Fall darf der Bagger hier einfach so weiterbuddeln. Das müssen Sie mir versprechen, Herr Fritzmeier. Ich werde mich schon kümmern. Auf jeden Fall kommen Sie damit erst mal in die Zeitung. Stellen Sie sich doch bitte direkt vor diesen Erdhaufen, ich hole nur eben meine Kamera und dann...".

44

Hermann Rodehutskors kam an diesem Abend nicht mehr zur Ruhe. Kaum hatte er nach seinem Blitzbesuch bei Fritzmeier sein Büro betreten, legte er mit beinah jugendlichem Elan los. Er telefonierte mit Gott und der Welt, bis der Hörer heiß war und er erreicht hatte, was er wollte. Erschöpft atmete er durch. Dann ging er an den Bürokühlschrank und holte sich ein Bier. Er hatte den Bügelverschluss gerade „ploppen" lassen und wollte den ersten Schluck genießen, da schrillte das Telefon. Mit einem herzhaften Fluch nahm er den Hörer auf und hörte die bereits bekannte schnarrende Stimme.

„Morgen wird es in Bielefeld einige Verwirrung geben. Nichts Gefährliches, keine Sorge. Aber eben Verwirrung.

Wir haben ein bisschen gewerkelt. Die Polizei wird natürlich wie immer im Dunkeln tappen. Aber Sie, Herr Rodehutskors, wissen ja dann Bescheid. Um es ganz deutlich zu sagen: Heute erwarten wir von Ihnen einen ersten kleinen Gefallen. Es würde die Wirkung unserer morgigen Aktion ganz erheblich verstärken, wenn die Bielefelder bereits morgens beim Frühstück davon lesen könnten, dass es gegen 16 Uhr einiges an Chaos gibt. Ein so genanntes Bekennerschreiben wird zeitgleich bei Ihnen in der Redaktion eingehen. Das können Sie schon mit ankündigen. Sie werden dafür sorgen, dass morgen früh etwas in der Zeitung steht. Das kriegen Sie schon hin, auch wenn es sich um eine Bielefelder Zeitung handelt. Wir wissen, dass Sie auch dort beste Beziehungen haben. Wie Sie das hinkriegen, ist uns völlig wurscht. Wenn nicht, dann kommt die nächste Bombe zu Ihnen nach Hause. Oder ins Büro. Dass wir nicht bluffen, ist Ihnen ja mittlerweile klar geworden. Also, Herr Rodehutskors. Frisch ans Werk!"

Damit war das Gespräch beendet. Rodehutskors trank nun mit hektischen Schlucken die Bierflasche aus, rülpste und warf mit heißer Wut die Flasche an die Wand. Zu seinem Ärger blieb die Flasche heil. Dann trat er mit voller Wucht vor den überquellenden Papierkorb, der durch das ganze Büro kegelte und seinen Inhalt gleichmäßig auf dem Fußboden verteilte. Er hätte noch weiter gemacht, hätte vermutlich das Büro renovierungsreif geworfen, getreten und geschlagen. Zu seinem Glück kam nun Alex Kogge neugierig und leicht besorgt herein.

„Was ist passiert?", fragte er atemlos. „Ich dachte schon, Sie wären vom Stuhl gefallen."

Rodehutskors schnaubte. „Quatsch! Ich bin nur sauer! Stinksauer! Das kannst du mir glauben!"

Es herrschte völliger Konsens zwischen den beiden, dass der Ältere den Jüngeren duzte, während dieser beim förmlichen Sie blieb. Rodehutskors fand dies angesichts seiner eigenen Lebensleistung durchaus angemessen und Kogge war selbstbewusst genug, um das nicht persönlich zu nehmen.

Der alte Mann berichtete nun kurz vom Telefongespräch.

„Wie stellt der sich das denn vor?", tobte er noch immer. „Mal davon abgesehen, dass ich keine Ahnung habe, wie ich einen der Bielefelder Kollegen dazu überreden kann, so einen Mist in die morgige Ausgabe zu bringen. Selbst wenn mir das gelingen würde, was sollte ich denn schreiben? Ich, der Prophet Hermann Rodehutskors, weissage euch ungläubigen Toren, dass heute Nachmittag großes Unheil über euch kommen wird? Falls dann wirklich was passiert, steht doch sofort der Staatsanwalt mit einer Hundertschaft Polizei vor meinem Schreibtisch und will wissen, was ich mit der Sache zu tun habe. Ich bin doch dann der erste Verdächtige!"

„Rufen Sie einfach jetzt sofort die Polizei an!", warf Kogge dazwischen.

„Blödsinn! Was soll ich denen denn sagen? Dass morgen um 16 Uhr irgendwas in Bielefeld passiert? Sie werden das etwas genauer wissen wollen. Aber mehr habe ich nicht zu bieten. Sollen die sicherheitshalber ganz Bielefeld evakuieren? Außerdem hat der Mann gesagt, es passiere nichts Gefährliches. Die Polizei lacht mich doch aus. Nein! Ich muss das irgendwie ins Blatt kriegen!"

Da Kogge ihm dabei nicht helfen konnte, verschwand er wieder an seinen Arbeitsplatz. Rodehutskors zwang sich zur Ruhe und versuchte nachzudenken. Wen kannte er in der Bielefelder Lokalredaktion? Er stöberte die Telefonliste durch und blieb bei einem Namen hängen. Wenn überhaupt, dann der, dachte er. Dieser Kollege war im gleichen Alter wie er, stand etwa einen Monat vor der Rente und hatte vor nichts und niemandem Respekt. Außerdem war er Rodehutskors noch einen großen Gefallen schuldig. Rodehutskors überlegte eine Weile, tippte dann einige Zeilen in seinen PC und verschickte diese per Mail an den Bielefelder Kollegen. Dann nahm er den Hörer in die Hand und wählte.

45

Anton Fritzmeier alterte innerhalb einer Minute um mehrere Jahre, als ihm die junge Frau den Bescheid des Landesamtes für Denkmalpflege unter die Nase hielt. Eine Notgrabung!!! Was zum Teufel war eine Notgrabung? Was hatte das für Folgen für seine Baumaßnahme? Fritzmeier war platt. Dabei war heute alles wie am Schnürchen gelaufen und ein Ende dieser elenden Baugeschichte war abzusehen gewesen. Und nun das! Das hatte ihm natürlich Hermann Rodehutskors in seinem Übereifer eingebrockt. Hätte er den nur nicht dazugeholt. Warum hatte er nicht einfach diese Tonscherben in einen alten Sack gesteckt und für später aufbewahrt. Nein, er musste sich wichtig machen. Das war jetzt die Quittung.

„Wat wollen Se denn hier finden?", raunzte er die Frau, die sich als Grabungsleiter vorgestellt hatte, an.

Die lächelte sanft. Anscheinend war ihr eine solche Situation nicht neu.

„So genau wissen wir das auch noch nicht! Aber die Tonscherben, die Sie gestern hier gefunden haben, scheinen auf den ersten Blick interessant zu sein. So interessant, dass wir auf keinen Fall riskieren dürfen, dass diese oder weitere Funde hier verloren gehen. Wir müssen sie zwar noch richtig untersuchen, aber... ich habe ein gutes Gefühl!"

Fritzmeier schluckte.

„'n Chefühl ham' Se? Junge Frau, wissen Se eigentlich, was ich für Chefühle hab? Ich hab so'n Gefühl, als sollte ich den Hund loslassen und auf euch hetzen. Oder mein altes Schrot-Chewehr holen. 'n Chefühl hat se, die Dame, unchlaublich!"

Kopfschüttelnd und kampflustig starrte er die fast einen Kopf größere Archäologin an. Die trat einen Schritt zurück, hob beschwichtigend die Hände und sprach betont langsam, als habe sie kein großes Vertrauen in die Aufnahmefähigkeit älterer Landwirte.

„Herr Fritzmeier, ich verstehe Sie ja gut. Wir kennen das auch von anderen Grabungen. Die Leute sind erst mal schockiert, weil Ihre Zeitplanung über den Haufen geworfen wird. Sie sehen dann erst mal nur die Nachteile, wie Kosten, Zeitverlust und so weiter. Ist ja auch so. Wir sind dann die Bösen. Aber jetzt bedenken Sie mal, Herr Fritzmeier. Wenn wir hier auf Ihrem Grund und Boden wirklich etwas historisch Wertvolles finden, dann stehen nicht wir Ausgräber in der Zeitung, sondern Sie. Ihr Hof kommt auf die Landkarte bedeutender Funde. Und stellen Sie sich doch mal Folgendes vor: Wir können vielleicht nachweisen, dass die Römer doch hier durchgezogen sind. Dass vielleicht auch hier eine historische Schlacht stattgefunden hat. Die Geschichtsbücher müssten umgeschrieben werden. Ihr Hof bekäme eine Bedeutung, die andere Höfe nie und nimmer erlangen werden. Wollen Sie das alles verlieren, nur um zwei oder drei Tage beim Bau einer gewöhnlichen Garage zu gewinnen?"

Fritzmeier stand nun vor ihr mit heruntergeklapptem Unterkiefer und staunte. So hatte er das noch nicht gesehen. Er brauchte einige Sekunden, um die Tragweite des eben Gehörten zu erfassen.

„Und Fernsehen? Komme ich auch ins Fernsehen? Wat meinen Se?"

Die Grabungsleiterin lächelte.

„Kann gut sein! Drücken Sie uns die Daumen, dann wird das schon klappen. Wir legen dann jetzt los, wenn es Ihnen recht ist, ja?"

Fritzmeier nickte nur noch aufgeregt. Ins Fernsehen! Fast achtzig Jahre musste er alt werden, um zum ersten Mal ins Fernsehen zu kommen. Was würde Schulten Jupp dazu sagen? Wenn das seine verstorbene Frau noch hätte erleben dürfen.

Als er ins Wohnhaus zurückschlurfte, sah er die Geschichtsbücher direkt vor sich: Die Schlacht am Fritzmeierschen Hof!

46

Der schwarze Leichenwagen Schultes stoppte vor der Fleischerei Grundmann. Heute wollte sich der Kommissar endlich wieder etwas Gutes tun. Ein Mettbrötchen! Seit Krause ihn vor einigen Wochen darauf hingewiesen hatte, dass er, Jupp, total verpeilt sei, hatte der Polizist sich, wie von seinem Kollegen geraten, die entsprechende Internetseite angesehen, hatte sich den Text über das Verpeilt-Sein ausdrucken lassen und durchgelesen. Alles, was er las, erschien ihm plausibel. Also hatte er angefangen nicht nur sein Büro und sein Haus aufzuräumen, sondern er bemühte sich auch darum, seine Essgewohnheiten zu ändern. Denn im Grunde war er mit seinen fünfundneunzig Kilo, die er auf die Waage brachte, doch recht unzufrieden. Eine der ganz wesentlichen Entscheidungen, die er in diesem Zusammenhang getroffen hatte, war die, auf seine morgendlichen zwei Mettbrötchen zu verzichten, die er sich sonst regelmäßig vor Dienstantritt in der Schlachterei Grundmann in Hiddesen kaufte. Heute Morgen setzte sich sein Suchtverhalten durch.

Da erging es Schulte ähnlich wie anderen Menschen, die sich zwangen, drei Monate nicht zu rauchen. Schließlich schlichen sie doch immer wieder um den nächstgelegenen Zigarettenautomaten herum und warfen, nachdem sie sich vergewissert hatten, dass keiner guckt, die entsprechenden Münzen ein. So wie jene sich verhielten, um endlich an die lang ersehnten Glimmstängel zu gelangen, verhielt es sich bei Schulte anscheinend mit dem Konsum der Mettbrötchen.

Seit über zwei Wochen war er standhaft geblieben, hatte sich an Stelle des geliebten Leib- und Magengerichtes zwei Bananen gegönnt. Er stellte sich täglich auf die Waage und war stolz auf jedes abgenommene Gramm. Doch dann war sie wieder da, die Sucht! Sie kündigte sich in einem Traum an, in dem Schulte seine geliebten Brötchen verzehrte.

Schweißgebadet wachte er auf und wusste, heute würde er es nicht schaffen, den Einkauf bei Fleischer Grundmann zu umgehen. Heute brauchte er es, das Brötchen mit Mett und Zwiebeln. Na gut, nicht wie sonst zwei, nur eins. Das musste her und eine Cola.

Danach, so dachte Schulte konnte er sich ja wieder eine Woche an Bananen und Müsli gütlich tun.

Der anschließende Weg von der Fleischerei zur Kreispolizeibehörde verlangte höchste Selbstbeherrschung. Am liebsten hätte Schulte die Tüte, in der sich sein Lieblingsfrühstück befand, schon im Auto aufgerissen und den Inhalt verzehrt. Doch trotz des vermehrten Speichelflusses zwang er sich mit eiserner Disziplin zu warten, bis er seine Mahlzeit komplettiert hatte. Eine kalte Cola aus dem Automaten.

Als auch diese erstanden war, setzte er sich gemütlich an seinen aufgeräumten Schreibtisch, breitete die Verpackung als Serviette vor sich aus, öffnete die Flasche und jetzt endlich war der lang ersehnte Augenblick da. Schulte biss herzhaft in sein Brötchen. Das Leben ist schön, dachte er, als seine Geschmacksnerven den eintretenden Genuss an sein Gehirn meldeten.

Doch die gerade erlebten Gaumenfreuden konnten die Härte des Tages nur vorübergehend verdrängen. Schulte grauste vor dem, was gleich kam. Wieder eine endlos lange Sitzung der Sonderkommission „Schachbrettmord“. Die ermittelnden Polizisten stocherten weiterhin im Nebel. Hinzu kam der hypersensible Erpentrup, der mit Argusaugen darüber wachte, dass die Morde und die Geschehnisse, die damit aufgedeckt wurden, nicht mit dem anstehenden Kommunalwahlkampf verquickt werden konnten. Im zu erwartenden Sommerloch wäre das eine oder andere Gerücht, dass Politiker mit dem Toten Geschäftsbeziehungen hatten, ein gefundenes Fressen.

Der Paderborner Landrat wurde sowieso schon regelmäßig durchs Dorf getrieben. Er war als oberster Chef der Polizei in eine Tempoaffäre verwickelt. Kein Wunder, dass die lippischen Politiker sich diese Erfahrung ersparen wollten.

Schulte war es egal, ob die eine oder andere Person aus Kreishaus und Stadtverwaltung über irgendwelche Geldtransfers, die Leipholt in deren Sinne getätigt hatte, stolpern könnte.

Was ihn viel mehr nervte: Sie hatten eine Menge Indizien gesammelt. Doch die Kommission kam nicht wirklich weiter. Leipholt hatte von allen möglichen Bildungsträgern aus der Republik Gelder gezahlt bekommen. Wie es schien für legale Leistungen. Er hatte ebenso Honorare an verschiedenste Personen, es waren fast hundert, weitergegeben. Die ebenso aus ganz Deutschland kamen und für ihn gearbeitet hatten. Einer von diesen Begünstigten war der Tote Brechmann. Das Ganze war, so schien es, in keiner Weise illegal. Leipholt hatte sogar eine Nebentätigkeitsgenehmigung gehabt. Vom Chef des Landesarbeitsamtes höchstpersönlich unterschrieben. Im nächsten Schritt müssten alle Geldempfänger überprüft werden und die einzelnen Bildungseinrichtungen. Eine Heidenarbeit! An Hilfestellung von der Sonderkommission Wirtschaft, die sich in Bielefeld befand, war nicht zu denken. Die waren hoffnungslos überlastet. Und Kommissar Zufall, auf den man als Polizist immer hoffen musste, hatte sich auch noch nicht eingestellt.

Schulte dachte nach. Er konnte sich nicht dagegen wehren. Seiner Meinung nach lag die Lösung für die Mordfälle in der Zeit um 1990, als Leipholt und Brechmann Aufbauarbeit in den fünf Neuen Ländern leisteten. Doch auch hier fehlte im Moment jedes Packende.

Der Polizist nahm sich vor, seine Überlegungen einmal mit seinem Paderborner Kollegen Potthast zu besprechen, mehr so privat. Vielleicht sollte er sich Dienstag bei ihm zum Fußball einladen. Da stand schließlich das erste Spiel der deutschen Mannschaft an. Gegen Holland! Die Möglichkeit, dass die Niederlande zweistellig gewinnen würden, war nicht unwahrscheinlich. Denn Schulte war der Meinung, die Bundesrepublik hätte eine Gurkentruppe nach Portugal geschickt. Es war ihm klar, dass der Patriot Potthast bei einer Niederlage gegen die Käsköppe unausstehlich sein würde.

Also musste er früh bei seinem Kollegen sein, um den Ermittlungsstand, auf dem sich die Sonderkommission befand, mit Willi Potthast zu besprechen und ihm seine Idee, dass ein entscheidender Schlüssel in den fünf neuen Ländern lag, nahe zu bringen.

Schultes Laune besserte sich. Ein gutes Frühstück und das Bewusstsein vielleicht doch den nächsten Schritt bei der Ermittlung der Morde machen zu können. Die endlose Sitzung würde er auch noch überstehen. Zur Not könnte er ja auch endlich seine Tippscheine zur Europameisterschaft ausfüllen. Er musste sich einen Sitzplatz nur weit genug von Erpentrup entfernt suchen.

47

Nichts war passiert! Das hatte er auch nicht erwartet, als er beim Frühstück die kurze Notiz in der Tageszeitung gelesen hatte.

Jetzt war es 16.05 Uhr und es hatte noch immer keinen lauten Knall in Bielefeld gegeben. Es war kein Feuer ausgebrochen, nirgendwo heulte eine Sirene. Alles war ruhig im „Alten Polizeipräsidium“ am Kesselbrink und drum herum. Wolf Muffen raffte seine Unterlagen zusammen um ins „richtige“ Polizeipräsidium an der Kurt-Schumacher-Straße zurückzufahren. So alt und hinfällig sein BMW auch sein mochte, die Musikanlage hatte Muffen sich was kosten lassen. Überhaupt Musik… Musik machte einen guten Teil seines Lebens aus. So konservativ Wolf Muffen durch seine Vorliebe für Trachtenjanker und Folklorewesten auch äußerlich wirken mochte, seine musikalischen Vorlieben waren nicht in der Volkstümlichen Hitparade zu finden. Seine Musik war laut und heftig. Muffen war bekennender Heavy-Metal- und Gothic-Rock-Fan.

Er legte eine CD der finnischen Band *Nightwish* ein und drehte die Anlage so heftig auf, dass die Passanten erschrocken zur Seite sprangen. Schmunzelnd drehte Muffen die Fensterscheiben hoch und gab Gas.

Als er den BMW von der Sackgasse am Hallenbad nach links auf die August-Bebel-Straße lenken wollte, wunderte er sich, dass seine Ampel einfach nicht Grün wurde. Dabei fuhren die Autos, die von links und rechts der August-Bebel-Straße kamen, auch nicht. Auch sie standen und standen. Seine Ampel blieb rot. Die ersten Hupen waren trotz der lauten Musik zu hören. Anfangs nur einige wenige, dann immer mehr, schließlich schwoll der Lärm unerträglich an. Innerhalb kürzester Zeit hatten sich in beide Richtungen lange Staus gebildet. Muffen staunte. Anscheinend waren alle Ampeln im gesamten Bereich Kesselbrink rot. Es drohte ein gewaltiges Verkehrschaos. Muffen nahm sein Handy und forderte die Kollegen aus dem alten Präsidium auf, den Verkehr manuell durch Polizisten wieder in Schwung zu bringen. Die klärten ihn in höchstem Maße entnervt darüber auf, dass offenbar auch am Jahnplatz, am Herforder Platz und in der ganzen Länge der Detmolder Straße solche Staus entstanden seien. Überall seien ohne Grund die Ampeln auf Rot gesprungen. Muffen stieg aus und ließ sein Auto einfach stehen. So was hatte er noch nie gesehen oder gehört. Nur noch die Fußgänger und Radfahrer bewegten sich. Alles andere stand und hupte. Ein infernalischer Lärm.

„Und das genau zu Beginn des Feierabendverkehrs. So ein blöder Zufall!“, murmelte er vor sich hin. Dann erst machte es in seinem gestressten Polizistenhirn „Klick“ und ihm wurde klar, dass dies kein Zufall war. Es war nichts anderes als die in der Zeitung für diesen Nachmittag angekündigten „Verwirrungen“.

Zur exakt gleichen Zeit meldete der PC der Redaktionssekretärin der *Heimatzeitung* in Detmold den Eingang einer Mail. Die Mail war an Hermann Rodehutskors gerichtet und meldete im Anhang kurz und knapp:

Heute, am Mittwoch, dem 11. Juni, stehen in Bielefeld alle Ampeln der Kernstadt für zehn Minuten auf Rot. Nach dem Motto: ‚Alle Autos stehen still, wenn ein kluger Kopf es will', wollen wir damit unter Beweis stellen, wie anfällig ein komplexes System ist, wenn es ausschließlich zentral gesteuert wird. Wenn es uns als Außenseiter gelungen ist, dieses System unter unsere Kontrolle zu bringen, dann wird deutlich, wie groß die Macht derer ist, denen riesige Datenmengen zur Verfügung stehen. Wir kämpfen gegen die totale Überwachung des Einzelnen! Kein Big Brother in Bielefeld!

Rodehutskors staunte.

„Mein Gott! Was sind das nur für Spinner!"

48

Anton Fritzmeier hatte ein waches Auge auf die Ausgrabungsarbeiten. Keinen Schritt konnten die vier jungen Männer und die Grabungsleiterin ungesehen machen, keine Handbewegung blieb dem rüstigen Greis verborgen. Wenn hier eine Sensation gefunden werden sollte, dann wollte er dabei sein. Es mit eigenen Augen sehen. Auch wenn diese Augen nicht mehr die besten waren und nur mit Hilfe eines meterdicken Brillenglases so einigermaßen funktionierten.

Die jungen Männer, aber auch die Leiterin der Ausgrabungen, schwitzten in der Mittagshitze. Während Fritzmeier gemütlich im Schatten saß, standen die Ausgräber in der prallen Sonne. Ein bisschen enttäuscht war der alte Bauer schon, als nach drei Stunden noch immer nichts von Bedeutung gefunden worden war. Aber andererseits konnte er sehen, wie zügig diese Profis zu Werke gingen. Die ganze Aktion würde wohl nicht lange dauern, dann könnte er an seiner Garage weiterbauen. Und es wäre endlich wieder Ruhe auf dem Hof! Denn nichts hasste Fritzmeier mehr als fremdes Volk auf seinem Grund und Boden. Dann, um kurz vor ein Uhr, quietschten plötzlich Bremsen und, eine riesige Staubwolke hinter sich her ziehend, fuhr ein Bus auf den Hof. Noch bevor sich Anton Fritzmeier von seiner Überraschung erholt hatte, entstiegen dem Kleinbus acht Frauen und zwei Männer, alle nicht mehr die Jüngsten. Sie gingen sofort zielstrebig auf die Ausgrabungsstätte zu und stellten sich dort in einem Halbkreis rund um die noch nicht sehr große Grabungsfläche auf. Die jungen Archäologen, drei Studenten der Universität Münster und die Grabungsleiterin, ließen ihre Werkzeuge fallen und starrten irritiert auf die Ankömmlinge. Auch Fritzmeier brauchte ein wenig Zeit, um sich zu fassen. Noch ehe er geeignete Maßnahmen ergreifen konnte, Haus und Hof zu verteidigen, kam einer der männlichen Besucher auf ihn zu und streckte ihm die Hand entgegen.

„Sie sind bestimmt Doktor Welke, der Ausgrabungsleiter. Freut mich, Sie kennen zu lernen. Mein Name ist Antonius Düsenberg, ich bin erster Vorsitzender des Germanisch-Römischen-Vereins Lippe und das sind meine Vereinskollegen!" Er zeigte stolz auf die anderen Teilnehmer dieser merkwürdigen Exkursion.

„Wir sind hier, um die Ausgrabungen zu beobachten. Wäre ja großartig, wenn wir hier was finden würden! Übrigens", er maß Fritzmeier von oben bis unten, „eigentlich habe ich Sie mir ganz anders vorgestellt. Jünger jedenfalls...".

Fritzmeier stand mit offenem Mund vor ihm. Das ging ihm alles viel zu schnell. Aus der Grube kam ihm die Grabungsleiterin zur Hilfe.

„Ich bin dieser Doktor Welke, den Sie suchen. Was kann ich für Sie tun?"

Überrascht wandte sich Düsenberg nun an die, im Verhältnis zu Fritzmeier ausgesprochen junge Frau.

„Sie sind das? So jung habe ich mir den Leiter, verzeihen Sie, die Leiterin einer Ausgrabung auch nicht vorgestellt. Überhaupt...", diese Frau passte genauso wenig zu Düsenbergs Bild von einem Archäologen wie Fritzmeier. War das denn alles so richtig? Düsenberg räusperte sich.

„Also, unsere Vereinigung hat natürlich eine Menge Erfahrung mit historischen Schätzen. Wir würden Sie gern bei Ihrer Arbeit unterstützen. Wenn Sie also unseren Rat benötigen...".

In weihevollen Worten machte er klar, dass seine morbide Truppe zwar nicht ernsthaft mit den Knien im Staub den harten Boden aufbrechen wollte, sondern sich eher berufen fühlte, die Leitung des Unternehmens zu übernehmen. Frau Welke ballte die Faust in der Tasche, riss sich aber zusammen. Dann aber wandte sich Düsenberg an Fritzmeier.

„Vielleicht könnte der Herr des Hauses uns zwischendurch ab und zu eine kleine Erfrischung bereitstellen. Es ist doch sehr heiß heute."

Fritzmeier starrte ihn an, drehte sich dann abrupt um und ging wortlos um die Hausecke. Eine halbe Minute später knatterte und rumpelte er mit seinem alten Trecker an, hinter dem Traktor hing der Güllewagen. Er hielt an und rief vom Trecker herunter:

„Sie wollten doch 'ne Erfrischung, oder? Wenn Se nich sofort hier verschwinden, mach ich dat Spritzventil auf und dreh 'ne Runde um Ihren Bus. Und wenn einer von Ihnen wiederkommt, dann lass ich den Hund los. Könnse sich drauf verlassen!"

Erstaunlich schnell war der ganze Spuk verschwunden. Zurück blieben laut lachende Ausgräber und ein noch immer vor Wut bebender, aber mit sich zufriedener Anton Fritzmeier.

49

Am Abend hörte sich Jupp Schulte Fritzmeiers Erlebnisse an. Er lachte herzlich über den Einsatz des Güllewagens, hatte aber auch einen Vorschlag.

„Aber Anton, warum hast du denn die Leute verjagt? Die könnten dir doch nützlich sein."

„Nützlich? Disse Schlaumeier? Wat solln die mich nützen? Die trampeln mich doch alles kaputt!"

„Na ja", Schulte blickte sich zweifelnd um. „Viel kaputtmachen können sie hier nicht mehr. Aber Geld bringen können sie dir. Wäre das nichts?"

„Cheld? Wie denn das?" Bei allem Starrsinn besaß Anton Fritzmeier doch die Fähigkeit aller Bauern, beim Thema Geld äußerst hellhörig zu werden.

„Ganz einfach! Dein Hof ist doch jetzt eine Attraktion. Die Leute wollen die Ausgrabungen sehen. Außerdem habe ich schon seit langem drüber nachgedacht, ob man aus diesem Hof nicht ein Ausflugsziel machen könnte. Überleg mal. Wir liegen in einer wunderschönen Landschaft, viele Leute gehen hier sonntags spazieren. Die alte Obstwiese hinter dem Hof ist wie geschaffen für einen Biergarten. Du stellst ein paar Biertischgarnituren hin, verkaufst Kaffee und frischen Kuchen und bietest Bier vom Fass an. Ich sage dir, das läuft wie geschmiert! Das kannst du locker bis Mitte Oktober machen. Dann hast du wieder Ruhe und ein dickes Sparkonto. Hört sich das gut an?"

Den großen Augen Fritzmeiers nach zu urteilen, hörte sich das vor allem erst mal sehr überraschend an. Aber erstaunlich schnell hatte sich der alte Bauer gefasst.

„Mensch, Jupp! Dat iss 'ne Idee. Kuchen kann ich von Greitemeiers Elfriede kriegen. Die backt doch so cherne und hat keinen, der ihren Kuchen isst, weil sie chanz alleine wohnt. Kaffee kochen kann die auch. Und servieren? Ach, dafür finde ich auch noch 'ne Frau aussen Dorfe."

„Wie? Willst du selber denn gar nichts machen?"

„Ich? Natürlich! Ich bin doch dann der Chef vons Chanze. Ich setze mich zu die Leute und mache 'n bisschen Schmalltalk, oder wie das heute heißt!"

„Was machst du?"

Fritzmeier wurde ungeduldig.

„Reden! Unterhalten! Einer muss doch 'n bisschen Spass machen!"

„Und das willst ausgerechnet du machen?", Schulte war skeptisch.

„Warum denn nich? Chlaubse ich kann dat nich? Ich habe früher auffen Schützenfeste chanze Bierzelte in Stimmung chebracht. Vor allem die Frauen waren immer hin und wech bei mein Scharm."

„War das vor oder nach dem ersten Weltkrieg?"

„Häh? Wie meinsse dat denn?"

Schulte winkte schmunzelnd ab.

„Schon gut! Ich bin sicher, das wird eine ganz dolle Sache! Übrigens: Der junge Herr Kogge kann dir doch auch mithelfen. Der ist doch im Prinzip arbeitslos, wenn ich das richtig verstanden habe. Und ein bisschen Arbeit an der frischen Luft kann so einem jungen Menschen doch nur gut tun. Außerdem brauchst du dir dann um die Unterhaltung der jüngeren Frauen keine Sorgen mehr zu machen. Sprich doch mal mit ihm!"

Mit einem schadenfrohen Lächeln verließ Schulte den Landwirt. Für ihn war das nur ein Jux und er war sicher, dass Fritzmeier den völlig unsinnigen Vorschlag bereits am nächsten Morgen vergessen haben würde. Allerdings hätte er gerne gesehen, wie der feine Pinkel Kogge auf die Anfrage Fritzmeiers reagieren würde.

Die Schadenfreude stand Schulte ins Gesicht geschrieben, als er aus der dämmerigen Deele ins Freie trat.

In dem Moment kam er auf die Idee, endlich auch einmal einen Blick auf die Ausgrabungsstätte zu werfen. Wahrscheinlich wohnte er an einer der geschichtsträchtigsten Stätten Deutschlands und hatte noch nicht einmal einen Blick auf die Ursache des künftigen Ruhmes geworfen. Also pfiff er nach seinem Hund Monster, der schon zielstrebig den Weg zu der Leibzucht eingeschlagen hatte. Der Hund änderte sofort die Richtung. Schulte ging um das alte Fachwerkgebäude, einen Vierständerbau, herum. Hinter einem später angebauten Schweinestall, den Fritzmeier demnächst zu Wohnungen umbauen wollte, hatte der Bauer mit dem Ausschachten für einige Garagen begonnen.

Diese Baustelle war jetzt Schultes Ziel. Der Polizist hatte noch keinen Einblick in die ausgehobene Grube, da schoss sein Hund mit einer Bürste los und sprang in das ausgegrabene Loch. Er knurrte fürchterlich. Das Verhalten des Hundes ließ auch Schulte schnell werden. Als er an der Baustelle angekommen war, sah er seinen wütenden Hund vor einer völlig eingeschüchterten Frau stehen, die sich erschrocken an die Erdwandung drückte. Sie versuchte mit leisen Worten den Hund zu beruhigen.

„Monster, aus, ablegen!", brüllte Schulte. Der Hund kauerte sich hin, knurrte aber leise weiter.

„Hierher!"

Der Schwarze machte widerwillig kehrt und trollte sich zu seinem Herrn.

Nachdem die Situation entschärft war, wurde die eben von dem Hund gestellte Frau kreidebleich. Ihre Hände fingen an zu zittern. Sie setzte sich auf einen Erdhügel. Aufgeregt zog sie eine zerknitterte Zigarettenschachtel und ein Feuerzeug aus der Tasche ihres Hemdes. Sie fingerte einen der Glimmstängel heraus und zündete ihn an. Schulte nahm seinen Hund am Halsband und ging zu der Frau hin.

„Entschuldigen Sie bitte. Hätte ich gewusst, dass noch jemand hier ist, hätte ich den Hund nicht so frei laufen gelassen."

Die Frau winkte ab.

„Schon in Ordnung. Ich konnte heute einfach kein Ende finden und wollte noch ein paar Stellen festlegen, an denen wir morgen mit den Grabungen beginnen. Ich heiße Anna Welke und bin die Grabungsleiterin."

Schulte gab ihr die Hand und setzte sich zu ihr auf den Erdhügel.

„Josef Schulte, aber alle nennen mich Jupp. Ich wohne hier auf dem Hof dort drüben in der Leibzucht. Das ist mein Hund Monster. Meist läuft er ja mit Fritzmeier rum. Doch der scheint ihn bei dem Trubel in den letzten Tagen nicht auf dem Hof gehabt zu haben. Sie können das Tier jetzt ruhig anfassen. Er wird ihnen nichts mehr tun."

Die Frau mit den dunklen, langen Haaren zog an ihrer Zigarette. Sie sagte: „Lieber nicht".

„Darf ich Sie nach dem Schreck, sozusagen als Entschuldigung, zu einem Bier einladen?"

Schulte deutete in Richtung seiner Behausung.

„Vielleicht ein anderes Mal. Ich bin spät dran. Außerdem steckt mir der Schreck noch in den Gliedern. Das war, glaube ich, der nötige Hinweis endlich Feierabend zu machen."

Die Frau stand auf. Schulte ebenfalls. Gemeinsam gingen sie Richtung Hof. Schulte musterte sie aus den Augenwinkeln. Sie war ca. einen Meter fünfundsiebzig groß, hatte lange, dunkle, glatte Haare, die sie mit einem Tuch aus dem Gesicht gebunden hatte. Sie war schlank, trug eine Jeans, ein sienafarbenes Trägershirt und darüber ein blauweiß kariertes Herrenhemd, dessen Knöpfe nicht geschlossen waren. An den Füßen hatte sie derbe Wanderschuhe.

Schöne Frau, dachte Schulte, als sie in ihren zum Wohnmobil umgebauten Bulli stieg.

50

Viele Lipper betrachten die Gauseköte als Kulturgrenze zwischen Paderborn und dem ehemaligen Freistaat. Zwar liegt die Gemeinde Schlangen noch auf lippischem Gebiet, aber aus Detmolder Sicht doch schon näher an Paderborn, als es gut sein kann. Die aus Bad Lippspringe zugezogenen Neubürger Lippes hingegen unternehmen oftmals große Anstrengungen in Kauf um ihren Wohnaufenthalt in Schlangen so kurz wie möglich zu gestalten.

In gewisser Weise ist Schlangen also Niemandsland. So richtig gehört es weder zu Lippe noch zu Paderborn, dachte Schulte, als er die reizvolle Fürstenallee dahin fuhr und sich auf den Fußballabend mit Potthast freute.

Als der Detmolder Polizist in Wewer ankam, winkte Potthast mit der Würstchenzange. Er hatte eine Schürze umgebunden, auf der eine überdimensionale Flasche Bier zu sehen war. Heute war das Wetter einmal nicht schlecht. Dann traten auch noch die deutschen Fußballer gegen Holland an. Über den Vorort von Paderborn hatte sich eine Dunstglocke gelegt, die von den grillenden Familien des Ortes erzeugt wurde. Schulte sollte es recht sein.

Potthasts Frau Mechthild öffnete ihm das Gartentor und umarmte den Detmolder Polizisten. Sie mochte den Freund ihres Mannes. Die Besuche Schultes waren meist ein Garant dafür, dass es ein amüsanter Abend wurde.

Das Begrüßungsritual war kaum abgeschlossen, da lag auch schon das erste Würstchen auf dem Teller und Schulte bekam eine Flasche Bier in die Hand gedrückt. „Kannst ruhig was trinken, Jupp. Ich habe dir schon ein Bett gemacht. Schlaf einfach hier und fahr morgen in aller Ruhe nach Hause“, ermunterte ihn Mechthild und prostete ihm zu.

Insgeheim hatte Schulte diese Einladung schon eingeplant und sagte daher ohne das obligatorische Anstandszaudern zu.

„Gerne, Mechthild, doch bevor wir uns den Freuden des Lebens hingeben, muss ich mit Willi noch kurz über unseren Fall sprechen. Ich hoffe, du kannst das verstehen."

Mechthild Potthast hatte nichts dagegen und so schilderte Schulte dem Freund seine Ahnung. Aus der Sicht Schultes war die Ursache für den Mord schon vor mehr als zehn Jahren zu suchen. Immer wenn das Ermittlungsteam einen Strang aufnahm und ihn aufrollte, stießen die Ermittler auf gemeinsame Zusammenhänge, die in die fünf neuen Länder führten. Jedes Mal verlor sich aus Schultes Sicht hier die Spur. Ab einem bestimmten Zeitpunkt hatten alle Beteiligten sorgfältig gearbeitet und jede Spur verwischt. Nämlich ab da, wo die handelnden Personen mit der Aufbauarbeit in der ehemaligen DDR begonnen hatten. Schulte hatte gestern seinen Chef noch einmal auf eine Dienstreise nach Zeitz angesprochen. Da hatte Erpentrup sofort wieder gnadenlos gemauert. Er war augenblicklich unwirsch geworden, als Schulte versuchte nachzufassen, um sich doch noch durchzusetzen.

Ihm war klar, dass sein Chef ihm sofort in die Parade fahren würde, wenn er noch einmal auch nur die geringsten Anstalten unternahm, Ermittlungen in Zeitz aufzunehmen. Mit Erpentrups Segen war da nicht zu rechnen, jedenfalls nicht, wenn der Vorschlag von Schulte kam. Also machte der Polizist seinem Freund Potthast folgenden Vorschlag. Er solle, aus Paderborner Sicht, einen Vorstoß unternehmen, um in diese Richtung zu ermitteln. Potthast schienen die Argumente von Schulte durchaus richtig. Schließlich hatte auch er schon Ähnliches gedacht und mit seiner Kollegin Bülow besprochen.

Potthast versprach, mit seinem Vorgesetzten darüber zu reden. Er plante, sich mit Zeitz in Verbindung zu setzen, den Kollegen dort einen Besuch abzustatten und sie um Amtshilfe zu bitten.

Die beiden Polizisten redeten noch eine Weile über das weitere Vorgehen. Mechthild kam mit frischem Bier und einer riesigen Schüssel Salat. Die Mengen, die aufgefahren wurden, deuteten darauf hin, dass auch die Sprösslinge der Familie mitessen würden.

So war es denn auch. Zwei junge Männer tauchten im Garten auf. Der eine hatte seinen Arm um die Hüfte einer Frau gelegt, bei deren Anblick es Schulte den Atem verschlug.

„Hallo Jupp!", wurde er von den Potthast-Jungen begrüßt.

„Tobias, Fabian, wie geht's? Wollt ihr nicht endlich mal aufhören zu wachsen? Ihr seid ja schon beide einen Kopf größer als euer Vater."

Schulte sah zu der jungen Frau und begrüßte auch sie.

„Maggi", stellte Tobias sie stolz vor.

In solchen Momenten merkte Schulte, dass er alt geworden war. Wenn er an die Kinder seines Freundes dachte, hatte er ein bestimmtes Bild im Kopf. Es zeigte Potthast, wie er die zehn und zwölf Jahre alten Jungen zu einem C-Jugend Fußballspiel fuhr.

Langsam macht sich das Fußballfieber breit. Potthast sah ständig auf die Uhr. Endlich war es so weit. Er stellte den Fernseher an, den er auf der Terrasse aufgebaut hatte. Alle sahen gebannt auf den Bildschirm. Die deutsche Mannschaft spielte gar nicht so schlecht. Plötzlich bekam Ballack den Ball. Er zog ab. Eins zu Null für Deutschland. Alle rissen die Arme in die Höhe. Nur Schulte drückte ein „Scheiße" durch die zusammengebissenen Zähne. Alle starrten ihn an. Potthast hatte einen aggressiven Unterton in seiner Stimme, als er fragte: „Was ist denn mit dir los?"

„Ich habe Zwei Null für Holland getippt. Das Geld ist futsch", antwortete Schulte kleinlaut.

„Geschieht dir recht, du Vaterlandsverräter."

Die Stimmung wurde aufgeheizter.

In der zweiten Halbzeit kamen die Holländer immer besser ins Spiel. Potthast fing an zu meckern: „Das ist doch wirklich eine Gurkentruppe, wenn die so weiter spielen, kriegen die noch einen rein. Wenn ich diesen Hamann schon sehe – wieso der Völler den noch mal von der Insel geholt hat, das will mir nicht in den Kopf."

„Ach, halt doch endlich die Klappe, Vatter. Du hast schon zehn Jahre hinter keinen Ball getreten, aber ständig große Fresse", kam es von Tobias.

Potthast sah seinen Sohn perplex an. „Jetzt hast du den Bogen überspannt, Kleiner. Du gehst sofort ins Bett!"

Tobias zeigte seinem Vater einen Vogel. Potthast sprang auf. Da meldete der Reporter: „Tor, Tor für Holland. Und was für eins! Dieser Ruud van Nistelrooy, was für ein Stürmer!"

„Mist!", ärgerte sich Potthast, „jetzt habe ich das Tor nicht gesehen." Wieder wollte er mit seinem Sohn zu streiten anfangen, da mischte sich seine Frau Mechthild ein, die dieses Ritual schon aus vielen gemeinsamen Fußballabenden kannte.

„Setzt euch hin und trinkt euer Bier!"

51

Auf was hatte er sich da eingelassen? Hermann Rodehutskors fühlte sich ganz elend, als er in Unterwäsche auf die Waage steigen musste. Das war doch demütigend!

Am frühen Nachmittag hatte seine Frau ihn nach Bad Salzuflen gefahren. Zusammen hatten sie die schmucke Fassade der teuren Privatklinik bewundert, hatten im Kurcafé noch einen Kaffee getrunken. Natürlich, damit sich die Fastenkur auch wirklich lohnt, mit einem mächtigen Stück Marzipantorte. Sie hatten sein Gepäck an der Rezeption der Klinik abgegeben, den Zimmerschlüssel bekommen und zusammen den Raum besichtigt, der für die nächsten drei Wochen sein Zuhause werden sollte. Alles war zu seiner vollsten Zufriedenheit. Er würde sich prächtig erholen, meinte auch seine

Frau. Sie küsste ihn flüchtig, verließ munter ihren Mann und kurz darauf auch Bad Salzuflen. Zurück blieb ein Mann, dessen Zuversicht von Minute zu Minute schmolz wie Schnee in der Sonne. Um 16 Uhr waren die ersten Untersuchungen angesetzt, er musste sich beeilen. Der Arzt war ein Mann von einer unerträglichen Fröhlichkeit. Es schien ihm Spaß zu machen, einen gestandenen älteren Herrn wie einen Schuljungen auszufragen und ihm das Gefühl zu geben, dass dies seine ultimativ letzte Chance sei, sein verfettetes Ich in das nächste Lebensjahr zu retten.

Dann dieser entwürdigende Gang auf die Personenwaage. In Unterhose stieg er auf genau das Gerät, welches er seit Jahren tunlichst gemieden hatte. Er kam sich vor, als habe er ein Schafott zu besteigen. Und prompt kam, wie das Beil des Henkers, die Diagnose des Arztes, der ihm freudestrahlend verkündete, dass Rodehutskors bei einer Körpergröße von 1,74 m nie und nimmer 109 kg wiegen dürfe. Rodehutskors unterdrückte die Antwort, dass nur er selbst entscheide, was er dürfe und was nicht. Stattdessen kam er sich weiterhin völlig blöde vor, als der Herrgott in Weiß nun Hand an ihn legte, um ihn abzutasten. Körperliche Berührungen durch Männer hatten noch nie zu seinen Vorlieben gehört. Und dadurch, dass er sich in seiner weißen Feinrippunterhose ziemlich schutzlos vorkam, wurde er auch nicht lockerer. Der Arzt jedenfalls schien im höchsten Maße zufrieden zu sein und notierte leise murmelnd seine Erkenntnisse in Rodehutskors Patientenkarte. Er stellte, als habe er schon Jahre darauf gewartet, höchst persönliche Fragen an den alten Journalisten. Fragen nach seinem Arbeitsalltag, seinen Lebensverhältnissen, seinen Ess- und Trinkgewohnheiten. Rodehutskors beantwortete alles leicht murrend, aber korrekt. Endlich verließ ihn der Arzt, nachdem er in wärmsten Tönen von den Freuden des Fastens geschwärmt hatte. Nun übernahm eine ebenso freundliche wie dramatisch dreinschauende Krankenschwester das Regiment. Nachdem sie ihm unter häufigen Anteilsbekundungen eine Unmenge Blut abgenommen hatte, überprüfte sie seinen Blutdruck. Das Ergebnis nahm sie sichtbar kopfschüttelnd und etwas verzweifelt zur Kenntnis, so dass Rodehutskors vorsichtig fragte:

„Schlimm?“

Die Krankenschwester sagte kein Wort, sondern nickte nur traurig, was ihn auch nicht glücklicher machte. Sie drückte ihm ein Plastikgefäß in die Hand. Als er sie fragend anblickte, erklärte sie ihm, dass er morgen früh direkt nach dem Wachwerden, eine Urinprobe abgeben solle. Rodehutskors lernte, was ein Morgenmittelstrahl ist.

Die Krankenschwester holte tief Luft und erklärte ihm den weiteren Ablauf der Fastenkur. Heute Abend würde er eine leichte Kost bekommen. Ein Gemüsesüppchen. Ab morgen früh nur noch Obst, Wasser und Tee. Das nannte sie den so genannten Entlastungstag. Was dann kam, ließ Rodehutskors erzittern.

„Und Montag machen wir bei Ihnen einen Einlauf! Keine Angst, das tut nicht weh. Wir haben Patienten, für die ist ein Einlauf das Allergrößte. Bleiben Sie locker!“

Ihm blieb nichts anderes übrig, als weiter zu lauschen. Danach würde dann richtig gefastet. Keinerlei feste Nahrung mehr, nur noch Wasser und Tee. Und zwischendurch einmal pro Tag ein Gemüsesüppchen, aber ohne Einlage.

Als Rodehutskors, mittlerweile wieder korrekt angezogen, im prächtigen Foyer der Klinik saß, war er restlos niedergeschlagen. Auf was hatte er sich da eingelassen?

52

Endlich hatte Schulte seine Akten auf den nötigen Stand gebracht und noch einen Bericht für Erpentrup angefertigt. Jetzt klappte er erleichtert seinen Aktendeckel zu, zog seine Jeansjacke vom Stuhl und ging zum Parkplatz. Endlich Feierabend, dachte er beim Aufschließen seines Volvos. Er stieg ein und machte sich auf den Heimweg. Er fuhr gleich zu Fritzmeier auf den Hof, denn der alte Bauer hatte für ihn eingekauft. Als der Polizist sein Auto vor dem Deelentor stoppte, bog die nette Ausgrabungsleiterin, wie Schulte sie für sich eingeordnet hatte, um die Hausecke. Im Schlepptau den von Schulte nicht sehr geschätzten, aber ebenfalls auf dem Hof wohnenden Alexander Kogge. Dieser war wohl dabei, ihr etwas zu berichten. Der Polizist konnte eben noch einige Wortfetzen von dem auffangen, was Kogge erzählte: „Sie können mir glauben Frau Dr. Welke, wenn ich einen Zeitungsartikel über ihre Arbeit im Feuilleton der Süddeutschen unterbringe, dann stehen Ihnen an allen Instituten für Vor- und Frühgeschichte die Türen offen."

Schulte stieg aus dem Auto und winkte ihr zu. Die Frau erwiderte den Gruß. Kogge jedoch erweckte den Eindruck, dass er gar nicht erfreut war Schulte zu sehen.

Der Polizist ging in die Deele und kam eine Minute später wieder mit einer Einkaufskiste heraus. Mittlerweile waren die Archäologin und Kogge zu Schultes Auto gegangen.

„Einen extravaganten Schlitten haben Sie da", begann Anna Welke das Gespräch. Sie schien sichtlich angenervt von Kogge und wollte wohl auch gerne das Thema wechseln.

„Es gab damals nichts anderes", entgegnete Schulte lakonisch. „Wie wäre es mit einer kleinen Probefahrt?"

„Gerne!"

Schulte hielt der Frau die Beifahrertür auf und stellte die Kiste mit den Einkäufen auf den Rücksitz. Er lenkte den

Leichenwagen Richtung Mosebeck, dann nach Dalborn und Donop und machte einen Schlenker Richtung Altendonop. Anschließend fuhr er wieder zurück nach Heidental. Die Archäologin sah sich die kleinen Dörfer und die Landschaft an. Es schien ihr zu gefallen. Schulte sagte nichts. Er fuhr Auto. Als sie fast wieder am Fritzmeierschen Hof angekommen waren, fragte er sie: „Wie wäre es jetzt mit einem Bier? Ein Butterbrot ist auch noch drin."

„Warum nicht", kam es vom Beifahrersitz. „Ich kann auch gar nicht anders. Sie fahren ein frisches Brot in Ihrem Auto umher. Da läuft einem ja allein vom Duft das Wasser im Munde zusammen. Wenn Sie mir jetzt nichts zu essen angeboten hätten, würde ich kein Wort mehr mit Ihnen wechseln oder Ihnen Ihre Einkaufskiste klauen.

Wenig später saßen die beiden in Schultes Garten. Auf dem Tisch standen das frische Brot, gekochtes Mett, Leberwurst, Schinken und Salami, ein Glas Senf und Butter.

Schulte ging noch einmal ins Haus, holte Gläser und zwei Flaschen. Das erste Detmolder Hefeweizen wurde eingeschenkt. Nach dem Essen saßen sie unter dem alten Pflaumenbaum und sahen sich schweigend den Sonnenuntergang an.

53

Drei Tage hatte Hermann Rodehutskors bereits überstanden. Er hatte es am Samstag trotz beginnendem Prostataproblem geschafft, den Morgenmittelstrahl unter Kontrolle zu bekommen und dahin zu bringen, wo er hin sollte. Nicht in die Schüssel und nicht daneben, sondern schön sauber ins Gläschen. Danach bekam er einen großen Becher mit Glaubersalz zu trinken. Das Zeug schmeckte ganz widerwärtig, hatte aber durchschlagenden Erfolg. Bereits zwanzig Minuten später hatte er das Gefühl, in den Wehen zu liegen. Er eilte das erste Mal an diesem Tag zur Toilette. Es folgten viele weitere Sitzungen. Nach drei Stunden fühlte er sich restlos leer. Körperlich und mental. Nach diesen aufregenden Erfahrungen gab es für ihn nur noch ein Gemüsesüppchen, viel Kräutertee und noch mehr Wasser. Keinerlei feste Nahrung! Niemand war erstaunter als Hermann Rodehutskors selbst, dass er diesen Tag wirklich überlebte.

Zu einigen anderen „Gästen“, wie die Klinikleitung die Fastenden nannte, hatte er bereits Kontakt aufgenommen. Rodehutskors nannte sie seine Mitgefangenen. Zu seinem großen Erstaunen fand er darunter Leute, die so etwas regelmäßig machten, manche mindestens einmal pro Jahr. Freiwillig! Fast alle sprachen von den Wonnen des Entsagens, schwärmten von Glücksgefühlen, von neu gewonnener Beweglichkeit, von der Leichtigkeit des Körpers und des Geistes. Hermann Rodehutskors begann sich zu fragen, ob diese Leute vielleicht mit Drogen ruhig gestellt worden waren. Denn er empfand alles anders. Den ganzen Sonntag über hatte er Hunger. Und daraus machte er auch kein Geheimnis. Er nörgelte, er war gereizt und drauf und dran, alle ärztlichen Ratschläge über Bord zu werfen und den Koffer zu packen. Sonntagabend war es besonders schlimm. Nachdem es die Gemüsesuppe bereits am Mittag gegeben hatte, setzte man ihm zum Abendessen nur Säfte vor. Jetzt, am Montagvormittag, stand ihm ein weiterer Höhepunkt bevor. Sein erster Einlauf!

Für elf Uhr hatte sich die Krankenschwester angekündigt. Rodehutskors lief nervös in seinem Zimmer auf und ab. Dann klopfte es und herein kam eine freudestrahlende ältere Dame in weißer Schwesterntracht. Ihr glückliches Lachen signalisierte, dass sie im Begriff sei, ihm eine große Freude zu machen. Rodehutskors sah aber nur mit Schaudern das merkwürdige Gerät in ihren Händen.

„Keine Sorge!“, flötete die Frau. „Das ist nichts Gefährliches. Tut auch nicht weh. Das ist nur der Irrigator.“

Ohne durch diese Erklärung nennenswert beruhigt zu sein, wurde Rodehutskors nun aufgefordert, sich in einer bequemen Seitenlage auf sein Bett zu legen, sich zu entspannen und einfach abzuwarten.

Es tat nicht weh und es war auch nicht wirklich unangenehm.

Aber er fühlte sich anschließend nicht wohl. Körperlich schon, aber seelisch irgendwie besudelt.

„Und heute Nachmittag machen wir bei Ihnen einen schönen Leberwickel! Sie werden sehen, danach fühlen Sie sich pudelwohl. Außerdem ist heute Sommeranfang, auch wenn man nichts davon merkt."

Völlig erschöpft fiel er in einen tiefen Mittagsschlaf, aus dem ihn nach einer halben Stunde das Zimmertelefon riss.

Wieder diese unangenehme, zu hohe und etwas heisere Männerstimme, die an diesem Tag besonders aggressiv klang.

„So haben wir nicht gewettet, Herr Rodehutskors! Vergessen Sie nicht, dass wir eine Vereinbarung getroffen haben. Glauben Sie etwa, Sie könnten sich Ihrer Verpflichtung entziehen, in dem Sie sich in einer Kurklinik verstecken? Wir erwarten, dass Sie sich zur Verfügung halten, falls wir Sie brauchen. Ob Kur oder nicht Kur. Wie Sie das machen, ist uns völlig egal. Wir wissen, wo Sie sind und wir werden Sie zur Rechenschaft ziehen, wenn Sie irgendwelche Tricks versuchen."

Und bevor Rodehutskors richtig aufgewacht war, ging es weiter.

„An der Rezeption Ihrer Klinik ist ein Brief für Sie hinterlegt worden. Keine Sorge, diesmal ist es keine Bombe. Mit Betonung auf diesmal. Wir erwarten, dass dieser Text in den beiden nächsten Tagen wörtlich in der Gesamtausgabe der *Heimatzeitung* abgedruckt wird. Wörtlich, klar? Falls Sie das nicht hinbekommen sollten, dann wird Ihnen die beste Kur nicht mehr viel nützen. Haben wir uns verstanden?"

Rodehutskors setzte sich benommen auf die Bettkante. Er war noch gar nicht richtig wach. Während das Hirn bereits auf Stress geschaltet hatte, machte der Kreislauf noch Urlaub. Er schwitzte. Fluchend stand er auf, wusch sich mit eiskaltem Wasser durchs Gesicht, zog sich an und ging leicht schwankend nach unten. Der Umschlag war wirklich schon da. Sein Name stand auf einem weißen Klebeetikett, mit einem PC geschrieben. Er nahm den Umschlag ungeöffnet mit nach oben in sein Zimmer und öffnete ihn vorsichtig. Weniger aus Angst vor einer weiteren Bombe. Aber vielleicht konnte die Polizei mit diesem Umschlag noch etwas anfangen. Es war ein Text von etwa zwei A4-Seiten. Kopfschüttelnd las er. Wieder ging es um das Thema Überwachung. Angeblich war die Bielefelder Innenstadt dazu auserkoren, so eine Art Versuchsfeld für eine umfassende Videoüberwachung zu werden. Das sei natürlich rechtlich problematisch. Deshalb liefe auch alles, so der Text, unter äußerster Geheimhaltung ab. Der Großversuch sei beschlossen worden auf mehreren Tagungen des Innenministers mit den Polizeipräsidenten der Großstädte in Nordrhein-Westfalen. Man habe Bielefeld aus verschiedenen Gründen ausgewählt. Hier sei die Bevölkerungsstruktur am ehesten repräsentativ für die Gesamtbevölkerung, auch die technischen Voraussetzungen seien hier hervorragend. Hier ließ sich der Text ausgiebig über die strategische Bedeutung des Nadelöhrs Jahnplatz aus. Sowohl ober-, als auch unterirdisch. Auch hätten einige Bielefelder Betriebe großes Interesse an dem Projekt bekundet und seien mit bedeutenden Summen als Förderer eingestiegen. Da dieses Projekt aus rechtlichen Gründen unmöglich bei der Polizei verwaltet werden durfte, würden alle Fäden bei einer noch zu bildenden Arbeitsgruppe aus dem Dunstkreis der Bielefelder Universität zusammenlaufen. Das hieße, alle Videomitschnitte würden hier ausgewertet und aufbereitet. Was weiterhin damit geschehen sollte, war noch nicht ganz klar. Die daraus gewonnenen Erkenntnisse könnten aber theoretisch irgendwann mit dem Zentralrechner des Landeskriminalamtes abgeglichen werden. Das Projekt liefe unter dem euphemistischen Decknamen *Schutzengel*. Es solle Anfang August starten und sei bis Jahresende befristet. Danach wolle man weiter sehen. Geschrieben war das Ganze in einer Form, als habe ein völlig neutraler Journalist den Fall recherchiert und den Text völlig emotionsfrei verfasst. Rodehutskors musste nur noch seinen Namen druntersetzen.

Hermann Rodehutskors rang nach Luft. Seine Journalistenseele war hin- und hergerissen. Wenn diese Geschichte so stimmte, dann war das wirklich eine Riesensache. Genau das Richtige zum Abschluss seiner Karriere. Falls nicht, dann würde er den größten Schlamassel seiner ganzen beruflichen Laufbahn erleben. Widerwillig musste er zugestehen, dass der sachlich gehaltene Tonfall des Textes ihm durchaus Vertrauen einflößte. Er sah sich aber in der äußerst unangenehmen Lage, jetzt sofort entscheiden zu müssen, wie er damit umgehen wollte. Ohne die kleinste Möglichkeit, den Wahrheitsgehalt der Sache überprüfen zu können! Aber, hatte er überhaupt eine Wahl?

54

Anton Fritzmeier hatte Feuer gefangen. Der von Schulte gar nicht ernst gemeinte Vorschlag, aus der Not eine Tugend zu machen und damit Geld zu verdienen, hatte ihn erst schockiert, dann neugierig gemacht und schließlich restlos gefangen genommen. Am Wochenende machte er dann Nägel mit Köpfen. Ein alter Bekannter, der Gastronom Walter Sparbier, der früher ein Vermögen mit der Ausrichtung von Schützenfesten gemacht hatte, war vor kurzem von mehreren Schützenvereinen kalt gestellt worden und musste in die Pleite. Fritzmeier lieh von ihm einen großen Teil seiner Ausstattung, wie Biertische, eine Theke samt Zapfanlage, Gläser und mehr, für die Sommermonate aus. Gegen Gewinnbeteiligung. Danach war er, auf Anraten Jupp Schultes, mit einem kleinen, selbst gepflückten Blumenstrauß zu Elfriede Greitemeier gegangen. Die alte Dame war seit zwanzig Jahren Witwe und lebte allein in einem großen Haus in der Umgebung. Sie hatte früher immer die Kuchen für alle wichtigen Anlässe im Dorf gebacken. Nach wie vor war Kuchenbacken ihre große Leidenschaft, sie hatte bloß keinen Abnehmer dafür. Unter einem Vorwand hatte sich Fritzmeier selbst eingeladen und war wie erwartet fürstlich mit Torte bewirtet worden. Nachdem er ihren Kuchen über die Maßen gelobt hatte, brachte er ihr den Gedanken nahe, ihre Künste doch mal ins rechte Licht zu rücken. Es sei doch viel zu schade, wenn ihre Fähigkeiten nicht ausreichend gewürdigt würden. Und als sei er erst in diesem Augenblick auf die Idee gekommen, schlug er ihr vor, mit ihren Kunstwerken nicht nur öffentliche Anerkennung, sondern auch Geld zu verdienen.

Frau Greitemeier war erst wenig begeistert, dann schon etwas mehr und als Fritzmeier am späten Sonntagnachmittag wieder ging, machte sie bereits eine Liste, welche Torten denn wohl am besten für das gemeinsame Projekt geeignet seien.

Am Montag hatte er mit der Detmolder Brauerei verhandelt und auch da ein zufrieden stellendes Ergebnis erzielt. Sind doch chans nette Mädchens, diese Strates, dachte er sich, als er mit seinem Trecker vom Hof der Brauerei auf die Hans-Hinrichs-Straße abbog.

Als er dies alles seinem Mieter Schulte erzählte, staunte der nicht schlecht. Er hätte diesem Greis weder die Energie noch die Raffinesse noch das Tempo zugetraut. Am späten Abend zog der alte Bauer und künftige Gastwirt seinen neuen Mieter Kogge zur Seite und pries sein Vorhaben in höchsten Tönen. Kogge war sofort skeptisch und ging auf Distanz. Das roch nach Arbeit! Nach körperlicher Arbeit.

Aber Fritzmeier ließ nicht locker. Nach einer halben Stunde hatte er seinen jungen Mieter überredet, bei Bedarf im Fritzmeierschen Biergarten auszuhelfen. Kogge blieb nur die Hoffnung, dass sich das Ganze als Hirngespinst eines alten Mannes herausstellte und nie realisiert würde. Und so ging er trotz der ihm abgeschwatzten Zusage leichten Sinnes in seine neue Wohnung, die zwischen Schultes Wohnbereich und dem Trakt lag, in dem Fritzmeier hauste. Mit der Wohnung war er sehr zufrieden. Sie war vielleicht etwas dunkel, aber äußerst geräumig. Sicher, wenn es irgendwo den Arsch der Welt geben sollte, dann musste der ganz in der Nähe sein. Aber was sollte es? Nach Detmold war es nicht weit und fast direkt am Fritzmeierschen Hof fuhr ein Linienbus ab. Ein eigenes Auto würde er sich wohl in absehbarer Zeit nicht leisten können. Im Augenblick konnte er über den Redaktionswagen, den normalerweise Rodehutskors fuhr, verfügen. Auch wenn es nur ein winziger VW-Lupo war, aber immerhin. Heute Abend wollte er seine Ex-Frau anrufen. Er musste einfach wissen, wie sie mittlerweile ihr Verhältnis sah. Würde sie sich großzügig zeigen, angesichts der guten Zeit, die sie zusammen hatten? Oder würde sie weiterhin kleinkariert darauf bestehen, dass sie allein es gewesen sei, die in den gemeinsamen Jahren das Geld verdient und alle Arbeiten übernommen habe?

55

Es nieselte in Lippe. Es war kein richtiger Regen, sondern die Feuchtigkeit fühlte sich mehr so an, als wenn jemand mit einer Sprühflasche hinter einem her ginge und man ständig von feinen Wasserschwaden benetzt würde.

An solchen Tagen war es Schulte zuwider aufzustehen. Er lag dann in seinem Bett und hörte WDR II. Wenn gerade ein neues Lied angespielt wurde, sagte er sich, dies noch zu Ende hören. Meldete sich dann nach dem Song Tom Hegermann und moderierte in seiner unnachahmlichen Art die nächste Reportage an, dachte sich Schulte, die noch, danach stehe ich auf.

Zwischendurch sah er immer wieder zum Fenster und seine Laune verschlechterte sich zunehmend. So war es im Allgemeinen. Doch in den letzten Tagen war es irgendwie anders.

Er schwang sich aus seinem Bett, ging zügig unter die Dusche, zog sich seine Waldklamotten an, pfiff unnötigerweise nach seinem Hund und machte sich zu seinem Morgenspaziergang auf. Er ging immer den gleichen Weg. Vor ein paar Tagen allerdings hatte er seine Route geändert.

Seit letzten Samstag wählte er einen Weg, der an der Ausgrabungsstätte auf dem Fritzmeierschen Hof vorbeiführte. Es trieb ihn etwas wie magisch immer wieder zu der Baustelle. Schulte war sich durchaus darüber im Klaren, dass er keinesfalls ein Interesse für Vor- und Frühgeschichte bei sich entdeckt hatte. Grund für die Anziehungskraft dieses Ortes war die Archäologin, die Schulte betört hatte. Er wollte es sich nicht eingestehen. Er erwischte sich aber immer wieder dabei, wie er sich Strategien überlegte, ein nächstes Treffen mit ihr zu arrangieren.

In Gedanken versunken trottete er über den Hof, seinem Hund hinterher. Fritzmeier kam ihm aus einer Stalltür entgegen.

Monster sprang winselnd auf den alten Bauern zu, um ihn zu begrüßen. Der stellte die Schubkarre ab und klopfte und streichelte das Tier. Dann wandte er sich an Schulte.

„Wen suchst du denn?“

„Och, eigentlich keinen. Ich habe mir in den letzen Tagen nur überlegt, dass ich in meinen Morgenspaziergang mal etwas Abwechslung bringen könnte.

„Jau, immer an unsere Baustelle vorbei, nachkucken, ob die Chefin da is. Heute hasse Glück und Pech. Sie is da, aber dein Freund, der Zeitungspinkel, dieser Kogge, der scharwenzelt schon seit zwanzich Minuten um se rum."

„Soll er doch", sagte Schulte lakonisch. Dabei war er absolut darauf bedacht, das Hochschnellen des Blutdruckes zu verheimlichen.

„Ja, dann sieh ma zu, ich muss Kühe füttern."

Fritzmeier hatte zwar nur noch drei Kühe, bei denen die Kälber mitliefen. Er hielt aber an den gleichen Ritualen fest, wie er sie damals von seinem Vater gelernt hatte. Da wurden noch jeden Morgen über zwanzig Kühe versorgt. Lediglich das Melken gehörte heute nicht mehr dazu. Der Bauer kaufte seine Milch im Supermarkt.

Schulte nahm seinen Spaziergang wieder auf und hielt trotz der Frotzelei des Bauern an seiner geplanten Route fest. Als er um den Stall bog, sah er, dass über die Ausgrabungsstätte eine Zeltplane gespannt war, die die Archäologen vor dem Regen schützen sollte. Ein direkter Einblick war nicht möglich. Schulte hatte sich fest vorgenommen, nicht in das zeltähnliche Gebilde hineinzugehen. Sein Hund war anderer Ansicht. Schließlich wohnte da ja eine neue Bekannte, die es zu begrüßen galt. Er stürmte los und verschwand zwischen zwei Planen.

Zwei Sekunden später hörte Schulte die Stimme der Frau, an die er seit dem letzten Treffen nicht zu denken versuchte. Was ihm natürlich nicht gelang. Eigentlich war er auch sehr froh darüber, dass er sie nicht aus seinem Kopf bekam. Die Flugzeuge im Bauch gefielen ihm, wenn er ehrlich zu sich selbst war. Im nächsten Moment tauchte ihr Kopf zwischen zwei Zeltbahnen auf. Sie lachte ihn an. Jupp bekam weiche Knie und Herzrasen. Die ist nichts für einen alten Mann wie mich, versuchte er sich halbherzig einzureden.

„Guten Morgen, Herr Schulte, gut geschlafen?"

Schulte, der erklärter und praktizierender Morgenmuffel war, nahm alle Energie zusammen, um freundlich zu wirken.

„Na ja“, sagte er wahrheitsgemäß, „es gab schon erholsamere und schon interessantere Nächte. Ich würde mal sagen, es war so mittelmäßig. Und Sie? Wie war die Nacht bei Ihnen?“

„Ähnlich.“

Schulte überlegte krampfhaft, wie er von diesem blödsinnigen Smalltalk wegkommen könnte. Er kam sich vor wie ein kleiner Junge.

„Es war ein netter Abend bei Ihnen. Und die Landpartie war auch nicht schlecht“, sagte sie.

In diesem Moment tauchte das etwas blöde dreinblickende Gesicht von Kogge auf.

Nur den jetzt nicht zu Wort kommen lassen, dachte Schulte und rang nach den nächsten Sätzen.

„Ach, ich kenne da noch ein paar lippische Dörfer und in Detmold war ich auch schon mal. Wenn Sie also wollen, ich zeige Ihnen die Welt!“

„Die wollte ich schon immer mal sehen.“

„Na prima, wenn die Verbrecherjagd es zulässt, würde ich sagen: Heute Abend!“

Die Archäologin nickte zustimmend.

Bevor sich auch Kogge als Weltenbummler zu erkennen geben konnte, verabschiedete sich Schulte und setzte seinen Spaziergang fort.

Die Archäologin verschränkte die Arme und sah dem Polizisten nach. An sich ist das gar nicht mein Typ, dachte sie. Angezogen wie ein Altrocker, Levis Jeans, Hemd und Jeans- oder Lederjacke. Er war ständig unrasiert und die Haare schnitt er sich garantiert selbst. Fast könnte man sagen, er war ungepflegt. Wobei das auch nicht passte. Er versuchte sich ein bestimmtes Image aufzubauen. Eine Mischung aus einsamer Wolf, Macho und netter Kerl. Dabei hatte er, so fand sie, eine gewisse Offenheit und, wie es schien, Unkompliziertheit. Sie merkte, dass sie ihn interessierte. Doch die Art, wie er ihr begegnete, war nicht aufdringlich. Im Gegensatz zu diesem Kogge, der ihr ständig auf den Füßen stand und sich anzubiedern versuchte. Anna Welke war gespannt, was der Abend bringen würde.

56

Dirk Schwabe hatte seit fünf Minuten ein merkwürdiges Gefühl. Heute Morgen war er aus dem Bielefelder Krankenhaus entlassen worden und mit der Bahn nach Detmold gefahren. Sein Auto hatte die Spurensicherung der Bielefelder Polizei abgeschleppt. Nun ging er langsam mit einem kleinen braunen Koffer in der Hand durch die Detmolder Paulinenstraße. Noch war er nicht wieder völlig hergestellt. Er war durch das lange Liegen geschwächt. Seine Kopfverletzung verursachte nach wie vor bei Anstrengung leichten Schwindel, aber auch die Beinverletzung ließ einen schnelleren Schritt nicht zu. Er hätte sich gern kurz hingesetzt, doch eine Bank gab es erst auf der Höhe des Kaiser-Wilhelm-Platzes. Der große Mann schleppte seinen immer noch massigen Körper immer weiter, fand dann endlich die ersehnte Parkbank. Sie war nicht besetzt, überhaupt war die ganze Grünfläche zwischen Christuskirche und Landgericht völlig leer. Schuld daran war der ruhige, aber stetige lippische Landregen, der in diesem trostlosen Sommer allenfalls von heftigen Gewittern und dann richtig starken Schauern unterbrochen wurde.

Schwabe mochte den Regen auch nicht, er hatte aber keine Wahl. Sein Körper hatte ihm signalisiert, dass er rasten wolle und Schwabe hatte zu gehorchen. Und so saß er nun seit einer Viertelstunde allein auf der Bank und fühlte, wie sich der Nieselregen durch die verschiedenen Schichten seiner leider viel zu sommerlichen Kleidung vorarbeitete. Das allein hätte ihn aber nicht sehr gestört. Er war da nicht pingelig. Was ihn viel mehr irritiert hatte, war ein Mann seines Alters, der mit hochgeschlagenem Jackenkragen schon zweimal an ihm vorbeigegangen war. Nicht, dass dieser Mann irgendwie auffällig gewesen wäre. Er war mittelgroß, trug eine schwarze, ziemliche bieder wirkende Lederjacke. Von seinem Gesicht war nie viel zu erkennen. Noch hatte er ihm keinen Anlass zum Ärger gegeben. Er hatte ihn nicht angesprochen, er hatte keine obszönen Gesten gemacht. Er war einfach einmal Richtung Innenstadt an ihm vorbei gegangen und einmal kurz darauf in der anderen Richtung. Jeweils mit schnellem, energischem Schritt. Auch das hätte Schwabe nicht besonders gewundert. Auch, dass dieser Mann ebenfalls im Zug von Bielefeld nach Detmold gesessen hatte und dass er ebenfalls in Bielefeld eingestiegen war, musste nichts bedeuten. So was kommt eben vor. Aber wenn Schwabe nicht alles täuschte, hatte er diesen Menschen bereits heute Morgen am Empfang seines Bielefelder Krankenhauses gesehen. Und das erschien ihm doch reichlich viel Zufall auf einmal.

Schwabe stand auf. Er würde jetzt sehr sorgfältig darauf achten, ob er diesen Mann noch ein weiteres Mal treffen würde. Falls ja, würde er ihn ansprechen. Er ging langsam, aber nun eben mit einem irgendwie kitzligen Gefühl in der Nackengegend weiter, überquerte die Paulinenstraße bei der Fußgängerampel und kam nun in die Bruchstraße. Die Zahl der Fußgänger war hier schon erheblich größer, obwohl das Wetter kein bisschen besser geworden war. Auf Höhe der Ameide betrachtete er interessiert den Umbau des Gebäudes gegenüber der Buchhandlung, das vor seinem Unfall noch eine Volksbankfiliale gewesen war und nun zu einem großen Bistro umgebaut wurde. Überhaupt hatte Detmold sich gerade in der Bruchstraße in der letzten Zeit kräftig verändert. In den vergangenen Monaten war diese Straße ein Synonym für Ladenleerstand geworden. In viel zu vielen Ladenlokalen hingen Schilder, auf denen ein freies Ladenlokal zur Pacht angeboten wurde. Schwabe kannte diese Entwicklung natürlich auch aus anderen Städten. Aber naiv hatte er immer geglaubt, dass sein Detmold von dieser Tragödie verschont bleiben würde. Ein Irrtum, wie er sich eingestehen musste. In den letzten Wochen jedoch war wieder etwas Leben in diese gebeutelte Straße gekommen. Hundert Meter weiter war von Verfall sowieso nichts mehr zu spüren. Er war auf dem Marktplatz angekommen und heute war Markt. Es konnte regnen, es konnte hageln, es konnte schneien. Der Detmolder Marktplatz war am Markttag ein brodelnder Ameisenhaufen. Schwabe hatte Mühe, mit seinem Koffer durch die dichte und geschäftige Menschenmenge zu kommen. Er überlegte kurz, was er nun machen sollte. Eigentlich verlangte sein geschundener Körper nach seinem Bett. Dieses Bett stand in der Heldmannstraße und das waren noch ein paar Meter. Andererseits war ihm nicht ganz wohl bei dem Gedanken, direkt und ohne Umweg zu seiner Wohnung zu gehen. Auch wenn er seinen rätselhaften Reisegefährten zurzeit nirgendwo sehen konnte, hatte er ihn dennoch nicht vergessen. Falls der ihn wirklich verfolgte, war das nach dem, was ihm in den letzten Tagen widerfahren war, durchaus ein Anlass zur Unruhe.

Immerhin war er vorsätzlich von einem Autofahrer angefahren worden, was durchaus lebensbedrohend war. Dann hatte jemand versucht, ihm im Krankenhaus den Rest zu geben. Wenn das nicht Grund genug zur Vorsicht war, was dann? Schwabe drehte seine Kreise. Rund um den Marktplatz. Zwischendurch kaufte er diverse Lebensmittel ein. Nicht nur, um einen möglichst unbefangenen Eindruck zu machen, auch aus Notwendigkeit. Sein Kühlschrank zuhause würde zwar nicht leer sein, aber Schwabe gab sich keinen Illusionen hin. Schimmel würde die alles beherrschende Kultur sein, die er in ihm vorfinden würde.

Seit seinem Unfall hatte sich natürlich niemand um die Wohnung gekümmert. Zwar hatte ihn während seines Krankenhausaufenthaltes ein Bekannter besucht, der daraufhin Schwabes Wohnungsschlüssel bekommen und ihm den Koffer mit einigen Kleidungsstücken vorbeigebracht hatte. Aber dieser Mann hatte natürlich nicht einen Blick in den Kühlschrank geworfen.

Anschließend bummelte er sehr langsam die Lange Straße bis zu Karstadt runter, drehte dann sehr plötzlich um und ging schnell wieder zurück. Wenn dieser Mann ihm tatsächlich gefolgt war, dann müsste er ihm jetzt entgegenkommen. Schwabe starrte alle Entgegenkommenden an, bis ihm die Augen schmerzten. Doch er war bereits wieder auf der Höhe des Rathauses, ohne dass er den Mann entdeckt hatte. War alles nur Einbildung gewesen? Alles das Produkt eines überreizten, schwer verletzten und noch lange nicht wieder richtig hergestellten Geistes? Erleichtert seufzte er. So musste es wohl gewesen sein. Plötzlich verspürte er Hunger. Ein Gefühl, welches er seit Tagen nicht mehr gehabt hatte. Er stellte seinen Koffer ab und wischte sich mit einem Tempotuch den Regen aus dem Gesicht. Wesentlich lockerer schritt er nun munter auf eine der Wurstbuden zu, erstand eine Krakauer für einen Euro und stopfte sie sich mit ungewohntem Heißhunger hinein. Dann lief er die Schülerstraße entlang bis zu deren Ende, überquerte am Weerth-Platz die Leopoldstraße und schlenderte weiter Richtung Grabbe-Gymnasium. Hinter dem „Grabbe", wie diese Schule mit hohem kulturellem Anspruch in Detmold genannt wird, bog er nach rechts in die Heldmannstraße ein. Es war eine unscheinbare Straße, aber für Detmolder Innenstadtverhältnisse doch vielleicht nicht gerade die allererste Adresse. Hier wohnte Schwabe in einem tristen Mehrfamilienhaus aus den Siebziger Jahren in einer kleinen hellhörigen Wohnung. Das alles entsprach in keiner Weise seinen Ansprüchen, aber mehr war nun mal nicht drin. Die letzten Jahre hatten es nicht immer gut mit ihm gemeint. Nach dem beruflichen Fiasko kam erst eine Phase hektischer Neuanfänge, die sich alle als Rohrkrepierer erwiesen. Dann kam der Alkohol. Es dauerte nicht lange, dann kollabierte seine Ehe. Raus aus der gemeinsamen Nobelwohnung im Alten Postweg. Noch mehr Alkohol. Dann endlich eine Therapie. Seit drei Jahren hatte er wieder Boden unter den Füßen. Er hatte Glück und durfte eine Umschulung zum Informatiker machen. Schwabe riss sich zusammen, bewies Talent und Disziplin und absolvierte die Ausbildung als einer der Besten. Leider fand er sich nach seiner erfolgreichen Prüfung in der auch oder gerade für Informatiker schwierigsten Wirtschaftsphase dieses Landes seit Generationen wieder. Er besaß nun ein vorzügliches Fachwissen, ein beeindruckendes Zeugnis, aber keinen Job. Daran hatte sich bis heute nichts geändert.

Schwabe zog sich die nassen Sachen aus und duschte sich. Bevor er sich ins Bett legte, riss er das Fenster seines Schlafzimmers auf, das zur Heldmannstraße hinaus schaute. Schwabe lehnte den Oberkörper aus dem Fensterrahmen und schaute, zufrieden wieder daheim zu sein, auf die Straße. Der Nieselregen kam von der Rückseite des Hauses und machte ihm hier keine Probleme.

Als er gerade das Fenster schließen wollte, hielt er wie schreckensstarr inne. Sein Verfolger stand auf der gegenüberliegenden Straßenseite und fotografierte ihn gerade. Schwabe brauchte ein paar Sekunden, um sich zu fangen. Dann riss er die Wohnungstür auf, rannte die zwei Stockwerke hinunter und stürzte hinaus auf die Straße. Der Mann war verschwunden!

57

An Schlaf war nun für Dirk Schwabe nicht mehr zu denken. Nach fünf Minuten Panik und Gedankenblockade riss er sich zusammen und führte zwei sehr kurze Telefongespräche. Dann packte er seinen Koffer aus, warf die schmutzige Wäsche achtlos neben einen Wäschekorb, wählte frische Sachen aus dem Kleiderschrank aus und legte sie in das gerade erst leer geräumte Behältnis. Die eben gekauften Lebensmittel waren noch gar nicht auspackt worden und so legte er sie, in die Plastiktüte eingewickelt, ebenfalls hinein.

Für die vergammelten Sachen im Kühlschrank hatte er jetzt keine Zeit mehr. Als er alles zusammen hatte, zog er sich an. Diesmal dem Wetter angemessen. Eine halbe Stunde hatte er benötigt, dann ging er, wieder mit Gepäck beladen, aus dem Haus. Draußen erfasste ihn wieder leichte Panik. Sorgfältig schaute er sich nach allen Seiten um, bevor er mit schnellen Schritten Richtung Gymnasium ging. Nach zehn Minuten Warten im Nieselregen bog ein alter 3-er BMW um die Ecke, hielt direkt vor Schwabe und ließ ihn einsteigen.

Wortlos setzte sich Schwabe auf den Beifahrersitz. Auch als der Wagen sich wieder in Bewegung gesetzt hatte, fiel kein Wort. Nicht einmal, als die beiden nach einer kurzen Fahrt in der Saarstraße vor einem Mehrfamilienhaus anhielten.

Erst als die beiden Männer in der Wohnung von Ralf Hegge Platz genommen hatten, löste sich die Schweigsamkeit auf. Dirk Schwabe saß nun zusammen mit seinem Chauffeur Klaus Grönemeyer und dem Wohnungsinhaber Hegge am Küchentisch. Schwabe berichtete ausführlich. Angefangen von dem Unfall im Bielefelder Parkhaus über den Anschlagsversuch im Krankenhaus bis hin zu dem Mann, der ihn heute ganz offensichtlich verfolgt hatte.

„Ich muss untertauchen! Irgendeiner will mir ans Leder und seit eben bin ich zu Hause nicht mehr sicher. Hat einer von euch beiden eine Idee?“

Grönemeyer grübelte. Dann sagte er mit einer für einen Mann außergewöhnlich hohen, etwas heiseren Stimme:

„Ein Kollege von mir fährt für zwei Wochen weg. Zu seinen Verwandten, irgendwo ins Sauerland. Er hat nämlich kein Geld für einen richtigen Urlaub und deshalb kriecht er bei seiner zickigen Schwester mit ihrem versoffenen Mann und ihren drei nervenden Kindern unter. Wenn wir zusammenlegen und ihm ein bisschen Geld dafür anbieten, wird er wohl nichts dagegen haben, wenn Dirk für ein paar Tage bei ihm einzieht. Was meinst du?“

Schwabe zögerte.

„Grundsätzlich okay. Aber fällt das den Nachbarn nicht auf, wenn da plötzlich ein fremder Mann wohnt? Das gibt doch Gerede. Und Aufmerksamkeit ist genau das, was ich im Augenblick überhaupt nicht gebrauchen kann.“

Grönemeyer lachte.

„Darüber mach dir mal keine Sorgen! Ich kenne das Haus. Die Mieter wechseln schneller als du deine Socken. Da interessiert sich keiner für seinen Nachbarn. Ein besonders intaktes soziales Umfeld darfst du nicht erwarten, aber dafür ein Höchstmaß an Anonymität. Die Wohnung ist hier in Detmold. In einem Riesenklotz in Herberhausen.“

„Ich möchte da zwar nicht wohnen“, schmunzelte Hegge, „aber das hört sich doch gut an. Könnte genau das Richtige sein, um für kurze Zeit aus dem Blickfeld zu verschwinden.“

„Was müssen wir deinem Kollegen denn wohl bezahlen?“, wollte Schwabe wissen.

„Wenn’s für einen ordentlichen Puffbesuch reicht, dann ist er schon zufrieden, denke ich. Sehr anspruchsvoll ist er nicht. Wenn ihr wollt, dann regele ich das sofort am Telefon mit ihm.“

Als Schwabe nickte, stand Grönemeyer auf, ging ins Nebenzimmer und hängte sich ans Telefon. Als er zurückkam, grinste er.

„Alles klar! Aber er will im Puff auch noch eine Flasche Schampus köpfen. Die muss im Mietpreis inbegriffen sein. Sonst hat er keine Bedenken. Du sollst bloß nicht alles zusauen!“

Schwabe stöhnte.

„Hauptsache, er hat noch frische Bettwäsche im Haus. Nach deiner Personenbeschreibung lege ich doch großen Wert auf ein Mindestmaß an Hygiene.“

Hegge holte frisches Bier aus dem Kühlschrank.

„So, und jetzt machst du uns mal richtig schlau! Keiner will dir ohne Grund an den Kragen. Es muss eine Vorgeschichte geben, die wir noch nicht kennen. Wenn du willst, dass wir das Ding zusammen durchziehen, müssen wir über alles Bescheid wissen. Über alles, verstehst du? Also erzähl! Und wenn du fertig bist, dann erzählen wir von unseren Aktionen während deiner Abwesenheit und von dem alten Journalisten, der nun mehr oder weniger freiwillig für uns arbeitet!“

58

Pünktlich um achtzehn Uhr lenkte Schulte seinen Leichenwagen auf den Hof Fritzmeiers. Fast den ganzen Tag hatte es geregnet, doch am Nachmittag hatte sich die Sonne durchgesetzt. Mit all ihrer Kraft sorgte sie für einen warmen Frühsommerabend. Er stieg aus und nahm den direkten Weg zur Ausgrabungsstätte. Je näher er der Baustelle kam, umso schneller schlug sein Herz. Als Jupp diese Veränderung bemerkte, ärgerte er sich über sich. Er war ein erwachsener Mann, wieso stellte sich bei ihm wieder ein Verhalten ein, das er schon als Vierzehnjähriger gehasst hatte. Diese Flugzeuge im Bauch, was sollte das? Er wollte lediglich mit einer Frau ausgehen. Das hatte er schon viele Male getan. Wieso hatte er ausgerechnet jetzt weiche Knie, litt unter Sprachlosigkeit und hatte feuchte Hände. Fehlte nur noch, dass er rot würde, wenn er Anna Welke sehen würde. Am liebsten würde er umdrehen und das Date sausen lassen.

Zu spät! Die Frau, die ihn derart verunsicherte, hatte ihn bereits gesehen und winkte ihm zu.

Schulte seufzte, nahm all seine Courage zusammen und ging zu ihr hin.

„Ah, der Globetrotter! Was von der großen weiten Welt wollen Sie mir heute zeigen, Herr Schulte?"

„Ich dachte so an Detmold. Was halten Sie davon, wenn ich Ihnen mit Hilfe einer kleinen Tapas-Bar Spanien etwas näher bringe? Anschließend würde ich Sie gerne ins Kino einladen. Es läuft ein sehr aufschlussreicher Film, der Ihnen einen Einblick in die Sachsen-Anhaltinische Lebensweise gibt. Gleichzeitig ermöglicht der Film auch etwas über die US-Staaten Texas und Louisiana zu erfahren. Er heißt: Schulze gets the Blues. Danach hätte ich etwas lippisches Nachtleben in meiner Lieblingskneipe, dem *Neuen Krug*, zu bieten."

„Hört sich viel versprechend an. Schulze gets the Blues habe ich auch noch nicht gesehen."

„Einen Wunsch hätte ich noch. Ich heiße Jupp. Herr Schulte sagt nur mein Chef zu mir. Und das immer dann, wenn ich etwas Böses getan habe."

„In Ordnung, ich heiße Anna." Sie lacht ihn an und Schulte bemerkte einen leichten Schwindel.

„Anna, schöner Name!", sagte Schulte und hielt ihr die Autotür auf.

Sie fuhren nach Detmold, stellten den VOLVO auf dem Kaiser-Wilhelm-Platz ab und gingen den Bruchberg hinauf zur Ameide. Hier gab es in einem wieder aufgebauten Spieker eine Tapas-Bar.

Gemeinsam stellten die beiden sich aus den Nettigkeiten der Speisekarte ein Abendessen zusammen: Datteln im Speckmantel, Chorizo in Cidre, Serranoschinken, Spinat mit

Rosinen und Käse überbacken, Ajoli, Brot und Oliven. Dazu tranken sie einen roten Rioja und Wasser.

Schulte erwischte sich immer wieder dabei, wie sein Blick die Augen von Anna Welke suchte. Jedes Mal wenn er sie fand, versuchte er ihnen nach Bruchteilen von Sekunden zu entgehen. Er war sich sicher, immer wenn er sie ansah, schoss ihm eine leichte Röte ins Gesicht.

Als sie später an der Kasse des Kinos *Filmwelt* standen, versuchte Schulte unauffällig Duftfetzen der Frau, die hinter ihm stand, in die Nase zu bekommen. Er dachte, hier drinnen merkt man wenigstens meine Verlegenheit nicht. Nach dem Film habe ich mich ja dann vielleicht an Annas Anwesenheit gewöhnt.

Der Film war witzig, ironisch, traurig und melancholisch zugleich. Er war leise und zeichnete das intensive Empfinden eines Mannes auf, der jetzt im Vorruhestand, erst widerwillig dann immer offensiver nach seinem Leben suchte.

Nach der Vorstellung verließ das Paar den Kinosaal schweigsam und bummelte durch die Fußgängerzone.

„Mein Gott, ist Detmold schön! Und was für ein Kontrast zu der anhaltinischen Bergarbeitersiedlung."

Schulte musste zustimmen. Gleichzeitig dachte er, wenn man ständig hier lebt, geht einem manchmal das Bewusstsein für die Schönheit und das Leben dieser Stadt verloren.

Später saßen sie im Biergarten des Neuen Krugs und plauderten, bis sie gegen ein Uhr von einem der Kellner darauf hingewiesen wurden, dass jetzt Feierabend sei. Schulte sah sich um. Verwundert bemerkte er, dass sie die einzigen Anwesenden waren.

Auf dem Weg zum Auto rieb sich Anna Welke die Arme. „Jetzt merke ich erst, wie kalt es geworden ist." Schulte hängte ihr seine Lederjacke über die Schulter.

59

Wieder saß die Sonderkommission Schachbrettmord zusammen. Die Ermittlungen waren die reinste Sisyphusarbeit. Heute hatte Krause von der Spurensicherung zu berichten, dass beide Tötungen wahrscheinlich mit einer Smith & Wesson Magnum vorgenommen worden waren. Die Pathologen hatten Geschossteile im Körper der Toten gefunden, die auf die Munition: 357 Magnum, Teilmantel-Geschoß 10,2 g hinwiesen. Jedoch war eine eindeutige Zuordnung nicht möglich, da es sich um ein Zerlegungsgeschoss handelte, das im Körper aufgepilzt war. Nur kleinere Geschossteile waren zurückgeblieben. Die Masse war wieder ausgetreten und hatte verheerende Wunden hinterlassen. Da die Morde nicht am Fundort der Leichen stattgefunden hatten, bestand natürlich auch nicht die Chance, weitere Geschossteile zu finden.

Nachdem die Ermittlergruppe noch einmal alle Fakten geprüft und neu bewertet hatte, meldete sich Potthast zu Wort.

„Herr Erpentrup, ich weiß zwar, dass Sie nichts davon halten, die Lösung in den fünf Neuen Ländern zu suchen. Doch je mehr ich darüber nachdenke, umso mehr glaube ich, dass Ihr Hauptkommissar mit dieser Idee überhaupt nicht so schlecht liegt.“

Der Polizeioberrat war überhaupt nicht begeistert von der Schützenhilfe, die Schulte von seinem Paderborner Kollegen bekam. Doch was sollte er machen? Er war sich sicher, die beiden Männer hatten sich abgesprochen. Sie wollten ihm die Zustimmung abringen, in diese Richtung zu ermitteln. Es wurde immer schwieriger, das Ansinnen schon wieder abzubiegen. Der Sonderkommissionsleiter versuchte es mit erneutem Zeitspiel.

„Ich werde mich noch einmal mit meinem Vorgesetzten besprechen und auch die Meinung Ihres Chefs einholen. Danach werde ich eine abschließende Entscheidung treffen.“

Potthast musste sich bemühen, ein triumphales Grinsen zu unterdrücken. Natürlich hatte er längst mit seinem Chef gesprochen – in aller Offenheit. Er hatte natürlich eine inoffizielle Zusage bekommen.

Der Paderborner Polizist handelte sich, wie die meisten Menschen, ungern Niederlagen ein. Doch im Gegensatz zu Schulte versuchte Potthast sich im Vorfeld abzusichern, wenn die Gefahr bestand, er könnte auf eine mögliche Konfliktsituation zusteuern.

Im weiteren Verlauf der Besprechung kamen keine weiteren Erkenntnisse auf den Tisch und so gingen die Polizisten anschließend mit einem unzufriedenen Gefühl zum Essen in die Kreishauskantine.

60

Dirk Schwabe fühlte sich umzingelt. Von allen Seiten drohte Gefahr, aber er konnte sie nicht orten. Sicher, er hatte schon eine vage Vorstellung, aus welcher Ecke die beiden Anschläge auf sein Leben kommen konnten. Allerdings gab es mehrere Personen, die in Frage kamen. Und da er wusste, dass diese Menschen sich untereinander nicht grün waren, eine Zusammenarbeit also kaum in Frage kam, nützten ihm seine Ahnungen wenig. Irgendwie musste er die Initiative zurückgewinnen. Er wollte den Takt vorgeben. Er wollte agieren, um die oder den anderen zum Reagieren zu zwingen. Nur, wie sollte er das anfangen? Einfach eine der verdächtigen Personen anrufen und sagen: Hör zu, ich weiß was über dich! Ich habe mein Wissen bei meinem Anwalt hinterlegt, wenn mir was passiert, wird er das Dossier der Polizei übergeben!? Nein, dazu hätte er Genaueres wissen müssen. So war nur die Gefahr groß, dass er neue Fronten aufmachte. Er müsste etwas veröffentlichen, was für seinen Feind eine Gefahr darstellte und dann abwarten, wer sich aus der Deckung traute. Ihm schwebte dabei das Bild eines Jägers vor, der seinen Hund ins Dickicht schickt, um Fasanen aufzuscheuchen, die er dann abschießen kann. Und Schwabe hatte auch schon eine Idee, wie er Öffentlichkeit herstellen konnte.

Schließlich hatten seine beiden Mitstreiter vom „Verein“ ja bereits allerbeste Vorarbeit geleistet und einen renommierten Journalisten „unter Vertrag“ genommen. Auch wenn der dabei nicht wirklich gefragt worden war. Die Art und Weise der Mitarbeitergewinnung fand Schwabe etwas zu rustikal, aber… wenn’s der guten Sache dient! Grönemeyer hatte doch eine ganz andere Handschrift als er. War härter, gegenüber anderen und sich selbst. Er empfand Widerwillen gegen die Gefühlskälte von Grönemeyer, beneidete ihn aber manchmal genau um diese Eigenschaft. Schwabe wäre nie auf die Idee gekommen, eine Briefbombe zu bauen und zu verschicken. Vor allem nicht, um einen Geschäftspartner zu akquirieren.

Völliger Irrsinn! Aber es schien funktioniert zu haben. Immerhin hatte dieser Journalist bereits mit ihnen zusammengearbeitet, als es um die PR-Arbeit im Fall der Bielefelder Ampeln ging. Saubere Aktion! Das hätte er gerne gesehen. Überhaupt musste er den beiden zugestehen, dass sie während seines Krankenhausaufenthaltes tolle Arbeit geleistet hatten.

Die beiden waren ein gutes Team. Während Grönemeyer der kaltschnäuzige Planer war, brillierte Hegge mit seinen technischen Fähigkeiten. Schwabe selbst war keinesfalls der Kopf dieses Trios, das als „Verein für Datenvermeidung OWL“ schon für einiges Aufsehen in der Region gesorgt hatte. So unterschiedlich die drei als Menschen auch waren, es verband sie eine fundamentalistische Abneigung gegen jede Form von Überwachung. Sie empfanden ausufernde Datensammlungen, Videoüberwachungen und andere Übergriffe als eine Fessel, die sich immer stärker um den freien Bürger legt und ihn letztendlich zu ersticken droht. Sie selbst fühlten sich in ihrer Rolle als David gegen Goliath außerordentlich gut und waren ihrer eigenen Meinung nach grundsätzlich immer im Recht.

Warum sollte er nicht diesen Journalisten für seine eigenen Interessen einspannen? Grönemeyer hatte ihm erzählt, dass dieser ältere Herr sich zurzeit in einer Fastenklinik in Bad Salzuflen aufhielte. Die Telefonnummer hat er ihm auch gegeben. Schwabe musste den Hörer weit vom Ohr weg halten, denn Hermann Rodehutskors reagierte auf Schwabes Einleitung, er sei Mitglied des bereits bei Rodehutskors bestens bekannten Vereins, erstaunlich ungehalten. Die lauthals mit einer tiefen Bassstimme vorgebrachten Verwünschungen ließen nicht vermuten, dass dieser Mann durch sein Fasten irgendwie geschwächt sein könnte. Nach etwa einer Minute schwächte sich die Tirade ab und Schwabe konnte sein Begehr vortragen. Er schlug dem Journalisten vor, zu ihm in die Klinik zu kommen und sich unter vier Augen zu verständigen. Rodehutskors war überhaupt nicht begeistert. Die mentalen Belastungen des Fastens reichten bereits aus, um seine Reizschwelle stark herabzusetzen. Darüber hinaus gehenden Beanspruchungen war er in keiner Weise gewachsen. Andererseits war er aber auch neugierig geworden. Er hielt zwar nach wie vor alle Mitglieder dieses verfluchten Vereins für riesengroße Spinner, aber vielleicht hatten die ja wirklich was Interessantes zu bieten. Und vielleicht lenkte ihn dieser ganze Quatsch auch von seinem Magenknurren ab.

Die beiden Männer vereinbarten ein Treffen am nächsten Abend, also am Donnerstag, im Zimmer von Rodehutskors.

61

Hermann Rodehutskors war fest davon überzeugt, in den nächsten zehn Sekunden sterben zu müssen. Es waren noch fast hundert Meter zum Zielpunkt und er war Letzter in einem Feld von Schwachen. Wider besseren Wissens hatte er sich überreden lassen, im Rahmen des umfangreichen Sportangebots „leichtes Walking mit Stöcken“ zu belegen. In einer stattlichen Gruppe von fast zwanzig Fastenden ging es durch den Salzufler Kurpark. Hätte Rodehutskors gewusst, welch grotesken Eindruck er dabei auf die „normalen“ Kurparkbesucher machen musste, wäre er nur maskiert mitgelatscht. Ein ganzes Rudel dicker Menschen, die in einem seltsamen Watschelgang, der für Spaziergänger zu schnell und für Jogger zu langsam ist, durch den Park hasten und dabei völlig unpassend mit Skistöcken hantieren, als seien sie in einer Loipe aus Schnee und nicht auf den gepflegten Wanderwegen der Salzufler Kurverwaltung im Sommer. Wenn ihn hier einer erkannt hätte! Nicht auszudenken! Gott sei Dank war das Ziel fast erreicht. Rodehutskors mobilisierte seine letzten Kräfte und wankte auf den Ausgang des Parks zu. Als er restlos erschöpft als letzter am Tor ankam und verzweifelt um Luft rang, konnte er hören, wie der uralte Herr Notbusch glücklich lächelnd den anderen Läufern erzählte, dass es heute ein ganz besonders lockerer Lauf war, der nicht so anspruchsvoll gewesen sei wie sonst. Dieser beängstigend rüstige Greis war der Alptraum aller anderen Fastenden. Er war mit seinen neunundsiebzig Jahren derart fit, dass er mit seinen sportlichen Leistungen alle jüngeren Patienten demütigte. Leider war Opa Notbusch kein stiller Genießer. Er ließ, ganz im Gegenteil, keine Gelegenheit aus, seinen erstaunlichen Leistungsstand ins rechte Licht zu rücken. Hermann Rodehutskors verabscheute diesen Mann von ganzem Herzen. Er nahm auch an, dass Notbusch sich nur deshalb einer Fastenkur unterzog, weil er sowieso klapperdürr war und dadurch immer allen Dicken, mochten die fasten wie sie wollten, weit voraus war. Leider ließ sich auch diesmal ein Zusammentreffen mit dieser morbiden Vogelscheuche nicht vermeiden, denn der Greis kam direkt auf ihn zu.

„Du schnaufst ja wie ein Walross!", rempelte er Rodehutskors, der sich vergeblich zu erinnern suchte, wo und wann er diesem menschlichen Unheil das Du angeboten hatte, verbal an. Dann, ganz der Kumpel: „Aber im Ernst, du wirst langsam besser. Beim letzten Mal wollte ich noch den Notarzt holen, jetzt reicht schon 'ne Krankenschwester um dich wieder ins Leben zurückzubringen. Mach so weiter! Große Klasse, der Mann!"

Wäre Rodehutskors nicht so sehr damit beschäftigt gewesen, seinen Atem unter Kontrolle zu bringen, ihm wäre sicher eine passende Antwort gelungen. So starrte er den Alten nur stumpf und erschöpft an und hechelte wie eine Schwangere in den Presswehen. Notbusch war bereits weitergeschlurft, um den nächsten hilflosen Läufer moralisch niederzumachen. Rodehutskors verschob seine Rachegedanken auf die Zeit nach dem Duschen, zerrte ein Handtuch aus seiner Sporttasche, trocknete sich notdürftig ab und trollte sich mit einigen anderen in Richtung Klinik. Die Sporttaschen waren beim Start zum Rundkurs einfach am Wegesrand abgestellt worden.

Besonders stolz war er nicht auf sich, wie er mit seinem blauen Jogginganzug, in dem er wie eine unförmig geratene Wurst aussah, und mit hochrotem verschwitztem Kopf durch die Kuranlagen stiefelte. Hätte er geahnt, welch herbe Duftnote er ausströmte, wäre er wahrscheinlich mit der Joggingjacke über dem Kopf gegangen. Für ihn gab es jetzt nur noch den Gedanken an Dusche und Bett.

Dann fiel ihm ein, dass sich dieser seltsame Mann für heute Abend bei ihm angekündigt hatte. Und er ärgerte sich schon wieder darüber, dass er dem Besuch zugestimmt hatte. Schließlich war er hier zur Kur und sollte sich erholen.

Da konnte er keine lästigen Besucher gebrauchen, die etwas von ihm wollten. Vor allem nicht solche Spinner! Es war nun halb sieben. Für sieben Uhr hatte sich dieser Mann angemeldet. Rodehutskors würde sich beeilen müssen, wenn er noch rechtzeitig wieder angekleidet sein wollte. Er mobilisierte seine letzten Reserven, um die wunderschöne Marmor-Wendeltreppe der Klinik emporzuklimmen. Der Lift galt in der Fastenklinik als unanständig, da kontraproduktiv. Auf dem Flur seiner Etage kamen ihm ein Mann und eine Frau entgegen. Beide schienen es sehr eilig zu haben, denn sie erwiderten seinen müden Gruß nicht, schauten ihn auch nicht an und hasteten Richtung Treppe. Rodehutskors schaute ihnen verblüfft hinterher, schüttelte dann verärgert den Kopf und stapfte weiter bis zu seiner Zimmertür. Er stellte die Sporttasche auf den Fußboden, öffnete sie und kramte den Zimmerschlüssel heraus. Es dauerte eine Weile, bis er realisierte, dass da kein Schlüssel war. Rodehutskors wühlte seine Tasche ein ums andere Mal durch. Er räumte sie völlig aus und wieder ein. Nichts! Kein Zimmerschlüssel! Vor Wut wurde ihm noch heißer. Er konnte sich ganz genau daran erinnern, dass er die Zimmertür sorgfältig abgeschlossen und den Schlüssel mit dem schweren Anhänger in seine Sporttasche gelegt hatte. Mehr um einen Gedächtnisirrtum auszuschließen als aus Hoffnung, drehte er einfach so an dem Türknopf. Zu seinem großen Erstaunen ließ der sich drehen und Rodehutskors konnte die Tür aufdrücken. Verstehen konnte er das nicht. Aber wie auch immer. Jetzt wollte er auch rein! Er drückte die Tür ganz auf, hob seine Tasche wieder an und trat ein.

Ja, und dann stand er da. Mindestens zehn Sekunden benötigte sein erschöpftes Hirn, um richtig einzuordnen, was er da wahrnahm.

Da saß ein Mann auf seinem Polstersessel. Rodehutskors wurde ärgerlich, als er sah, wie sich dieser Mensch auf seinem Sessel herumlümmelte. Das war schon nicht mehr lässig, das war provozierend. Und wie blöde dieser Kerl ihn anglotzte. So starr. Wie unter Drogen. Langsam, ganz langsam erschloss sich dem Journalisten die Wirklichkeit. Schreckensbleich ging er mit schleppendem Schritt auf den Mann zu. Doch der zeigte immer noch keine Regung. Als Rodehutskors ihn vorsichtig an der Schulter anfasste, fiel der Oberkörper des großen Mannes nach vorn und Rodehutskors hatte freien Blick auf einen gewaltigen Blutfleck auf der Rückenlehne des Sessels. In der Mitte des Flecks war wie bei einer Zielscheibe ein Loch. Ein großes, ausgefranstes Loch! Er zwang sich, auf den Rücken des Mannes zu schauen. Auch dort war ein faustgroßes Loch, aus dem noch Blut sickerte. Rodehutskors spürte, wie ein eiskalter Wirbelwind durch sein Gehirn tobte und ihm das Bewusstsein schwand. Es waren nur Sekunden, aber als er wieder aufwachte, lag er auf dem Fußboden und verspürte einen heftigen Schmerz im Kopf. Offenbar war er ungeschützt lang hingeschlagen. Er rappelte sich stöhnend auf und hielt sich den Schädel. Leider konnte auch das nicht verhindern, dass die glotzenden Augen des toten Mannes seinen Blick einfingen und ihn nicht wieder losließen. Nur die Tatsache, dass er seit Tagen nichts mehr gegessen hatte, ließ seinen Magen das alles überstehen, ohne sich zu übergeben.

Verwirrt lief er durch das Zimmer, bis er das Telefon fand. Er bekam die Rezeption und stammelte wirres Zeug von einem Toten und sofort Polizei holen. Der junge Mann am Empfang fragte noch einmal nach, hörte wieder nur wenig zusammenhängende Worte. Er legte auf und rief sofort den hausinternen medizinischen Notdienst an. Kurz darauf hasteten ein Arzt und ein Pfleger in das Zimmer des restlos erledigten Hermann Rodehutskors.

62

Der Mann atmete mehrmals tief durch, nachdem die Autotür zugeknallt war. Dann schaute er triumphierend zu der Person auf dem Beifahrersitz. „Geschafft! Den sind wir los!“

Sein Gegenüber schwieg und schaute nachdenklich durch die beschlagene Frontscheibe.

„Was ist los? Hat doch wunderbar geklappt, oder?“

„Findest du? Sicher, er ist erledigt. Aber unser Abgang war nicht gerade professionell. Das macht mir Sorgen!“

Der Mann auf dem Fahrersitz winkte genervt ab.

„Du immer mit deinen Sorgen! Unsere größte Sorge haben wir gerade aus dem Weg geräumt. Der ist für uns keine Gefahr mehr. Also, hör auf zu jammern!“

Er drehte den Schlüssel um, gab Gas und fuhr los. Dann kam es aggressiv vom Beifahrersitz:

„Du bist immer schon ein Trottel gewesen und wirst es immer bleiben. Du hast mit einer Pistole geschossen. Hast du etwa daran gedacht, die Patronenhülse einzustecken? Nein! Ich allerdings auch nicht. Wir konnten gar nicht schnell genug aus dem Zimmer rauskommen. Und dann hat uns dieser Dicke auf dem Flur gesehen. Das war vermutlich der eigentliche Bewohner des Zimmers, in dem sich Schwabe aufhielt. Das hätte niemals passieren dürfen.“

„Glaubst du etwa, er hat uns richtig gesehen? Auf dem Flur war es doch halb dunkel. Ich hatte nicht das Gefühl, dass der uns überhaupt beachtet hat.“

„Mir macht das jedenfalls Bauchschmerzen. Große Bauchschmerzen. Dieser Mann ist ab sofort eine große Gefahr für uns beide. Er wird mit Sicherheit von der Polizei verhört. Vielleicht noch nicht heute, aber irgendwann kommt er darauf, dass er uns im Flur gesehen hat. Wir müssen was unternehmen!“

Der Fahrer bremste abrupt und wollte den Wagen wenden.

„Was hast du denn vor?“, rief seine Beifahrerin gereizt.

„Wir fahren jetzt zurück und machen diesen Fettsack mundtot. Auf einen mehr oder weniger kommt es jetzt auch nicht mehr an.“

„Halt sofort an, du Schwachkopf! Was denkst du denn, was dieser feiste Kerl als erstes gemacht hat, als er den Toten in seinem Zimmer gefunden hat? Er wird die Polizei gerufen haben. Und die wird mittlerweile bereits im Anmarsch sein. Wenn wir jetzt wenden, fahren wir denen direkt in die Arme. Nein! Wir müssen jetzt die Nerven behalten. Die Polizei wird ihn erstmal an der ganz kurzen Leine halten. Da kommen wir nicht ran. Den Kerl holen wir uns, aber erst später. Anfang der nächsten Woche. Wir knipsen diese Gefahr aus!“

63

Maren Köster staunte nicht schlecht, als sie erkannte, wer da wie ein Häufchen Elend vor ihr saß. Die Kreispolizeibehörde war von der Bad Salzufler Polizei gerufen worden, weil hier ganz offensichtlich ein Gewaltverbrechen begangen worden war. Als mutmaßlicher, auf frischer Tat ertappter Täter, wurde ihr ein dicker älterer Herr präsentiert, der niedergeschlagen auf einem Bett saß. Der Tote saß nach wie vor mit dem Oberkörper auf den Knien im Polstersessel.

Nun stand sie, jung und schön, vor dem angeblichen Mörder und fragte besorgt:

„Herr Rodehutskors, wie kommen Sie denn in diesen Schlamassel?“

Die Salzufler Polizisten blickten sich erstaunt an. Diese „Granate“ kannte den Mörder? Steckten diese Detmolder denn alle unter einer Decke? Unglaublich!

Hermann Rodehutskors blickte müde zu ihr hoch. Als er sie ebenfalls erkannte, sah sie ein flüchtiges Leuchten in seinen Augen, das sofort wieder erlosch.

„Keine Ahnung, Frau Kommissarin! Nie wieder mache ich eine Diät!“

Sie brauchte eine Weile, bis sie ihm klar gemacht hatte, dass er sich jetzt nicht einfach auf sein Bett legen, schlafen und die ganze Geschichte vergessen konnte. Er war, und wenn es noch so grotesk erschien, nun mal die einzige Adresse für Fragen der Ermittler. Und er wäre nicht der erste, der einen Mord bei der Polizei gemeldet hätte und später als Täter überführt wurde. Im Gegenteil, das käme sehr häufig vor. Auch wenn dies in seinem Falle wohl nicht so sein würde. Aber das sei ihre persönliche Meinung und die müsse nun mal zurücktreten hinter die Routine einer polizeilichen Ermittlung.

Konsterniert verfolgte Rodehutskors, wie die Spurensicherung in Person von Heinz Krause sein Zimmer völlig auf den Kopf stellte. Wie er Distanzen maß, wie er Fingerabdrücke nahm, wie er nach kurzer Suche die Kugel aus dem Wandputz herausfummelte. Rodehutskors sah dies alles wie im Fernsehen. Innerlich war er nicht beteiligt. Jetzt erst nahm er zur Kenntnis, welche gewaltige Sauerei der Schuss in seinem Zimmer angerichtet hatte. Ihm wurde wieder schlecht.

Dann, als der Tote abtransportiert war, wandte sich Maren Köster ihm wieder zu.

„So, nun erzählen Sie mal! Kannten Sie diesen Mann?“

„Sie kennen ja die Vorgeschichte mit der Briefbombe und so weiter. Dieser Mann ist ein Mitglied der Truppe, die mir die Bombe geschickt hat. Wie er heißt, weiß ich nicht. Auf jeden Fall…“, nun berichtete Rodehutskors von den beiden Anrufen in den letzten Tagen. Und davon, dass er sich mit diesem Mann, dessen Namen er nicht kannte, um sieben Uhr verabredet hatte um über angeblich brisante Dinge zu sprechen, die ihn als Journalist hätten interessieren können.

„Das war’s, schöne Kommissarin! Mehr weiß ich nicht.“

Maren Köster hatte alles mitgeschrieben.

„Wie ist der Mann denn in ihr Zimmer gekommen? Hatten Sie nicht abgeschlossen?“

Rodehutskors stellte Vermutungen darüber an, dass der Tote den Zimmerschlüssel aus seiner Sporttasche entwendet haben musste. Vielleicht, um vor dem Gespräch noch ein wenig im Zimmer herum zu schnüffeln.

Maren Köster schaute sich um.

„Das könnte passen! Wir haben die Fingerabdrücke des Toten auch an Ihrem Kleiderschrank und im Bad gefunden. Vielleicht hat er wirklich was gesucht.“

„Muss er wohl! Schließlich war er auch viel zu früh hier. Wir hatten uns um sieben Uhr verabredet. Um halb sieben hatten wir unseren Lauf beendet. Gestartet sind wir um viertel vor sechs. Er muss also kurz nach dem Start an der Tasche gewesen sein. Schließlich war ein bisschen Zeit notwendig, um das Zimmer zu finden, um rumzuschnüffeln und um sich in aller Ruhe umbringen zu lassen. Woher wusste er überhaupt, welches meine Tasche war?“

„Wahrscheinlich hat er Sie vorher schon beobachtet und sich die Tasche gemerkt. Das wird nicht weiter schwierig gewesen sein. Ist Ihnen denn gar nichts Ungewöhnliches aufgefallen, als Sie zurückgekommen sind? Ich meine, schließlich muss dieser Mord fast unmittelbar vor Ihrem Eintreten passiert sein. Wahrscheinlich hatten Sie sogar eine Menge Glück, dass Sie nicht einige Minuten früher gekommen sind. Dann wären Sie voll in eine Situation geraten, in der niemand einen Zeugen gebrauchen kann.“

Rodehutskors wäre noch blasser geworden, wenn dies möglich gewesen wäre. Er schluckte mehrfach, bevor er wieder sprechen konnte.

„Verdammt, daran hatte ich noch gar nicht gedacht. Aber immerhin sind Sie anscheinend von meiner Unschuld überzeugt, sonst würden Sie nicht solche Vermutungen anstellen. Ist ja auch schon mal was.“

Sie lachte.

„Nicht meine Meinung ist hier entscheidend, sondern die des Staatsanwaltes. Und der kommt noch ins Spiel, warten Sie nur ab. Die Indizien sprechen gegen Sie. Warum sollte ein Ihnen fremder Mann ausgerechnet in Ihrem Zimmer von einem Ihnen noch viel fremderen Täter erschossen werden? Welch eine Kette von Zufällen! Das soll Ihnen einer abnehmen? Nein, mein lieber Herr Rodehutskors. Die Tatsache, dass wir beiden uns kennen, nützt Ihnen erst mal gar nichts. Aber wenn es Sie tröstet: Sie wären nicht der erste, der lebenslänglich bekommt und völlig unschuldig ist.“

Er starrte sie verwirrt an. Dann brummte er leise:

„’n Gesicht wie ein Engel, aber ’nen Humor wie einer von der Fremdenlegion!“

Und, nach einer Schweigeminute:

„Da sind mir übrigens zwei Leute auf dem Flur entgegengekommen. Ich glaube, das war ein Paar. Eine Frau und ein Mann. Die hatte ich noch nie gesehen. Außerdem haben die sich merkwürdig benommen, wenn ich mir das so richtig überlege.“

„Kennen Sie alle Mitpatienten in dieser Klinik?“

„Nicht Patienten, Kunden. Wir sind hier alle Kunden. So werden wir jedenfalls vom Personal genannt. Nein, von richtig kennen kann natürlich keine Rede sein. Aber ich vergesse auch so schnell kein Gesicht. Und die beiden habe ich noch nie vorher gesehen. Ganz sicher!“

64

Im Besprechungsraum der Sonderkommission Schachbrettmord herrschte dicke Luft. Immer wieder kam man zusammen und wendete die Fakten von rechts nach links. Nicht nur, dass die Suche nach Indizien und Zusammenhängen sich wie Kaugummi zog. Auch Erpentrup, der Leiter der Kommission erwies sich immer wieder als Bremser, weil er offensichtlich Angst hatte, dass in die Ermittlungen in irgendeiner Weise Detmolder Politiker mit einbezogen werden könnten. Wenn dies den gerade beginnenden Wahlkampf, in welcher Weise auch immer, beeinflussen würde, wäre Erpentrup mit Sicherheit der, der als erstes am Haken hängen würde.

Gerade posaunte Schulte heraus: „Wenn der Chef heute wieder auf die Bremse tritt, dann mache ich morgen einen Wochenendausflug nach Zeitz. Ich bin doch …“.

Mitten im Satz hatte sich die Tür geöffnet und Erpentrup trat ins Zimmer.

Obwohl der Hauptkommissar sofort abbrach, deutete der hochrote Kopf des Polizeioberrates darauf hin, dass er den Gesprächsinhalt seines Untergebenen mitbekommen hatte. Er ging jedoch mit keinem Wort darauf ein.

Wortlos und steif setzte er sich auf seinen Stammplatz. Auf diese Weise gab er das Signal, dass er mit der Besprechung beginnen wollte.

Nachdem sich alle Polizisten gesetzt hatten, wurde Lohmann als Aktenführer aufgefordert, alle auf den aktuellen Stand zu bringen.

Er berichtete, dass es im Prinzip keine großartigen Veränderungen gab. Die Bankschließfächer, von denen Schlüssel in Leipholts Safe lagen, waren immer noch nicht ausfindig gemacht worden. Man hatte jedoch, nachdem die Ermittler auf Brechmanns Kontoauszügen eine Kontonummer von Leipholt entdeckt hatten, nun vier verschiedene Bankkonten gefunden. Sie reichten bis in das Jahr 1984 zurück. Es galt nun, alle zu überprüfen.

Als alles durchgesprochen war, ergriff der Polizeioberrat noch einmal das Wort.

„Herr Potthast, ich habe mit Ihrem Chef gesprochen. Wenn Sie also wirklich nach Zeitz fahren wollen, bitteschön. Ich werde Sie nicht davon abhalten können. Doch bevor Sie fahren, will ich von Ihnen eine dezidierte Begründung, was Sie erreichen wollen, welche Ziele Sie sonst verfolgen und wen Sie warum mitnehmen. Und damit wir uns nicht missverstehen: Ich will es schriftlich!

Damit ist für mich die Sitzung beendet. Frau Bülow, meine Herren, schönes Wochenende." Der Polizeioberrat verließ sichtlich schlecht gelaunt das Besprechungszimmer.

Die Zurückgebliebenen sahen sich an. Schließlich ergriff Frau Bülow das Wort: „Wir sollten das Eisen schmieden so lange es heiß ist. Montag sollten wir unsere Reise antreten. Das bedeutet zwar, dass wir dieses Wochenende durcharbeiten müssten. Doch ich glaube, wir haben keine andere Wahl. Unser Kollege Erpentrup kann seine Haltung zu der Zeitzfahrt genau so schnell über den Haufen werfen, wie er heute seine indirekte Zusage gemacht hat."

„Wochenende durcharbeiten?", presste Potthast heraus. „Ich bin mit unseren Offizieren zu einem Schützenfest in Hövelhof eingeladen worden. Da will ich unbedingt hin."

Alle sahen Potthast verständnislos an. Ihm wurde im nächsten Augenblick klar, dass er seine bis eben gehegten Wochenendpläne knicken konnte.

65

„Was für eine Wurst!“ Bernhard Lohmann war ungewohnt erregt. „Ich habe ja in meinem Fußballerleben so manchen Elfmeter geschossen. Okay, ich habe auch einige vergurkt, aber ich habe auch nicht Millionen damit verdient. Es war nicht mein Beruf, einen Lederball aus nächster Nähe am Torwart vorbei ins Netz zu schießen, sondern mein Hobby. Aber dieser Beckham ist ’ne Wurst! Glaub’ es mir! Der wird total überschätzt. Dieser Kerl ist nur schön!“

„Immerhin!“, lächelte Maren Köster ihn an. „Das ist doch auch schon was. Ich fand ihn einfach süß, als er nach dem verschossenen Elfmeter so traurig war.“

Lohmann schnaufte.

„Frauen und Fußball! Liebe Kollegin, beim Fußball geht es darum zu gewinnen. Irgendwie mehr Tore zu schießen als der Gegner. Wie, ist völlig egal. Und wie du dabei aussiehst, ist erst recht wurscht. Der beste Techniker, der schnellste Läufer und der härteste Verteidiger machen ein Team aus. Nicht die verwöhnten Bengels mit den knackigen Hintern!“

„Schade eigentlich!“ Sie strich ihm liebevoll kollegial über die Glatze. „Dich hätte ich früher auch gern mal spielen sehen. Warst bestimmt ganz knackig!“

Das konnte Bernhard Lohmann gar nicht wechseln. Mit hochrotem Kopf setzte er sich in seinen Bürostuhl, zog eine Schreibtischschublade auf und versuchte, einen geschäftigen Eindruck zu machen. Maren Köster und der ebenfalls anwesende Josef Schulte grinsten sich verschwörerisch an. Die zur Zeit stattfindende Fußball-Europameisterschaft überlagerte in den letzten Tagen alle anderen Gesprächsthemen. Besonders der Kollege Lohmann, vor dreißig Jahren einer der besten Fußballer des Kreises Lippe, war restlos gefangen. Das blamable Ausscheiden der deutschen Mannschaft bereits in der Vorrunde hatte ihn persönlich getroffen und ihm körperliches und seelisches Unbehagen bereitet. Nun galt seine Sympathie ganz und gar dem griechischen Team, da er selbst einmal bei einem Auswahllehrgang in Kaiserau mit dem griechischen Nationaltrainer Otto Rehagel zusammen gespielt hatte.

Schulte und Lohmann hatten gerade eine Besprechung der Sonderkommission *Schachbrettmord* hinter sich gebracht und Schulte berichtete nun seiner Kollegin über den aktuellen Stand. Dann erzählte sie:

„Ich brauche unbedingt Verstärkung! Dieser Fall Rodehutskors fing erst verhältnismäßig einfach an. Eine etwas tolldreiste Erpressung, um die Mitarbeit eines renommierten Journalisten für irgendeine politische Spinnerei zu gewinnen. Völlig überdreht, aber die Strukturen des Falles schienen klar zu sein. Auch die Aktionen dieser Truppe in Bielefeld, der Datenklau bei den Stadtwerken und die zugegeben geniale Ampelaktion schienen ins Bild zu passen. Politische Aktivisten mit einem Hang zu revolutionärer Romantik, die sich zunehmend mehr isolieren und langsam, ohne dies selbst wahrzunehmen, zu gewöhnlichen Kriminellen mutieren. Genauso haben es die Bielefelder Kollegen auch eingeschätzt. Seit gestern aber gibt es einen Toten! Das passt nicht ins Bild!"

„Wie gehören denn die beiden Fälle zusammen?", fragte Schulte interessiert. „Also dein Erpresserfall und dieser Tote?"

„Das Bindeglied ist zweifellos unser guter alter Bekannter Hermann Rodehutskors. Er war Zielscheibe der Briefbombenerpressung und in seinem Zimmer in der Fastenklinik ist dieser Mann ermordet worden. Wohl kein Zufall. Zumal dieser Mann am Vortag seinen Besuch angekündigt hatte, um mit Rodehutskors über die weitere Zusammenarbeit zu sprechen. Dieser Mann heißt Dirk Schwabe und wohnt in Detmold. Jetzt sind wir im Rahmen unserer Mordermittlung darauf gestoßen, dass dieser Mann bereits mehrfach bedroht worden ist. Am 26. Mai hat ihn jemand in einem Bielefelder Parkhaus angefahren. Die Bielefelder Kollegen vermuten Vorsatz. Danach hat Schwabe tagelang im Koma gelegen. Am 5. Juni hat sich jemand in sein Krankenzimmer geschlichen. Was da genau geplant war, ist nicht bekannt. Aber auch da vermutet Kollege Muffen aus Bielefeld, dass Schwabe ermordet werden sollte. Schwabe hatte aber zum zweiten Mal einen sehr tüchtigen Schutzengel und auch aus diesem Anschlag wurde nichts. Gestern hatte der Schutzengel wohl gerade Pause. Außerdem sind ja aller guten Dinge drei. Jedenfalls hat es gestern geklappt und Schwabe ist tot."

„Hm!" Schulte grübelte. „Hast du irgendeine Idee, wer dahinter stecken könnte? Was denkt denn Kollege Muffen über das Ganze?"

„Natürlich könnte das jemand sein, der mit den Zielen von Schwabes Gruppe nicht einverstanden ist. Es kann aber auch ganz persönlich gegen Schwabe gegangen sein, ohne dass dieser so genannte Verein und seine Aktivitäten etwas damit zu tun haben müssen. Wir haben da noch keinen blassen Schimmer!"

Lohmann hatte sein Butterbrot herausgekramt und mischte sich nun ungehemmt schmatzend ins Gespräch ein. Es war eine Unart von ihm, die Maren Köster schrecklich fand. Anscheinend glaubte Lohmann, dass seine Worte mehr Gewicht bekämen, wenn er erst herzhaft ins Brot biss und dann zu sprechen begann. So musste seine zarter besaitete Kollegin nicht nur die akustische Widerwärtigkeit ertragen, sondern auch noch mit ansehen, wie Lohmann beim Reden seinen sonst sorgfältig gepflegten Schreibtisch mit angekauten Brotkrümeln besudelte. Sie schüttelte sich innerlich, sagte aber nichts dazu.

„Hast du denn schon irgendwelche Erkenntnisse über diesen Verein? Wer macht denn da mit?"

„Wissen wir noch nicht. Da das ja kein richtiger, also eingetragener, Verein ist und diese Leute offenbar sehr konspirativ vorgehen, haben wir es schwer. Und hier brauche ich auch Verstärkung. Ich stehe sonst ziemlich allein da. Die Bielefelder Kollegen sind auf uns in Detmold angewiesen. Schwabe lebte hier und es steht zu vermuten an, dass sein komischer Verein auch lippischen Ursprungs ist. Was wiederum überhaupt nichts darüber aussagt, dass sein Mörder auch von hier kommen muss. Ich bin nun gezwungen, in alle möglichen Richtungen zu ermitteln. Ich muss möglichst schnell alles über diesen Verein wissen, darf mich aber auch nicht darauf fixieren. Es ist durchaus möglich, dass der Mord überhaupt nichts damit zu tun hat. Wie soll ich das alleine schaffen? Kann Axel nicht aus eurer Sonderkommission aussteigen und mir helfen? Ihr seid doch 'ne Menge Leute."

„Na ja", brummte Schulte. „Wir haben hier immerhin auch zwei Morde vor der Brust. Aber okay! Ich werde gleich mit Axel Braunert sprechen. Zufrieden?"

Und nachdem sie genickt hatte, setzte er nach:

„Was machst du denn heute Abend? Heute spielt Frankreich gegen Griechenland. Wenn du Lust hast, können wir doch in irgendeiner schönen Kneipe zusammen gucken. Mit Bier und Großbild! Der Sieger steht allerdings schon fest, die Franzosen werden sich nicht die Butter vom Brot nehmen lassen."

„Da wäre ich mir gar nicht so sicher", trompetete Lohmann dazwischen und verspritzte wieder Brotkrümel über den Schreibtisch. „Der alte Rehagel hat sich bestimmt was Pfiffiges einfallen lassen!"

66

Die Frage: Was machen wir mit dem Verdächtigen?, hatte der junge Staatsanwalt schnell entschlossen vom Tisch gefegt. Nach einer kurzen Besprechung mit der Kommissarin Köster und einem etwas längeren Gespräch mit Rodehutskors ordnete er an, dass dieser vorerst einmal in der Klinik bleiben könne. Es bestehe weder Flucht- noch Verdunkelungsgefahr. Der Klinikleiter war darüber nicht erfreut. Ihm verursachte die Vorstellung, einen des Mordes Verdächtigen in seinen heiligen Hallen beherbergen zu müssen, körperliche Schmerzen. Das Zimmer war selbstverständlich erst einmal gesperrt und so musste die Klinik zu allem Überfluss dem unheimlichen Gast auch noch ein neues Zimmer zur Verfügung stellen. Das hätte sich Hermann Rodehutskors in seinem Alter auch nicht mehr träumen lassen. Man begegnete ihm von Stund an, als liefe er ständig mit einer bluttriefenden Axt durch die Klinikflure, immer auf der Suche nach armen bedauernswerten Opfern. Manche Gäste zogen regelrecht den Kopf ein, wenn sie eine Begegnung mit ihm nicht vermeiden konnten.

Der gesamte nächste Tag wurde für ihn so unangenehm, dass er sich nicht mehr in der Lage fühlte, sein Fasten fortzusetzen. Seine Situation war exakt das Gegenteil dessen, was seiner Mentalität entsprach. Er war von Haus aus ein fröhlicher und geselliger Vielfraß. Hier war er ein sozial isolierter Hungerhaken. Das war zuviel für ihn. Er suchte um ein Gespräch mit dem Chefarzt nach, um seinen Entschluss, die Fastenkur abzubrechen, deutlich zu machen. Der runzelte die hohe Stirn und schaute ihn lange über die Halbschalengläser hinweg vorwurfsvoll an. Dann rechnete er ihm seelenruhig vor, wie teuer seine Kur bislang gewesen sei. Und dass seine Krankenkasse keinen Cent davon übernehmen würde, wenn er ohne entsprechende medizinische Indikation abbrechen würde. Mit seiner Rentenversicherung könnte es auch Probleme geben usw. Außerdem solle er sich nicht einbilden, dass er ein mittlerweile doch immerhin sieben Tage andauerndes Fasten so cinfach mir nix dir nix abbrechen könne. Er klärte Rodehutskors über die Prozedur des Fastenbrechens und der langsamen Wiederaufnahme normaler Nahrung auf und untermauerte seine Ausführungen durch die Schilderung schrecklicher Gefahren, falls der Patient zu schnell der Meinung sei, wieder „richtig reinhauen" zu dürfen. Gesenkten Hauptes verließ der ältere Herr das Chefarztbüro.

In seinem neuen, erheblich kleineren Zimmer legte er sich auf das Bett, schloss die Augen und wunderte sich, dass er seinen Magen gar nicht mehr spürte. Da war weder das alte Völle- und Druckgefühl noch war Hunger zu spüren. So friedlich hatte sich sein Verdauungsapparat seit fünfzig Jahren nicht mehr verhalten. Keinerlei denkwürdige Geräusche waren zu hören.

Doch bevor er auch im Kopf so ruhig werden konnte, drängte sich immer wieder das Bild des Ermordeten in sein Bewusstsein. Wer war dieser Mann, der mit ihm sprechen wollte? Rodehutskors fühlte sich ihm seltsam verbunden und empfand den brutalen Angriff auf seinen Gast auch als Angriff auf sich selbst. Auch wenn der Gast alle Regeln verletzt hatte. Man stiehlt keinen Schlüssel aus Sporttaschen und durchsucht fremde Zimmer. Er wusste nichts von diesem Menschen. Weder dessen Namen noch etwas über seine Person. Klar war nur, dass dieser Mann etwas mit den Leuten zu tun hatte, die ihm die Briefbombe geschickt hatten, die ihn genötigt hatten, seine berufliche Position zu missbrauchen. Sympathie konnte dadurch nicht entstehen. Rodehutskors hatte bei aller Neugier keine Möglichkeit, mehr über diesen Menschen und seinen Hintergrund zu erfahren, bevor nicht die Polizei die Identität des Mannes herausgefunden hatte. Er konnte nur hoffen, dass dies möglichst schnell ging. Und vor allem, dass dieser Alptraum, als Mörder verdächtigt zu werden, so rasch wie möglich aus der Welt geschafft wurde.

Endlich duselte er leicht ein. Nach dem üblichen Assoziationsgewitter im Halbschlaf wurde sein Schlaf ruhiger und er träumte von Bratkartoffeln mit Matjes in der Detmolder Braugasse.

67

Kurz vor Feierabend und freiem Wochenende stellte Maren Köster zufrieden fest, dass ihr Dossier über das Mordopfer Dirk Schwabe nun recht umfangreich war. Schwabe war in Detmold in der Heldmann-Straße gemeldet. Seine Nachbarn konnten oder wollten über ihn nicht viel Gutes sagen. Nicht, dass er in dem Mietshaus eine große Rolle gespielt hatte, aber manch einer war bereits mit ihm aneinander geraten und trug ihm das eine oder andere böse Wort nach. Schwabe schien einer von denen gewesen zu sein, die übersteigert empfindlich auf echte oder auch nur eingebildete Missachtung ihrer Person reagierten. Er war eine Art Anerkennungs-Junkie. Wenn er nicht regelmäßig seine Dosis Bewunderung einheimsen konnte, wurde er aggressiv und ausgesprochen unangenehm. Seine Variante von „Fishing for Compliments" war dabei nicht das zaghafte Fischen mit der Angel, sondern mit einem riesigen Schleppnetz.

Sein Ableben schien jedenfalls keiner so recht zu bedauern.

Schwabe hatte in seinen 55 Lebensjahren nicht immer den geraden und erfolgreichen Weg eingeschlagen, sondern, wahrscheinlich unfreiwillig, den einen oder anderen Abstecher ins Hoffnungslose gewagt. Nach dem Pädagogik-Studium war er wissenschaftlicher Mitarbeiter an der pädagogischen Fakultät in Bielefeld. 1984 heiratete er die sechs Jahre jüngere Claudia Liebermann und nahm ihren Namen an. Danach stieg er in die Weiterbildungsbranche ein und wurde zu einem sehr erfolgreichen Bildungsmanager. Als die DDR zusammenbrach, war seine damalige Firma eine der ersten, die das gewaltige Marktpotential erkannte und „drüben" ihre Dienste anbot.

Nach einer kurzen, aber sehr erfolgreichen Zeit im Osten wurde Schwabe dann im Sommer 1991 ziemlich plötzlich entlassen. Schwabe zog zurück nach Ostwestfalen und versuchte sich in verschiedenen Jobs, mit wenig Erfolg. Erste Alkoholprobleme. Ende 1992 kam dann die Scheidung von Ehefrau Claudia. Danach nahm er wieder seinen ursprünglichen Namen Schwabe an. Der Alkoholkonsum nahm zu, die Widerstandskraft gegen die Tücken des Alltags ab und so war es nicht überraschend, dass er im Herbst 1995 einen Zusammenbruch erlitt und für fast ein ganzes Jahr in einer psychiatrischen Einrichtung in Gütersloh verschwand.

Als er wieder herauskam, war er „trocken". Aber auch verändert. Seine Ex-Frau schilderte ihn, der früher eher Prophet einer gewissen Lässigkeit war, nun als einen fundamentalistischen Gerechtigkeitsfanatiker, der anderen nichts mehr durchgehen ließ. Er haderte mit der ganzen Welt.

Allerdings fing er sich zumindest beruflich. Im Herbst 1997 begann er eine sehr qualifizierte Ausbildung zum Informatiker an einer großen Privatschule in Paderborn. Im Frühjahr 2000 eroberte er sich den lange herbei gesehnten Arbeitsplatz, bei einem stark expandierenden Chipkartenhersteller, ebenfalls im deutschen Informatiker-Paradies Paderborn.

Nach dem weltweiten Börsencrash zu Beginn 2001 und dem damit verbundenen dramatischen Einbruch gerade seiner Branche fand sich Dirk Schwabe im Sommer 2001 auf der Straße wieder. Mit leeren Händen und der deprimierenden Vision, in seinem Alter nun kein Bein mehr auf den Boden zu bekommen. Er meldete sich arbeitslos. Von da an verlor sich für Maren Köster seine Spur.

„Sicher", meinte sie, als sie sich kurz vor Feierabend mit Axel Braunert über den weiteren Fortgang der Untersuchung beriet, „kein sehr erfolgreicher Lebenslauf. Aber ich kann hier beim besten Willen kein Motiv erkennen, diesen Mann wegen seiner Lebensführung umzubringen. Das überzeugendste Motiv hätte allemal noch seine Ex-Frau. Die müssen wir uns auch noch mal zu Gemüte führen. Vielleicht machst du das. Mit älteren Damen kannst du doch so gut, oder?"

Sie knuffte ihn kumpelhaft in die Seite. Axel Braunert hatte zwar nicht unbedingt Schwierigkeiten im Umgang mit Frauen, aber viel Vergnügen fand er daran auch nicht. Wie Maren Köster seit Jahren wusste, war ihr Freund und Kollege Axel stockschwul. Auch zur wunderschönen Kollegin hatte sich bei ihm nie mehr entwickelt als platonische Freundschaft.

Sie hätte sich das durchaus auch mal anders vorstellen können.

„Klar, wenn es sein muss, rede ich auch mit älteren Damen. Wie sieht es denn mit den anderen Weggefährten aus. Zum Beispiel den Leuten seiner ehemaligen Firma in diesem Kaff in der Nähe von Zeitz, oder den Mitpatienten in Gütersloh, oder den Kollegen beim Chipkartenhersteller in Paderborn. Gibt es da schon irgendwelche Äußerungen?"

„Nein!", winkte sie müde ab. „Dazu bin ich noch nicht gekommen. Ich war doch bis jetzt völlig auf mich allein gestellt. Aber jetzt habe ich ja dich. Zusammen werden wir alle diese wunderbaren Menschen befragen und feststellen, dass sie sich an diesen Herr Schwabe oder Liebermann kaum noch erinnern können. Wir werden dann noch lange nicht aufgeben, sondern tapfer weiterforschen. Ganz nebenbei müssen wir auch noch den netten alten Herrn Rodehutskors retten. Aber nicht mehr heute Abend. Heute Abend habe ich mich mit Jupp Schulte zum Fußballgucken verabredet. Griechenland gegen Frankreich. Hast du keine Lust mitzukommen? So mit Schulte allein, ich weiß ja nicht. Vielleicht könntest du ein bisschen auf mich aufpassen!"

Braunert lachte.

„Damit ich bei Jupp unten durch bin? Nee! Außerdem, zweiundzwanzig knackige junge Männer in kurzen Hosen stelle ich mir schon ganz reizvoll vor, aber ich finde Fußball einfach zu langweilig. Übrigens bin ich heute Abend auch schon verabredet."

„Schade! Ich hoffe jedenfalls, dass Jupp sich mehr für das Spiel interessiert als für mich, sonst zeige ich ihm die rote Karte!"

Ihr Bemühen, bei diesen Worten sehr überzeugend zu wirken, gelang nur bedingt. Irgendwie hatte Axel Braunert seine Zweifel am so endgültigen Platzverweis.

68

Das Fußballspiel endete völlig überraschend mit einem Sieg der Griechen. Noch Minuten nach dem Schlusspfiff schüttelte Josef Schulte ungläubig den Kopf. Nicht zu fassen! Dieser Rehagel!

Maren Köster hatte wirklich Ja gesagt zu seinem Vorschlag, das Spiel gemeinsam auf einer Großbildleinwand anzuschauen. Um sieben Uhr verließen sie die Kreispolizeibehörde und aßen zur Einstimmung auf das Spiel griechisch-deftig im *Plaka*. Von den gefüllten Weinblättern mit Zaziki konnte Maren Köster nicht genug bekommen. Beim anschließenden Hauptgang, Lamm mit Auberginen aus dem Backofen, versagte sie dann folgerichtig. Schulte hatte keine Probleme, nach der opulenten Vorspeise sein wirklich wunderbares Stifado zu schaffen. Es passten sogar noch zwei Biere zwischen Leber und Milz. Danach schlenderten sie zu Fuß durch die Stadt bis zur Bruchstraße. Im *Café Gothland* gab es einen Großbildschirm. Erstaunlich wenig Gäste nutzten diesen Service. Den beiden Polizisten war es recht. Wenig Betrieb bedeutete ungehinderte Sicht auf das Spielgeschehen und reibungslosen Getränkenachschub. Schulte hatte, um die

Kollegin zu ködern, versprochen, nüchtern zu bleiben und sie nach Hause, das hieß nach Lemgo, zu bringen. Auch wenn es ihm schwer fiel, für ihn bedeutete dies maximal zwei Biere im Verlauf des Abends, dann war Schluss. Aber er wäre noch zu ganz anderen Zugeständnissen bereit gewesen, um nach langer Zeit mal wieder einen Abend mit dieser Frau zu verbringen. Seit Jahren schmachtete er sie an. Genauso lange wies sie ihn immer wieder ab. Und wenn sie sich mal etwas näher gekommen waren, dann passierte irgendetwas Unvorhergesehenes und die Gelegenheit war dahin. Mittlerweile flirtete Schulte nur noch aus Gewohnheit mit der Kollegin. Ziele sah er keine mehr, da hatte er resigniert.

Das Spiel begann etwas zäh. Die Franzosen bemühten sich redlich, aber, da hatte Lohmann mit seiner Prognose recht behalten, Otto Rehagel hatte seine Mannen wirklich taktisch großartig eingestellt. Den Franzosen gelang nichts. Allein Henry überwand gelegentlich das Abwehrbollwerk der Griechen. Aber Tore gab es in der ersten Halbzeit nicht.

Bis zur Halbzeitpause hatte Maren Köster schon ein Bier und zwei Caipirinha getrunken. Sie begründete dies mit dem großen Durst, den sie nach dem reichlichen Verzehr des hervorragenden Zazikis verspürte.

In der zweiten Halbzeit setzte sich das Spiel fort, wie es zur Pause geendet hatte. Die Franzosen mühten sich, aber ihnen gelang zunehmend weniger. Die Griechen wurden frecher und bekamen das Spiel mehr und mehr in den Griff. Und als in der 65. Minute Angelos Charisteas nach einer Flanke seines Kapitäns völlig ungehindert ins Tor köpfte, war dies eigentlich eine folgerichtige Entwicklung. Griechenland hielt auch danach den wütenden Angriffen der Franzosen stand und am Ende feierten die Griechen sich selbst und ihren zu Tränen gerührten Trainer Otto Rehagel.

Die beiden Polizisten saßen noch eine Weile zusammen, dann wollte Maren Köster plötzlich nach Hause. Schulte seufzte innerlich. Er hatte gehofft, der Abend würde noch etwas länger dauern und vielleicht doch noch etwas Nähe bringen. Aber da war sie wieder, diese unausgesprochene, aber in der Sache knallharte Abgrenzung ihm gegenüber. Etwas schaumgebremst trottete er, mit einem Meter Seitenabstand, neben ihr her über die Ameide Richtung Auto. Es war einer der wenigen herrlichen Sommerabende in diesem Jahr. Maren Köster wirkte ungewohnt aufgekratzt. Sie plapperte wie ein Wasserfall und es störte sie nicht, dass Schulte nur sehr einsilbig antwortete. Das setzte sich fort, als sie im Auto saßen und erreichte seinen Höhepunkt, als sie in Lemgo über die Werre-Brücke in die Altstadt fuhren. Auf der restlichen Strecke bis zu ihrem Haus blieb sie jedoch merkwürdig still. Als Schulte vor ihrem Haus anhielt und davon ausging, dass sie mit einem flüchtigen Gruß aussteigen und ins Haus gehen würde, schaute sie ihn eine Weile an.

„Sag mal, hast du eigentlich meine neue Behausung schon komplett eingerichtet gesehen?“, fragte sie plötzlich.

Schulte schüttelte den Kopf. Er dachte an Anna Welke.

„Ein anderes Mal, heute ist mir nicht danach.“

Als er kurz darauf in sein Auto stieg, hatte er das Gefühl, aus einem Traum erwacht zu sein. Was war da eben passiert? Hatte Maren Köster mit ihm geflirtet? Wollte sie etwa heute mehr von ihm? Vielleicht würde er im nächsten Leben die Frauen besser verstehen. Für dieses Leben war es wohl zu spät dafür. Er wusste nur, dass er nicht sofort würde einschlafen können. Da konnte nur ein großes Glas Hochprozentiges helfen! Zuhause, allein auf dem Sofa!

69

An Tagen wie heute merkte Potthast, dass ihm die Wochenenden, an denen er arbeiten musste, nicht mehr so leicht fielen wie noch vor einigen Jahren.

Mittlerweile brauchte er den Samstag und den Sonntag, um sich etwas zu erholen und um seinen Kopf frei zu bekommen. Er hatte einfach nicht mehr die Energie zur Verfügung, die nötig war, zwei Wochen ohne Freizeitausgleich durchzuarbeiten.

Doch obwohl er heute Morgen beim Aufstehen den kommenden Tag verflucht hatte und es ihm nicht gelang, seine Mattheit mit zwei Tassen Kaffee zu vertreiben, bemerkte er auch eine gewisse Anspannung. Er konnte es sich nicht erklären, doch er hatte so ein Gefühl, als würde in Kürze etwas Gravierendes passieren. Während er seinen Audi durch die Kurven des Teutoburger Waldes lenkte, erzählte er seiner Kollegin, Frau Bülow, davon. Gleichzeitig wunderte er sich darüber, dass er solche privaten Gedanken einer doch relativ fremden Person mitteilte.

Frau Bülow teilte die Ansicht von Potthast. Auch sie war der Meinung, dass sie durch den anstehenden Besuch in Zeitz bei der Aufklärung der Schachbrettmorde einen entscheidenden Schritt weiterkommen würden.

Als sie die Räume der Detmolder Polizeibehörde betraten, herrschte schon rege Betriebsamkeit. Schulte, Braunert und Lohmann hatten sich Papierstapel vorgenommen und waren fleißig dabei, sie zu sichten. Jetzt, wo auch die Paderborner Kollegen da waren, setzte man sich noch einmal kurz zusammen, um die letzten Aufgaben zu verteilen. Diese Gelegenheit nutzte ein übernächtigt wirkender Schulte, um Potthast und Frau Bülow einige Einzelheiten über den Mord in Bad Salzuflen zu berichten.

„Ostwestfalen ist ja schlimmer als Chicago“, bemerkte Frau Bülow lakonisch.

Schulte zuckte mit den Schultern. „Jedenfalls wird unsere Personaldecke dünner. Ab Montag müssen wir Axel abgeben. Maren Köster arbeitet zurzeit quasi allein an dem Fall. Sie braucht dringend Unterstützung. Vielleicht haben wir ja Glück und bekommen Schützenhilfe aus Bielefeld. Die ersten Versuche, den Ermordeten ableben zu lassen, haben nämlich dort stattgefunden. Es wird sich aber erst nächste Woche abschließend klären, ob und wie wir auf die Bielefelder Kollegen zurückgreifen können.

Das Gespräch zog sich nicht mehr lange hin. Die Arbeiten wurden zugeteilt. Jeder übernahm seinen Anteil. Frau Bülow hatte ihren Speziallaptop mitgebracht, der eigens für Blinde entwickelt worden war. Sie begann damit die von Erpentrup geforderte Begründung zu schreiben. Später saßen die Mitarbeiter der Sonderkommission wieder beieinander und trugen die Ergebnisse zusammen.

Braunert hatte die Überweisungsträger von Leipholts Konten der Jahre 1989 bis 1991 gecheckt. Dabei hatte er herausgefunden, dass während seiner Zeit in Zeitz im Wesentlichen zwei Bildungsträger an Leipholt gezahlt hatten.

Der größte Träger, der auch noch existierte, war das OBW. Die Abkürzung stand für Ostdeutsches Bildungswerk. Ein weiteres Unternehmen hatte ebenfalls zeitweise Geschäftskontakte mit ihm unterhalten. Es hieß BfA GmbH. Potthast hatte verschiedene Datenbanken angezapft und herausgefunden, dass das OBW die Tochter eines der größten westdeutschen Bildungseinrichtungen für berufliche Bildung war. So lautete auch der Name des Mutter-Unternehmens, BfBB. Der zweite Anbieter, die BfA, war aus einer DDR-Ausbildungsstätte hervorgegangen. Diese Einrichtung hatte sich jedoch, wie es vielen anderen Ostgewächsen damals erging, nicht lange halten können und musste im Januar 1991 Konkurs anmelden. Der Geschäftsführer des OBW hieß damals und heute Hartmut Tucher. Der Geschäftsführer der BfA hieß damals Klaus-Peter Wetterschlag und war heute Rentner.

Tucher lebte in Zeitz und Wetterschlag hatte seinen Wohnsitz in Irrwitzleben.

Nach einigem Nachdenken kamen die Polizisten einhellig zu dem Schluss, dass diese beiden Personen auf jeden Fall als Zeugen vernommen werden mussten.

Lohmann lieferte ebenfalls einige Namen, die von Leipholt finanzielle Zuwendungen erhalten hatten.

Dazu gehörte unter anderem ein gewisser Rudolf Treuland. Der war mittlerweile Rentner, aber weiterhin Kommunalpolitiker in Irrwitzleben.

Eine frühere Mitarbeiterin von OWB war heute Erste Beigeordnete der Gemeinde Irrwitzleben. Sie hieß Elvira Nolte und hatte ebenfalls Zahlungen erhalten.

So auch der immer noch tätige Geschäftsführer Hartmut Tucher.

Ein weiterer damals bei OWB Beschäftigter, der heute wieder in Bielefeld lebte und wohl ebenfalls das Rentenalter erreicht hatte, stand auch auf der Liste.

Der letzte, der während Leipholts Zeitzer Zeit regelmäßig einen Betrag überwiesen bekommen hatte, war ein Unternehmensberater namens Karl-Friederich Schmantberg aus Paderborn, der damals die Gemeinde Zeitz und Gemeinden des Umlandes beraten hatte. Er war jedoch schon 1991 unter mysteriösen Umständen ums Leben gekommen.

Die neu zusammengetragenen Daten wurden in die von Frau Bülow für Erpentrup erstellte Begründung eingearbeitet. So hatten alle einen dezidierten Plan, wie ab nächste Woche vorgegangen werden konnte. Und der Polizeioberrat hatte die beruhigende Gewissheit, dass keine lippischen Politiker in den Fall involviert waren. Demnach konnte man relativ sicher sein, dass er, wenn es um die Genehmigung der Fahrt nach Zeitz ging, sich nicht mehr querstellen würde.

Potthast konnte noch zu seinem Schützenfest nach Hövelhof und der Rest der Truppe hatte wenigstens am Sonntag frei.

70

Der Anrufer war aufgeregt.

„Das war kein Zufall! Liebermann war nicht in dieser Fastenklinik, weil er einen Freund besuchen wollte. Dieser dicke Mann, den wir auf dem Flur gesehen haben, weißt du, was der von Beruf ist? Soll ich's dir sagen?"

Am anderen Ende der Leitung stöhnte jemand genervt.

„Nun mach dich nicht so dicke! Sag schon!"

„Er ist Journalist! Liebermann, oder Schwabe, wie er zuletzt hieß, wollte sich mit einem Journalisten treffen. Dir ist klar, was das für uns bedeutet hätte, wenn wir nicht gewesen wären. Oder?"

Wieder dieses Stöhnen. Diesmal aber weniger gereizt, sondern erschrocken.

„Sicher! Vor allem für mich! Und das so kurz vor den Wahlen. Was meinst du, hat Liebermann dem Journalisten schon was gesteckt? Was weiß der bereits über uns?"

„Keine Ahnung! Ich weiß nur, dass dieser Mann jetzt eine doppelte Gefahr für uns ist. Einmal, weil er uns auf dem Flur gesehen hat, zum anderen, weil er vielleicht zu viel über uns weiß."

Am anderen Ende Schweigen, dann kam die barsche Anweisung:

„Du musst es allein machen! Ich hetze in dieser Woche von einer Sitzung zur anderen. Wenn ich auch nur bei einer dieser Sitzungen ausfalle, gibt es Gerede. Zu gefährlich! Außerdem kannst du schneller mal nach Ostwestfalen als ich in meiner Position."

„Das könnte dir so passen! Du sitzt warm und gemütlich bei deinen Parteifreunden und ich riskiere hier meinen Arsch! Nichts da! Lass dir was einfallen! Entweder wir machen den Job zusammen oder gar nicht. Setz dich ins Auto und komm her! Wir treffen uns um 20 Uhr bei mir. Dann überlegen wir uns, wie wir das Ding schaukeln. Keine linke Tour! Ich warte keine Sekunde. Wenn du nicht pünktlich bist, verschwinde ich sofort wieder."

Die Stimme am anderen Ende der Leitung zischte.

„Du bist widerlich!"

„Um so besser! Dann passen wir beiden doch gut zusammen!"

71

Die Zusage Zeitz zu besuchen stand. Eben kam das Fax von Erpentrup, die schriftliche Bestätigung. Potthast gab die Information sofort an Frau Bülow weiter.

„Prima", sagte sie, „dann strukturieren wir beide den Mittwoch in kleiner Runde durch. Wenn wir ein Grundkonzept stehen haben, setzen wir uns noch kurz mit den Detmoldern zusammen und besprechen es mit denen. Lohmann kann sich ja schon mal um Zimmer kümmern und Kontakt zu den Zeitzer Kollegen aufnehmen. Wenn wir die übergehen, handeln wir uns nur unnötigen Ärger ein."

72

Für Maren Köster gab es bereits nach zehn Minuten keinen Zweifel daran, dass sie diese Frau nicht mochte. Obwohl ihr Beruf eigentlich eine gewisse professionelle Distanz erforderte, gelang es ihr einfach nicht, sich einer sehr persönlichen Bewertung zu entziehen. Und Frau Claudia Liebermann gab sich nicht die geringste Mühe, der jungen Polizistin zu gefallen. Im Gegenteil, sie machte keinen Hehl aus ihrer Auffassung, dass heute auch Frauen mit ihrem Abitur was Besseres anfangen sollten, als zur Polizei zu gehen.

Maren Köster hatte die Ex-Frau des ermordeten Dirk Schwabe nicht ins Büro der Detmolder Kreispolizeigebäude an der Bielefelder Straße geladen, sondern war zu ihr nach Heidenoldendorf gefahren. Nun saß sie in einem ausladenden Polstersessel an einem flachen gläsernen Couchtisch und versuchte, sich Notizen zu machen. Doch das war nicht einfach. Frau Liebermann erzählte zwar viel, aber sie kam immer wieder vom Thema ab und redete über Angelegenheiten, die nichts mit den Fragen der Polizistin zu tun hatten. Je länger das Gespräch dauerte, desto fester wurde bei Maren Köster die Überzeugung, dass es sich hierbei nicht um Schusseligkeit sondern, um rhetorisches Kalkül handelte. Sie war entschlossen, dieses Verhalten nicht länger durchgehen zu lassen.

„Wann haben Sie denn zum letzten Mal mit Ihrem Ex-Mann gesprochen?"

„So genau weiß ich das natürlich nicht mehr. Ich führe ja kein Tagebuch. Wissen Sie, früher habe ich mal Tagebuch geführt, das war auch ganz interessant, aber..."

Maren Köster schritt sofort ein.

„Also ist es schon länger her. Haben Sie denn in diesem Jahr mit ihm gesprochen? Überlegen Sie erst, bevor Sie antworten!"

Frau Liebermann zuckte nervös mit dem linken Mundwinkel. Sie ließ sich nicht gern unterbrechen. Überhaupt machte die Frau den Eindruck, ihre Gespräche in der Regel zu dominieren. Sie war mit ihren neunundvierzig Jahren noch erstaunlich gut erhalten, benötigte kaum Make-Up, war schlank und kleidete sich streng , aber elegant, als Business-Lady. Unter der aufwändig gestylten blonden Löwenmähne, die Maren Köster an amerikanische Schauspielerinnen erinnerte, blitzten zwei blaue Augen so herrisch, dass eine sensiblere Frau als Maren Köster eingeschüchtert gewesen wäre.

„Ja, ich habe in diesem Jahr schon mit ihm gesprochen. Zwei- oder dreimal. Im Mai. Er schuldete mir immer noch Geld. Als er damals seine Ausbildung zum Informatiker angefangen hat, pumpte er mich an. Und ich Dummerchen fiel auf seine Darstellung eines Verzweifelten rein. Männer! Heute weiß ich es besser. Ich leihe keinem Mann mehr Geld. Haben Sie schon mal einem Mann was geliehen…?“

„Nein! Werde ich auch nicht tun! Also, was kam denn bei dem Gespräch heraus? Haben Sie ihr Geld zurückbekommen?“

„Was denken Sie denn? Keinen Cent! Gestritten haben wir uns. Aber ich sage Ihnen, ich hätte den Mann bald nicht wiedererkannt. Dass mit ihm keine vernünftige Ehe zu führen ist, war mir ja schon lange klar. Doch jetzt saß ein Kerl vor mir im Cafe, der war mir fast unheimlich. Er hatte grundsätzlich in allem Recht, ließ überhaupt keine Kritik mehr an sich zu. Was der alles erzählt hat und wie er das gemacht hat. Irgendwas von Big Brother, vom Staat, der seine Bürger ausspioniert und all so ein Unfug. Irgendwie wirkte er auf mich wie ein Zeuge Jehova. Er…“

Maren Köster horchte auf. Dadurch bestätigte Frau Liebermann die Aussagen von Rodehutskors. Sie schwatzte weiter, nun aber ohne Abschweifungen.

„Er hatte so was Missionarisches. Ein richtiges Sendungsbewusstsein. So kannte ich ihn nicht. Ich glaube, er war der Ansicht, dass er ganz allein aufgerufen sei, diese verkommene Welt zu retten. Leider muss ich zugeben, dass ich nicht richtig hingehört habe. Die Verpackung seiner Worte hat mich so irritiert, dass ich auf den Inhalt wenig geachtet habe. Außerdem erschien mir alles ziemlich wirr.“

Dies war für Maren Köster die Bestätigung. Rodehutskors hatte nach der Briefbombe immer wieder Briefe und Anrufe bekommen, die den gleichen Tonfall hatten, der hier von Frau Liebermann beschrieben wurde. Und es war Rodehutskors, in dessen Zimmer Dirk Schwabe ermordet worden war. Es zeichnete sich endlich eine Kontur in diesem nebulösen Fall ab. Sie bohrte weiter nach und erfuhr von der Frau, dass Schwabe damit geprahlt habe, dass er es allen zeigen würde.

Claudia Liebermann hatte sich bei diesen Worten gefragt, ob ihr Ex wohl wieder dem Alkohol verfallen sei, so konfus war ihr alles erschienen.

„Frau Liebermann, können Sie sich irgendeinen Reim darauf machen, warum Ihr Ex-Mann ermordet wurde? Hat er sich irgendwann Feinde gemacht?“

„Feinde? Weiß ich nicht. Was heißt schon Feind? Er hat bestimmt dem einen oder anderen mal ans Knie gepinkelt. Weil er einfach ein Drecksack war. Aber ein Feind… das ist so etwas Gewaltiges, so was Endgültiges. Wissen Sie, wenn Sie mich fragen…“

Maren Köster hörte sich eine Weile den belehrenden Diskurs dieser Frau über den feinen Unterschied zwischen einfach „Wut auf einen haben“ und „richtige Feindschaft“ an. Dann unterbrach sie mit der Frage:

„Was war mit seinen Kollegen in dieser Firma im Osten? Da ist er doch rausgeflogen. Wissen Sie genau, was da vorgefallen ist?“

„Nein! Hat mich auch nie interessiert. Für mich war Dirk schon damals ein Versager. Der Rauswurf wird wohl berechtigt gewesen sein. Aber warum fragen Sie nicht seine ehemaligen Kollegen? Die müssen es doch besser wissen.“

„Das werde ich auch tun“, murmelte Maren Köster nachdenklich. „Aber mal was anderes: Wie ist das eigentlich mit dem doppelten Namenswechsel Ihres Mannes zu erklären. Erst nahm er Ihren Namen an und nach der Scheidung wieder seinen eigenen Geburtsnamen. Was sollte das?“

„Das fragen Sie mich? Keinen Schimmer, was in diesem versoffenen Hirn vor sich ging. Als wir heirateten, wollte ich auf gar keinen Fall auf meinen Namen verzichten. Der Name Liebermann zählte was hier in der Region. Es war ein guter Name. Ich war stolz auf ihn und meine Familie. Und Schwabe? Nein, ich war eine Liebermann und wollte eine Liebermann bleiben. Gott sei Dank war kurz vor unserer Hochzeit die neue Namensregelung herausgekommen und er konnte meinen Namen annehmen. Dass er ihn nach der Scheidung wieder abgegeben hat, sollte wohl eine Demütigung für mich darstellen. Als wenn dieser lächerliche Schritt mir irgendwas bedeutet hätte. Im Gegenteil: Es wäre mir peinlich gewesen, wenn dieser Jammerlappen weiterhin mit meinem Namen durch die Welt spaziert wäre. Das habe ich ihm auch deutlich gesagt."

Maren Köster fühlte sich in ihrem negativen Bild der Frau bestätigt. Diese Frau brauchte dringend einen Dämpfer.

„Frau Liebermann, was haben Sie eigentlich am Donnerstag, dem 24. Juni, so zwischen 18 und 19 Uhr gemacht?"

Ihre Gesprächspartnerin wurde rot. Aber nicht vor Verlegenheit, sondern vor Wut.

„Was erlauben Sie sich? Was soll das heißen? Wollen Sie mich verdächtigen? Nehmen Sie sich bloß in Acht. Ich warne Sie, ich habe äußerst einflussreiche Freunde, die…!"

„Können die einflussreichen Freunde auch bezeugen, dass Sie zu dieser Zeit nicht in Bad Salzuflen waren?", setzte die Kommissarin ungerührt nach und erhob sich aus dem Sessel. „Sie werden solche Zeugen nötig haben. Nur dann können wir Sie mit reinem Gewissen aus dem Kreis der Verdächtigen ausschließen. Sprechen Sie mit Ihren Freunden und teilen Sie mir das Ergebnis so schnell wie möglich mit. Hier meine Telefonnummer!"

Ohne die Frau noch einmal anzuschauen legte sie eine Visitenkarte auf den Couchtisch, drehte sich um und ging.

73

Die eigentlich ganz hübsche Detmolder Heldmannstraße sah im Nieselregen trauriger aus als gewöhnlich. Erst als ein roter Opel Tigra vor einem Wohnhaus an der Ecke Seminarstraße hielt und eine junge Frau in Jeans mit einem kobaltblauen Pullover ausstieg, kam etwas Farbe in die triste Szene. Hinter ihr hielt ein Polizeidienstfahrzeug, aus dem zwei Männer ausstiegen, einen kleinen Koffer aus dem Heck holten und mit der Frau zusammen zum Haus gingen.

Maren Köster klingelte. Als eine Männerstimme unfreundlich durch die Gegensprechanlage brüllte, wer denn da sei, rief sie im gleichen Tonfall zurück:

„Die Polizei! Sind Sie Herr Machowiak? Machen Sie bitte sofort auf!"

Es dauerte eine Weile bis ein älterer ungepflegter Mann die Tür öffnete und sich erstmal breitbeinig in den Türrahmen stellte. Maren Köster wies sich als Polizistin aus und stellte ihre beiden männlichen Begleiter vor. Der Mann warf abschätzige Blicke auf Heinz Krause und den Wachtmeister Volle, einen riesigen, aber etwas dämlich dreinschauenden Mann. Maren Köster schaute er sich genauer an, die Frau schien ihm mehr als einen Blick wert zu sein. Sie aber unterband seine aufdringliche Betrachtung, drängte sich an ihm vorbei und bedeutete den anderen Polizisten, ihr zu folgen.

„Wir haben einen Hausdurchsuchungsbefehl für die Wohnung von Dirk Schwabe. Öffnen Sie uns bitte die Eingangstür", beschied sie dem Mann, der zwar kein richtiger Hausmeister war, in diesem Mietshaus aber eine vergleichbare Funktion innehatte.

„Da muss ich erst mal den Schlüssel holen, den habe ich ja nicht einfach so bei mir!" Mit diesen Worten schlurfte er in seine eigene Wohnung im Erdgeschoss. Es dauerte eine Weile bis er zurück war, mit einem großen Schlüsselbund, dem größten Schatz aller Hausmeister dieser Welt. Er stieg laut schnaufend die Treppe hoch bis in den zweiten Stock, suchte dann einen bestimmten Schlüssel aus und steckte ihn in die Tür. Als Maren Köster eintrat, glaubte sie, ein leises Rumpeln gehört zu haben. Da aber Geräusche in so großen Häusern nicht unbedingt einer bestimmten Wohnung zuzuordnen sind, vergaß sie dies sofort wieder. Die beiden anderen Polizisten kamen hinter ihr her, dem Hausmeister machten sie klar, dass er nun nicht mehr gebraucht würde. Man würde ihm Bescheid geben, wenn alles erledigt sei und er wieder abschließen solle. Der Mann trollte sich.

Schwabe hatte in einem zweieinhalb-Zimmer-Appartement gewohnt. Der erste Raum war das Wohnzimmer. Hier fingen die drei Beamten mit ihrer Suche an. Sie hatten wenig konkrete Anhaltspunkte. In erster Linie wollte Maren Köster die Verbindung Schwabes zum so genannten „Verein für Datenvermeidung“ nachweisen. Während Heinz Krause damit begann, jede Schublade des alten und schäbigen Schreibtisches akribisch zu durchforsten und Wachtmeister Volle etwas linkisch herumstand und offenbar keine Vorstellung von seiner eigenen Aufgabe hatte, teilte Maren Köster einen schweren Stoffvorhang und ging in den nächsten Raum, offenbar das Schlafzimmer. Neben einem Bett mit zerwühlten Bettlaken stand ein großer, dunkler Schrank. Der Raum war seit Tagen nicht mehr gelüftet worden. Es muffelte entsetzlich. Als sie sich zum Fenster wandte, um es zu öffnen, hörte sie hinter sich ein Geräusch. Aus den Augenwinkeln konnte sie gerade noch erkennen, dass ein Mann aus dem Schrank stieg. Sie drehte sich blitzschnell um, aber zwei Schritte hatten dem Mann genügt, um bei ihr zu sein. Die Überraschung war für Maren Köster zu groß, um sofort angemessen reagieren zu können. Der Angreifer war fast einen Kopf größer als sie und locker doppelt so schwer. Er rammte ihr brutal seinen Ellbogen auf das Schlüsselbein. Hilflos flog sie auf das Bett und lag kurz benommen auf den stinkenden Bettlaken. Der Mann nahm von ihr keine weitere Notiz, sondern rannte aus dem Zimmer. Maren Köster hörte nur noch, wie Heinz Krause und Volle überrascht aufschrieen, dann Gepolter und wieder Schreie. Sie schüttelte sich, rappelte sich auf und wankte in das Wohnzimmer. Ganz selbstverständlich ging sie davon aus, dass der Angreifer von ihren Kollegen überwältigt worden war. Aber sie sah zu ihrem Schrecken nur den blöde dreinschauenden Wachtmeister Volle mitten im Raum stehen. Unbeherrscht schrie sie Volle an:

„Wo ist der Mann?"

Volle sagte erst mal gar nichts, sondern zeigte nur zur Tür. Dann erst wurde ihm klar, dass seine Vorgesetzte doch eine etwas genauere Erklärung erwartete.

„Der hat mich einfach umgerannt! Ich war total baff! Als ich mich auf ihn stürzen wollte, war er schon zur Tür raus!"

Maren Köster schnappte nach Luft.

„Und wo ist Krause?"

„Der ist sofort hinterher gerannt. Hat verdammt schnell reagiert, der Krause. Muss ich schon sagen!"

„Und Sie Blödmann? Was stehen Sie hier rum? Los! Raus jetzt und hinterher! Wenn Krause was zustößt wegen Ihrer Dämlichkeit, dann mache ich Sie fertig, Sie hirnloser Fleischberg!"

Während Volle noch einige Sekunden brauchte, um den Vorfall in seiner ganzen Komplexität zu erfassen, war sie schon an ihm vorbei aus der Wohnung und rannte die Treppe hinunter. Vor der Haustür schaute sie nach links und rechts, konnte aber weder Krause noch den Flüchtenden entdecken. Sie wartete wutschnaubend bis Volle laut atmend hinter ihr stand.

„Los, Sie laufen nach links! Und wenn Sie den Kerl sehen, dann versuchen Sie erst gar nicht zu denken, sondern packen sich den Mann. Klar? Bewaffnet wird der wohl nicht sein. Los jetzt!"

Volle zockelte im gemächlichen Laufschritt die Heldmannstraße hoch Richtung Bundeswehrkrankenhaus. Sie selbst riss ihr Handy aus der Gürteltasche und rief die Zentrale an. Zum Glück erwischte sie Bernhard Lohmann. Der sicherte ihr zu, sofort zu prüfen, welche Kollegen in der Nähe seien und sie sofort zur Heldmannstraße/Ecke Seminarstraße zu schicken. Dann schrillte ihr Handy. Heinz Krause forderte sie, völlig außer Atem, auf, sofort zum Grabbe-Gymnasium zu kommen. Der Mann habe sich dort versteckt. Maren Köster rannte los. Am Abzweig zur Schule standen drei rotweiße Autostopper, zwischen denen sie durchlief. Sekunden später stand sie neben dem noch immer nach Luft schnappenden Krause und konnte erleichtert feststellen, dass dem nichts passiert war. Der große Schulkomplex stand jetzt am späten Nachmittag völlig leer.

„Der Mann scheint sich hier auszukennen!“, flüsterte Krause. „Er ist zielstrebig auf dieses Gebäude zugelaufen. Dann war er für mich nicht mehr zu sehen.“ Dabei zeigte er geradeaus auf einen Gebäudeteil mit Flachdach.

Maren Köster rief wieder bei Lohmann und bat ihn, die Streifenkollegen zum Grabbe-Gymnasium umzuleiten.

„... und versuch bitte, diesen Schwachkopf Volle zu erreichen. Er solle seine Suche aufgeben, sofort zur Wohnung Schwabe zurückkehren und die absichern, nicht dass da noch irgendwelche anderen Hausbewohner drin herumstöbern. Aber dass er mir nichts anfasst, du kennst ihn ja, oder?“

Jeder in der Kreispolizeibehörde kannte Volle. Jeder wusste, dass dieser Mann immer auf verlorenem Posten stand. Welche Aufgabe ihm auch gestellt wurde, er war ihr nicht gewachsen. Dieser Mann hatte etwas von einem Dinosaurier. Viel Masse und wenig Hirn.

Und wieder tippte Maren Köster eine Nummer ins Handy. Ihrem Kollegen Axel Braunert schilderte sie so knapp wie möglich die Lage und bat ihn, unverzüglich zu kommen.

„So, wir beide warten in aller Seelenruhe ab. Wir unternehmen erst was, wenn die Verstärkung da ist. Einverstanden?“, raunte sie Heinz Krause zu. Der Spurensicherer, ein schon älterer Herr, fand diese Idee sehr gut. Hetzjagden gehörten nicht zu seinem Aufgabenfeld. Dass er überhaupt so geistesgegenwärtig die Verfolgung aufgenommen und dadurch eine Festnahme erst in den Bereich des Vorstellbaren gerückt hatte, fand Maren Köster schon erstaunlich genug. Unauffällig schaute sie den sonst so ruhigen Kollegen von der Seite an. Er war kaum wiederzuerkennen. Ihn hatte das Jagdfieber gepackt.

„Er ist hier weitergelaufen und dann über die Mauer auf der rechten Seite gesprungen. Da habe ich ihn aus den Augen verloren. Hinter der Mauer geht es ungefähr einen Meter nach unten. Ich schätze, er ist in dem Gebäudekomplex dahinter verschwunden. Da steckt er jetzt wahrscheinlich fest!"

„Wenn das Gebäude keinen Hinterausgang hat, hast du Recht!", flüsterte sie. „Wenn doch, machen wir uns hier gerade lächerlich. Ich muss das sofort überprüfen."

Mit diesen Worten sprang sie auf und rannte rechts am Gebäude vorbei. Es war, wie sie befürchtet hatte, es gab auch noch andere Ausgänge. Aber alle Türen, an denen sie rüttelte, waren fest verschlossen. Hier war niemand herausgekommen. Als sie das Gebäude beinahe umrundet hatte, etwa an der Stelle, wo Krause den Flüchtigen hatte verschwinden sehen, sah sie einen Schatten hinter einem Mauervorsprung weghuschen. Ohne auch nur eine Sekunde zu überlegen, sprang sie über die Mauer in den tiefer gelegenen Bereich. Dort schaute sie sich um, sah aber niemanden. Da sie, als sie aus dem Büro gegangen war, mit einer ruhigen, ereignislosen Hausdurchsuchung gerechnet hatte, war sie nun natürlich nicht bewaffnet. Und nun steckte sie in einem recht unübersichtlichen Terrain mit vielen Mauern und Hausecken. Sie hatte bereits einmal zu spüren bekommen, dass dieser Mann körperlich einiges drauf hatte. Wer ein Monstrum wie Volle einfach so umrennt, der war mit äußerster Vorsicht zu behandeln. Langsam und leise zog sie sich wieder hoch auf die Mauer, überwand sie und wollte gerade zu Heinz Krause laufen, als sich auf dem Flachdach des Gebäudes eine Gestalt aufrichtete und weglief. Wie der Teufel hechtete Maren Köster wieder über die Mauer. Sie sprang auf ein anderes Flachdach, welches auf halber Höhe zwischen ihrem Standort und dem eigentlichen großen Dach war, und zog sich von dort hoch auf das nächsthöhere. Als sie dort hechelnd ankam, war der Mann bereits verschwunden. Wütend hetzte sie in die Richtung, in der sie den Flüchtenden hatte laufen sehen. An der gegenüberliegenden Seite führte eine Feuerleiter hinunter. Noch nie war Maren Köster so schnell eine Leiter hinuntergeklettert. Auf halber Höhe konnte sie den Mann in einem Busch verschwinden sehen. Unten angekommen, rannte auch sie zu dieser Stelle. Noch bevor sie diese erreicht hatte, hörte sie bereits einen lauten Schrei und ein dumpfes Geräusch wie den Aufprall eines massigen Körpers auf den Boden. Sie schoss um den Busch herum und stand vor einer Szene, die sie so nicht erwartet hatte. Ein sehr massiver Männerkörper lag bäuchlings auf dem Boden, über ihm stand, einen Fuß zwischen den auseinander gespreizten Beines des Mannes, ihr Kollege Axel Braunert und grinste sie an.

Maren Köster pustete tief durch, hob dann den Kopf und grinste nun zurück.

„Wie hast du das denn gemacht?“, wollte sie wissen, noch immer etwas außer Atem.

„Das erzähle ich dir, wenn wir den Kerl im Präsidium haben. Los, fass mal mit an. Der Bursche ist kräftig. Heinz ist gerade zu meinem Auto gelaufen und holt Handschellen.“

74

Axel Braunert wischte sich den Schweiß von der Stirn. Einen harten Brocken hatten sie da einkassiert. Der war alles andere als dumm und einzuschüchtern war er auch nicht. Außer den Angaben zur Person hatten sie nicht viel Nennenswertes herausbekommen.

Bei dem kräftigen Mann handelte es sich um einen Ralf Hegge, wohnhaft in Detmold, 46 Jahre alt und ledig. Alle Formalitäten der erkennungsdienstlichen Behandlung, wie Foto und Abnahme der Fingerabdrücke, waren bereits erledigt. Eigentlich war an diesem späten Montagabend, es war nun fast zehn Uhr, keiner der Beteiligten mehr richtig fit, weder die Ermittler noch der Delinquent.

„Was haben Sie in der Wohnung des verstorbenen Dirk Schwabe gesucht?"

„Schwabe war ein Freund von mir. Ich hatte ihm etwas sehr Persönliches geliehen und wollte es mir zurückholen."

„Was war denn so persönlich?"

„Geld! Mein ganz persönliches Geld hatte ich ihm geliehen. Fünfhundert Euro. Die wollte ich natürlich wiederhaben, können Sie doch verstehen, oder?"

Maren Köster glaubte ihm kein Wort.

„Warum haben Sie denn nicht gewartet, bis der erkennungsdienstliche Vorgang abgeschlossen war und haben sich dann an uns gewandt?"

Hegge lachte hart.

„Und Sie hätten mir das geglaubt? Junge Frau, ich sagte doch, Schwabe war ein Freund von mir. Ich hatte ihn keinen Schuldschein unterschreiben lassen. Konnte doch nicht ahnen, dass ihn einer umlegt. Ich hätte mein Geld nie wieder bekommen. Was blieb mir denn anderes übrig?"

„Das mit dem Glauben ist so eine Sache", brummte Axel Braunert. „Ich glaube Ihnen auch so nicht. Denken Sie sich lieber was anderes aus. Am besten erzählen Sie einfach die

Wahrheit. Über kurz oder lang finden wir die sowieso heraus."

Hegge schaute ihn abschätzig an. Braunert ließ sich aber nicht irritieren und fragte, wie er denn in die Wohnung gekommen sei.

„Ich hatte einen Schlüssel von der Wohnung. Dirk war doch eine Zeit im Krankenhaus und ich habe ihm die Blumen gegossen und gelüftet und so weiter. Er hatte mich, als er aus dem Koma erwacht war, angerufen und drum gebeten. Den Schlüssel hatte ich noch von seinem letzten Urlaub."

Jetzt wurde Maren Köster sauer.

„Reden Sie keinen Scheiß! In der ganzen Wohnung steht nicht eine einzige Blume! Und wenn diese Bude in den letzten drei Wochen auch nur einmal gelüftet worden ist, dann brauche ich eine neue Nase. Da stinkt es wie in einem Tigerkäfig. Bah! Es geht doch nichts über so richtigen Männerschweiß!"

Nun schaute auch Braunert sie erstaunt an. Die gute Maren hatte sich manchmal nicht im Griff.

Eine Stunde bearbeiteten sie den Mann, aber das Ergebnis war niederschmetternd. Dieser Mann erwies sich als echter Gegner. Irgendwann meldete sich Heinz Krause und sprach einige Minuten mit Maren Köster unter vier Augen. Er hatte sich einen ersten Überblick über die Spuren in der Wohnung verschafft und gab nun einen Zwischenbericht ab. Mit einem leichten Blitzen in den Augen kam sie kurz darauf in ihr Büro zurück, wo nach wie vor Axel Braunert auf den Festgenommenen einredete.

Sie setzte sich auf ihren Schreibtisch und schaute Hegge kampflustig an.

„So, jetzt beginnen wir noch einmal ganz von vorn. Aber diesmal führen wir ein Gespräch unter Erwachsenen."

Und, nachdem sie noch einmal alle Fragen nach der Person durchgekaut hatten, und Hegge jetzt doch erste Spuren von Erschöpfung zeigte, legte sie eine Schippe drauf.

„Herr Hegge, wenn Sie das nächste Mal in eine Wohnung einbrechen und etwas mitgehen lassen wollen, dann achten Sie darauf, dass Sie keine Fingerabdrücke hinterlassen. Vor allem dann nicht, wenn Sie damit der Polizei so gute Hinweise darüber geben, was Sie gesucht haben. Vielen Dank übrigens!"

Nun war auch der coole Hegge in seiner Selbstsicherheit getroffen. Er starrte die Kommissarin unsicher an.

Die lächelte gönnerhaft und sagte zu Braunert: „Dieser nette Herr hat mehrere CD-Roms in eine Plastiktüte gepackt. Wahrscheinlich war er gerade abmarschbereit, als wir dummerweise in die Wohnung kamen. An jeder CD-Rom haben wir seine Fingerabdrücke gefunden, also kann kein Zweifel daran bestehen, dass er die Tüte gepackt hat. Beschriftet sind sie alle mit der Handschrift Schwabes. Also ist auch die Herkunft der CDs nicht zu bezweifeln. Das war es also, was sie gesucht haben. So, wenn Sie uns jetzt noch erzählen, warum Sie diese CDs mitnehmen wollten und was sie für eine Bedeutung haben, dann können wir uns alle noch einen gemütlichen Abend machen. Ansonsten schauen wir einfach mal in die Dateien rein. Spätestens dann können wir uns auch selbst einen Reim machen. Außerdem habe ich schon eine kleine Ahnung, worum es geht. Aber dann haben Sie alle Chancen zur Kooperation verspielt. Na, was meinen Sie?"

Es dauerte noch einige Minuten, dann war Hegge so weit. In kurzen knappen Sätzen skizzierte er die Gründungsgeschichte des „Vereins für Datenvermeidung n.e.V. OWL" und dessen weiteren Verlauf. Als Vereinsmitglieder nannte er sich selbst und Dirk Schwabe. Ein weiteres Mitglied gab es angeblich nicht. Er beschrieb die Zielsetzung des „Vereins" und dessen bisherige Aktionen. Ob die Auflistung vollständig war, konnten die beiden Polisten nicht beurteilen. Das würden sie noch prüfen müssen.

Um kurz vor Mitternacht wurde Ralf Hegge weggeschlossen. Die beiden völlig übermüdeten Beamten warfen sich ihre Jacken über, machten das Licht aus und gingen aus dem Büro.

„Könntest du nicht morgen nach Bad Salzuflen fahren und Rodehutskors mitbringen? Den brauchen wir dringend für eine Gegenüberstellung. Immerhin hat er mehrfach mit einem dieser Vereinsleute gesprochen und kann irgendwelche Widersprüche aufzeigen, die wir übersehen haben. Was meinst du?"

Braunert überlegte.

„Finde ich grundsätzlich gut. Aber Zeit habe ich morgen keine. Den kleinen Ausflug musst du schon machen. Mach dem armen alten Mann doch die Freude deiner Gegenwart. Er hatte in den letzten Tagen wirklich nicht viel zu lachen!"

75

Wie Axel Braunert vorausgesehen hatte, war Hermann Rodehutskors sichtlich erfreut über den Besuch Maren Kösters in der Fastenklinik. Sie erschrak ein wenig, als sie ihn sah. War er doch bei ihrem letzten Treffen noch der gemütliche Dicke, trat ihr nun eine abgespeckte, aber auch wesentlich ernstere Version dieses älteren Herrn entgegen. Da, wo sonst lustige Fettpolster die Haut glätteten, lag sie nun traurig in Falten. Doch beim Anblick der, nach seinen Worten „schönsten lippischen Polizistin", glänzten die alten Augen wieder wie einst im Mai. Maren Köster hatte bereits mit dem Klinikleiter den „Sonderfastenurlaub" geregelt und versprochen, den Patienten noch an diesem Dienstagabend wieder unversehrt zurückzubringen. Spätestens aber, je nach Verlauf der Gegenüberstellung, am Mittwochmorgen.

Während der halbstündigen Fahrt zur Kreispolizeibehörde Detmold taute Rodehutskors weiter auf und war fast wieder der Alte. Maren Köster machte ihn mit den Einzelheiten der Festnahme Hegges vertraut. Dann stand Hermann

Rodehutskors dem Delinquenten gegenüber und hörte zu, wie Braunert und Köster mit dem Mann sprachen. Bereits nach wenigen Worten stoppte Rodehutskors die Befragung und winkte die beiden Polizisten in einen Nebenraum.

„Das ist er nicht!“, raunte er. „Das ist auf gar keinen Fall der Mann, der mich immer angerufen hat. Der hatte eine auffallend hohe, irgendwie unangenehme Stimme. Dieser Mann spricht ganz anders. Da bin ich mir absolut sicher.“

„Könnte er sich am Telefon nicht verstellt haben?“, fragte Maren Köster.

„Ausgeschlossen!“, war sich Rodehutskors völlig sicher. „Dafür habe ich zu oft mit ihm gesprochen. Wissen Sie eigentlich, wie oft ich in meinem Beruf Telefongespräche führe? Da kriegt man ein verdammt feines Gehör. Nein, nein! Das ist nicht der Mann.“

Die beiden Polizisten schwiegen eine Weile betroffen. Das warf ihre Theorie ein wenig über den Haufen. Dann brach Maren Köster das Schweigen.

„Wir wissen ziemlich sicher, dass Ralf Hegge zusammen mit dem ermordeten Dirk Schwabe den so genannten Verein für Datenvermeidung gebildet hat. Herr Rodehutskors ist von diesem Verein mehrfach angerufen worden. Hegge war es nach seiner Aussage nicht. Schwabe kann es nicht gewesen sein, weil er während einiger Anrufe nachweislich in Bielefeld im Koma gelegen hat. Also muss es noch mindestens ein weiteres Vereinsmitglied geben. Wir müssen den Mann mit der hohen Stimme finden.“

„Ich werde Hegge noch einmal in die Mangel nehmen!“, bot sich Axel Braunert an.

„Okay, und ich werde mich mal umhören, mit wem Hegge sich so herumgetrieben hat!“

Dann wandte sie sich zu Rodehutskors um.

„Wenn Sie wollen, rufe ich jetzt einen Kollegen an, der Sie wieder zurück nach Bad Salzuflen bringt. Ich selbst habe leider keine Zeit, wie Sie sehen!“

Rodehutskors winkte ab.

„Keinen Stress! So eilig habe ich es gar nicht. Wir haben ja mit der Klinikleitung abgemacht, dass ich bei Bedarf erst morgen früh kommen muss. Das würde ich mit Ihrer Mithilfe gern ausnützen. Ich schlafe heute Nacht zu Hause. Sie schicken mir morgen früh einen Ihrer Kollegen und geben mir ein Schreiben mit, das die Notwendigkeit meiner Anwesenheit in Detmold bezeugt. Den kleinen Gefallen werden Sie mir doch tun, oder?"

Axel Braunert wollte protestieren, aber seine Kollegin legte ihm besänftigend die Hand auf den Arm.

„Geht in Ordnung!", lachte sie und drohte mit erhobenem Zeigefinger „Aber Sie wissen ja: Die Fastenkur gilt immer noch. Also keine feste Nahrung und erst recht keinen Alkohol!"

„Selbstverständlich nicht!"

76

Zeit zum Durchatmen blieb ihr heute nicht. Kaum hatten sie Ralf Hegge wieder weggesperrt, kaum Rodehutskors das Büro verlassen, polterte schon fröhlich der Kollege Wolf Muffen aus Bielefeld zur Tür herein. Siedend heiß fiel Maren Köster nun ein, dass sie mit ihm einen Termin hatte. Es war schon ausgesprochen nett von Muffen, zur ihr nach Detmold zu kommen. Zum Dank dafür, dass er ihr den Weg nach Bielefeld ersparte, hatte sie ihn nun völlig vergessen. Sie war so durcheinander, dass sie dem Bielefelder erst einen Stuhl anbot, als Muffen sich bereits gesetzt hatte. Axel Braunert übernahm nun den Gastgeberpart und besorgte dem Besucher Kaffee, Kekse und Mineralwasser.

Maren Köster berichtete von den Ereignissen in Bad Salzuflen, dem Fluchtversuch von Ralf Hegge, dem Verhör und von ihren Vermutungen über das Wirken des Vereins für Datenvermeidung. Muffen hörte interessiert zu und unterbrach sie nicht. Für ihn waren die Erkenntnisse der Detmolder Kollegen ein Geschenk. Damit kam der Fall des Datenabsturzes bei den Bielefelder Stadtwerken ein gutes Stück voran. Auch der Unfall mit Fahrerflucht im Parkhaus Ritterstraße, die peinliche Ampelaktion in Bielefeld und der misslungene Anschlag auf Schwabe im Krankenhaus bekamen eine gewisse Struktur. Endlich gab es Namen und Gesichter. Nun war Muffen optimistisch, auch den restlichen Fall zu lösen.

„Eines fällt auf!“, murmelte er versonnen. „Während dieser Verein offenbar sehr professionell vorgegangen ist und seine Projekte eigentlich immer erfolgreich durchgeführt hat, scheint derjenige, welcher mehrfach versucht hat, diesen Schwabe umzubringen, ein totaler Amateur zu sein. Der fingierte Unfall hat nicht funktioniert und als er im Krankenhaus die Geschichte zu Ende bringen wollte, da hat er sich auch ausgesprochen blöd angestellt. Also können wir mit großer Sicherheit feststellen, dass hier kein routinierter Krimineller am Werk war, sondern jemand, der so etwas wohl zum ersten Mal gemacht hat.“

„Immerhin hat es in Bad Salzuflen geklappt!“, warf Axel Braunert ein. „Schwabe ist tot!“

„Ja“, mischte sich nun Maren Köster ein, „aber besonders clever ist der Täter auch da nicht vorgegangen. Wir haben ohne große Mühe wertvolle Spuren gefunden. Er hat eine Pistole benutzt und nicht bedacht, dass die Patronenhülse ausgeworfen wird. Ein echter Killer hätte die nicht einfach liegen lassen. Jetzt wissen wir einiges über die Munition. Es war eine 45er Automatik-Patrone mit einem Vollmantel-Rundkopf. Daraus haben unsere Techniker abgeleitet, dass es sich vermutlich um eine Pistole der Marke Glock handelt. Und zwar um das Modell Glock 30, Kaliber 45 Automatik. Die großkalibrige Waffe wird sowohl von Jägern als auch von Sportschützen benutzt. Jetzt werden wir erstmal feststellen, ob irgendwo in Deutschland so eine Waffe gestohlen wurde.

Gleichzeitig wird überprüft, wer von den Waffenscheinbesitzern in unserer Gegend so eine Knarre eingetragen hat. Vielleicht kommt ja dabei was heraus."

Eine Minute lang redete keiner der drei Polizisten. Dann sprach Maren Köster weiter.

„Ach ja, übrigens erinnert sich Hermann Rodehutskors, als er auf dem Weg zu seinem Zimmer war, dass ihm zwei unbekannte Gestalten entgegenkamen. Er sieht sich außerstande, die beiden genauer zu beschreiben. Beide seien so um die ein Meter achtzig groß gewesen. Aber es war wohl einigermaßen dunkel auf dem Flur und Rodehutskors hatte keinen Anlass, die beiden näher zu betrachten. Eine ungestützte Erinnerung gibt also nichts her. Er glaubt allerdings, bei einer Gegenüberstellung, also einer gestützten Erinnerung, die beiden Männer erkennen zu können."

Dann berichtete Braunert von der Aussage Rodehutskors, dass der festgenommene Ralf Hegge nicht der Anrufer des Vereins sei und dass somit noch ein Dritter im Spiel sein musste.

„Wir werden uns Hegge heute Abend noch mal vornehmen. Am besten jetzt gleich. Auch wenn ich seine Visage mittlerweile nicht mehr sehen kann", brummte Maren Köster. Während sie aus dem Büro ging, um Hegge noch einmal vorführen zu lassen, setzte Braunert frischen Kaffee auf. Der Musikfanatiker Muffen fummelte am Radio herum und schaltete auf WDR 2. Braunert schaute ihn verblüfft an. Er fand Muffens Verhalten etwas dreist. Schließlich war er hier Gast und hatte nichts am Radio zu suchen. Muffen erklärte es jedoch damit, dass gleich die lokalen Nachrichten aus Bielefeld zu hören seien und man wisse ja nie, wozu das gut sei. Als Herbert Grönemeyers „Mensch" lief, drehte Muffen das Radio auf. In diesem Moment wurde Ralf Hegge wieder von einem uniformierten Polizisten und Maren Köster ins Büro geführt. Hegge hörte die Musik und erstarrte. Dann ließ er sich, erkennbar schockiert, auf den Delinquentenstuhl fallen. Maren Köster schritt mürrisch zum Radio und schaltete es, mit einem bösen Seitenblick auf Muffen, aus.

Hegge schien sich wieder gefangen zu haben. Er blickte in die Runde und begann dann leise zu sprechen.

„Okay! Das war deutlich. Ich habe verstanden. Keine Ahnung, wie ihr Bullen das herausgekriegt habt, aber gut. Okay, unser dritter Mann heißt wirklich Grönemeyer. Wie der Sänger. Klaus Grönemeyer. Aber ich lege Wert darauf, dass ich ihn nicht verraten habe. Das muss ins Protokoll."

Dann nannte er den komplett verblüfften Polizisten die Adresse seines Freundes. Nachdem er wieder abgeführt worden war, wollte Maren Köster dem Bielefelder Kollegen gratulieren.

„Genial! Woher hattest du denn den Namen? Wo hast du so schnell die passende CD hergezaubert?"

Muffen wehrte ihre Begeisterung ab. Auch er schien ehrlich überrascht zu sein.

„Ich habe damit nichts zu tun! Glaubt mir! Es war keine CD, es war das Radio. Reiner Zufall! Ehrlich!"

Misstrauisch blickte sie ihn von der Seite an. Merkwürdiges Volk, diese Bielefelder, dachte sie.

„So, liebe Kollegen", sprudelte Muffen los, „ich muss leider sofort los. Ist doch schon spät geworden. Und heute Abend will ich noch ins Konzert. Da muss ich mich schon beeilen."

„Wo willst du denn hin", fragte Axel Braunert höflich. „Was Klassisches? Oder was Volkstümliches?"

Nach Muffens Kleidung zu urteilen, konnte es nur eine Live-Version des Musikantenstadls sein. Über dem stattlichen Bauch spannte sich ein äußerst traditionelles Folklorehemd, darüber trug er einen Trachtenjanker. Aber Muffen lachte nur.

„Quatsch! Ich werde so, wie ihr mich hier seht, heute Abend in den Ringlokschuppen in Bielefeld gehen. Wollt ihr wissen, was da läuft? Ich habe rein zufällig eine CD dabei."

Er kramte umständlich aus der Innentasche des Jankers eine CD hervor und legte sie in Axel Braunerts Radio/CD-Player ein. Sekunden später schien die gesamte Kreispolizeibehörde auseinander zu fliegen. Axel Braunert hechtete zu der Anlage und knipste sie aus. Tief durchatmend fragte er:

„Was um Himmels Willen war das?“

Muffen grinste und zeigte ihm die CD-Hülle.

„Nightwish aus Finnland! Gothic-Rock vom Allerfeinsten!“

Braunert und Köster konnten es nicht glauben.

„Du gehst mit diesen Klamotten und in deinem Alter in ein Heavy-Metal-Konzert? Zwischen diesen ganzen Gothic-Typen?“ Maren Köster war platt.

„Warum nicht?“ Für Muffen schien dies selbstverständlich zu sein. „So alt bin ich übrigens auch noch nicht. Gerade mal siebenundvierzig, ist doch kein Alter!“

Sie unterhielten sich noch eine Weile über die durchweg ungewöhnlichen musikalischen Vorlieben Muffens. Dann wurde Axel Braunert ernst. Er dachte nach und fragte dann:

„Seid ihr schon mal auf die Idee gekommen, dass unser Freund Rodehutskors in Gefahr sein könnte? Er ist der Einzige, der eventuell die beiden Täter, wenn sie es denn waren, erkennen könnte. Die Täter wissen das auch, denn sie haben ihn sicher auch gesehen. Sollten wir nicht was unternehmen?“

Die beiden anderen Polizisten blickten ihn erstaunt an und gaben ihm dann Recht.

„Wir müssen ihn ausfindig machen. Er wollte noch etwas durch Detmold laufen und sich dann von seiner Frau abholen lassen. Wahrscheinlich ist er jetzt schon in Berlebeck und sitzt vorm Fernseher. Ich rufe mal an!“

Als sie niemanden erreichten, begannen sie, sich Sorgen zu machen.

Maren Köster wischte sich erschöpft eine Haarsträhne aus der Stirn. Sie blickte die beiden anderen ernst an.

„Okay! Kollege Muffen, dir wünsche ich einen schönen Abend mit Musik. Axel und ich werden uns jetzt aufmachen und Rodehutskors suchen. Das lässt mir keine Ruhe.“

Muffen überlegte nur kurz.

„Ich mache mit! Musik ist ja schön und gut, aber dies hier ist wichtiger. Ich kenne mich hier nicht aus, wo soll ich anfangen zu suchen?“

77

Nachdem Hermann Rodehutskors das Büro der beiden Kommissare Köster und Braunert verlassen hatte, fand sich sofort ein netter uniformierter Polizist, der gern bereit war, den bei der Detmolder Polizei bekannten und durchaus beliebten Journalisten in die Stadt mitzunehmen. Er bummelte fast eine ganze Stunde durch die Innenstadt. Wie hatte er dieses Detmold vermisst! Nun genoss er seine Stadt, in der es an diesem Dienstagabend ausnahmsweise mal nicht regnete, in vollen Zügen. Nur zu gern wäre er irgendwo eingekehrt, hätte ein kühles Landbier im *Brauhaus* getrunken oder etwas Feines im *Detmolder Hof* gegessen. Aber das musste er sich nun mal von der Backe putzen. Fastenkur war Fastenkur! Da hieß es durchhalten. Eisern sein. Hermann Rodehutskors hatte viele Talente. Eisern sein gehörte nicht dazu. Also brauchte er dringend moralische Unterstützung durch seine Ehefrau. Er trat in eine Telefonzelle und rief sie an, damit sie ihn abhole. Aber seine Frau war nicht zu Hause. Dann fiel ihm ein, dass sie immer dienstagabends zum Turnen ging und anschließend mit der gesamten Damenriege in die Kneipe. Vor Mitternacht kam sie an solchen Tagen nie nach Hause. Und Auto fahren konnte sie erst recht nicht mehr. Aber nach Hause musste er und für ein Taxi war er zu geizig. Dann fiel ihm sein Gehilfe Kogge ein. Er wählte dessen Handynummer und erreichte ihn auch. Kogge war einigermaßen überrascht. Er hatte seinen Mentor in Bad Salzuflen vermutet. Zehn Minuten später quetschte sich Rodehutskors in den Redaktions-Lupo der *Heimatzeitung*, den Kogge an diesem Tag wieder einmal zur Verfügung hatte. Auf dem Weg zum Rodehutskors'schen Heim in Berlebeck erzählte Kogge launig von den hochfliegenden Plänen seines Vermieters Fritzmeier. Dieser hatte mittlerweile sein Projekt weiter vorangetrieben, so dass der Biergarten im Prinzip bereits funktionsfähig war. An diesem Abend sollte so etwas wie eine Generalprobe stattfinden. Spontan beschloss Rodehutskors, sich dies einmal anzuschauen und Kogge lenkte den kleinen Flitzer nach Heidental. Er hatte Rodehutskors versprochen, ihn nach einem kurzen Besuch dort nach Bad Salzuflen zurückzubringen.

Bei Fritzmeier war schon richtig was los!

Der Hausherr thronte mit leicht gläsernem Blick am Kopfende eines langen Biertisches und brachte gerade laut polternd einen ziemlich anzüglichen Witz zu Ende. Neben ihm saß mit geröteten Wangen die muntere Witwe Greitemeier und strahlte ihn selig lächelnd an. Ihr gegenüber amüsierte sich Jupp Schulte ebenfalls köstlich. Zwei fidele Greise, Nachbarn aus Heidental und Rodehutskors nicht bekannt, lachten laut über Fritzmeiers Witz, wodurch einer der beiden einen ausgiebigen Hustenanfall bekam. Die Männer hatten jeweils einen ½ Liter-Bierkrug vor sich und die backfreudige Witwe ein Gläschen Liebfrauenmilch von der Mosel. Auf einem dicken Holzbrett in der Mitte des Biertisches lag ein großes Stück Schinken, eine Mettwurst, mehrere Nieheimer Käsetaler, ein mächtiges Brot und Radieschen. Rodehutskors wurde es ganz anders.

Mit lautem Hallo wurden die Neuankömmlinge begrüßt und den anderen, soweit nicht bereits bekannt, vorgestellt. Und ehe Hermann Rodehutskors zur Besinnung kam, hatte er wie selbstverständlich einen Humpen Bier vor sich und das Holzbrett in Griffnähe. Er konnte allem widerstehen, nur nicht der Versuchung! Wie ferngesteuert ergriff seine rechte Hand das Küchenmesser und schnitt eine schöne Scheibe vom Schinken ab. In genau der richtigen Stärke, nicht zu dick und nicht zu dünn. Er legte sie auf eine Scheibe Brot, garnierte das Ganze liebevoll mit einigen Scheiben Radieschen und schlang alles in einer Mischung aus Besinnungslosigkeit, Verzweiflung und Heißhunger hinunter. Als er mit dem Bier nachgespült hatte, stellte sich zuerst ein wohliges Glücksgefühl ein, das aber nicht lange anhielt. Ein mächtig aufquellendes schlechtes Gewissen konnte er vorübergehend mit einem weiteren Krug Bier bekämpfen. Dann machte sein Kreislauf schlapp. Er stand auf und wankte Richtung Toilette, aber nach wenigen Schritten meldeten sich seine Beine vom Dienst ab und der sonst so selbstsichere, stolze Journalist lag lang ausgestreckt im hohen Gras. Das erste Opfer des neuen Fritzmeierschen Biergartens. In diesem Augenblick hielt ein Auto auf dem Hof und heraus kamen Maren Köster, Bernhard Lohmann und Axel Braunert. Maren Köster stieß einen Schrei des Entsetzens aus, als sie den wie tot daliegenden Rodehutskors sah. Alle ihre Befürchtungen schlugen wie eine Welle über ihr zusammen. Es kostete Josef Schulte einige Mühe, ihr den Zusammenhang zu erklären. Dann schleppten sie den schweren, alten und laut stöhnenden Mann gemeinsam in Kogges Wohnung und legten ihn auf das Sofa. Ein hastig herbeigerufener Arzt runzelte die Stirn, als ihm der Hintergrund dieses Zusammenbruchs klar wurde. Er spritzte ein kreislaufstärkendes Mittel und nachdem sich Rodehutskors zweimal übergeben hatte, schlief er, immer noch leichenblass, vor Erschöpfung ein. Der Arzt wies Kogge streng an, den Patienten gut zu beobachten und die Nummer des Notarztes parat zu haben.

Der Rest der Truppe feierte munter weiter. Muffen war mittlerweile per Handy ebenfalls zu Fritzmeier gerufen worden. Dass Maren Köster und Axel Braunert hierher gekommen waren, war mehr Zufall. Eigentlich hatten sie Schulte überreden wollen, sich an der Suche nach Rodehutskors zu beteiligen. Maren Köster als Fahrerin trank nichts, alle anderen hingegen unterzogen die Zapfanlage von Fritzmeier einem unerbittlichen Härtetest. Einer der beiden Nachbarn, Konrad Heidenkötter, war ein allein lebender, noch sehr rüstiger Rentner, der direkt neben Fritzmeier wohnte. Er hatte um elf Uhr genug und schwankte laut singend nach Hause. Als er vor seiner Haustür stand, fand er den Schlüssel nicht. Was sollte er tun? Draußen schlafen? Nein, das kam nicht in Frage. Sein alkoholgeschwächtes Hirn zeigte ihm nur einen Ausweg. Vor seinem Haus war eine Veranda mit einem Balkon obendrauf. Die Balkontür stand im Sommer immer auf. Er brauchte nur auf das Fensterbrett zu steigen und sich an der Dachrinne des Balkons hochzuziehen. Dann konnte er gemütlich über den Balkon ins Haus kommen.

Fritzmeier hingegen war zu nichts mehr in der Lage. Er saß, dümmlich grinsend, am Tisch, sagte kein Wort mehr und regte sich auch nicht. Schulte hatte den Part des Gastgebers übernommen, zapfte und verteilte Bier, dass es eine wahre Freude war. Plötzlich hörten sie verzweifelte Schreie. So schrie nur jemand, der sein Leben bedroht sah! Zuerst dachten alle an Rodehutskors, aber der schlief friedlich. Maren Köster, als einzig Nüchterne, war in der Lage, die Herkunft der Schreie zu orten. Sie rannte los und alle anderen, mit Ausnahme des völlig bewegungsunfähigen Fritzmeier, folgten ihr. Die zunehmend schwächer werdenden Schreie kamen von Heidenkötters Haus. Maren Köster fand ihn als erste. Konrad Heidenkötter hing kopfüber an der Dachrinne seiner Veranda. Er hatte sich wirklich ganz prächtig an der Dachrinne hochgezogen. An der Stelle, an der er hochgekommen war, standen allerdings große Blumenkübel auf der Balkonbrüstung. Hier konnte er nicht drüber steigen. Als er versuchte hatte, an der Außenseite des Balkongeländers entlang zu einer besser geeigneten Stelle zu kommen, war er abgerutscht. Zum Glück blieb sein rechtes Hosenbein an einem Befestigungshaken der Verandadachrinne hängen, Heidenkötter kippte seitlich weg und hing nun mit dem Kopf nach unten, nur noch durch die Qualität seines Hosenstoffes vor dem Genickbruch bewahrt.

Als sie ihn nach einem gemeinsamen Kraftakt befreit hatten, stellten sie fest, dass Heidenkötter beim Kopfüberhängen der Haustürschlüssel aus der Hosentasche gefallen war. Nachdem sie zum zweiten Mal an diesem Abend einen älteren Herrn ins Bett gebracht hatten, kehrten sie durstig zurück zu Fritzmeiers Biergarten, wo der Namensgeber mittlerweile mit dem Kopf auf der Tischplatte eingeschlafen war.

78

Dieses ständige Hupen eines Autos nervte ihn gewaltig. Schulte drehte sich auf die andere Seite und zog sich sein Kissen über den Kopf, um den Lärm zu reduzieren. Jetzt schlug sein Hund an. Warum hatte er sich diesen blöden Köter nur jemals zugelegt. Schulte fluchte in sich hinein. Er hätte ihn gleich ins Tierheim bringen sollen. Aber nein. Er hatte ihn behalten. War das der Dank? Das Vieh kläffte mitten in Nacht unaufhörlich. Plötzlich schlug auch noch jemand mit den Fäusten gegen die Haustür. Das war zu viel! Was war nur los? Schultes Name wurde gerufen. Jetzt war an Schlafen nicht mehr zu denken. Schulte warf das Kopfkissen beiseite und richtete sich schwungvoll auf. Im gleichen Moment bohrten sich tausend Nadeln in seinen Kopf. Als wäre er von einer Latte getroffen worden, ließ er sich wieder zurück ins Bett fallen.

Er versuchte einen klaren Gedanken zu fassen. Was war nur los? Die Dämmerung hatte gerade erst eingesetzt. Draußen war es noch richtig finster.

Wieder klopfte jemand an seine Tür. Wieder wurde sein Name gerufen. Die Stimme kannte Schulte, das wurde ihm jetzt bewusst. Genau, es war Lohmann, der da vor seiner Tür stand. Was wollte der denn hier, mitten in der Nacht? Der war doch gerade erst gefahren.

Schultes Kopfschmerzen erinnerten ihn an den gestrigen Abend. Sie hatten Fritzmeiers Biergarten eingeweiht. Generalprobe! Schulte hielt sich den Schädel. Wieder knallten Lohmanns Fäuste gegen Schultes Tür. Barfuss schleppte sich der Polizist in den Flur und öffnete.

„Endlich“, sagte Lohmann. „Ich habe mir schon so etwas gedacht, als ich gestern Abend nach Hause gefahren bin, so besoffen wie du warst. Na, jetzt bist du ja wach. Du, Jupp, wir müssen dein Auto nehmen, meine Frau braucht unseres.“ Lohmann drehte sich um und rief in die Dunkelheit: „Else, du kannst fahren, ich habe ihn wach gekriegt.“

Im nächsten Moment sprang ein Motor an. Scheinwerfer flammten auf. Die Silhouette eines Opel Astra bewegte sich in die Dämmerung und wurde von ihr verschluckt.

Schulte verstand nichts. Ihm dröhnte der Kopf. „Lohmann, was willst du denn hier? Und, wieso müssen wir mein Auto nehmen?“

„Wir fahren doch heute nach Zeitz. In einer Stunde sollen wir in Paderborn sein. Ich bin extra früher gekommen, weil ich mir schon gedacht habe, dass ich hier das Leiden Christi vorfinde.“

Jetzt dämmerte es Schulte langsam. Richtig, heute wollten sie endlich nach Sachsen-Anhalt, um die Zeugen zu vernehmen.

Bei Schulte machte sich ein Schaudern breit. Der Tag würde für ihn die Hölle werden. Wie sollte er ihn überstehen? Seit seiner frühesten Jugend war ihm eingehämmert worden: Wer saufen kann, kann auch arbeiten! Doch er war sich irgendwann darüber klar geworden, dass solche Weisheiten nur von Leuten in die Welt gesetzt werden konnten, die dem Alkohol noch nie oder schon sehr lange nicht mehr richtig zugesprochen hatten. In seiner Familie war das seine Mutter.

Seit ihm das klar geworden war, gab er auf ihre Weisheit nichts mehr. Doch heute, das war klar, kam er trotz der Missachtung des Wahlspruches seiner Mutter nicht ums Arbeiten herum. Er ergab sich seinem Schicksal, lotste Lohmann in die Küche, stellte ihm das Kaffeepulver auf den Tisch und sagte: „Koch mal einen, ich bin sofort fertig.“ Dann war er verschwunden.

Zehn Minuten später gingen sie gemeinsam zu Schultes Auto.

„Fahren kann ich aber noch nicht wieder. Das musst du machen, Bernhard.“

Er hielt Lohmann den Schlüssel hin und nippte an seiner dampfenden Kaffeetasse.

„Gib schon her, heute Morgen sieht mich ja keiner, wenn ich mich zum Affen mache, weil ich mit einem Leichenwagen durch die Gegend fahre.“

Lohmann setzte sich ans Steuer und Schulte legte sich auf die Ladefläche. Dort, wo früher die Särge gestanden hatten, nahm er noch eine Mütze Schlaf.

In Paderborn, so hoffte Lohmann, könnten sie in Potthasts Audi umsteigen. Ihr Chef hatte gestern noch ausdrücklich verlangt, dass sie auf keinen Fall mit Schultes Auto fahren. Für den Leichenwagen würde er keinen Reisekostenantrag unterschreiben. Mit diesem Auto machten sich die Lipper in der Partnerstadt Detmolds zum Gespött der Leute. Das könne er nicht verantworten. Ein Dienstwagen stünde jedoch nicht zur Verfügung, die seien alle belegt.

Doch auch Potthast hatte sein Auto dem ältesten Sohn zugesagt. Also blieb den Polizisten keine Wahl. Sie mussten es sich in Schultes VOLVO gemütlich machen. Der Besitzer lag weiterhin auf der Ladefläche und schlief. Kurz vor der Raststätte Biggenkopf meldete er sich. Er drängte darauf, diese unbedingt anzufahren, da ihm übel sei.

Kaum hatte er das Auto durch die Heckklappe verlassen, rebellierte sein Magen so dermaßen, dass er den gesamten

Inhalt in eine spärliche Hecke spie. Schulte wusste aus Erfahrung, dass die Übelkeit mit allen Folgen noch ca. eine halbe Stunde dauern würde. Danach war das Schlimmste ausgestanden. Also drängte er Frau Bülow und die Kollegen zu einer Kaffeepause.

Als alle wieder an Bord waren, moserten Potthast und Lohmann, beide Pünktlichkeitsfanatiker, dass man mit Sicherheit zu spät in Zeitz ankommen würde.

„Dann gib doch einfach Gas!“, maulte Schulte. „Wir schaffen das schon.“

Lohmann, der langsam Gefallen an dem Auto fand, drückte aufs Pedal. Der VOLVO zeigte die Pferdestärken, die unter seiner Haube steckten und zog kräftig an. So ging es die Berge Richtung Kassel hinauf und wieder hinunter. Auf der Brücke, vor der Abfahrt zur A7, wurde der zügigen Fahrt jedoch ein jähes Ende gesetzt. Aus einem olivgrünen Automaten traf ein roter Blitz das Auto. Die Tachonadel stand auf zweihundert. Lohmann war entsetzt. Er, der sich stets konsequent an jede Geschwindigkeitsbegrenzung hielt, hatte sich verleiten lassen und damit den Grundstein dafür gelegt, seinen Führerschein drei Monate abzugeben. Das Blitzlichtgewitter hatte den an sich gewissenhaften Polizisten so dermaßen von der Rolle gebracht, dass er völlig verstört den nächsten Parkplatz ansteuerte und sich weigerte, auch nur einen Meter weiter zu fahren.

„Mit was für einer Truppe bin ich hier eigentlich unterwegs?“, meldete sich Frau Bülow verärgert. „Der Erste ist besoffen wie ein Strick, der Zweite ein Verkehrsrowdy. Potthast, jetzt bringen Sie uns wenigstens gesund und sicher zum Ziel! Es war ein hartes Stück Arbeit, diese Dienstreise von Erpentrup genehmigt zu bekommen. Es wäre blamabel, wenn wir jetzt nicht einmal ankämen.“

Im Auto herrschte betretenes Schweigen. Lohmann versuchte die Situation zu retten. Er zog einen Stapel Papiere aus der Tasche und schlug vor, einen Plan zu machen, in dem sie die Vorgehensweise festlegen würden und die thematischen Schwerpunkte der Vernehmung.

Nachdem das alles erledigt war, überprüften sie ihre Zeiteinteilung.

Zunächst sollten Elvira Nolte und Hartmut Tucher vernommen werden, dann Rudolf Treuland und Hans-Peter Wetterschlag, der ehemalige Geschäftsführer der BFA.

Nach der Besprechung herrschte Schweigen. Schulte hielt ein letztes Schläfchen, bis Potthast den VOLVO vor dem Hotel Drei Schwäne zum Stehen brachte. Die Polizisten verstauten ihr Gepäck in den für sie gebuchten Zimmern.

Frau Bülow zückte ihr Handy und setzte sich mit der Zeitzer Polizeibehörde in Verbindung. Den Ostwestfalen sollten zwei hiesige Kollegen zur Seite gestellt werden. Sie vereinbarte als Treffpunkt die Rezeption des Hotels. Kurze Zeit später betraten die beiden Polizisten die Eingangsräume des Hotels.

Einer der Männer, er war ungefähr sechzig Jahre alt und elegant gekleidet, ging auf Frau Bülow zu und begrüßte sie. Er hatte einen verschmitzten Gesichtsausdruck und, wie sich in den nächsten Minuten herausstellte, den Knigge mit der Muttermilch aufgesogen. Er bestach durch außergewöhnliche Umgangsformen und gute Manieren. Sein Name war Köstritzer. Der andere Kollege war blond. Er sah wie ein zu groß geratener Junge aus, bekleidet mit Jeans, Hemd und Anorak.

Im Auftreten unterschied er sich von Köstritzer, der das Wort führte, durch seine zurückhaltende, leise Art. Auch er war ausgesprochen freundlich. Sein Name war Kippenberg.

Lohmann hatte den beiden Kollegen schon am Montag einen Satz Unterlagen zusammengestellt und sie ihnen zukommen lassen. Beide waren gut informiert.

„Ich würde folgende Vorgehensweise vorschlagen“, ergriff Köstritzer das Wort. „Sie führen die Vernehmungen, wie Sie es sich vorgestellt haben und wir, mein Kollege und ich, beteiligen uns nicht an den Befragungen. Wir würden jedoch gerne den Gesprächen beiwohnen. Die Personen, die Sie treffen, sind uns zum Teil bekannt, da einige in ihren Funktionen das öffentliche Leben in der Region mitbestimmen.

Wir haben uns eine kleine Eigenmächtigkeit erlaubt. Die Zeugen haben wir zu uns in die Behörde einbestellt. Dann brauchen Sie nicht unbedingt nach Irrwitzleben zu fahren. Ich hoffe, wir haben Ihnen damit nicht in Ihr Konzept gepfuscht."

Die Polizisten aus Ostwestfalen nickten jedoch zustimmend.

Köstritzer ergriff noch einmal das Wort:

„Wenn Sie wollen, können wir Ihnen zum Ende der Verhöre auch noch unsere Einschätzung geben. Sozusagen als Feedback."

Auch damit waren die Ostwestfalen einverstanden.

Frau Bülow hatte jedoch eine Frage. Sie reden hier immer über die Gemeinde Irrwitzleben. Wieso spielt sie in unserem Fall eine Rolle?"

„Sowohl Frau Nolte als auch Herr Treuland haben immer dort gewirkt. Sie wohnen jedoch in Zeitz. Auch die Zeitzer Einrichtung OBW hat in Irrwitzleben ihre großen Werkstätten. Hier in Zeitz befindet sich lediglich die Verwaltung", antwortete Kippenberg sachlich.

„Dann würde ich vorschlagen, wir wechseln die Örtlichkeiten." Köstritzer sah auf die Uhr.

„Pünktlich wie die Maurer. Wenn unsere Zeugen es ebenfalls sind, kann es gleich losgehen. Na, dann wollen wir mal."

Die Polizisten strebten dem Ausgang entgegen und befanden sich kurze Zeit später in von den Zeitzer Kollegen für sie reservierten Räumlichkeiten, in denen die Vernehmungen stattfinden sollten.

Sie teilten sich in zwei Vernehmungsgruppen auf.

Frau Bülow, Schulte und der Kollege Köstritzer taten sich zu einer Gruppe zusammen. Potthast, Lohmann und Kippenberg ergaben die Zweite.

Rudolf Treuland war ein Mann um die Sechzig. Er hatte Segelohren und einen schmalen, verkniffenen, aber breiten Mund.

Als er Schulte die Hand gab, dachte dieser, jemand hätte ihm einen toten Fisch in dieselbe gelegt. Er fühlte kaum den Händedruck seines Gegenübers. Der einzige Unterschied zu besagtem Kiementräger war die Tatsache, dass Treulands Hand etwas wärmer war als die Körpertemperatur des Wassertiers.

Frau Bülow bat ihn Platz zu nehmen und Köstritzer nickte Treuland zu. Die beiden Männer schienen sich zu kennen. Zunächst wurden noch einige Formalien geklärt. Dann ging Frau Dr. Bülow in medias res.

„Herr Treuland, in Ostwestfalen sind zwei Männer umgebracht worden. Sie hießen Leipholt und Brechmann. Können Sie die beiden Namen einordnen?“

Treuland sprach leise. Seine Stimme hörte sich an, als würde er knurren.

„Wissen Sie, ich habe in meinem Leben so viele Menschen kennen gelernt. Irgendwann habe ich aufgehört, mir alle Namen zu merken.“

„Können Sie die Namen einordnen oder nicht.“

Treuland zuckte mit den Schultern und kramte einen Zigarillo aus der Jackentasche.

„Ich muss Sie leider bitten, das Rauchen auf später zu verschieben!“, schaltete sich Schulte in das Gespräch ein.

Treuland ließ die dünne Zigarre wieder verschwinden. Er schwieg.

„Wann sind Sie nach Zeitz gekommen?“

Er schwieg noch eine Zeit. Dann knurrte er: „Ich bin gleich 1989 hierher gekommen. Ich hatte die Aufgabe, die Partei in dieser Region aufzubauen und zu organisieren.“

„Sie waren also ein Mann der ersten Stunde, wie man so schön sagt. Hatten Sie auch Kontakt zu anderen Personen, die aus dem Westen kamen?“

Wieder ließ Treuland sich Zeit.

„Sicher habe ich den einen oder anderen kennen gelernt. Die meisten sind später wieder zurück. Damit endete der Kontakt. Ich selber habe mir nicht die Mühe gemacht, ihn aufrecht zu erhalten oder mir die Namen zu merken.“

Frau Bülow ließ sich durch mangelnde Kooperationsbereitschaft ihres Gegenübers nicht aus der Ruhe bringen. Schulte hingegen wurde langsam wütend. Doch die Polizistin behielt die Fäden des Verhörs in der Hand und machte keine Anstalten, sie an den Kollegen abzugeben.

„Sie können sich also nicht vorstellen, warum wir Sie mit dem Mord der beiden Männer in Verbindung bringen?“

Treuland sah sie ausdruckslos an und schüttelte den Kopf.

„Sie haben mehrfach Geld von einem der beiden Männer, von Leipholt, bekommen. In den Jahren 1990 und 1991 belief sich die Summe auf 23.000 DM. Können Sie uns sagen, wofür Sie dieses Geld bekommen haben?“

Der Gefragte behielt sein ausdrucksloses Gesicht, zuckte mit den Schultern und sagte:

„Es wird einen Grund gegeben haben. Ich weiß ihn nicht mehr.“

Schulte fuhr aus der Haut.

„Herr Treuland, wir werden Ihre Konten überprüfen. Alle! Wir werden jedes Blatt umdrehen, bis wir wissen, wofür Sie bezahlt wurden.“

Treuland zuckte mit den Schultern. „Wenn Sie es dann wissen, können Sie es mir ja auch sagen. Aber ehrlich gesagt, im Grunde interessiert es mich nicht. Ich bin mir sicher, ich habe das Geld längst ausgegeben.“

Schulte wollte aufspringen, doch Frau Bülow deutete ihm an, sitzen zu bleiben. Dann sagte sie:

„In Ordnung, Herr Treuland. Ich sehe, Sie wollen uns nicht weiterhelfen. Für heute können Sie gehen."

Der kleine Mann stand auf und verzog dabei schmerzverzerrt sein Gesicht. Es schien so, als täte ihm bei dieser Bewegung der Rücken weh. Er ging grußlos aus dem Zimmer.

Nachdem auch die andere Gruppe ihre Zeugin vernommen hatte, saßen die Polizisten zusammen und werteten die Ergebnisse aus.

Potthast berichtete über das von ihm geführte Gespräch. Bei Elvira Nolte handele es sich um eine Frau, die kalt sei wie eine Hundeschnauze. Sie sei ebenfalls 1989 als Lobbyistin des neu gegründeten Bildungsträgers OBW nach Sachsen-Anhalt gekommen und habe hier in der Region Bildungsmaßnahmen für berufliche Bildung verkauft. Später habe sie erst mit Treuland zusammengelebt und ihn vor fünf Jahren geheiratet. Sie wurde 1994 Erste Beigeordnete der Gemeinde Irrwitzleben, in der auch Treuland Fraktionsvorsitzender der einstmals größten Partei war. Vorsitzender sei er immer noch. Nur die Anzahl der Sitze der Partei im Stadtrat habe sich mittlerweile mehr als halbiert. Bei der letzten Wahl war sie nur noch auf achtundzwanzig Prozent gekommen. In Parteikreisen würde Frau Nolte als zukünftige Bildungsministerin gehandelt. Der Grund für diese mögliche Karriere sei sicher auch auf Treulands Parteiconnection zurückzuführen.

Auf die Frage, ob sie von Leipholt Geld bekommen habe, sagte sie, sie habe neben ihrer eigentlichen Anstellung bei dem Bildungsträger auch Nebentätigkeiten wahrgenommen, für die sie natürlich auch bezahlt wurde. Für wen sie damals im Einzelnen gearbeitet habe und wie viel Geld sie von wem bekommen habe, könne sie heute nicht mehr sagen. Es seien ja schließlich seitdem mehr als zehn Jahre ins Land gegangen.

Zur Person Elvira Nolte sei zu sagen, sie sei ca. 1,85 Meter groß, habe blonde Haare, einen Pagenschnitt und sei cool und distanziert. Nichts an ihr war wirklich echt. Selbst ihr Lachen sei ein gekünsteltes Ha Ha Ha.

Danach folgte der Bericht von Frau Bülow. Die beiden Kollegen aus Zeitz sagten wie verabredet kein Wort.

In der zweiten Runde führte die Gruppe von Frau Bülow das Gespräch mit Klaus-Peter Wetterschlag, Geschäftsführer des damaligen Ostgewächses, dem Bildungsträger BFA, seit langem nicht mehr am Markt. Er war ein älterer Herr, der ein hageres, verbittertes Gesicht hatte. Sein Anzug war unmodern und zerschlissen. Ebenso Hemd und Schuhe.

Obwohl er einen verhärmten Eindruck machte, war er freundlich und kooperativ.

„Herr Wetterschlag, wir haben Sie zu dieser Befragung gebeten, weil Sie von einem gewissen Herrn Leipholt im Jahr 1990 einen Betrag von 2100 DM überwiesen bekommen haben. Weiter haben Sie an die Unternehmensberatung von Leipholt mehrfach einen größeren Betrag bezahlt. Insgesamt 8000 DM. Sie waren damals der Geschäftsführer der Bildungseinrichtung BFA GmbH."

„Ja, das stimmt. Ich erinnere mich genau. Es gab damals mehrere so genannte Unternehmensberater hier in der Region. Unter anderem dieser Herr Leipholt und Herr Treuland. Leipholt arbeitete darüber hinaus ja in erster Linie beim hiesigen Arbeitsamt und Treuland hatte durch seine exponierte Stellung als Fraktionsvorsitzender der größten Partei sehr schnell großen Einfluss in der Gemeindeverwaltung. Darüber hinaus hatte Herr Treuland in einigen Gemeinden der Region Beraterverträge. Die hatte Herr Leipholt im Übrigen auch. Das war damals jedoch nichts Ungewöhnliches.

Als dieser Leipholt kam, hatte er natürlich keine Ahnung von den Strukturen, die zum Teil noch aus der alten DDR resultierten. Er bot mir damals die Zusammenarbeit an. Darüber hinaus bat er mich darum, ihn in die hiesigen Verhältnisse einzuarbeiten. Dafür wollte er mir ein vierteljährliches Honorar von 2100 DM zahlen.

Ich war seinerzeit der Ausbildungs- und Schulleiter des hiesigen Kombinats. In dieser Funktion war ich natürlich auch in der Partei. Als Lehrer in dem neuen Schulsystem war für mich als Bonze natürlich kein Platz. Dass ich ausgebildeter Lehrer und viele Jahre Schulleiter war, spielte keine Rolle. Meine Parteimitgliedschaft und mein Alter reichten aus, um mir die Möglichkeit, weiter meinem Beruf nachzugehen, fast unmöglich zu machen.

Ich gründete daher mit einigen Kollegen die BfA GmbH. Wir versuchten, uns gegen die westlichen Träger zu behaupten. Was übrigens solche Leute wie Leipholt und Treuland später mit aller Macht zu verhindern versuchten. Na jedenfalls waren 2100 DM damals eine Menge Geld für mich. Leider blieb es eine Einmalzahlung.

Die aus dem Westen kommenden Unternehmer und Verwaltungskräfte fassten sofort Fuß und installierten ihre Strukturen.

Uns Ostlern wurde deutlich gemacht, dass für uns kein Platz am Markt war. Den beherrschten sehr schnell solche Leute wie Tucher, Treuland und dessen Frau Nolte.

In dieser Situation haben wir nach jedem Strohhalm gegriffen und kauften uns unter anderem Leipholts Beratung ein. Doch das hat uns auch nicht weitergeholfen, sondern das langsame Sterben nur etwas verlängert. Im Nachhinein weiß ich, dass er uns nach Strich und Faden betrogen hat. Er hat uns Informationen verkauft, die er uns als Mitarbeiter des Arbeitsamtes pflichtgemäß kostenlos hätte geben müssen, um nur ein Beispiel zu nennen. Ich bin mir sicher, der hatte jede Menge Feinde.

Es gab damals noch einen weiteren Manager beim OBW. Er hieß Liebermann. Auch der bot mir Zusammenarbeit an. Er war der Einzige, der zu seinem Wort stand. Der versuchte auch die Leute zu verstehen und die gewachsenen Strukturen zu berücksichtigen, ohne sein Ziele aus den Augen zu verlieren. Sein Chef Tucher wollte andere Wege gehen. Liebermann störte da. Also wurde er erst versetzt und dann, wie ich hörte, gefeuert. Ich habe ihn aus den Augen verloren."

Schulte machte sich einige Notizen, während Frau Bülow das Gespräch weiter führte.

„Herr Wetterschlag, ich hätte da noch eine Frage zu Herrn Treuland. Welche Rolle spielte er in der damaligen Zeit genau? Sie haben da so einige Andeutungen gemacht."

„Herr Treuland, ja welche Rolle spielte der? Er kam gleich nach der Grenzöffnung, um hier seine Partei aufzubauen. Zusätzlich versuchte er aber sofort in anderen Töpfen zu rühren. Er ist ein klassischer Machtmensch. Nach den ersten Wahlen übernahm er den Fraktionsvorsitz in Irrwitzleben mit einer absoluten Mehrheit. Er hatte das sehr geschickt eingestielt. In dem größeren Zeitz hätte er nie eine Mehrheit bekommen. Hier waren die Verhältnisse andere. Also hat er sich clever beschieden und hat sich mit dem kleineren Irrwitzleben zufrieden gegeben. Hinzu kam, dass er in Zeitz verschiedenste Beraterverträge hatte, die er sich gut bezahlen ließ. Auf die wollte er mit Sicherheit nicht verzichten.

Es geht das Gerücht, dass er einmal einen Bundeskredit von der Treuhand besorgt hatte und dafür zwei Prozent der Kredithöhe als Provision kassierte. Das waren, so wird erzählt, 120.000 DM. Dies hört sich verrückt an. Doch solche Leute wie er hatten damals einen enormen Informationsvorsprung gegenüber uns Ossis. Treuland und andere schlugen daraus gnadenlos Kapital. Eine zeitlang funktionierte das. Aber langsam bekommt er seine Quittung. Seine Partei hatte damals in Irrwitzleben die absolute Mehrheit. Heute liegt sie bei achtundzwanzig Prozent mit fallender Tendenz.

Ich glaube, im Grunde hat Treuland auch gar kein Interesse mehr an dem Fraktionsvorsitz in Irrwitzleben. Er wohnt schon seit Jahren in Zeitz. Eigentlich dürfte er dort gar nicht mehr im Rat sein. Aber eine Krähe hackt der anderen kein Auge aus. Als seine Partei noch die Mehrheit hatte, hat er Möglichkeiten gnadenlos für sich ausgenutzt. Seine

Frau Elvira Nolte hat er dort als Erste Beigeordnete untergebracht. Sie war so gleichzeitig sein verlängerter Arm in der Verwaltung und natürlich auch Spitzel. Immer, wenn er von jemandem im Amt kritisiert wurde, trug Nolte es sofort zu ihm. Dann war erst einmal Schluss mit der Karriere. Seine Tochter hatte er als Führungskraft in der örtlichen Bank untergebracht, in der er einen Aufsichtsratsposten innehatte. Sein Sohn, der nicht einmal einen Schulabschluss hat, leitet in der örtlichen Volkshochschule den EDV-Bereich. Ich könnte noch eine Menge solcher Geschichten erzählen.

Ich glaube auch, dass Treuland, Leipholt und ein paar andere damals Tucher und seinem Bildungsunternehmen reihenweise die Maßnahmen zugeschanzt und unser Unternehmen bewusst platt gemacht haben. Doch das ist eine persönliche Angelegenheit.

Wir haben uns mit unserer Einrichtung an jeder Ausschreibung beteiligt und hatten kein einziges Mal die Nase vorne. Und wir haben spitz gerechnet, das kann ich Ihnen versichern. Es ist mir bis heute schleierhaft, wie der mit noch günstigeren Preisen hingekommen ist. Ich vermute bis heute, dass unsere Ausschreibungen damals gleich in den Papierkorb gewandert sind und Leipholt alles der OBW zuschanzte. Gegen gutes Geld natürlich. Ich gebe zu, es sind Mutmaßungen von mir, aber anders kann ich mir das alles nicht erklären. Machen konnte man nichts. Der Begriff „wilder Osten" beschrieb die Verhältnisse punktgenau. Es gab einfach rechtsfreie Räume und einige haben mehr davon profitiert als andere."

„Ihre Theorie in Ehren, Herr Wetterschlag, aber Leipholt hat an Tucher, Nolte und Treuland bezahlt. So auch an einen weiteren Mitarbeiter, der jetzt in Bielefeld lebt. Nicht an Leipholt, wie Sie es vermuten."

Wetterschlag zuckte mit den Schultern.

„Ich kann es Ihnen nicht erklären. Ich selbst habe weder die Lust noch die Kraft mich weiter mit der Vergangenheit zu beschäftigen. Ich könnte zwar noch die eine oder andere Spekulation zum Besten geben, doch das würde Sie sicher auch nicht weiterbringen."

„Eine Frage hätte ich noch, Sie erwähnten den Namen Liebermann. Was war mit dem?"

„Liebermann, zu dem habe ich ja schon fast alles gesagt. Mit ihm konnte ich gut zusammenarbeiten. Er war verbindlich. Wir haben sogar versucht, gemeinsam Konzepte zu entwickeln, die hier in die Region passten. Nicht diesen, Sie verzeihen, übergestülpten Scheiß aus dem Westen. Wir wollten mit dem Arbeitsamt gemeinsam mit den hier alteingesessenen Industriebetrieben zusammenarbeiten und die Sicherheit der Arbeitsplätze für die neue Zeit gewährleisten. Wir hatten alles getan, unsere Konzepte zu etablieren. Doch Tucher, sein Vorgesetzter, gab klare Order, wo der Weg lang zu gehen hatte. Liebermann wehrte sich natürlich, doch er wurde schneller ausgeschaltet, als wir handeln konnten. Er ist ja dann auch in der Versenkung verschwunden. Ich habe, wie gesagt, nichts mehr von ihm gehört."

Frau Bülow erhob sich vom Stuhl.

„Ich denke, wir sind durch." Sie sah zu den Kollegen, die zustimmend nickten.

„Vielen Dank für Ihre Hilfe, Herr Wetterschlag."

Sie gab ihm die Hand und brachte ihn zur Tür. Dann wandte sie sich an Schulte.

„Ich möchte noch mit diesem Tucher reden. Sei so nett, geh kurz rüber und bitte ihn, noch zu bleiben."

Wenige Minuten später saß der Geschäftsführer der Bildungseinrichtung OBW, Tucher, der Verhörgruppe Bülow gegenüber.

Frau Bülow führte wieder das Gespräch. Doch es war nicht sehr ergiebig. Tucher berichtete, dass er sich vage an einen gewissen Liebermann erinnern könne. Der habe ständig Teamprobleme gehabt und so musste das Unternehmen sich irgendwann von ihm trennen. Was damals genau vorgefallen sei, wisse er nicht mehr. Ob seine Personalakte noch existiere, sei ihm nicht bekannt. Doch das könne man ja noch einmal prüfen.

Tucher lieferte keine weiteren Erkenntnisse. Als er gegangen war, berichtete Potthast, dass das Restverhör ebenso ergebnislos verlaufen sei. Doch sowohl ihm, als auch den anderen war aufgefallen, dass Tucher sehr nervös war.

Nachdem die Ostwestfalen mit ihrer Auswertung fertig waren, meldeten sich die Zeitzer Kollegen zu Wort. Sie bestätigten, dass es sich sowohl bei Treuland wie auch bei seiner Frau Elvira Nolte um aalglatte Politiker handele, die in keiner Weise zu unterschätzen seien. Das oberste Ziel, das Treuland verfolge, sei, eine Mehrheit im Rat zu haben. Dafür würde er seine Großmutter verkaufen. Früher, als er noch über eine komfortable Mehrheit verfügte, lebte sie ja relativ sicher. Doch heute, nachdem er seine Partei auf unter dreißig Prozent gewirtschaftet habe, bewege sich die arme Oma auf dünnem Eis. Wahlversprechen oder eingegangene Absprachen seien das, was Treuland am wenigstens interessiere.

Tucher war für sie ein unbeschriebenes Blatt. Wetterschlag hingegen war ein Irrwitzlebener Urgestein. Früher Schulleiter der kombinatseigenen Ausbildungsstätte, sei er auch nach der Wende im Ort allgemein beliebt geblieben und genösse bei den Bewohnern der Gemeinde bis heute ein hohes Ansehen.

Sie versprachen den Westkollegen auch weiterhin behilflich zu sein. Wenn es sein müsse, würden sie auch das Bildungsunternehmen OWB näher unter die Lupe nehmen.

Eins fiele ihnen jedoch noch auf, so Köstritzer. Der erste Tote, Leipholt, war allen Befragten bekannt. Brechmann jedoch sei von niemandem auch nur mit einem Wort erwähnt worden. Das käme ihm schon etwas sonderbar vor. Die Rolle dieses Mannes sei in dem ganzen Fall ein noch blinder Fleck.

Köstritzer erntete von allen Seiten zustimmendes Nicken.

Am Ende der Besprechung fragte Köstritzer, wie sich die Ostwestfalen den Abend vorstellen würden. Die Landesgartenschau könne man ihnen ja heute nicht mehr zeigen. Falls ihrerseits nichts geplant sei, würde er vorschlagen, gemeinsam ein Bier trinken zu gehen. Wann habe man als Zeitzer Polizist schon einmal die Möglichkeit, einen Beitrag dazu zu leisten, die Mauer zwischen Ost und West in den Köpfen der Menschen niederzureißen. Seiner Meinung nach ginge dies am Besten bei einem gepflegten Bier. Darüber hinaus, so sagte er, sei es eine treffliche Fügung, dass die Kollegen aus Paderborn und Detmold in dem Hotel *Drei Schwäne* untergebracht seien. Denn dieses Haus verfüge über einen urigen historischen Bierkeller.

Niemand hatte etwas gegen diesen Vorschlag. Selbst Schulte, der heute Morgen noch Stein und Bein geschworen hatte: Nie wieder Alkohol!, nickte zustimmend. Also verabredeten sie sich um zwanzig Uhr zum Essen.

In dem rustikalen, gemütlichen Bierkeller, in dem ca. vierzig Personen Platz fanden, herrschte eine angenehme Atmosphäre. Köstritzer wusste zu berichten, dass dieser Teil des Hauses in der Geschichte als Bierlager gedient hatte. Später wurden die Räumlichkeiten als Kneipe für die Händler des Saumarktes genutzt. In diesem Stil und seiner Tradition wurde er 1994 rekonstruiert.

Die Polizisten aus Ost und West verstanden sich prächtig. Doch neben allgemeinem Smalltalk kam man wieder auf die Polizeiarbeit zu sprechen. Man beleuchtete den Fall noch einmal und die Vermutung, dass es sich bei der ganzen Angelegenheit um eine Reihe von Betrügereien in der Umbruchsphase nach dem Niedergang der DDR handelte, schien allen Anwesenden logisch. Es fehlten ihnen aber die nötigen Beweise.

„Wenn Sie mich fragen, ist der Ursprung des Mordmotivs purer Neid“, sagte Köstritzer später bei der Verabschiedung.

79

Die Polizisten hatten nach einem opulenten Frühstück die Heimreise angetreten. Kurz nach Eins stiegen sie auf dem Parkplatz der Detmolder Kreispolizeibehörde aus dem Auto. Obwohl Schulte gestern Abend nicht viel getrunken hatte, konnte er eine gewisse Müdigkeit nicht leugnen. Doch er entschloss sich, noch einmal sein Büro aufzusuchen, um die Ergebnisse des letzten Tages für sich auszuwerten. Er brauchte nicht einmal eine halbe Stunde, da waren die Verhörergebnisse aus Zeitz in das Gesamtbild eingearbeitet. Es hatte sich wieder ein Mosaikstein gefunden, den er nicht einpassen konnte. Liebermann war das Puzzleteilchen, das er immer wieder von links nach rechts schob und kein passendes Plätzchen fand.

Der Polizist zog die untere Schublade seines Schreibtisches heraus und legte seine Füße hinein. Die Arme hatte er über seiner Brust verschränkt. Dies war seine typische Nachdenkhaltung. Da klopfte es an der Tür. Maren Köster steckte den Kopf durch den Spalt.

„Na, wieder zurück aus Dunkeldeutschland?"

Schulte deutete ihr an hereinzukommen. Sie setzte sich auf einen freien Stuhl.

Die Polizistin war an den Ergebnissen, die ihre Kollegen in Zeitz zusammengetragen hatten, interessiert. Doch Schulte war im Moment nicht dazu in der Lage, ihr einen globalen Überblick zu geben. Er hatte sich gedanklich an einem Puzzleteil festgebissen.

„Die allgemeinen Ergebnisse berichte ich dir später. Im Moment drösele ich an einer neuen Person herum, die in Zeitz zu unserem Fall dazugekommen ist. Ich kann mit dem Namen Liebermann einfach nichts anfangen. Der ist in unseren gesamten Ermittlungen nicht aufgetaucht."

Maren Köster war sofort hell wach.

„Du vielleicht nicht, aber ich!"

Sie berichtete Schulte, dass es sich bei Liebermann um den toten Schwabe handele.

Schulte guckte geradezu dämlich.

„Wie! Liebermann ist der tote Schwabe?"

Maren Köster berichtete dem Kollegen alles, was sie über die Person Liebermann alias Schwabe wusste.

Schulte pfiff durch die Zähne.

„Dieser Schwabe hätte demnach durchaus ein Motiv sich zu rächen. Aber nach so vielen Jahren? Und jetzt ist er selber tot? Wie passt das alles zusammen?"

Schulte raufte sich die Haare.

„Ich finde da kein Packend!", sagte er.

„Jedenfalls ist klar, dass wir unsere Ermittlungsergebnisse zusammenlegen müssen und die beiden Fälle miteinander abgleichen und wenn nötig zusammenführen", entgegnete Maren Köster.

„Aber nicht mehr heute, das muss bis morgen warten. Ich bin total alle."

Schulte griff zum Telefonhörer.

„Ich rufe die Zeitzer Kollegen an. Die müssen sich unsere Zeugen noch mal vornehmen und vor allem darauf achten, dass uns keiner von denen durch die Lappen geht."

Nachdem er das Telefongespräch beendet hatte, sah Schulte auf die Uhr.

„Halb fünf", sagte er mehr zu sich selbst. „Morgen früh um neun Uhr setzen wir uns alle zusammen. Deine Truppe, die Paderborner, wir und die Spurensicherung. Dann sehen wir weiter.

Ich rufe noch kurz Potthast an. Danach mache ich Feierabend."

80

Hermann Rodehutskors hatte den Mittwoch mehr schlecht als recht überstanden. Entgegen seiner Erwartung hatte es keine donnernde Strafpredigt seitens seines Arztes gegeben, mehr ein leises, trauriges Kopfschütteln über so viel Unverstand.

Den ganzen Tag über ging es ihm schlecht. Der Kreislauf war nach wie vor auf Tauchstation, der Schädel brummte, der Magen meldete sich eindrucksvoll zu Wort. Rodehutskors schwor sich, für den Rest seines Lebens vernünftig zu sein und auf den Rat seines Arztes zu hören. Deshalb war er am Donnerstag auch bereit, entgegen seinem Vorsatz in der letzten Woche, abends am gemeinsamen Walken teilzunehmen. Praktisch eine Art Selbstkasteiung nach der schweren Verfehlung.

So startete er um Viertel vor sechs mit all den anderen. Sicher, es ging ja schon viel besser als zu Beginn der Kur. Immerhin hatte er etliche Kilo verloren. Ende der Woche war das Martyrium des Abnehmens sowieso zu Ende, da konnte er heute noch mal richtig ranklotzen und schwitzen.

Er lief leicht und locker wie seit Jahrzehnten nicht mehr und wunderte sich selbst am meisten über die Leistungszunahme. Der vorgestrige Abend war Vergangenheit, der Kreislauf schaute wieder optimistisch in die Zukunft. Der Dauerregen hatte kurz vorher einem kleinen Zwischenhoch Platz gemacht. Es blieb jedoch kühl. Das ideale Laufwetter. Vor ihm lief der uralte, beinahe unanständig rüstige Greis Notbusch. Der Alte lief mit einem selbstzufriedenen Lächeln, wusste er doch sicher aus Erfahrung, dass er den wesentlich jüngeren Rodehutskors abhängen konnte, wann immer er wollte. Aber Rodehutskors hängte sich grimmig dreinschauend an seine Fersen und ließ das greise Konditionswunder einfach nicht davonziehen.

***

Endlich hatten sie ein größeres Gebüsch gefunden, das ihnen geeignet schien. Groß und dicht genug, um beide zu verbergen, es lag unmittelbar an der Laufstrecke der Walking-Gruppe. So, dass eine ungehinderte und unbeobachtete Flucht möglich schien. Sie quetschten sich durch die dichten Zweige, fluchten über jeden Kratzer und platzierten sich dann an der günstigsten Stelle. Es war Abendessenszeit und der Kurpark war mit Ausnahme der Walker menschenleer. Alles passte! In der ersten Runde ließen sie die Gruppe passieren, denn das Feld lief noch zu dicht zusammen. Beide erkannten Rodehutskors sofort wieder. Diesen Mann hatten sie sich eingeprägt, als er ihnen nach der Tat auf dem Flur begegnet war. Als die Läufer zum zweiten Mal den Standort der beiden passierten, hatte sich das Läuferfeld wie erwartet bereits weit auseinander gezogen. Ein drittes Mal würden sie Hermann Rodehutskors hier nicht weiterlaufen lassen.

***

Der alte Haudegen Notbusch hatte ein gutes Gefühl. Jetzt, in der dritten und letzten Runde würde er allen zeigen, wer hier der König der Piste war. Er war mit weitem Abstand der älteste Läufer in diesem Feld. Aber während die jüngeren ein Panoptikum ruinierter Körper waren, hatte der Alte sich zeitlebens fit gehalten. Sein steinalter, aber durchtrainierter Körper war immer noch in der Lage, alle anderen seinen Staub schlucken zu lassen. Notbusch ließ die faltigen Arme gewaltig schwingen, so dass die Walking-Stöcke nur so flogen, während seine knorrigen, klapperdürren Beine weit ausgriffen. Als er sich aber siegessicher umschaute, war dieser sonst so schwache Rodehutskors noch immer hinter ihm.

Hermann Rodehutskors hatte sich festgebissen und ließ nun nicht mehr los. Langsam aber stetig kämpfte er sich an den Alten heran, schmolz dessen Vorsprung. Die beiden waren nun allein auf weiter Flur. Alle anderen waren hinter ihnen. Schritt für Schritt schob sich Rodehutskors an den Führenden heran, dann hatte er ihn erreicht. Schulter an Schulter liefen die zwei, was Herz und Hirn hergaben. Beide am Rande des Zusammenbruchs. Sie hörten nichts anderes mehr als ihren eigenen trommelnden Puls.

Plötzlich, ohne jede Vorwarnung, geriet Notbusch ins Straucheln und schlug nach zwei weiteren Schritten ungeschützt mit dem Gesicht auf. Rodehutskors stoppte sofort und drehte um. Als er auf den zappelnd daliegenden Notbusch zulief, hörte er aus dem Gebüsch den unterdrückten Fluch einer Frauenstimme. Der aufgeregte Mann beachtete dies nicht weiter. Notbusch schien große Schmerzen zu haben. Er drückte seine rechte Hand krampfartig an die linke Schulter. Zwischen seinen Fingern quoll Blut hervor. Vielleicht hatte der schnelle Lauf seine Sinne stimuliert, jedenfalls erlebte Rodehutskors in den nächsten drei Sekunden ein wahres Assoziationsgewitter. Ein Schuss auf Notbusch. Der Tote in seinem Klinikzimmer. Die beiden Gestalten auf dem Flur..., die Kugel hatte nicht dem alten Mann gegolten. Sie hatte ihn, Hermann Rodehutskors, treffen sollen.

Plötzlich raschelte es in dem großen Busch neben der Laufstrecke und ein mittelgroßer Mann in einer dunkelblauen Regenjacke, die Kapuze auf dem Kopf, brach aus den Zweigen hervor. Rodehutskors schaltete blitzschnell und rannte zurück, seinen Mitsportlern entgegen. Bereits nach zwanzig Metern erreichte er sie, eilte an ihren erstaunten Gesichtern vorbei, überquerte den Kurpark auf dem kürzesten Weg und rannte weiter Richtung Fastenklinik.

***

Der Mann schreckte zurück, als er das Hauptfeld der Walking-Gruppe auf sich zulaufen sah. Quetschte sich wieder durch die widerspenstigen Zweige bis zu der Stelle, von der aus er geschossen hatte.

„Du bist der erbärmlichste Versager, den ich je erlebt habe!“, fauchte die Frau ihn an. Sie zerrte ihren Komplizen, der sein Pech noch gar nicht fassen konnte, am Jackenärmel aus dem Gebüsch heraus.

„Los! Gib mir die Pistole! Ich übernehme das jetzt!"

Mit diesen barschen Worten ließ sie ihn einfach stehen und lief in die Richtung, in die sie Hermann Rodehutskors hatte verschwinden sehen. Der noch völlig verdatterte Mann setzte sich ebenfalls in Bewegung und eilte hinterher.

***

Hermann Rodehutskors war mit seinen Kräften schon am Ende gewesen, als Notbusch stürzte. Nun, nach dem Sprint quer durch den Kurpark, hielt ihn nur noch seine Panik aufrecht. Er stürmte in die Rezeption, schaute sich hektisch nach einer möglichen Gefahr um, eilte mit allerletzter Kraft in den Fahrstuhl. In seinem Zimmer angekommen, verriegelte er die Tür von innen. Gönnte sich, trotz nicht geringer gewordener Angst zwei Minuten im Sessel. Als er den Puls wieder etwas unter hundertfünfzig vermutete, stopfte er hastig, ohne groß über den Sinn nachzugrübeln, einige Kleidungsstücke in seine Sporttasche, riss sich die verschwitzten Trainingssachen vom Körper und zog sich ungewaschen etwas Wärmeres an.

Er musste sofort raus aus der Klinik, das war ihm klar. Hier war er jetzt keine Sekunde mehr sicher. Das Bild des ermordeten Schwabe spukte ihm durchs Hirn, nur unterbrochen von der noch ganz frischen Erinnerung an den am Boden liegenden und vor Schmerzen zappelnden Notbusch. Raus hier! Nur raus! Als er die Tür gerade wieder aufschließen wollte, hörte er, wie sich jemand vom Flur aus an der Tür zu schaffen machte. Sein Herz setzte für eine Sekunde aus. Rodehutskors drehte sich um, suchte verzweifelt einen Ausweg aus dem Zimmer. Es musste ihn geben! Aber was für einen? Eine Glastür führte nach draußen, jedoch auf keinen Balkon, sondern nur auf einen schmalen Sims, etwas einen halben Meter breit. Direkt vor der Tür war dieser mit einem halbkreisförmigen Edelstahlgeländer gesichert. Links und rechts davon gab es keine Sicherung.

Hatte er irgendeine Wahl? Gab es einen anderen Weg? Nein! Also öffnete er schnell entschlossen die Tür, stieg mit seiner Sporttasche hinaus auf den für ihn furchtbar engen Sims und zog die Tür, so gut es ging, zu. Es hatte wieder angefangen zu regnen. Bei diesem Wetter war vermutlich niemand mehr draußen. Als er einen letzten ängstlichen Blick in das Zimmer warf, sah er, wie sich die Tür zum Flur einen Spalt öffnete. Er hob die Sporttasche über das Geländer und stellte sie auf dem ungesicherten Teil ab. Dann wuchtete er ungeschickt seinen schweren, ungelenken Körper über das Geländer. Es war nicht Mut, der ihn antrieb. Es war pure Angst. Jenseits des Geländers angekommen, schaute er kurz nach unten. Auch wenn er nur auf der Höhe der zweiten Etage stand, ergriff ihn ein mächtiger Schwindel. Rodehutskors zwang sich, den Kopf zu drehen, um die Hauswand anzustarren, bis sich der Schwindel etwas gelegt hatte. Auf unsicheren Beinen tastete er sich vorsichtig Zentimeter für Zentimeter voran. Während seine linke Hand die Sporttasche hielt, stützte er sich mit der rechten Hand an der Hauswand ab.

***

Die große, blonde Frau umfasste die schwere Pistole fester und stieß mit dem Fuß die Zimmertür entschlossen weiter auf. Dann stürmte sie mit vorgehaltener Waffe in das Zimmer. Ihr Begleiter huschte etwas zögerlich hinterher. Auf den ersten Blick sahen sie, dass das Zimmer verlassen war. Sie rissen die Tür zum Bad auf. Auch da war kein Mensch. Die beiden schauten sich überrascht an. Dann lenkte sie den Blick des Mannes auf den achtlos weggeworfenen Jogginganzug. „Den kann er gerade erst ausgezogen haben“, flüsterte sie. „Riech mal! Frischer Männerschweiß! Widerlich!“

„Er muss hier noch irgendwo sein!“ Der Mann öffnete den Kleiderschrank, schaute unter dem Sofa und dem Bett nach. Alles Fehlanzeige!

„Da, die Glastür!“, schrie die Frau plötzlich laut. „Vielleicht ist er da raus!“

„Quatsch!“, raunzte der Mann sie an, nachdem er sich die Tür angeschaut hatte.

„Wenn er hier rausgegangen wäre, läge er jetzt mit gebrochenem Genick unten auf dem Rasen. Hier durch ist der nicht geflüchtet. Das kann höchstens einer, der völlig schwindelfrei ist."

Die Frau überlegte hektisch.

„Es gibt keine andere Erklärung! Er hat sich nicht in Luft aufgelöst. Der Dicke muss hier rausgeklettert sein!"

Sie trat auf den gesicherten Bereich direkt vor der Tür und schaute nach rechts. Nichts zu sehen. Als sie nach links blickte, konnte sie gerade noch erkennen, wie Hermann Rodehutskors sich mit äußerster Vorsicht um die Hausecke tastete und eine Sekunde später dahinter verschwand.

„Los! Raus hier und runter! Wir warten unten auf ihn. Irgendwo muss er ja runterkommen. Vielleicht erwischen wir ihn auch gerade beim Klettern. Ist mir jetzt alles scheißegal! Hauptsache, ich kriege diesen Kerl."

„Und was ist, wenn uns dabei einer sieht?"

Die Frau dachte kurz nach und stieß dann hervor:

„Keine Sorge! Bei diesem Dreckswetter ist da draußen keiner mehr, der uns beobachten könnte. Los, nun komm endlich!"

***

Er war fix und fertig. Seine Hände zitterten vor Schwäche, als er endlich die Feuerleiter aus Edelstahl zu fassen bekam. Der Regen hatte ihn völlig durchnässt, und Hermann Rodehutskors spürte, wie ihn Kälteschauer durchzogen. Sein Empfinden war restlos abgestumpft. Selbst die immer noch vorhandene Gefahr des tödlichen Absturzes schreckte ihn kaum noch. Die Angst war nicht weg. Sie war nur durch die Erschöpfung wie in Watte gepackt. Er konnte sie noch spüren, tief in seinem Innern. Aber sie tat nicht mehr weh. Sie führte nicht mehr zu Schwindel und Atemnot. Vorsichtig setzte er den rechten Fuß auf die regennasse und bestimmt glitschige Leiter. Er griff die Sporttasche fester und zog den linken Fuß nach. Als er mit beiden Beinen auf der Leiter stand, atmete er zum ersten Mal seit seiner Flucht aus dem Zimmer tief durch. Endlich fanden seine Hände einen vernünftigen Halt, endlich konnte er sich kurz ausruhen. Beinahe überkam ihn so etwas wie Siegestaumel. Bis ihm brutal klar wurde, dass er jetzt zwar einen einigermaßen soliden Halt hatte und theoretisch nun Stufe für Stufe aus dieser Schwindel erregenden Höhe absteigen konnte, jedoch auch an dieser Stelle des Hauses völlig ungeschützt war und selbst für einen ungeübten Mörder ein absolut sicheres Ziel darbot. Da war sie wieder, die bereits überwunden geglaubte Panik!

***

Die blonde Walküre hastete über den Flur die Treppe hinunter. Ihre hohen harten Absätze klangen wie ein Trommelwirbel. Der Mann in ihrem Gefolge hatte große Mühe, dieses höllische Tempo mitzuhalten. Auf dem unteren Treppenabsatz kam dann die wilde Jagd erst mal zum Stehen. Sie gerieten in ein ganzes Rudel kugelrunder älterer Damen, die laut schnatternd als eng zusammen stehender Pulk unten an der Treppe standen. Die beiden Jäger wurden förmlich assimiliert von der übergewichtigen und trägen Masse. Nichts ging mehr! Wertvolle Sekunden verrannen, bis sie sich unter rüdem Ellenbogeneinsatz mit vielen bösen Worten herausgekämpft hatten und endlich weiterhasten konnten.

Durch den Tumult aufmerksam geworden, trat der Dienst habende Mann hinter der Rezeption hervor. Er stellte sich ihnen in den Weg. Die kantige Frau rannte ihn einfach um und stürmte weiter. Draußen schlug ihnen der kalte Regen ins erhitzte Gesicht. Sie schauten sich hektisch um, konnten sich erst nicht orientieren. Sie wies ihren Begleiter an, dass er links um den Gebäudekomplex herumlaufen solle. Sie selbst rannte in die andere Richtung. Irgendwo mussten sie einfach auf den Flüchtigen stoßen. Dann würde sie nicht lange fackeln. Schnell würde es gehen. Schnell und zuverlässig, so arbeitete sie immer.

***

Hermann Rodehutskors kletterte vorsichtig Tritt für Tritt die Feuerleiter hinunter. Bei jedem Schritt schaute er nach unten. Weniger die Höhe als vielmehr der Gedanke an seine Verfolger, die ihn in dieser Position in aller Ruhe anvisieren konnten, machte ihm Angst. Dazu setzte jetzt, als Folge der körperlichen Anstrengungen beim Laufen und bei der Flucht, ein heftiges Nachschwitzen ein. Er konnte nicht mehr zwischen der Nässe von innen und der von außen unterscheiden und es war ihm auch herzlich egal. Er konnte kaum noch etwas sehen, denn der Regen war so stark geworden, dass ihm das Wasser aus dem noch immer vollen Haar in die Augen lief.

Die Sporttasche behinderte ihn stark, da durch sie immer nur eine Hand frei war. Als Rodehutskors der Meinung war, dass es nicht mehr sehr tief runter ging, ließ er sie einfach fallen. Der dumpfe Aufprall war durch den prasselnden Regen kaum zu hören.

Rodehutskors stieg zwei Tritte weiter hinunter. Als er wieder nach unten sah, wäre er bald von der Leiter gefallen. Denn in diesem Augenblick kam ein Mann, den er wegen des Regens nicht erkennen konnte, um die Ecke gebogen. Dieser hätte ihn ebenfalls nicht gesehen, wenn nicht die Tasche mitten im Weg gestanden hätte. So blieb der Fremde vor der Tasche stehen, überlegte kurz und blickte dann nach oben.

Was tun? Panisch blickte sich Rodehutskors um, suchte eine Lösung. Es gab keine! Oder? Rechts neben der Feuerleiter, etwa einen halben Meter seitlich von seinem Standort, hörte er ein dumpfes Geräusch. Jemand war vermutlich zu Beginn des Regenschauers nicht in seinem Zimmer gewesen und hatte daher das Fenster nicht geschlossen. Das knallte nun, durch den Wind bewegt, immer wieder gegen den Rahmen. Rodehutskors hatte keine Zeit mehr, darüber nachzudenken, wie halsbrecherisch es wäre, sich von der Leiter zum rettenden Sims hinüberzuschwingen. Natürlich würde er dabei abstürzen und sich das Genick brechen. Keine Frage!

Doch bliebe er auf der Leiter, würde er mit genauso großer Sicherheit erschossen werden, ebenfalls abstürzen und sich, zu allem Überfluss zusätzlich noch den Hals brechen. Welch eine Wahl! Er schaute noch einmal nach unten auf den Mann, der jetzt hektisch zu winken anfing. Rodehutskors war klar, dass er damit Verstärkung holen wollte und entschied sich rasch. Er umfasste die rechte, senkrechte Stange der Leiter mit der linken Hand und versuchte, mit rechts irgendeinen Halt an der Fensteröffnung zu bekommen. Das gelang nach einigen Tastversuchen. Dann schwang er das rechte Bein auf den Fenstersims.

Nun galt es, alles zu riskieren. Wieder ein Blick nach unten. Der Mann war bereits einige Stufen auf der Feuerleiter emporgestiegen. Es würde nur noch Sekunden dauern, dann hätte er ihn erreicht. Es wäre für den Mann ein Leichtes gewesen, Rodehutskors in seiner augenblicklichen Position, je einen Fuß auf der Leiter und einen auf der Fensterbank, zum Absturz zu bringen. Tollkühn schwang sich Hermann Rodehutskors nach rechts, versuchte, mit der linken Hand Halt zu finden, fand keinen, rutschte ab, drohte zu stürzen, bekam dann doch noch etwas zu fassen. Mit einem Knie drückte er das Fenster nach innen und zog sich durch die Öffnung in den Raum.

Es war ein Patientenzimmer, genau wie sein eigenes. Niemand war anwesend. Fast alle Patienten waren jetzt im Speiseraum und schlürften ihre dünne Gemüsebrühe mit Petersilie. Diese Stube jedoch schien zurzeit gar nicht bewohnt zu sein. Rodehutskors schloss das Fenster. Wäre das Appartement bewohnt gewesen, hätte der Bewohner während seiner Abwesenheit vermutlich die Zimmertür von außen abgeschlossen und Rodehutskors hätte in der Falle gesessen. So war er, ohne sein unmäßiges Glück überhaupt zu erkennen, noch schneller wieder draußen, als er hereingekommen war. Er rannte über den Flur des ersten Stockes und dann die Treppe hinunter.

Um Atem ringend, versuchte er, einen klaren Gedanken zu fassen. Was sollte er tun? Draußen warteten in irgendeinem Hinterhalt die Mörder auf ihn. Drinnen war er zwar auch nicht sicher, aber immerhin war die Wahrscheinlichkeit groß, dass die beiden die Öffentlichkeit scheuen und es nicht wagen würden, innerhalb der Klinik etwas gegen ihn zu unternehmen. Zumindest nicht sofort. Dass dies kein langfristiger Schutz war, war ihm klar. Er beschloss, erst einmal in der Masse unterzutauchen und ging in den Speisesaal. Dort setzte er sich auf seinen gewohnten Platz. Ihm war nicht bewusst, dass ihn alle anstarrten. Schließlich war er tropfnass und sein durch Angst und Anstrengung hochroter Kopf leuchtete wie eine rote Ampel in der Menge bleichgesichtiger Hungerkünstler.

***

„Nein! Wir gehen nicht rein!“, schrie die Frau den Mann neben sich an. Sie setzte sich, triefnass, auf eine Bank neben dem Klinikgebäude, raufte sich das blonde Haar und war vor Wut fassungslos.

„Dieser Scheißkerl! Wie kann man so viel Glück haben?“ Dann wischte sie sich den Regen aus dem Gesicht und blitzte ihren Mitstreiter an. „Aber wenn man mit einem solchen Versager wie dir unterwegs ist, darf man sich auch nicht wundern. Hättest du ihn nicht aufhalten können? Mensch, das ist doch ein alter Mann. Wenn du etwas schneller reagiert hättest und die Leiter hochgeklettert wärst, anstatt nach mir zu winken, dann hättest du ihn noch erwischt. Aber nein! Der Herr kann ja keine Entscheidungen treffen! Der Herr braucht immer einen, der ihm den Hintern abputzt!“

Der bedauernswerte Adressat dieser unfreundlichen Worte stand tropfend und zerknirscht im Regen, ballte die Fäuste in der Tasche, sagte aber kein Wort.

Der Regen wurde nun noch stärker.

„Ich laufe jetzt zurück zum Wagen und bringe ihn hierhin. Wir treffen uns auf dem Parkplatz vor dem Haupteingang und bleiben dann so lange im Auto sitzen, bis sich was Neues ergibt. Bei dem Regen kann uns von außen niemand erkennen. Aufgeben werde ich jetzt nicht! Mit diesen Worten stand die Frau auf und ging mit großen Schritten davon. Als der Mann hinterher gehen wollte, drehte sie sich um und zischte:

„Du bleibst natürlich hier und passt auf! Oder soll der Kerl hier ungestört verschwinden? Trottel!"

***

Das alles beherrschende Thema im Speisesaal war der Anschlag auf den armen Mitfastenden Notbusch. Keiner kam auf die Idee, einen Zusammenhang zwischen dem Schuss und Rodehutskors herzustellen. Für die anderen Patienten war der Journalist allerdings ein wichtiger Augenzeuge des Attentats und somit ein gefragter Gesprächspartner.

Zigmal schilderte er seine Version des Vorfalls. Demnach konnte er sich überhaupt keinen Reim auf das Ganze machen. Er stehe aber seit dem Angriff auf Notbusch derart unter Schock, dass er trotz des starken Regens einen strammen Spaziergang gemacht habe. Daher der rote Kopf und die triefnassen Klamotten. Irgendwann kam dann der leitende Arzt in den Speisesaal. Er bat um Ruhe und gab eine Erklärung ab über den Zustand von Notbusch. Dem alten Mann gehe es den Umständen entsprechend gut. Die Kugel habe keine lebenswichtigen Organe verletzt. Einige Bestandteile des Geschosses steckten aber, da es sich um ein weiches Geschoss handele, in der Schulter fest. Zurzeit würden diese in der Herforder Unfallambulanz herausoperiert. Notbusch habe viel Blut verloren und sei sehr geschwächt. Auch stände er unter Schock. Aber sie wüssten ja alle, wie kernig und kräftig dieser alte Mann noch sei. Man müsse sich um ihn keine ernsthaften Sorgen machen. Niemand war darüber so erleichtert wie Hermann Rodehutskors. Er sagte jedoch nichts.

Was sollte er jetzt tun? In der Klinik bleiben war zu gefährlich. Wenn er zur Klinikleitung gehen und um Schutz vor zwei Killern bitten würde, was würde man ihm antworten? Ihn wahrscheinlich an die Polizei verweisen. Und die? Bestenfalls würden sie jede Stunde eine Streife um die Klinik patrouillieren lassen. Würde er sich dadurch wirklich sicher fühlen? Kaum. Nein, er musste raus aus der Klinik. Möglichst ohne großes Aufsehen. Und möglichst weit weg, ganz raus aus Bad Salzuflen. Die Bahn war zu riskant. Den Weg zum Bahnhof konnte er noch mit einem Taxi hinter sich bringen. Aber um diese Zeit allein auf einem Bahnsteig? Oder noch einsamer in einem Nahverkehrszug? Auch keine Lösung. Ein Auto hatte er nicht hier. In diesem Moment fiel ihm Kogge ein. Der musste jetzt helfen! Sofort würde er ihn anrufen. Die Telefonzelle vor der Klinik allerdings konnte er nicht benutzen, sie war zu gut zu sehen. Natürlich konnte er von der Rezeption aus telefonieren. Aber konnte er dem Mann hinter dem Tresen trauen? Würde der angesichts eines größeren Geldscheines nicht verraten, welche Nummer dieser Herr Rodehutskors angerufen habe? Damit wäre Kogge dann gefährdet. Er fragte seinen Nebenmann nach einem Handy.

„Ein Handy? Hier im Speisesaal? Bist du verrückt? Du weißt doch, dass Handys hier verboten sind."

Schließlich gelang es ihm doch, eins aufzutreiben und nach dem zweiten Wählversuch hatte er Kogge an der Strippe. Ebenfalls am Mobiltelefon. „Du musst sofort herkommen! Es geht um Leben und Tod. Nein, ich bin nicht betrunken. Lass alles liegen und stehen und komm sofort. Ich erkläre dir alles, wenn du hier bist. Wie, du hast heute Abend etwas anderes vor? Vergiss es! Wenn du jemals in deinem Leben etwas Nützliches tun willst, dann komm! Du setzt dich jetzt ins Auto und kommst! Ist das klar? Ich erwarte dich in einer Dreiviertelstunde vor dem Haupteingang. Und nimm dein Handy mit. Vielleicht müssen wir noch umdisponieren!"

Diese Anweisung war weder höflich noch transparent, aber als Imperativ unmissverständlich.

Ohne auf die Antwort Kogges zu warten, beendete Rodehutskors das Gespräch und löschte die gewählte Nummer. Dann gab er das tragbare Telefon zurück, bat aber zugleich darum, es eventuell in einigen Minuten noch mal ausleihen zu dürfen.

Rasch lief er auf sein Zimmer. Da die Sporttasche mit Inhalt verloren war, musste er etwas anderes mitnehmen. Er wusch sich flüchtig und kleidete sich diesmal etwas sorgfältiger an. Dann nahm er seine Reisetasche und stopfte Kleidung hinein, die ihm angemessen schien für diese Wetterverhältnisse.

Als alles erledigt war, schloss er sein Zimmer ab und ging wieder nach unten. Die Tasche stellte er vorläufig bei der Rezeption unter und erklärte das damit, dass gleich ein Bekannter käme und die Tasche mit schmutziger Wäsche mitnähme. Eine völlig unsinnige Begründung, denn es gab einen Wäschedienst in der Klinik, aber der Mann hatte schon Merkwürdigeres gehört. Rodehutskors ging zum Haupteingang, starrte in den Regen. Er hatte vorübergehend nachgelassen, deshalb war es jetzt um 20 Uhr wieder recht hell draußen. Die Scheiben der Autos auf dem Parkplatz gegenüber dem Haupteingang waren alle beschlagen. Da bemerkte Rodehutskors, dass aus einem der Wagen ein kleines Rauchwölkchen aufstieg. Anscheinend hatte jemand zum Rauchen das Seitenfenster ein Stück heruntergelassen. Warum saß da jemand drin und rauchte? Rodehutskors strengte seine alten Augen an. Und schließlich konnte er hinter der beschlagenen Windschutzscheibe die Kontur von mindestens einer Person ausmachen. Sein Herzschlag beschleunigte sich wie eine Rakete. Er lief zurück in den Speisesaal, wo immer noch viele Patienten saßen und sich unterhielten und bat nochmals um das Handy. Zum Glück erwischte er Kogge.

„Wo bist du? Gleich hier? Hör zu, komm auf gar keinen Fall zum Haupteingang! Fahr in irgendeine Nebenstraße in der Nähe und komm zu Fuß. Unbedingt!“

Dann stellte er sich wieder in die Nähe der Eingangstür und beobachtete das Auto. Das Nummernschild war nicht ganz deutlich zu erkennen. Es hatte auf jeden Fall das Ortskennzeichen ZZ. Rodehutskors hatte keine Ahnung, wofür das stehen könnte.

Zehn Minuten später spazierte Alexander Kogge ganz unbefangen an dem Auto vorbei in die Klinik. Er traf Hermann Rodehutskors, als sei nichts passiert, ruhig in einem Sessel des Foyers sitzend an. Dass diese Ruhe nur vorgetäuscht war, merkte Kogge direkt nach der Begrüßung. Rodehutskors zog ihn hektisch am Arm in eine Nische des Foyers.

„Hol dir bitte die schwarz-blaue Reisetasche von der Rezeption. Der Angestellte weiß Bescheid, dass die Tasche von einem jungen Mann abgeholt wird. Dann geh bitte zu der Tür, siehst du sie?“ Bei diesen Worten zeigte er auf eine Tür, die entgegengesetzt zum Haupteingang lag. „Mich findest du dort auch!“

Kogge tat wortlos, wie ihm geheißen wurde. Mit der Tasche trat er in einen dunklen Flur. Hier erwartete ihn Rodehutskors.

„Pass auf, mein Junge!“, Kogge war über die vertrauliche Anrede völlig überrascht. „Du bist eben, als du in die Klinik gekommen bist, an einem Auto, einem dunkelblauen Audi A6, vorbeigegangen. Ist dir natürlich nicht aufgefallen, logisch. In diesem Auto sitzen zwei Leute, die mich erschießen wollen. Ja, guck nicht so…“ Kogge stand der Zweifel ins Gesicht geschrieben. „Das stimmt wirklich! Ich erkläre dir alles später. Jetzt muss ich erst mal ganz dringend hier verschwinden. Und dabei sollst du mir helfen. Soweit alles klar?“

Kogge, der nur mit Mühe bereit war, dies alles für bare Münze zu nehmen, meckerte:

„Und warum rufen Sie nicht einfach die Polizei und erzählen denen das? Die können die beiden Leute im Auto festnehmen und Sie haben Ihre Ruhe!“

„Aha! Für die Polizei sind das zwei ganz harmlose Leute, die eine Pause auf ihrer Fahrt machen. Es ist nicht verboten, im Auto zu sitzen und Zigaretten zu rauchen. Nichts würde die Polizei machen. Außerdem ist das ein öffentlicher Parkplatz. Niemand kann denen verbieten, dort zu stehen. Keine Chance! Und jetzt los! Wir schleichen uns aus dem Hintereingang raus und gehen dann zu deinem Auto. Aber so, dass wir nicht gesehen werden."

Sie hasteten durch die einsetzende Abenddämmerung, machten bewusst einen kleinen Umweg und kamen endlich zu der Straße, in der Kogges Auto stand. Nicht sein eigenes, es war wieder einmal der VW Lupo der *Heimatzeitungs*-Redaktion. Rodehutskors hatte diesen kleinen Flitzer wegen des engen Innenraumes nie gemocht. Heute war das anders. Zufrieden quetschte er seinen trotz der Kur immer noch massigen Körper in das kleine Gefährt. Als sie beide saßen, fragte Kogge: „Wo soll es denn hingehen?"

Darüber war sich Rodehutskors noch nicht richtig im Klaren. Zu sich nach Hause wollte er auf keinen Fall. Es wäre für die Ganoven, wenn sie erst einmal von seiner Flucht erfahren hätten, viel zu einfach, seine Adresse ausfindig zu machen.

„Fahr erstmal nach Detmold! Da sehen wir weiter!"

Detmold bot ihm die vielseitigsten Möglichkeiten. Irgendwo würde er schon unterkommen können. Außerdem würde es einige Zeit dauern, bis die Banditen von seiner Flucht erfahren würden. Das sicherte ihm einen komfortablen Vorsprung.

***

„Hast du das Kennzeichen?"

Die blonde Frau war immer noch nicht wieder ruhiger geworden. Ihr Kompagnon schüttelte den Regen ab und stieg ins Auto. Auf Anweisung der Frau hatte er eine Stunde lang den Hintereingang der Klinik beschattet und war dabei sowohl nass als auch fündig geworden. Er nickte wortlos und zeigte ihr einen kleinen Zettel, auf den ein KFZ-Kennzeichen geschrieben war.

„Aha! Ein Lipper Kennzeichen also. Das ist doch schon mal ein Anhaltspunkt."

Der Mann sah ungewohnt zufrieden aus.

„Da ist aber noch was. Das Auto war offenbar kein Privatwagen. Es war großflächig Werbung der *Heimatzeitung* drauf. Soweit ich weiß, ist das die Tageszeitung aus Detmold. Also ist der Fahrer mit Sicherheit ein Mitarbeiter dieser Zeitung. Das ist doch ein brauchbarer Anhaltspunkt, was meinst du?"

Die Frau lächelte böse.

„Allerdings! Und ich habe auch schon eine Idee, wie ich herausfinde, wer das ist und wo der wohnt! Fahr du, ich werde ein bisschen mit dem Handy telefonieren. Los, auf geht's! Richtung Detmold!"

***

Im Auto hatte Alexander Kogge die Heizung angedreht, um die feuchten Klamotten zu trocknen. Die plötzliche Wärme und das Brummen des Motors ließen Rodehutskors erst die Augen schwer werden. Schließlich lag er mit leicht verrenkten Gliedern auf dem Beifahrersitz und schnarchte. Er war restlos erschöpft. So kam es, dass der VW Lupo der *Heimatzeitung* in Detmold einlief und der Chauffeur immer noch nicht wusste, wo sein Fahrgast eigentlich hin wollte. Zu sich nach Hause wollte er ja nicht. Ohne den alten Mann zu wecken, fuhr er mit ihm nach Heidental auf den Fritzmeierschen Hof. Dort würde sich für Hermann Rodehutskors schon ein breites und weiches Sofa finden.

Rodehutskors wachte wenig später auf, war aber außerstande, konstruktiv zu denken. Willenlos betrat er Kogges Wohnung auf dem Hof, zog sich die Schuhe aus, legte sich auf dessen Sofa und schlief gleich weiter.

Alexander Kogge wollte ihm noch erklären, dass er jetzt noch einmal weg müsse, in die Redaktion. Doch Rodehutskors hörte das alles schon nicht mehr. Also beschloss Kogge, nicht mehr zu fahren. Er ging zum Nachbargebäude und klingelte bei Josef Schulte. Die beiden Männer waren immer noch nicht richtig warm miteinander geworden. Schulte musste zwar eingestehen, dass Kogge doch wohl nicht der überdrehte Schnösel war, für den er ihn bei ihrer ersten Begegnung gehalten hatte. Aber Einsicht war für Schulte noch lange kein Grund, ein gut gepflegtes Vorurteil über den Haufen zu werfen. Bei so was kam ihm immer wieder sein ostwestfälischer Dickschädel in die Quere. Andererseits bot Kogge ja auch genügend Angriffsfläche für Kritik. Es hatte sich mittlerweile herumgesprochen, dass er von den Unterhaltszahlungen seiner Ex-Frau lebte. Sein Einkommen bei der *Heimatzeitung* war nicht mehr als ein Taschengeld und mehr Beschäftigungstherapie als Broterwerb. Da er offenbar keine Anstrengungen unternahm, seinen Lebensunterhalt aus eigener Kraft zu bestreiten, sondern sich in der sozialen Hängematte behaglich eingerichtet hatte, wurde nicht nur von Fritzmeiers Nachbarn viel über ihn getuschelt. Auch Schulte hatte seine Erfahrungen mit Unterhaltszahlungen. Allerdings stand er seit fünfundzwanzig Jahren auf der anderen Seite, auf der des Zahlungspflichtigen. Und so fiel es ihm nicht immer leicht, mit Kogges unbefangenem Schnorrertum seinen Frieden zu machen.

Kogge berichtete ihm in groben Zügen, was an diesem Abend vorgefallen war. Zumindest soweit, wie er selbst von Rodehutskors informiert worden war. Schulte hörte sich alles erstaunt an und fragte nur, ob sie verfolgt worden seien. Kogge schloss dies kategorisch aus, denn er hatte während der Fahrt aus Bad Salzuflen heraus ständig in den Rückspiegel geschaut und darauf geachtet, wie lange jedes Auto hinter ihm herfuhr. Da war er sich ganz sicher. Als Kogge verschwunden war, hängte sich Schulte ans Telefon und rief Maren Köster an. Er informierte die Kollegin und ließ sich dann von ihr den aktuellen Stand der Ermittlungen in dem

Fall geben, in dem Rodehutskors von Anfang an eine unfreiwillige Rolle gespielt hatte.

„Was sollen wir denn jetzt tun?“, fragte Maren Köster. „Polizeischutz?“

„Den hat er doch schon!“, lachte Schulte leise. „Es ist jetzt halb elf. Ich kann doch jetzt keine Leute auftreiben, die sich vor Kogges Wohnung postieren. Und soll ich ihn etwa in Schutzhaft stecken? Nein, er ist hier erst mal völlig sicher. Niemand kann wissen, dass er hier ist. Kogge ist sich sicher, dass ihm kein Auto hierher gefolgt ist. Ich werde trotzdem ab und zu heute Nacht mal über den Hof Patrouille laufen. Wenn ich morgen im Dienst übermüdet wirke, dann weißt du, dass nicht das alte Lotterleben schuld ist, sondern ganz im Gegenteil meine außergewöhnliche Dienstauffassung.“

***

In der Redaktion der Heimatzeitung schrillte das Telefon. Der junge Redakteur Peter Hagemann griff müde zum Hörer. In der Leitung war eine nicht mehr jugendliche, aber auch noch nicht alte Frauenstimme. Eine sehr aufgeregte Frauenstimme.

„Es hat einen Unfall gegeben! Mit einem Ihrer Firmenwagen! Ja, ein kleiner VW Lupo! Totalschaden. Und der Fahrer ist zu Fuß abgehauen! Wahrscheinlich verletzt! Die Polizei ist schon informiert. Die kommt gleich. Vielleicht wissen Sie ja, welcher Ihrer Kollegen das war. Dann hat die Polizei es leichter, ihn zu finden. Er ist bestimmt gefährlich verletzt, bei dem Schaden.“

Peter Hagemann war durcheinander.

„Konnten Sie die Autonummer erkennen?“

Es vergingen einige Sekunden.

„Ja, ich habe die Nummer. Passen Sie auf!“

Die Frau nannte das KFZ-Kennzeichen, welches ihr Kompagnon kurz zuvor in einer kleinen Seitenstraße im idyllischen Bad Salzuflen notiert hatte. Hagemann wurde immer fahriger. Er blätterte im abendlichen Einsatzplan.

„Ich hab's! Das muss mein Kollege Kogge gewesen sein. Alexander Kogge! Der arme Kerl!"

Die Frau schien voller Mitgefühl.

„Vielleicht können Sie mir auch gleich sagen, wo Ihr Kollege wohnt. Dann muss die Polizei nicht erst lange nachforschen."

Hagemann nannte ihr Kogges Adresse in Heidental. Die Frau bedankte sich und beendete das Gespräch. Sie strahlte den Mann am Lenkrad triumphierend an.

„Unglaublich! Wie blöd manche Männer sind! Dann wollen wir mal. Hast du 'ne Ahnung, wo dieses Heidental liegt? Aber das finden wir auch noch raus. Man muss ja nur die richtigen Schwachköpfe fragen."

81

Der Hund war schon eine ganze Weile unruhig. Als sein leises Fiepen in durchgehendes Winseln überging, schreckte Josef Schulte auf. Beunruhigt war er nicht, es kam vor, dass der Hund nachts auf dem einsamen Hof Geräusche hörte. Vielleicht war draußen ein Fuchs, der auf Beute aus war. Kein Grund, aus dem weichen Bett zu steigen. Schulte gab dem Hund zu verstehen, dass er ruhig sein solle, drehte sich um und versuchte, wieder einzuschlafen. Aber das zottelige Tier gab keine Ruhe. Aus dem Winseln wurde leises, aber gefährliches Knurren. Er lief zur Haustür. Das Knurren wurde lauter. Schulte überwand seinen Widerwillen und kroch aus dem Bett. Er zog die Gardine vor dem Küchenfenster zurück und versuchte, etwas draußen zu erkennen. Der große Hof lag beinahe taghell vor ihm. Morgen ist Vollmond, erinnerte sich Schulte. Er konnte jedoch nichts Auffälliges erkennen. Er schob die Gardine zurück und wollte eben wieder ins Bett gehen, als er seinen Hund etwas näher betrachtete. Das Tier hatte die Rückenhaare zu einer Bürste hochgestellt und machte den Eindruck höchster Anspannung. Die Ohren lagen zurück und der buschige Schwanz stand beinah waagerecht vom Körper ab. Irgendetwas war anders als sonst! Schulte bekam einen leichten Schrecken, als ihm einfiel, was Kogge ihm am Abend über die Flucht von Rodehutskors aus Bad Salzuflen erzählt hatte. Es war ja tatsächlich keine ganz normale Nacht auf dem Fritzmeierschen Hof. Immerhin schlief im Nebengebäude ein Mann, auf den erst vor wenigen Stunden jemand geschossen hatte. Nachdenklich geworden, griff er nach seiner Jeans. Er zog sich die Hose und einen Pullover an, schlüpfte barfuss in seine Sandalen und schloss seine Haustür auf. Er nahm den Hund kurz am Halsband und bedeutete ihm, ruhig zu sein. Als das kluge Tier merkte, dass nun endlich etwas unternommen wurde, gab es kein Geräusch mehr von sich.

Schulte war noch keine zwei Schritte auf dem Hof gegangen, da hörte er aus Kogges Wohnung lautes Gepolter und Schreie. Schulte erstarrte kurz vor Schreck, dann dachte er hektisch nach. Er verfluchte sich wegen seiner Abneigung, seine Dienstwaffe mit nach Hause zu nehmen. Der Hund war kaum noch zu halten. Schulte gab ihn frei und ein rabenschwarzes zotteliges Geschoss flog über den Hof, hin zu Kogges Haus. Schulte stolperte hinterher. Es war für ihn nicht ungefährlich. Der fast volle Mond gab ihn jedem Blick preis. Kogges Haustür war verschlossen. Der Lärm in dem kleinen Häuschen wurde noch stärker, es klang, als wenn Möbel gegen die Wand geworfen würden. Dazwischen das rasende Bellen des Hundes, der sich offenbar in das Geschehen eingemischt hatte. Wie war er nur hereingekommen?

Schulte schlich sich links vorbei. Er wusste, dass es einen Hintereingang gab. Dort war es finsterste Nacht. Dem Mondlicht stand das Gebäude im Weg. Er tastete sich vorsichtig weiter, bis er zu der Hintertür kam. Die stand sperrangelweit auf! Als Schulte den ersten Schritt in den kleinen, völlig dunklen Flur gemacht hatte, knallte kurz vor ihm eine

Wohnungstür auf. Er zuckte zurück, geblendet von einer starken Taschenlampe. Dann spürte er einen heftigen, dumpfen Schlag und sackte bewusstlos zusammen. Als er einige Sekunden später wieder ganz langsam erwachte, stand sein Hund über ihm und leckte ihm verzweifelt winselnd immer wieder durchs Gesicht. Durch den rasenden Kopfschmerz hindurch hörte er ganz in der Nähe das Geräusch eines startenden Autos. Der Wagen fuhr mit durchdrehenden Reifen vom Hof. Kurz darauf startete ein weiteres Auto, diesmal in größerer Entfernung. Schulte schaffte es mit Mühe, seinen Oberkörper hochzudrücken, immer wieder gestört von dem Hund, der über die Wiederauferstehung seines Herrchens überglücklich war. Schwindel erfasste ihn. Aber nach zwei Minuten hatte er sich wieder unter Kontrolle und konnte aufstehen. Mit weichen Knien ging er weiter bis zur Wohnungstür. Das Licht war nicht gelöscht worden und Schulte blickte auf ein verlassenes Schlachtfeld. Wild durcheinander gewürfelte Möbelstücke, zerbrochene Flaschen, zerfledderte Bücher. Zwischen diesem Chaos lag lang ausgestreckt ein Mann auf dem Bauch. Kogge! Schulte drehte ihn um, starrte ihm forschend ins Gesicht und erkannte erleichtert an der schwachen Atmung seines Nachbarn, dass dieser noch etwas Leben in sich hatte. Er schnappte sich Kogges Telefon, um den Notarzt zu rufen. Das Gerät war aber im gleichen Zustand wie sein Besitzer. Jemand hatte die Leitung aus der Wand gerissen, mitsamt der Steckdose. Schulte bedeutete seinem Hund, gut auf den Verletzten aufzupassen und rannte zu seinem eigenen Haus. Nachdem er den Notarzt verständigt hatte, rief er die Kollegen vom Nachtdienst an. Als auch die versprochen hatten, sofort einen Wagen zu schicken, lief er zurück zu Kogge. Der war immer noch nicht erwacht. Schulte stürmte hinaus, hastete ein Haus weiter zu Fritzmeier und schellte, was das Zeug hielt. Wenn der alte Mann diesen infernalischen Lärm eben verschlafen hatte, würde er vermutlich auch das Klingeln nicht hören. Aber irgendwann öffnete sich über Schulte ein Fenster und eine wütende Stimme rief etwas furchtbar Unflätiges herunter. Der Polizist zeigte sich im Mondlicht und forderte Fritzmeier auf, sofort herunterzukommen. Krachend schlug das Fenster wieder zu. Schulte kniete kurz darauf wieder bei Kogge und fühlte dessen Puls. Irgendwann kam ein völlig verstörter Fritzmeier dazu und hätte sich vor Schreck beinahe neben Kogge gelegt. Schulte klärte ihn über das Nötigste auf, viel wusste er ja selbst nicht.

Endlich kam der Notarztwagen. Der Polizist fühlte sich von einer schweren Verantwortung befreit. Jetzt erst, nachdem er seinen Nachbarn in den Händen des Arztes wusste, kehrten seine Gedanken zu Rodehutskors zurück. Was mochte mit dem passiert sein? Als die erste Streife eintraf, suchte Schulte mit den beiden Polizisten zusammen den gesamten Hof ab. Dabei fiel ihm auf, dass die Haustür jetzt weit auf stand. Er fand keinen Rodehutskors, nur eine Reifenspur, die besagte, dass jemand wie von Sinnen Gas gegeben haben musste. Schulte erinnerte sich wieder schwach an das Geräusch des startenden Autos. Seine Erinnerung an diese Sekunden war wie in Watte gepackt, wurde aber langsam klarer. Jetzt fiel ihm auch auf, dass der VW Lupo, mit dem Kogge am Abend gekommen war, nicht mehr auf dem Hof stand. Wer war damit so wüst gestartet? Rodehutskors? Der oder die Einbrecher? Dann fiel ihm auch wieder das zweite Auto ein. Das war vermutlich von der Straße aus gestartet worden. Langsam setzte sich vor seinem inneren Auge ein Puzzle zusammen. Es hatte eine regelrechte Schlacht gegeben. Wahrscheinlich hatte Kogge sich gegen die Einbrecher gestellt und mit den ganzen Möbeln um sich geworfen. Rodehutskors war in dem Tumult erwacht, hatte vielleicht Kogges Schlüsselbund greifen und aus dem Haus fliehen können. Dann war er mit dessen Auto verschwunden. Die Einbrecher – Schulte ging ohne zu wissen, warum, von mindestens zweien aus – hatten dem renitenten Kogge eins über den Schädel gegeben und wollten aus dem Haus, um Rodehutskors noch abzufangen. Dabei kam ihnen Schulte in die Quere und auch der musste erst abgeräumt werden. Dadurch hatten die Einbrecher Zeit verloren. Außerdem hatten sie ihr Auto vermutlich an der Straße geparkt. Sonst hätte Schulte es bemerkt. Stand der Dinge war also, falls Schulte recht hatte: Der völlig erschöpfte Rodehutskors war mit einem VW Lupo auf der Flucht und ein anderes Auto versuchte, ihn einzuholen!

Mittlerweile war das Notarztteam mit Kogge transportbereit und sie machten sich auf den Weg ins Krankenhaus. Auf die Idee, sich selber untersuchen zu lassen, kam Schulte nicht. Immerhin hatte er einen mächtigen Schlag auf den Schädel bekommen. Mochten da Spätfolgen kommen oder nicht, jetzt gab es für ihn anderes zu tun. Er ging in seine Wohnung, zog sich was Richtiges an und rief dann Fritzmeier zu sich. Dessen Zustand war Mitleid erregend. Der arme alte Mann brauchte dringend Zuspruch. Es dauerte eine Weile, bis er wenigstens den groben Zusammenhang verstand. Und noch länger, bis er wieder in der Lage war, einigermaßen konstruktiv zu denken. Schulte erklärte ihm, dass er, so bald sich Rodehutskors irgendwie melden würde, sofort los müsse. Fritzmeier solle dann das Telefon des Polizisten bewachen und, falls weitere Anrufe, zum Beispiel von der Polizei, kämen, Schulte auf dem Handy anrufen. Der alte Bauer seufzte, versprach aber, alles zu tun.

Es war zwanzig nach drei, als ein Klingeln endlich die Nachtruhe zerriss.

82

„Rodehutskors hier! Schulte? Sind Sie das? Gott sei Dank!"

Schulte schrie aufgeregt in den Hörer:

„Wo sind Sie? Was ist mit Ihnen?"

„Bin in Paderborn! Auf einem riesengroßen Platz. In 'ner Telefonzelle. Ich habe kein Benzin mehr. Mein Auto steht an so einer großen Straße, vor einem Autohaus. Porsche, glaube ich. Können Sie sofort kommen? Ich glaube, die Schweine sind mir immer noch auf den Fersen."

Schulte schluckte die Frage, was zum Teufel er in Paderborn mache, runter. Er zwang sich zur Ruhe.

„Wie sieht der Platz denn aus? Irgendwas Auffälliges?"

Rodehutskors schien sich umzublicken.

„Nee! Aber warten Sie, hier gibt es einige alte Türme, wahrscheinlich die alte Stadtmauer. Und hinten ist ein merkwürdiges Gebäude. Sieht aus wie ein Theater."

Schulte wusste sofort Bescheid.

„Wahrscheinlich stehen Sie auf dem Maspernplatz! Das merkwürdige Gebäude ist die Paderhalle. Passen Sie auf! Links von der Paderhalle ist ein schmaler Durchgang. Wenn Sie da durchgehen, kommen sie auf einen Hof. Können Sie da auf mich warten? In Ihrer Telefonzelle kann Sie jeder sehen. Machen Sie, dass Sie da raus kommen. Ich fahre sofort los. Alles klar?"

Rodehutskors lachte schlapp.

„In Ordnung! Wenn alles schief geht, kann ich ja in den Dom gehen und beten. Da kommt übrigens ein Auto auf den gegenüberliegenden Parkplatz. Ich verschwinde jetzt besser. Beeilen Sie sich!"

***

Schulte startete seinen ehemaligen Leichenwagen, fuhr an Detmold vorbei Richtung Berlebeck, jagte über die Gauseköte, dass selbst Michael Schumacher ihm einen Vogel gezeigt hätte und riskierte lebenslänglich seinen Führerschein, als er erst mal auf der B1 war und richtig Gas geben konnte.

Unterwegs fand er trotzdem noch die Gelegenheit, per Handy Maren Köster aus dem Bett zu klingeln. Sie schluckte ihre Empörung runter, als sie spürte, wie ernst es ihm war. In knappen Worten schilderte er die Geschehnisse dieser Nacht und auch, was ihm jetzt bevorstand.

„Tu mir einen Gefallen und alarmiere Potthast! Er soll mindestens eine Streife, besser zwei, zur Paderhalle schicken. Wenn sie dort einen dicken alten Mann herumstehen sehen, dann sollen sie ihn von mir aus verhaften. Hauptsache, sie bringen ihn in Sicherheit. Außerdem muss sich Potthast mit mir in Verbindung setzen. Ach ja, und sie sollen mir eine Waffe mitbringen. Ich fürchte, die könnte nötig sein. Machst du das? Danke! Du bist doch die Größte!"

Als er endlich über die unendlich lange Detmolder Straße donnerte, war es Viertel nach vier. Die Innenstadt vor ihm lag weiterhin im Dunkeln, aber hinter ihm wurde es langsam hell. Er lenkte den Volvo nach rechts auf einen Parkplatz vor dem Porsche-Zentrum. Wahrhaftig, da stand verloren der winzige VW Lupo der Detmolder *Heimatzeitung*. Rodehutskors hatte sich nicht mal die Mühe gemacht, den Wagen abzuschließen. Die Schlüssel steckten noch. Schulte schloss ordnungsgemäß ab und steckte sie in die Tasche. Rodehutskors musste den Rest des Weges bis zum Maspernplatz zu Fuß zurückgelegt haben. Für einen alten Mann in seinem Zustand eine ordentliche Leistung. Was um Himmels Willen hatte er überhaupt in Paderborn zu suchen?

Schulte setzte sich wieder in sein Auto und fuhr zur Paderhalle. Hier gab es sowohl links als auch rechts der Hathumarstraße einen Großparkplatz. Schulte fuhr auf der linken Seite an den wenigen Autos, die zu dieser unchristlichen Zeit hier parkten, vorbei. Er stellte den Wagen ab und ging zu Fuß weiter, schaute sich aber weiterhin aufmerksam die Autokennzeichen an. Als er einen Audi A6 mit dem Ortskennzeichen ZZ sah, stutzte er. Wo hatte er diese Ortskennung denn gesehen? Klar, am Mittwoch war er mit der Sonderkommission in Zeitz gewesen. Dort gab es das Kennzeichen ZZ. Sofort spukten ihm wilde Assoziationen durchs Hirn. Hatten sie bei ihren Befragungen jemanden aufgeschreckt?

Waren sie vielleicht verantwortlich für diese brutale Jagd auf Hermann Rodehutskors? Grübeln konnte er später. Jetzt musste er erst mal das Opfer dieser Hetzjagd finden und in Sicherheit bringen. Da meldete sich Potthast auf dem Handy. Nach einigen bösen Verwünschungen wegen der Ruhestörung konnte Potthast bekannt geben, dass die Streife schon bei der Paderhalle eingetroffen sei und dort niemanden gefunden habe, auf den die Beschreibung passe. Die Kollegen seien dann wieder gefahren.

„Schick Sie sofort wieder zurück!", rief Schulte erbost. „Das ist hier kein Spaß! Diese Leute sind zu allem bereit. Das haben sie bereits bewiesen. Und bringt mir unbedingt eine Knarre mit! Ich hasse diese Dinger, aber ich fühle mich damit doch sicherer. Und jetzt gehe ich Rodehutskors suchen. Du hast ja meine Handynummer! Ach ja, hier steht übrigens ein Audi A6 mit dem Kennzeichen ZZ. Auf den sollte mal einer eurer Leute ein Auge haben. Kann gut sein, dass diese Kiste was mit unserem Fall zu tun hat!"

Er steckte das Handy weg und ging zwischen dem alten Wehrturm und der Paderhalle hindurch. Der Hinterhof, auf dem im Sommer wunderbare Feste stattfinden, lag noch im Dunklen. Schulte durchsuchte alle Ecken, rief auch leise nach Rodehutskors, fand aber niemanden. Leichte Ver zweiflung erfasste ihn. Konnte Rodehutskors den Treffpunkt falsch verstanden haben? Eigentlich war das ausgeschlossen. Was war passiert? Waren ihm die Gangster schon so dicht auf den Fersen gewesen, dass sie ihn beobachten konnten, wie er die verabredete Stelle aufsuchte? Schulte wusste nicht, ob er heulen oder schreien sollte. Er fühlte sich mittlerweile persönlich verantwortlich für die Sicherheit dieses alten Pressemannes, der ihm so oft wertvolle Tipps gegeben hatte. Vor zweieinhalb Jahren waren sie zusammen in Hasselt gewesen und hatten sich um den verschwundenen Journalistenkollegen gekümmert. Schulte hatte in Gesellschaft von Rodehutskors üppige Gelage gefeiert, aber auch schon fürchterliche

Prügel eingesteckt. Das schweißt zusammen. Jetzt saß ihm die Angst im Nacken. Nicht die Angst um sich selbst, sondern die Angst, dass er versagen könnte. Dass es ihm nicht gelingen würde, den starken Bullen zu spielen, der die Guten schützt und die Bösen bestraft. Noch einmal durchsuchte er alle Schlupflöcher dieses Hinterhofes. Nichts! Er ging weiter, an einer Villa vorbei durch eine Art Garten bis zur riesigen Mühle an der Mühlenstraße. Kein Rodehutskors!

***

Der von Schulte Gesuchte hatte sich wie vereinbart in den Hinterhof gestellt, in eine ganz besonders dunkle Nische. Dann hatte er gewartet. Etwa eine halbe Stunde geschah nichts, und er musste immer wieder gegen ein fast übermenschliches Schlafbedürfnis ankämpfen. Sein Kreislauf bereitete sich auf den finalen Zusammenbruch vor. Seine Fastenkur wäre bei einem normalen Verlauf heute zu Ende gegangen und er hätte mit aller gebotenen Vorsicht mit dem Ritual des Fastenbrechens begonnen. Er hätte dabei viel getrunken und dann endlich ganz langsam und mit allen Sinnen genießend, einen Apfel gegessen. Aber die Wirklichkeit sah grausam aus. Seit vielen Stunden war er nun auf der Flucht, sein Adrenalinpegel war ständig kurz vorm Überkochen. Er fühlte sich von aller Welt verlassen. Er fror in der kühlen Paderborner Morgendämmerung. Nichts war mit regelmäßig trinken und mit leichten Bewegungen. Seitdem er gestern Abend auf Kogges Sofa eingeschlafen war, hatte er nichts mehr getrunken. Es war nur noch eine Frage von Minuten, bis Hermann Rodehutskors zusammenbrechen würde.

Dann hörte er Schritte. Und leise Stimmen, die sich gegenseitig Anweisungen zu geben schienen. Schritte und Stimmen kamen näher. Rodehutskors drückte sich noch tiefer in seine Nische. Die Stimmen erloschen, die Schritte waren jetzt ganz nahe. Er wagte kaum zu atmen. Dann wurden die Schritte leiser, die beiden Verfolger hatten ihn nicht gesehen. Rodehutskors atmete tief durch. Als die Personen kurz darauf wieder zurückkamen, schien es um ihn geschehen zu sein. Aber auch diesmal gingen die beiden, im immer heller werdenden Dämmerlicht schon ganz gut auszumachen, an seiner finsteren Nische vorbei. Er erkannte die beiden sofort. Die hatte er bereits gesehen! Auf dem Flur der Klinik, kurz bevor er in seinem Zimmer den toten Schwabe gefunden hatte. Das war es also! Die beiden hatten Angst, er könne sie als einziger Zeuge belasten. Die Erleichterung, endlich eine schlüssige Antwort auf die Frage nach dem „Warum?", dieser ganzen unmenschlichen Hetzjagd gefunden zu haben, wich schnell einer niederschmetternden Erkenntnis. Dieses unangenehme Paar würde keine Gnade kennen, wenn es um seine eigene Sicherheit ging. Kurz bevor sich die Schrittgeräusche endgültig verloren, hörte er noch ein wütend gezischtes: „Er muss hier sein! Und ich werde ihn finden, verlass dich drauf!" Für Rodehutskors war das Grund genug, nun schnell aus seiner schützenden Nische zu huschen und in die entgegengesetzte Richtung zu laufen. Er flüchtete durch einen kleinen Park. Weit vor sich konnte er das Geräusch schäumenden Wassers hören. Dann stand er vor der riesigen Getreidemühle, wo das aufgestaute Wasser eines der zahlreichen Paderarme in die Tiefe stürzte. In der Ferne zeichnete sich bläulich der Turm des Domes ab. Rodehutskors überlegte, wohin er nun gehen sollte. Er brauchte dringend ein sicheres Fleckchen. Auf keinen Fall wollte er sich weiterhin draußen herumtreiben. Aber es war noch viel zu früh. Noch hatte kein Kaufhaus geöffnete, auch kein Café. Da fiel sein Blick wieder auf den Dom. Ob der schon offen war? Um sechs Uhr morgens? Vielleicht gab es da so was wie eine Frühmesse. Da, mitten unter den Gläubigen, wäre er erstmal in Sicherheit. Zielstrebig bog er, so schnell es sein geschundener Körper noch zuließ, am Sex-Shop in die Michaelstraße ein. Er lief am Michaelkloster und der Michaelschule vorbei, dann steil bergauf über das Kopfsteinpflaster bis zum kleinen Platz, an dem es nach links zum Dom, nach rechts zur Abdinghofkirche geht. Als er sich dort, um Atem ringend, umschaute, sah er zu seinem großen Entsetzen seine beiden Verfolger hinter sich, etwa auf der Höhe des Antiquariats. Noch immer war es einsam in den Paderborner Gassen. Nichts bot ihm hier Schutz. Rodehutskors mobilisierte Kräfte, die schon gar nicht mehr da waren. Er rannte nach links, tauchte unter dem Domturm durch und hetzte bis zum Haupteingang. Erleichtert stellte er fest, dass er nicht der Erste und Einzige war. Das gewaltige Gebäude hatte wirklich schon seine Paradiespforte für die ersten morgendlichen Besucher geöffnet. Rodehutskors hatte keine Zeit, diesen prächtig gestalteten Eingangsbereich zu bewundern. Er stemmte sich mit allerletzter Kraft gegen die schwere Holztür, trat in den imposanten Innenraum, suchte sich weit vorn am Hauptaltar die größte zusammenhängende Gruppe von Gläubigen aus und setzte sich mitten zwischen die alten Frauen. Argwöhnisch betrachtet von diesen bemühte sich Rodehutskors, seinen fliegenden Puls und den hämmernden Atem unter Kontrolle zu bekommen. Direkt über seinem Kopf prangte die weiß-goldene Kanzel. Dann wurde ihm schwindelig und er hatte Mühe, aufrecht sitzen zu bleiben. Mochten sie kommen, mochten sie ihn hier in der Kirchenbank erschießen. Ihm war nun alles gleichgültig. Er hatte getan, was er konnte. Nun war er verbraucht, nichts ging mehr. Er…, dann nahm der Nebel in seinem Kopf zu und er sackte seitlich weg. Sein Kopf landete auf dem würdigen, breiten Schoß seiner alten Banknachbarin. Der empörte Schrei der alten Dame war im ganzen Kirchenschiff zu hören. Rodehutskors hörte ihn nicht mehr. Die große, blonde Frau und den Mann, die beide etwas übernächtigt aussahen und sich drei Reihen hinter ihm in die Holzbank gequetscht hatten, sah er auch nicht mehr.

***

Hauptkommissar Josef Schulte war völlig aus der Puste. Nachdem er weder vor, noch neben, noch hinter der Paderhalle auch nur einen Schatten von Rodehutskors gesehen hatte, dachte er nach. Von den Verbrechern entführt worden war er nicht. Dann hätten sie ihn ins Auto verfrachtet und wären längst weggefahren. Der Wagen stand aber schließlich noch auf dem Maspernplatz und wurde mittlerweile gut bewacht. Spuren für eine Gewalttat gab es auch nicht. Mittlerweile war es taghell, aber sie fanden keine Anzeichen dafür, dass hier jemand gegen seinen Willen weggeführt oder dass ein lebloser schwerer Körper weggeschleift worden war. Also gab es allen Grund anzunehmen, dass Hermann Rodehutskors aus eigener Kraft und aus eigenem Willen gegangen war. Aber wohin? Er hatte hier keine Bekannten, das wusste Schulte. Irgendwann fiel ihm wieder ein Gesprächsfetzen aus dem Telefonat der Nacht ein. Wie hatte Rodehutskors gesagt? „Wenn alles schief geht, kann ich ja in den Dom gehen und beten!" Warum eigentlich nicht? Schulte stellte die gleichen Überlegungen an wie Rodehutskors eine Weile vorher und kam zum selben Ergebnis. Wenn man überhaupt zu dieser Uhrzeit irgendwo unterschlüpfen konnte, dann im Dom.

Der Kommissar rannte, was die Lunge hergab, die Michaelstraße hoch. Vor dem Eingangsportal des Domes angekommen, hielt er an und pustete tief durch. Er sondierte das Gelände, sah aber niemanden, der seinen Vorstellungen von einem auf der Lauer liegenden Verbrecher entsprach. Als er wieder ruhig atmen konnte, trat er in das Kirchenschiff ein. Einem Schild vor dem Eingang hatte er entnehmen können, dass gerade eine Messe stattfand und er um angemessenes Verhalten gebeten wurde. Schulte hatte sich innerlich auf einen riesigen, aber fast menschenleeren Raum eingestellt. Lediglich direkt vor dem Hauptaltar würden ein paar unverwüstliche alte Damen sitzen. Riesig war das Kirchenschiff auch, aber nicht ruhig. Zum einen waren erheblich mehr alte Damen anwesend, als Schulte getippt hatte, zum anderen waren sie in heller Aufregung. Nur wenige saßen in der harten Kirchenbank aus hellem Holz. Viele standen und gestikulierten. Der Priester stand hilflos dreinschauend am Altar und überließ den weiteren Fortschritt der Handlung höheren Mächten. Der Polizist versuchte herauszufinden, was der Grund der Aufregung war. Da öffnete sich hinter ihm wieder eine der meterhohen Eingangstüren und zwei Sanitäter mit Koffern kamen herein. Während einer der beiden eine Trage auseinander klappte, quetschte sich der andere in eine der Kirchenbänke und beugte sich hinunter. Schulte, der weiter hinten stand, konnte nichts erkennen. Deshalb ging er weiter nach vorn, bis er sah, dass sich der Sanitäter über einen auf der Bank liegenden Männerkörper beugte. Eine schreckliche Erkenntnis durchzuckte Schulte. Der leblose Mann auf der Bank war Hermann Rodehutskors! Er kämpfte sich unter Einsatz von Ellenbogen durch die sperrige Masse alter Damen. Beim Sanitäter angekommen, ließ er den erst mal seine Arbeit machen. Als der Sani sich wieder aufrichtete, sprach der Polizist ihn an.

„Ich bin Hauptkommissar Schulte von der Kripo Detmold. Ich kenne diesen Mann! Was ist mit ihm?“

Der Sanitäter hatte in seinem Berufsleben schon so viel Unwahrscheinliches erlebt, dass ihn die Anwesenheit eines Kripobeamten aus Detmold in der Frühmesse des Paderborner Doms auch nicht mehr verunsicherte.

„Nichts Lebensgefährliches! Ich tippe auf einen ziemlich heftigen Schwächeanfall. Der Kreislauf ist völlig zusammengebrochen. Aber wir müssen ihn trotzdem schnellstens in die Klinik bringen. Er braucht dringend etwas zur Stärkung. So, und jetzt lassen Sie uns unsere Arbeit machen.“

So schnell war Schulte aber nicht abzuwimmeln. Er klärte die Sanitäter über die Identität des Mannes auf und auch darüber, dass der eine zweiwöchige Fastenkur hinter sich habe. Auf seine Frage, wohin sie Rodehutskors bringen würden, wurde ihm das St. Johannisstift in der Reumontstraße genannt.

Als Hermann Rodehutskors von den Sanitätern hinausgetragen wurde, standen in einer der hinteren Kirchenbänke zwei Besucher auf und machten Anstalten, hinterher zugehen. Schulte traute seinen Augen nicht. Die ungewöhnlich große, blonde Frau kannte er doch! Und der müde wirkende Mann? Klar, auch den hatte er erst kürzlich gesehen und gesprochen. Aber wo? Und warum? Zeitz! Klar, in Zeitz hatte er die beiden zu den Morden an Leipholt und Brechmann befragt. Das Autokennzeichen von Zeitz auf dem Maspernplatz! Jetzt fügte sich für Schulte vieles zusammen.

Die Frau und der Mann erkannten den Kommissar im gleichen Moment. Beide drehten sich sofort um und folgten den Sanitätern. Sie bemühten sich erkennbar, ihrem Aufbruch durch betont lässige Bewegungen einen beiläufigen Anstrich zu geben.

Ob ihr Ziel nun die weitere Verfolgung des Kranken auf der Trage oder ob es die beginnende Flucht vor Schulte war, war diesem erst mal egal. Er musste die beiden festnehmen! Jetzt und hier!

„Halt! Bleiben Sie stehen! Polizei!“ Schultes Ruf donnerte durch die heiligen Hallen des Domes. Das Paar gab seine gespielte Gleichgültigkeit auf und begann zu laufen. Als es die Tür erreicht hatte, quetschten sich gerade die beiden Sanitäter mit Rodehutskors auf der Trage nach draußen und blockierten den Ausgang. Schulte nahm die Verfolgung auf. Den beiden Flüchtigen blieb nichts anderes übrig, als von der Tür abzulassen und wieder in das geräumige Innere der Kirche zu fliehen. Sie rannten in die Mitte des Schiffes und dann nach vorn Richtung Altar. Sie kannten sich beide nicht aus, aber da der Hauptausgang verstopft war, blieb ihnen nur noch die Hoffnung, irgendwo einen anderen Ausweg zu finden. Schulte hetzte hinterher. Allein. Hilfe hatte er nicht zu erwarten. Von wem auch? Die Sanitäter hatten mit Rodehutskors zu tun. Schulte hatte ihnen noch zugerufen, unbedingt die Polizei zu verständigen. Er nannte Potthasts Namen. Die morbide Damengruppe stand völlig entgeistert da und traute ihren Augen nicht.

An beiden Seiten des Hauptaltars führte eine Treppe in einen Raum unter dem Altarbereich, in die Krypta. Die beiden Flüchtlinge hämmerten die rechte Treppe hinunter. Unten schauten sie sich nur kurz um, erkannten, dass es von hier kein Entkommen gab und stürmten die Stufen auf der anderen Seite wieder hoch.

Links neben dem Altarbereich, etwas weiter hinten, war eine fast ebenso große Tür wie beim Haupteingang. Beide liefen darauf zu. Die Tür war geöffnet. Sie waren gerade durch, als Schulte sie erreichte. Von der zurückschwingenden Tür voll getroffen, verlor Schulte wertvolle Sekunden. Er blieb stehen, um sich kurz zu sammeln. Das rettete ihm wahrscheinlich das Leben, denn jetzt wurde ihm bewusst, in welche Gefahr er sich begab. Er kannte die Örtlichkeiten hinter dieser Tür, zumindest hatte er ein schemenhaftes Bild davon vor Augen. Als Kind war er hier bereits mit der Katholischen Jugend gewesen. Später als Tourist auf eigene Faust. Hinter dieser Tür lag der Kreuzgang des Domes. Mit vielen Säulen und Nischen. Wie geschaffen für einen Hinterhalt. Die beiden Flüchtigen waren mit Sicherheit bewaffnet, schließlich war es noch keine zwölf Stunden her, dass sie auf Rodehutskors geschossen hatten. Er selbst jedoch war nach wie vor unbewaffnet. Was tun? Eigentlich brauchte er dringend Verstärkung. Wo blieb nur Potthast mit seinen Leuten? Länger warten konnte er aber nicht. Vorsichtig schob er die Tür auf und lugte durch den Spalt in den Kreuzgang. Niemand zu sehen! Allerdings konnte er das Geräusch sich rasch entfernender Schritte am Ende des Kreuzganges hören. Dann wurde es vor ihm still. Hinter ihm hatten die alten Damen mittlerweile ihren Schock überwunden und begannen laut zu keifen.

Schulte schlüpfte durch die Tür und machte sich auf leisen Sohlen an die Verfolgung. Mit bangem Gefühl suchte er hinter jeder Säule nach einem nicht dahin gehörenden Schatten. Aber anscheinend hatten die beiden den Kreuzgang bereits verlassen. Nur wohin? Wie waren sie hier rausgekommen? Auf halber Höhe war rechts eine eher unscheinbare Tür, die nach innen angeschlagen war. Sie stand auf. Schulte erinnerte sich wieder an längst vergangene Besuche. Hinter dieser Tür lag ein L-förmiger Innenhof, darauf ein uralter Friedhof, auf dem hochrangige Kirchenleute begraben lagen. In einer Seitenwand dieses Innenhofs, der eher wie ein kleiner Park wirkte, war das berühmteste Wahrzeichen Paderborns, das Drei-Hasen-Fenster eingelassen. Schulte hatte keine Zeit für solche Betrachtungen, denn kaum hatte er seinen Oberkörper vorsichtig durch die Türöffnung geschoben, da pfiffen ihm auch schon zwei Kugeln um die Ohren. Schnell verzog er sich wieder hinter die schützende Wand. Die beiden hatten sich vermutlich hinter einer Mauerecke versteckt. Aber sie saßen jetzt in der Falle! Aus diesem Innenhof gab es für sie kein Entkommen. Schulte musste nur noch die Tür, hinter der er zur Zeit stand, verbarrikadieren und warten. Irgendwann musste Potthast ja mit seiner Truppe auftauchen. Sollten doch die Paderborner Polizisten sehen, wie sie die beiden Verdächtigen aus diesen heiligen Mauern herausholten. Etwa eine Minute lang passierte nichts. Ähnliche Überlegungen mussten aber auch die beiden angestellt haben, denn urplötzlich peitschten wieder Schüsse und die Projektile durchschlugen die Holztür. Schulte zog sich erschrocken weiter seitlich zurück. Die Tür wurde von außen aufgestoßen und die Verfolgten brachen wie eine Büffelherde durch die Öffnung, rannten über den Kreuzgang auf die andere Seite. Den Polizisten, der sich dicht an die Wand gedrückt hatte, sahen sie nicht. Auf dieser anderen Seite war eine weiße Tür, die Schulte noch gar nicht bemerkt hatte. Die Frau riss diese auf und wollte hindurchhuschen. Der Mann drängte hinter ihr her. Aber da war Schulte bereits über ihm. Er riss den Mann an der Schulter zurück und schlug dann mit dem ganzen Rest an verbliebener Kraft zu. Der Kommissar spürte einen heftigen Schmerz, als seine Faust auf den Unterkiefer seines

Gegners knallte. Aber er zögerte keine Sekunde und schlug noch einmal zu. Als er um Atem ringend über dem Besiegten stand, fühlte er kalten Stahl an seiner Stirn. Von ihm in der Hitze der Schlägerei unbemerkt, war die große blonde Frau zurückgekommen. Sie hatte eine Waffe, die sie ihm an die Stirn hielt. Schulte war starr vor Schreck. Er rührte keinen Finger. Die Frau schien trotz der hektischen letzten Minuten eiskalt zu sein. Sie sprach aufreizend langsam und ohne jede Betonung. Völlig teilnahmslos.

„So, tut mir leid, mein Süßer. Aber langsam wirst du lästig. Ich denke, das ist hier ein guter Platz zum Sterben. Sei dankbar für dieses Privileg. Schade um dich!"

Sie bog den Oberkörper leicht nach hinten, um sich durch den Schuss nicht zu beschmutzen. Dann krümmte sie den Zeigefinger… dann der Knall!!!

Schulte sackte zusammen.

Aber auch die Frau lag plötzlich am Boden. Aus ihrer rechten Schulter quoll Blut. Ein Mann in grüner Uniform warf sich über sie und hielt sie am Boden fest. Ein zweiter hob die Pistole auf, die auf den Boden gefallen war. Ein dritter Mann, dieser in Zivil, kümmerte sich um den von Schulte niedergeschlagenen Verbrecher. Hauptkommissar Willi Potthast stürmte von hinten heran und beugte sich mit entsetztem Blick über Schulte. Seine Anspannung löste sich erst, als sein Freund die Augen aufschlug und ihn irritiert anblinzelte. Es dauerte eine ganze Minute, bis der Polizist wieder sprechen konnte. Mit heiserer und noch etwas schwacher Stimme murmelte er:

„Hallo Willi! Nimmst du die Bestellung auf? Zwei Handschellen für die beiden Ganoven und eine Aspirin für mich!"

83

Wochenlang hatte man mit der Stange im Nebel gestochert. Die beiden Festgenommenen Elvira Nolte und Hartmut Tucher schwiegen konsequent. Doch plötzlich bestand die Möglichkeit, die Fragen, eine nach der anderen, zu beantworten.

Heute Morgen hatte Krause die Ergebnisse der Spurensicherer bekommen, die Schwabes Auto gecheckt hatten. In seinem Kofferraum hatte man Blutspuren von zwei verschiedenen Menschen gefunden. Zusätzlich war eine DNA-Analyse gemacht worden. Diese und die Untersuchungsergebnisse der Kleidungsfasern bestätigten, dass mit der allergrößten Wahrscheinlichkeit die Leichen von Leipholt und Brechmann mit dem Opel Astra transportiert worden waren.

Fast gleichzeitig war Axel Braunert fündig geworden. Er hatte Aufzeichnungen von Schwabe alias Liebermann in dessen Wohnung gefunden. Sie gaben Aufschluss über die Arbeit und Zusammenarbeit in den fünf neuen Ländern.

Brechmann, der in der Irrwitzlebener Verwaltung tätig gewesen war, hatte Adressen und Daten von möglichen Teilnehmern der Maßnahmen geliefert. Leipholt, der die Informationen komplettiert hatte, hatte anschließend die entsprechenden Teilnehmer in die Einrichtungen des OWB überwiesen. Doch wenn diese hier hatten aufgenommen werden wollen, hatten sie erst einmal eine Reihe von Versicherungen abschließen, teure Fachzeitungen abonnieren müssen usw.

Diese geschäftlichen Transaktionen waren über das Beratungsbüro von Leipholt abgewickelt worden. Von hier aus war auch das Geld an die handelnden Personen zurücktransferiert worden. Die politischen Weichen, um das alles möglich zu machen, hatte Treuland gestellt. Jedenfalls stellte Schwabe, der irgendwann vermutlich dahinter gekommen war, es in seinen Aufzeichnungen so dar.

Er wollte den Menschen offensichtlich berufliche Weiterbildung angedeihen lassen, doch das OWB hatte seine Weiterbildungsmaßnahmen lediglich als Verkaufsveranstaltungen für Versicherungen, Zeitungsabos und Bausparverträge missbraucht. Als Extraprofit hatte das OWB die öffentlichen Gelder für die Arbeitsamtsmaßnahmen eingestrichen. Die richtigen Umsätze hatten die Mitglieder der Seilschaft mit den kleinen, lukrativen Nebengeschäften gemacht. Als Liebermann diese Vorwürfe erst Tucher gemacht hatte und dann damit bei den Verantwortlichen in der Organisation hausieren gegangen war, war er erst versetzt und dann gefeuert worden.

Diesen Rausschmiss hatte der Bildungsmanager nicht verkraftet. Er war beruflich und auch gesellschaftlich nicht wieder auf die Füße gekommen. Er hatte zwar noch einmal umgeschult, doch sein Alter und die Wirtschaftsbedingungen hatten auch hier für Erfolglosigkeit gesorgt. Sein Hass gegen die, die ihn aus seiner Sicht ruiniert hatten, war immer größer geworden.

Braunert vermutete, dass Liebermann Realität und Fantasie irgendwann nicht mehr hatte trennen können. Er hatte den Entschluss gefasst, die größten Feinde seines Lebens zu töten. Leipholt und Brechmann waren die ersten auf seiner Liste gewesen. Noch bevor er seinen Plan hatte weiter umsetzen können, hatten Tucher und Nolte wohl von dem Tod der beiden Männer erfahren. Sie hatten Eins und Eins zusammengezählt und ihrerseits Liebermann, alias Schwabe, umgebracht.

Im Parkhaus in Bielefeld und auch im Krankenhaus waren die Versuche fehlgeschlagen. Doch dann hatte es geklappt. Leider waren sie quasi von Rodehutskors dabei gestört worden. Sie hatten annehmen müssen, dass der Journalist von Schwabe eingeweiht worden war, bzw. sie erkannt hatte. Also hatten sie beschlossen, auch den Zeitungsmann umzubringen

Am Nachmittag wurden die Fakten und Vermutungen in großer Runde zusammengetragen und ausgewertet. Doch Schulte war nicht mehr dabei. Das Aspirin von Potthast hatte ihm nicht weitergeholfen. Er hatte mit Übelkeit zu kämpfen. Der Arzt, den er auf Potthasts Druck hin konsultierte, hatte eine leichte Gehirnerschütterung diagnostiziert und ihm ein paar Tage Bettruhe verordnet.

84

Eine Tür wurde geknallt. Schulte, der gerade auf Fritzmeiers Hof kam, dachte, die Fensterscheiben würden aus den Rahmen fliegen. Im nächsten Moment stürmte der wutschnaubende Bauer durch das große Deelentor auf den Hof. Ihm folgte die Archäologin Anna Welke.

Schultes Herz machte trotz der in der Luft liegenden angespannten Stimmung einen Hüpfer.

Der alte Bauer polterte wieder los:

„Dat is doch allet eine chottverdammte Scheiße! Wer bezahlt denn jetz die Unkosten die ich hatte. Zwölftet Jahrhundert! Wat soll ich denn damit anfangen? Dat interessiert doch keinen Menschen. Heute kommen die ersten Busse! Die Leute wollen wat über die Hermannsschlacht wissen, aba doch nich von eine bäuerliche Ansiedlung außen zwölften Jahrhundert. Wat soll ich denn Greitemeiers Elfriede erzählen, wenn die mit ihren chanzen Kuchen ume Ecke kommt. Wat für ne Blamage! Könnse nich einfach sagen, Schwamm drüber und ich sage Hermannsschlacht. Merkt doch keiner!“

„Herr Fritzmeier, das können Sie doch keine zwei Wochen unter der Decke halten, dann ist die Wahrheit rum. Konfrontieren Sie die Leute gleich mit den Tatsachen, dann haben Sie es hinter sich.

Im Übrigen finde ich die Idee mit dem Biergarten gar nicht so schlecht. Hier kommen so viele Wanderer und Fahrradfahrer vorbei. Wenn sich das erst mal herumgesprochen hat, wird Ihr Gartenlokal zu einer Goldgrube. Mit den Besuchern heute fangen Sie an. Die werden von Ihnen gleich vorbildlich bewirtet, dann kommen die garantiert wieder. Sie werden schon sehen."

Fritzmeier kratzte sich am Kopf. Er wusste, wann er verloren hatte.

„Wat bleib mir anders übrich. Ich sage den Leuten wat Sache is und wenn se mich nich die Scheiben einschmeißen, kriegen se ein Stück Kuchen. Aba nich für umsonst!"

Damit war das Gespräch beendet. Nun endlich fanden die beiden Zeit Schulte zu begrüßen. Der konnte sich schon denken, warum Fritzmeier so aufgeregt war. Auch ihn machte die Nachricht, die Anna Welke überbracht hatte, nicht glücklich. Ihm wurde augenblicklich klar, dass die Archäologin in naher Zukunft ihrer Zelte abbrechen würde, um sonst wo auf den Spuren der Vergangenheit zu wandeln.

Der Bauer wollte jetzt wohl das Thema wechseln und so raunzte Fritzmeier seinen Mieter an:

„Warum lichse mit deine Chehirnerschütterung nich im Bett? Die sollteste nich auf de leichte Schulter nehmen!"

Die drei hielten ein kurzes Schwätzchen. Anschließend machten Schulte und die Archäologin einen Spaziergang durch die Felder, die an den Hof angrenzten. Die beiden gingen lange schweigend nebeneinander her. Irgendwann fing Schulte an zu reden:

„Schade, dass sich die Aussicht auf die Hermannsschlacht bei uns auf dem Hof zerstreut hat. Ich hätte mir gewünscht, du würdest noch einige Zeit hier zu tun haben."

Die Archäologin sah ihn an. Schulte blickte verlegen auf den Wegrand der gegenüberliegenden Seite. „Ich werde hier noch zu tun haben. Es sind immerhin Fundstücke aus dem zwölften Jahrhundert auf die wir gestoßen sind. Doch zunächst müssen wir einige andere Grabungsstätten abarbeiten. Die Dringlichkeit hier ist einfach nicht da.

Zugegeben, hätte es sich bei den Funden um Stücke aus der Römerzeit gehandelt, wäre euer Hof zur ersten Priorität geworden. Denn so kurz vor dem Jubiläum: 2000 Jahre Varus-Schlacht und der Konkurrenz zwischen Kalkriese und Lippe, hätten neue Funde an dieser Stelle eine nicht unwesentliche Bedeutung für die Ausgestaltung der Feierlichkeiten gehabt."

„Immerhin die letzte gelungene Revolution auf deutschem Boden", sagte Schulte mehr zu sich selber.

„Außerdem", fuhr Anna Welke fort, „ist Münster nicht aus der Welt, du kannst mich gern einmal besuchen."

„Ist das eine Einladung?"

Anna Welke gab Schulte einen Kuss auf die Wange. Der legte seinen Arm um ihre Schulter zog sie an sich und küsste sie zurück.

85

Es war eine große Tischrunde, die Hermann Rodehutskors um sich versammelt hatte. Fast alle waren an diesem Samstagabend gekommen, um mit ihm im noblen *Burghotel Blomberg* zu feiern. Rodehutskors hatte die sowohl gefährlichsten als auch entbehrungsreichsten Wochen seines Lebens hinter sich. Und er hatte alles mehr oder weniger gut überstanden. Nach seinem Schwächeanfall im Paderborner Dom hatte man ihn in das *Johannisstift* gebracht. Dort wurde dann, unter ärztlicher Aufsicht, ein kontrolliertes Fastenbrechen und ein sanfter Wiederaufbau seiner Konstitution erfolgreich durchgeführt. Nach zehn Tagen hatte die Klinik ihn als gesund wieder ins reale Leben entlassen. Reales Leben! Für Hermann Rodehutskors war das schon immer die gemütliche Kneipenrunde mit Freunden, gutem Essen und erlesenen Getränken. Für schöne Frauen war er zu alt, außerdem wich seine Frau nicht mehr von seiner Seite, seit man sie über den Krankenhausaufenthalt ihres Gatten unterrichtet hatte. Und auch an diesem Abend saß sie, rundlich und mindestens ebenso gesellig veranlagt wie ihr Mann, rechts neben ihm, an dem großen Tisch, im gemütlich rustikalen, aber dennoch edlen Ambiente des Restaurants im Burghotel. Links neben sich hatte Rodehutskors Maren Köster platziert. Zwischen diesen beiden Frauen fühlte er sich sichtlich pudelwohl. Er hatte bereits wieder einige Kilo zugenommen und wurde sich selbst wieder ähnlicher. Dazu strahlte er, wie ein Atomkraftwerk unter Volldampf. Zu dieser bombastischen Tafelrunde waren alle eingeladen, die zum glücklichen Ausgang seines Abenteuers beigetragen hatten. Neben Maren Köster waren das vor allem sein Lebensretter Josef Schulte, Willi Potthast, Margarete Bülow, Axel Braunert, Wolf Muffen, Walburga Stolle, Alexander Kogge und Anton Fritzmeier. Fritzmeier? Ja, wahrhaftig. Rodehutskors hatte all seine Überredungskunst aufwenden müssen, um den widerspenstigen alten Bauern zu überreden. Fritzmeier hatte sich gewunden, wie seinerzeit Odysseus, als man ihn dazu bringen wollte, sich dem Trojanischen Krieg anzuschließen. Aber schließlich gingen Fritzmeier die Argumente aus, er zog seinen besten und einzigen Anzug an, band sich sogar die Krawatte um, die er sich 1968 gekauft hatte, als er Schützenkönig von Heidental geworden war, und betrat zum ersten Mal, seit vierzig Jahren, eine andere Gaststätte als den *Heidentaler Hof*.

Er war schwer beeindruckt! Bernhard Lohmann konnte nicht kommen. Er musste an diesem Abend bei seinem zweiten Enkelkind Babysitten.

Neben Fritzmeier hatte Rodehutskors einen anderen Greis gesetzt. Den soeben nach seiner Schussverletzung aus dem Krankenhaus entlassenen Opa Notbusch. Auch diesem Mann, einem unfreiwilligen Helden, den Rodehutskors vor allem als veritable Nervensäge erlebt hatte, verdankte er viel, vielleicht sogar sein Leben. Da hatte er was gutzumachen!

Die beiden wackeren Greise fanden sich auf Anhieb sympathisch und feierten dies, indem sie sich wenig um das Jungvolk kümmerten, sich gegenseitig ihre Kriegserlebnisse um die Ohren schlugen und schon vor dem Essen erstaunlich angetrunken waren. Fritzmeier benahm sich während des Hauptganges nur ganz leicht daneben, als er mit vollen Backen, einen unanständigen Witz über einen Papagei erzählte und dabei einen solchen Hustenanfall bekam, dass er den ganzen Tisch mit frisch durchgekautem Gemüse bespritzte. Mit stoischer Ruhe und gleichbleibender Freundlichkeit, säuberte der Kellner, den Fritzmeier kurz zuvor wegen des nach seiner Meinung nicht komplett durchgebratenen Steaks beleidigt hatte, den Tisch.

Nach dem Dessert, als Rodehutskors sich wohlig eine sündhaft teure Zigarre angezündet hatte, wurde es ruhiger am Tisch. Maren Köster berichtete über den Stand der Ermittlungen im so genannten *Schachbrettmord-Fall.*

„Schwabe hat die beiden Männer aus Rache getötet. Eigentlich standen auch noch Tucher und die gute Frau Nolte auf seiner Liste. Aber die sind ihm, wie ihr alle wisst, zuvorgekommen. Schwabe hatte einfach nicht verdaut, dass diese Leute vor vierzehn Jahren seinen Rauswurf, betrieben haben. Für ihn war es nicht nur einfach eine Kündigung. Es war für ihn der Einstieg in den sozialen Abstieg. Alles ging danach für ihn schief. Er verfiel immer mehr dem Alkohol!", hier nahm sie einen großen Schluck Rotwein, „dann kam die Scheidung. Er hat zwar nach ein paar Jahren so eben noch die Kurve gekriegt, aber Schuld an seinem Absturz waren diese vier Leute. Er war ihr Opfer. Das Bauernopfer! Dieses Bild vom Bauernopfer muss sich so in sein Hirn eingebrannt haben, dass er auf die reichlich blöde Idee kam, seinen ersten Mord auf einem Schachbrett zu begehen. Er wollte diesen Zusammenhang deutlich machen. Auch auf die Gefahr hin, sich dadurch zu verraten. Mörder aus Rache sind da etwas zwanghaft. Auch beim zweiten Mord hatte ja eine Schachfigur eine Rolle gespielt. Und das wäre sicher auch beim dritten und vierten so gewesen, wenn das Schicksal es so gewollt hätte."

„Und warum hat man meinem Mann diese Briefbombe geschickt?", wollte Frau Rodehutskors wissen. „Was hatte denn der mit all dem zu tun?"

„Eigentlich nichts! Völlig unabhängig von seinen Racheplänen hatte sich Schwabe, der wahrscheinlich gegen die ganze Welt verbittert war, auch politisch radikalisiert. Durch seine Informatiker-Ausbildung war ihm klar geworden, wie hilflos der Einzelne im großen globalen Datennetz zappelt. Er hat Gleichgesinnte gefunden und gemeinsam haben sie versucht, eine Art von Partisanenkampf gegen die zunehmende Überwachung zu führen. Dazu brauchten sie die Öffentlichkeit. Wer bietet Öffentlichkeit? Die Presse! Ihr Mann, Frau Rodehutskors, ist jemand, der auf Grund seiner beruflichen Position und seines Bekanntheitsgrades diese Öffentlichkeit herstellen kann."

„Aber warum haben sie ihn dann nicht einfach gefragt?"

Hermann Rodehutskors schmunzelte.

„Weil ich sie gar nicht ernst genommen hätte! Ich hätte die Anfrage als Spinnerei abgetan. Heute ist mir klar, dass dieses Thema durchaus einer sehr, sehr kritischen Betrachtung bedarf. Aber das war vor einigen Wochen noch nicht der Fall. Nein, Schwabe und seine Freunde mussten sich schon etwas ganz Besonderes einfallen lassen, um meine Mitarbeit zu erzwingen. Und irgendwie ist ihnen das ja auch gelungen. Prost!"

„Übrigens…", mischte sich hier Wolf Muffen ein. „haben wir eindeutig klären können, dass Elvira Nolte die Person war, die seinerzeit im Bielefelder Krankenhaus dem bewusstlosen Schwabe einen Besuch abgestattet hatte. Über ihre Motive können wir nur spekulieren, wahrscheinlich wollte sie ihn schon damals töten. Beweisen können wir aber ihre Anwesenheit, da wir sowohl im Bad des Krankenzimmers als auch in der Dusche des Personalumkleideraumes Haare von ihr gefunden haben. Die Tests waren eindeutig!“

Damit war das Thema des Abends durchgekaut und die Gäste widmeten sich wieder verstärkt dem Alkohol. Als es mal wieder um die gerade beendete Fußball-Europameisterschaft ging, dröhnte Rodehutskors los:

„Jetzt fällt mir gerade was ein! Wo wir doch eben von Schachspielen geredet haben und jetzt von Fußball. Und da wir gerade so gemütlich in dieser wunderbaren Burg sitzen und so großartig gegessen haben. Jetzt kommt alles wieder zusammen…!“

Als er sich der ungeteilten Aufmerksamkeit seiner Gäste sicher war, begann er:

„In diesen Tagen reden ja alle über den Trainer der Griechen, über Otto Rehagel. Ich auch! Aber ich will nicht über das Turnier sprechen. Ich werde euch erzählen, wie es eigentlich zu diesem unvergleichlichen Erfolg kam. Die Wurzeln des griechischen Sieges liegen nämlich hier, im Burghotel Blomberg. Das glaubt ihr nicht? War aber so. Passt auf!

Otto Rehagel war ja nicht schon immer Trainer von Griechenland. Von 1978 bis zum Dezember 1979 war er Coach in Bielefeld. Bei der Arminia. Damals war er noch nicht so erfolgreich wie heute. So hatten irgendwelche Journalisten ihm den Spitznamen *Otto Torhagel* verpasst.

Ich war seinerzeit Sportredakteur und sehr gut mit ihm befreundet. So manches Mal habe ich ihn über die Niederlagen seiner Arminia hinweg getröstet.

Er ist ein paar Jahre älter als ich und hat mir vieles beigebracht. Zum Beispiel einen guten Tropfen Wein zu schätzen. Aber auch das Schachspielen. Er ist ja eigentlich in seinem Innern ein Schöngeist, der klassische Musik und das Theater liebt. Aber eben auch die Versenkung in ein anspruchsvolles Schachspiel. Wir haben oft gespielt. Mal gewann er – mal ich. Eines Tages hatten wir uns hier im Burghotel getroffen, um Aufstellung und Taktik für das kommende Bundesligaspiel, ich glaube es ging sogar gegen die Bayern, zu besprechen. Otto schätzte meinen Rat. Wir haben dann auch eine Runde Schach gespielt. Er gewann. Danach spielte er ein wenig mit den Schachfiguren herum, wirkte sehr in sich gekehrt. Aber urplötzlich richtete er sich senkrecht auf, schaute mich an und meinte: Genauso muss es kommen! Ihr müsst wissen, Otto Rehagel ist ein großer Freund von Standardsituationen und denkt viel über sie nach. Jetzt hatte er einen Turm auf dem Eckpunkt der gegnerischen Grundlinie und einen Läufer kurz vor dem gegnerischen König platziert. Dazwischen standen viele Bauern und sonstige Figuren herum. Dann zeigte er mir, was er meinte. Die klassische Eckballsituation! Der Turm zieht den Eckball hoch in die vordere Ecke des Fünfers. Der Läufer stürmt diagonal durch die gegnerische Abwehr, steigt an der richtigen Stelle hoch. Höher als alle anderen. Und drückt den hart heran fliegenden Ball mit der Stirn ins lange Eck. Tor! Wieder und wieder hat er am Schachbrett, in diesem Raum, in dem wir gerade sitzen, den Spielzug geprobt. Und genau so, liebe Freunde, hat er es seinen griechischen Helden eingetrichtert. Und hatte damit Erfolg. Denn genauso ist es gelaufen. Erinnert Ihr euch? Eckball von Basinas. Auf den Fünfer gezirkelt. Charisteas stürmt herbei, schraubt sich einen Meter vor dem Fünfer hoch in die Luft und köpft von etwa sechs Metern das Leder ins lange Eck. In Blomberg erdacht und im sonnigen Portugal perfekt umgesetzt! Was sagt Ihr jetzt?“

Die Polizisten bezeichneten ihn lachend als notorischen Lügner. Fritzmeier wusste nicht, über wen da geredet wurde. Nur Frau Rodehutskors fragte etwas erbost:

„Aber Hermann! Da waren wir doch schon verheiratet. Warum hast du mir diesen Herrn Rehagel eigentlich nie vorgestellt? Du hättest ihn doch mal zu uns nach Hause einladen können. Was soll der denn von uns denken?“

ENDE